고마움을 반추하다

문 용 원 퇴 임 기 념 자 서 집

고마움을 반추하다

─────────── 문용원 지음 ───────────

좋은땅

퇴임을 준비하며

    정년퇴임을 3년 남겨 놓고 8년 7개월간 수행해 온 사무처장직에서 스타트업혁신사업추진본부장으로 보직을 이동한 후, 1년 8개월 만에 평생교육원장으로 봉직하게 되었습니다.

    사무처장 시절에는 퇴근길에 소방차가 사이렌을 울리며 학교 방향으로 가기만 해도 가슴이 철렁 내려앉는 노심초사의 세월에서 이제 한 발 비켜섰다는 안도감도 들었습니다만, 한편 뭔가를 놓치고 있는 듯한 불안감도 없지 않았습니다.

    그러다가 문득 아름다운 퇴임을 준비하기 위한 좋은 기회라는 생각이 들었고 자연스럽게 지난 세월을 반추하고 자신도 돌아보는 계기가 되었습니다.

    그래서 그동안 사적이든 공적이든 끄적끄적 작성했던 것들을 한번 모아 보기로 하였습니다.

    이 작업을 하면서 순천향 안에서 제 삶의 의미를 재발견할 수 있었습니다. 지금이라면 좀 더 잘 할 수 있었을 것 같은 아쉬운 대목도 간혹 있지만 전체적으로는 '감사(感謝)의 시간(時間)'이 관통하고 있음을 확인하였습니다.

    우선 저에게 일할 수 있는 기회를 주신 점에 깊이 감사했습니다.

    사람에게 '일할 수 있는 기회'란 단순히 일하는 행위의 기회이기보다는 '삶의 기회'가 아닐까 싶습니다.

    이 일, 즉 직업이 있어 원만한 사회생활이 가능했다고 봅니다. 결혼도 했고 자식도 키우고, 부모님도 봉양할 수 있었습니다. 퇴임 후에는 이를 바탕으로 원만한 노후생활도 가능해졌습니다.

    두 번째는, 일하는 방법을 배울 수 있어 감사했습니다.

    말단으로 입사했을 당시 대학 행정에서 제가 할 수 있는 일이 과연 얼마나 되었겠습니까? 선배와 동료, 부서장님을 통해 하나씩 배워 가는 과정을 통해 팀장, 법인사무국장을 비롯하여 사무처장, 안전총괄처장, 스타트업본부장, 평생교육원장에 이르기까지 다양하게 봉사하며 여러 경험을 할 수 있었습니다. 이 과정에서 우리 사회 안에서 다양한 인적 네트워크도 구축하였고, 전국 대학의 많은 사무처장님들과 인맥도 쌓을 수 있었습니다.

세 번째로, 순천향은 저에게 정신적인 성장의 기회였기에 감사합니다.

순천향 안에서 다른 이를 존중해야 하는 이유와 경청의 필요성 나아가 인내의 방법까지도 배울 수 있었습니다. 그리고 어느 순간 절실함에 이끌려 신앙도 갖게 되었습니다.

어쩌면 지금 제가 알고 있고, 할 수 있고, 안팎으로 저를 형성하고 있는 인격의 대부분은 순천향 안에서 배우고 터득한 것들이라고 해도 과언이 아닐 것 같습니다.

돌이켜 보면, 스무 살에 설익은 모습으로 순천향에 입학해서 학창 시절을 보내고 입사와 함께 평생을 순천향에서 가르쳐 주는 대로 배워 온 것입니다.

졸업과 동시에 학과 조교로 근무할 즈음 모교의 행정 직원 모집 공고를 보고 교직원에 지원했습니다. 막연하게 공무원을 꿈꿔 오던 터라 꼭 맞는 직업이라는 생각도 들었습니다.

1차 서류전형에 합격하고 2종류의 면접을 남겨 둔 상황에 참으로 간절하게 기도하고 다짐했습니다.

모교에서 일할 기회만 주신다면 어떤 위치나 자리에 무관하게 최선을 다해 감사하며 열심히 하겠다고, 환경직도 경비직도 그 어떤 직종도 마다하지 않겠노라고 기도하고 또 기도했습니다.

35년 동안 직장생활하면서 입사 전 약속과 다짐을 얼마나 실천했는지 정량적으로 가늠해 보지는 않았지만, 한 가지 확실한 것은 퇴직을 준비하는 오늘까지 기억하는 것으로 봐서 분명 잊지는 않고 살아온 것 같습니다.

그동안 순천향의 이름으로 그 보호막 안에서 살아온 날들을 접고 이제 인생 제2막에 나서자니 두려움도 없지 않습니다.

그러나 이제부터는, 지나온 세월 전체가 곧 감사의 시간이었듯이 하루하루를 신앙 안에서 은총의 시간으로 받아들이고, 이웃을 따뜻하게 배려하는 넉넉한 마음으로 살아가고 싶습니다.

작더라도 마음을 담아 보이지 않는 곳에서 아무런 대가 없는 봉사에도 나서 보고 싶습니다.

가까이에 있는 가족뿐만 아니라 내 주변의 모든 이들에게 더 크게 너그러워진다면 참 좋겠습니다. 그러면 나이를 먹는다는 것이 불행한 일이 아니라 축복이 될 수 있지 않을까 싶습니다.

오늘의 저를 있게 해 주신 동료 선·후배님들과 서교일 박사님 그리고 저의 영원한 모교 순천향에 감사하며 제가 교정을 나선 이후에도 우리 순천향대학교가 세계 속에 우뚝 서게 되기를 기도합니다.

끝으로 이 모든 과정을 저와 함께해 온 아내 박옥희 사비나에게도 마음을 담아 고마움을 전합니다.

문용원

차례

5.

**비서 업무에
따른
기관장용
스피치 초안
모음**

1. 프롤로그

가. 우리 집 이끔말(家訓)

> 내가 해야 할 일에
> 항상 최선을 다한다.

나. 영성체 상시 기도문

다른 이의 말을 넓게 경청하고 옳게 판단하며

지혜롭게 표현하게 하소서

(2014. 11. 23. 세례성사 문구/세례명 : 자마 ZAMA)

악을 피하고

선을 행하며

평화를 찾고 추구하게 하소서

(2015. 5. 24. 견진 성구/시편 34, 15/베드로1서 3, 11)

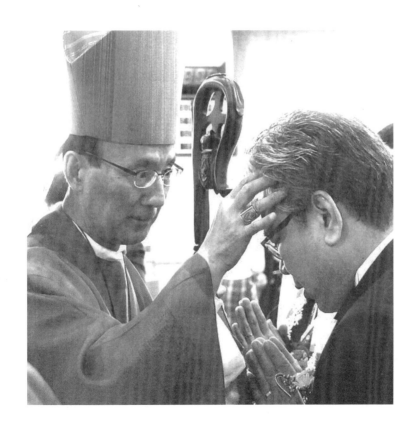

다. 성경 필사 기도문[1]

주 하느님의 뜻으로 순천향대학교 사무처장의 소임을 제게 잠시 맡겨 주셨으니,

재임 중에는 옳고 바른 판단으로 우리 대학교의 발전에 늘 기여할 수 있도록

성령으로 인도하여 주시고,

언젠가 이 소임을 다른 이에게 맡겨야 할 때에는

모든 것이 주님의 뜻에 따라 이루어짐을 기쁘게 받아들이고,

아름다운 모습으로 건강하게 마무리할 수 있도록 주님께서 은총 베풀어 주시기 바랍니다.

사랑이신 우리 주 예수 그리스도를 통하여 비나이다.

- 문용원 자마 -

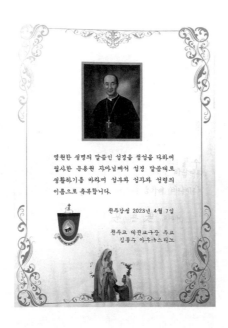

---

1) 2015. 5. 24. 견진성사를 받고 성경 필사를 시작하며 맨 앞장에 본 기도문을 적어 놓고 보직이 변경되기 전까지 영성
    체 후에는 늘 이 내용으로 기도를 바쳤습니다. 그리고 2023. 4. 7. 구약, 신약 모두 필사를 마치고 아우구스티노 주
    교님으로부터 축복장도 받았습니다.

라. 걸어온 발자취

성　　　명 :　문용원(영문 : Moon, Yong-won/한자 : 文鏞元)

생 년 월 일 :　1965년 5월 20일(陰 1964. 12. 22.)

세 례 성 사 :　2014년 11월 23일(천안 쌍용2동 성당)

세 례 명 :　자마(ZAMA)/축일 : 1. 24.

견 진 성 사 :　2015년 5월 24일(천안 쌍용2동 성당)

주　　　소 :　충남 천안시 서북구 충무로5-16, 108동 504호(쌍용동, 쌍용동일하이빌아파트)

〈학력〉

1971년 3월　시목초등(국민)학교 입학(제26회)

1977년 3월　태안중학교 입학(제30회)

1983년 2월　공주고등학교 졸업(제56회)

1990년 2월　순천향대학교 독어독문학과 졸업(문학사)

1993년 8월　호서대학교 법과대학원 법학과 졸업(법학 석사)

2014년 8월　한국방송통신대학교 교육대학 교육학과 졸업(교육 학사)

〈경력〉

1985년 3월　군 입대

1987년 11월　만기 전역(제주도 경찰국 행정)

1990년 3월　순천향대학교 독어독문학과 조교

1990년 7월　순천향대학교 학생처 학생과(7급)

1994년 3월　순천향대학교 기획과(6급)

1997년 5월　순천향대학교 대외협력홍보과

1999년 11월　순천향대학교 BK사업단 운영지원팀장(5급)

2001년 3월	순천향대학교 생활관 운영지원팀장
2002년 3월	순천향대학교 대외협력팀장(총장 비서팀장)
2004년 7월	순천향대학교 교무팀장(4급)
2007년 2월	전국대학교 교무, 학사행정 관리자 협의회 부회장
2008년 3월	순천향대학교 총무팀장
2009년 2월	학교법인동은학원 법인행정실 법인과장
2009년 3월	학교법인동은학원 법인사무국장(3급)
2011년 3월	순천향대학교 대학원 학사지원팀장
2012년 6월	순천향대학교 취업지원팀장
2013년 9월	대전·충청 지역 대학 취업관리자 협의회 회장
2014년 1월	순천향대학교 사무처장(~2022. 7.)
2014년 3월	(사)순천향사람 이사
2016년 6월	(사)순천향사람 이사장
2016년 9월	순천향대학교 청탁방지담당관
2020년 3월	대전·충청·세종 지역 대학 사무처장협의회장
2021년 3월	전국대학교 사무처장협의회장
2022년 3월	순천향대학교 안전총괄처장
2022년 8월	순천향대학교 스타트업혁신본부장
2024년 2월	순천향대학교 평생교육원장

〈자격〉

2002년 12월	컴퓨터활용능력 3급(대한상공회의소)
2003년 3월	워드프로세서 2급(대한상공회의소)
2008년 7월	장애인직업생활상담원(한국장애인고용촉진공단)
2014년 9월	평생교육사 2급(교육부장관)
2016년 8월	심리상담사 2급(한국국공립대학평생교육원협의회)
2022년 11월	공공기관소방안전관리자(소방청, 한국소방안전원/2022-08-20-1-000985)

2022년 12월   소방안전관리자 2급(소방청, 한국소방안전원/2022-06-22-2-001152)

〈상훈〉

1987년 10월 21일 내무부장관(제5570호)

1993년 12월 31일 교육부장관(제11227호)

마. 직장생활에 임하는 나의 기본자세

1. 어떤 상황에서도 감정을 극복한다.

2. 사사로운 일에 집착하지 않는다.

3. 남의 말은 나쁘게 하지 않는다.

4. 양심에 따라 판단하고 정직하게 행동한다.

5. 강자(强者)에게 약하지 않고, 약자(弱者)에게 강하지 않는다.

6. 앞날을 보는 안목을 키우고 자신을 항상 개발한다.

7. 자신에게 엄격(嚴格)하고 다른 사람을 넓게 배려한다.

8. 약속(約束)은 반드시 지킨다.

9. 잘못된 것으로 판단(判斷)되면 과감하게 시인(是認)한다.

10. 내 직장(職場)에 대해 감사할 줄 알고, 주어진 임무(任務)를 성실히 수행(修行)한다.

11. 공익(公益)과 정의(正義)를 기준으로 삼는다.

바. 말에 얽힌 말들 모음(대인관계 지침서)

1. 진짜 비밀은 차라리 동물에게 털어놓아라.

2. 때로는 알면서 속아 주어라.

3. 잘난 척하면, 적만 생긴다.

4. 지적은 간단하게, 칭찬은 길게.

5. 말은 입을 떠나면 책임이라는 추가 기다린다.

6. 사랑이라는 이름으로도 잔소리는 용서가 안 된다.

7. 표정의 파워를 놓치지 말라.

8. 소소한 변화에 찬사를 보내면 큰 것을 얻는다.

9. 말을 하기 쉽게 하지 말고, 알아듣기 쉽게 하라.

10. 흥분한 목소리보다 낮은 목소리가 더 위력이 있다.

11. 덕담은 많이 할수록 좋다.

12. 농담이라고 해서 다 용서되는 것은 아니다.

13. 두고두고 깨씸한 생각이 드는 말은 위험하다.

14. 말을 독점하면 적이 많아진다.

15. 작은 실수는 덮어 주고 큰 실수는 단호하게 꾸짖는다.

16. 지나친 아첨은 누구에게나 역겨움을 준다.

17. 무덤까지 가져가기로 한 비밀을 털어놓는 것은 무덤을 파는 일이다.

18. 쓴소리는 단맛으로 포장해라.

19. 험담에는 발이 달렸다.

20. 단어 하나 차이가 남극과 북극의 차이다.

21. 말도 연습해야 나온다.

22. 허세에는 한 번 속지 두 번 속지 않는다.

23. 약점은 농담으로도 들추어서는 안 된다.

24. 넘겨짚으면 듣는 사람 마음의 빗장이 잠긴다.

25. 남에게 책임을 전가하지 말라.

26. 무시당하는 말은 바보도 알아듣는다.

27. 앞에서 할 수 없는 말은 뒤에서도 하지 말라.

사. 대학 발전기금(희망풍선) 기부 메시지

20대에 품은 꿈은 현실이 될 수 있습니다.

바로! 지금,

바로! 이곳이,

그 꿈을 향해 일어서야 할 시간이자 출발점입니다.

RC108 문용원 무용실

2. 각종 기고 글

가. 대전 주보 기고 글(2016. 5. 22.)[2]

삶의 목표가 선명해졌습니다

공자께서 '지천명(知天命)'이라고 하신 나이 오십을 넘기고서야 저는 성당에서 세례를 받았습니다. 중년 이후, 신앙에 대하여 마음속으로 막연한 동경을 가져 본 적은 있었지만 실천으로 옮겨 볼 용기까지는 없었습니다. 그러던 어느 날, 대학 4학년을 앞두고 있던 아들이 세례를 받았노라며 '라파엘'의 이름으로 우리 집안의 빛이 되어 나타났습니다. 이것이 계기가 되어 아들을 앞세워 성당 문을 두드리게 되었습니다.

달리 생각해 보면 주님께서는 용기가 부족한 저를 위해 주님의 뜻을 먼저 실천할 수 있는 어린양 하나를 골라 저에게 아들로 보내 주셨던 것이 아닌가 싶습니다.

저에게 세례는 영광스런 하느님의 자녀로 다시 태어났다는 것 말고도 저 자신과 주위를 바라보는 눈이 달라졌다는 것을 의미합니다.

저는 시골 초등학교 선생님 집의 장남으로 나고 자랐습니다. 우리나라의 60년대가 대부분 그렇듯이 경제적으로 궁핍했고, 성장하면서 크게 말썽부릴 것도 없었지만 이렇다하게 두각을 드러낸 적도 없고, 현실에 충분히 만족하지는 못한 채 늘 뭔가를 동경하며 살아왔다는 생각입니다.

특히, 향교에서 전교(典教)를 지내신 조부님 덕분에 유교의 가치관 아래 어린 시절을 보낸 저에게 교회는 나와는 상관없는 먼 나라 이야기였습니다. 천주교와 개신교의 구분조차 모호했던 그 시절, 제 눈에 들어오는 교회는 자기들끼리 만나면 노래 부르고, 어떤 이는 울기도 하고, 크리스마스 때는 자잘한 선물도 주지만 은근이 헌금도 강요한다는 이해하기 힘든 대상이었습니다.

그러나 주님의 품으로 들어와 보니 하느님의 성전 안에 함께 모여 있는 우리 형제, 자매님의 사연이 제 눈에 들어오기 시작하였습니다.

---

2) 2016년 5월 본당 '성모의 밤' 성모님께 드리는 편지를 대전주보에 투고함.

일찍이 주님의 성소(聖召)를 받아 오로지 하느님 나라의 법규에 의지한 채, 매일 이 세상의 모든 달콤한 유혹들과 싸우며 주님의 몸과 피를 우리에게 전해 주시는 성직자의 숭고한 고독함도 알게 되었습니다.

세파에 맞서 둘이 견디기도 힘겨운 삶의 무게를 혼자서 버겁게 지고 사는 자매님의 사연도 알게 되었습니다.

목전에서 자식을 먼저 보내 버린 평생 아물 수 없는 절절한 사연을 가슴에 묻고 살아가는 분도 만났습니다.

그런데 더욱 놀라운 것은 자기가 품고 있는 상처가 클수록 더 큰 신앙 안에서 봉사와 헌신으로 살아가고 있다는 것이었습니다.

낯설고 어설픈 저에게 따뜻한 손을 먼저 내밀어 준 이들도 그분들이었습니다.

만약 과거의 우리 부부가 그 분들의 처지였다면, 아마도 우리는 그 고통의 한계를 넘지 못한 채 애간장이 녹아 한 줌 재로 변해 버렸을 것 같습니다. 어쩌면 더 큰 상처를 서로에게 전가하며 매일 지옥을 체험하며 살아가고 있을지도 모릅니다.

그러나 그분들은 하느님의 성전 안에서 주님께 의지하며, 더욱 낮은 자세로 겸손하게 다른 아픈 이들을 어루만져 주고 계셨습니다.

사실 제에게도 사회생활을 하면서 죽을 때까지 용서할 수 없을 것 같았던 누군가가 있었습니다. 당시 제 상처를 이해할 수 있는 사람은 세상에 아무도 없다는 무모한 확신마저 가지고 있었습니다.

그러나 하느님의 자녀로 태어나서 더 큰 아픔 속에서도 순명하며 성실하게 오늘을 이끌어 가는 분들을 보면서 저의 상처는 장미 가시에 찔린 작은 생채기에 불과함을 알게 되었습니다. 그러면서 어느새 '용서를 위한 용기'도 갖게 되었습니다.

진통이 깨끗하게 치유된 것 같지는 않지만, 누군가를 미워하며 내가 겪게 되는 괴로움에서 이제는 많이 편해졌다는 것을 깨닫습니다.

아울러 어딘가 살짝 불만스러웠던 저의 성장 과정도 성장통(成長痛) 수준의 고초(苦楚)야 있었지만 진학과 진로, 취업과 직장, 결혼과 가정 그리고 정다운 친구와 이웃에 이르기까지 전혀 부족함이 없는 큰 선물임을 알게 되었습니다.

오히려 작은 성취마저도 제 자신의 능력인 것처럼 착각했던 교만과 어리석음이 저절로 부끄러워졌습니다. 예수님께서 십자가에 못 박히셨던 그 시절, 바리사이나 사두가이들이 가지고 있던 그 교만과 어리석음이 그동안 제가 저질러 온 죄와 여러모로 닮아 있다는 생각도 하게 되었습니다.

언제부턴가 '가치 있는 삶'에 대해 고민하면서도 갈피를 못 잡고 흔들려 왔다는 생각이 듭니다. 그렇지만 세례를 계기로 신앙을 통해 그 목표가 선명해졌다는 확신을 갖게 되었습니다. 예전에는 생각하지 못했을 새로운 바람을 제 가슴에 품게 되었기 때문입니다. 이제부터는 제 선택이 어떤 것이라도 모두 주님의 말씀을 실천하는 일이 되길 소망합니다. 제가 하는 모든 일들은 비록 무의식적인 행동일지라도 주님께서 바라시는 일이 되길 희망합니다.

영원히 아물지 않는 시린 상처를 가지고도 주님의 품안에서 겸손하게 신앙을 실천하고 계시는 우리 성당의 형제, 자매님에게 주님께서는 하느님 나라의 큰 상급으로 보답하여 주실 것을 진심으로 바라게 되었습니다.

우리 부부는 주님이 보시기에 예쁜 모습으로 성가정(聖家庭)을 이루고, 올곧고 겸손한 신앙 안에서 우리 이웃들과 진심으로 나누며 살고 싶습니다.

그리고 언젠가 주님께서 나를 부르시면 "예, 여기 있습니다." 하고 기쁜 마음으로 달려가게 되길 바랍니다. 그때에 남은 육신 중 누군가에게 도움이 되는 부분이 있다면, 아낌없이 기증하여 필요한 분들에게 희망을 선물하고 떠날 수 있게 되기를 바라게 되었습니다. 그리고 나서 가까운 가톨릭 공원묘원 한켠에 소박한 자리를 빌려 우리 부부가 영원히 함께 하느님 나라에 들게 되기를 진심으로 희망합니다. 그때까지 늘 주변에 대한 감사의 끈을 놓지 않고, 세례와 견진세례 때 받은 성구를 미사 때마다 확인하면서 조금씩이라도 예수님을 닮아 갈 수 있다면 참 좋겠다는 생각을 합니다. 이제는 흔들림 없이 저의 바람을 실천하며 살고 싶습니다.

천안 쌍용2동 성당 문용원 자마

함께하는
이야기마당

삶의 목표가 선명해졌습니다.

나이 오십을 넘기고서야 세례를 받았습니다. 중년 이후, 신앙에 대하여 막연한 동경만 가졌을 뿐 실천으로 옮겨 볼 용기까지는 없었습니다. 그러던 어느 날, 대학 4학년을 앞두고 있던 아들이 세례를 받고 '라파엘'이라는 이름으로 우리 집안에 빛이 되어 나타났습니다. 이를 계기로 집에서 가까운 천안쌍용2동성당 문을 두드리게 되었습니다. 주님께서는 용기가 부족한 저를 위해 주님의 뜻을 먼저 실천할 수 있는 어린양 하나를 골라 저에게 아들로 보내주셨던 것이 아닌가 싶습니다. 저에게 세례는 영광스런 하느님의 자녀로 다시 태어나는 것뿐만 아니라 나 자신과 주위를 바라보는 눈이 달라졌다는 것을 의미합니다. 주님의 성소(聖召)를 받아 오로지 하느님 나라의 법규에 의지한 채, 매일 이 세상의 모든 달콤한 유혹들과 싸우며 주님의 몸과 피를 우리에게 전해주시는 성직자의 숭고한 고독함도 알게 되었습니다. 평생 아물 수 없는 절절한 사연을 가슴에 묻고 살아가는 분들도 만났습니다. 그런데 더욱 놀라운 것은 자기가 품고 있는 상처가 클수록 더 큰 신앙 안에서 봉사와 헌신으로 살아가고 있다는 것이었습니다. 낯설고 어설픈 저에게 따뜻한 손을 먼저 내밀어준 이들도 그분들이었습니다. 어딘가 살짝 불만스러웠던 제 삶의 일부도 돌이켜보니 전혀 부족함이 없는 큰 선물임을 교회 안에서 깨닫게 되었습니다. 오히려 작은 성취마저도 제 자신의 능력인 것처럼 착각했던 교만과 어리석음이 저절로 부끄러워졌습니다.

언제부턴가 '가치있는 삶'에 대해 고민하면서도 갈피를 못 잡고 흔들려 왔는데, 신앙을 통해 그 목표가 선명해졌습니다. 이제부터는 제 선택이 어떤 것이라도 모두 주님의 말씀을 실천하는 일이 되길 소망합니다. 또한 제가 하는 모든 일들이 무의식적인 행동일지라도 주님께서 바라시는 일이 되길 희망합니다. 우리 부부는 주님이 보시기에 예쁜 모습으로 성가정을 이루고, 올곧고 겸손한 신앙 안에서 우리 이웃들과 진심으로 나누며 살고 싶습니다. 그리고 언젠가 주님께서 나를 부르시면 기쁜 마음으로 달려가고 남은 육신 중 누군가에게 도움이 되는 부분이 있다면, 아낌없이 기증하여 필요한 분들에게 희망을 선물하고 떠날 수 있게 되기를 바랍니다. 그리고 나서 가까운 가톨릭 공원묘원 한 켠에 소박한 자리를 빌려 우리 부부가 영원히 함께 하느님 나라에 들게 되기를 진심으로 희망합니다. 그 때까지 늘 주변에 대한 감사의 끈을 놓지 않고, 세례와 견진성사 때 받은 성구를 매주 미사 때마다 확인하면서 조금씩이라도 예수님을 닮아갈 수 있다면 참 좋겠다는 생각을 합니다. 이제는 교회 안에서 흔들림 없이 저의 바램을 실천하며 살고 싶습니다.

문용원 자마 / 천안쌍용2동성당

「함께하는 이야기 마당」은 신부님, 수녀님, 교우분들이 함께 만들어가는 공간입니다.
많은 분들의 적극적인 참여 바랍니다. 채택되신 분께는 소정의 선물을 드립니다.
• 문의 : (042)630-7751~2 홍보국 / 보내실 곳 : tjubo@hanmail.net /원고 : A4용지 10pt 24줄 이내 /주소와 연락처 기재

성모주치의 | '사랑을 드리고 신뢰받는 감사하는 삶의 동반자 가톨릭대학교 대전성모병원'

(138)

Q 봄철만 되면 알레르기성 결막염으로 고생하고 있습니다. 봄철 눈 질환을 예방하려면 어떻게 해야 하나요?

A 봄이 되면 유독 눈이 빨개지고 자주 비비는 사람들을 쉽게 볼 수 있습니다. 대개는 공기 중에 떠다니는 꽃가루나 먼지에 의한 알레르기성 결막염이거나 황사먼지에 의한 자극성 결막염 때문입니다. 최근에는 중국에서 날아오는 황사에 의한 자극성 결막염이 많이 발생하는 경향이 있습니다. 알레르기성 안질환의 예방 및 치료에 있어서 가장 중요한 것은 알레르기를 일으키는 물질에 노출되는 것을 피하는 것입니다. 예를 들면 꽃가루가 원인일 경우 꽃가루가 날리는 계절에는 외출을 피하고 주로 실내에서 생활하는 것이 바람직하며, 집먼지 진드기가 원인일 경우는 진드기제거를 위한 청소를 자주하고 환기를 자주 시켜주는 것이 중요합니다. 심한 가려움증을 해소하기 위해 얼음을 천에 싸서 눈에 올려놓는 냉찜질을 사용할 수 있는데, 이때 한번에 너무 오랫동안 하지 않으며 대략 한번에 3분 이내로 하는 것이 좋습니다.

(가톨릭대학교대전성모병원 안과 노창래 교수)

말씀과 성사 안에서 자비를 실천하는 해...5

같은 내용이 약간의 편집을 통해 대전주보에 실림.

나. 팀장과의 화해(가톨릭다이제스트 기고/2017. 5월호)

팀장과의 화해

지난해 김장철로 접어들던 초겨울의 일이었다.

자전거 라이딩에 입문하면서 체력이 한결 좋아지는 것을 느끼고 있었다.

덕분에 생활도 예전보다 좀 더 활기차졌고 자신감도 높아져서 삶이 좀 더 적극적으로 변화했다. 체력도 좋아지고 활기도 넘치다보니 직장에서도 다른 사람보다는 내 목소리가 좀 더 커지고 있다는 것을 발견하면서 그만큼 반성의 시간도 늘었다. 주일미사에 가서는 나로 인해 상처받았을 주변 동료들을 떠올리며 용서를 구하고, 같은 죄를 다시 짓지 않게 해 달라는 청원기도를 올리며 한 주를 정리하는 일과가 몇 번 반복되었다.

이런 일상이 몇 차례 계속되던 차에 나는 새롭고 은혜로운 깨달음을 얻었다.

겨울나기를 위해 아내는 처가에 김장을 위한 배추를 주문해 놓았다. 장인어른께서는 우리 부부가 도착하기 전에 이미 밭에서 배추를 거두어 놓으셨다. 이를 준비된 소금과 용기에 절였다가 다음 날 씻어 오는 일은 육체적으로 그다지 힘든 일은 아니었다.

집에 도착해 준비된 양념에 배추 속을 넣는 일은, 막걸리를 곁들인 수육을 먹으면서 여유 있게 진행해도 초저녁에 마무리되었다. 예상에 비해 크게 힘들지도 않았고 김장을 마무리한 안도감과 평소 사용하지 않던 근육 활동으로 인한 피로감은 오히려 금세 숙면에 들게 하는 보약처럼 여겨졌다.

적어도 속 쓰림과 급한 설사 욕구로 잠이 깬 새벽 1시 반경까지는 달콤한 꿈나라였다. 캄캄하고 적막한 새벽에 혼자서 배를 움켜잡고 상비약 상자를 뒤져 소화제와 지사제를 복용한 후 아침에 문 열기를 기다려 병원에 다녀올 때까지는 화장실과 침대를 오가며 말 그대로 사투(?)의 시간을 보냈다.

한편으로는 이렇게 갑작스런 탈이 날 정도로 어제 내가 먹은 음식 중에 무슨 문제가 있었는지 의문이 들었다. 예전에는 이보다 더 많은 과식과 과음이 있었더라도 이렇게 자다 말고 복통에 잠이 깨어 고생한 기억은 쉽게 떠오르질 않았다. 잠깐씩 눈을 붙여 가며 날 밝기를 기다려 우선 병원에 다녀왔다. 주사처방 덕분인지 다소 힘들긴 해도 성가대 연습에 참석하고 교중미사도 무사히 마쳤다.

속이 좀 나아진 듯싶어 저녁부터는 가벼운 누룽지 대신 밥도 먹었다.

그리고 거뜬히 잠자리에서 일어나 월요일 출근을 준비하는 내일 아침을 기대하며 일찌감치 잠자리에 들었다.

그러나 오전 회의가 기다리고 있는 월요일 새벽 1시경, 메스꺼움과 간헐적으로 나타나는 위경련과 속 쓰림으로 어제보다 더 큰 고통에 신음하며 보내야 했다. 비록 어제처럼 화장실 출입은 없었지만 오히려 화장실에 가서 모든 것을 쏟아 버렸으면 좋겠다는 생각이 간절했다.

엊저녁만 해도 아내에게 아침 메뉴로 구수한 된장찌개를 부탁해 놓은 터였다. 남편의 이 소박한 바람을 위해 아내는 저녁에 일부러 두부를 사러 다녀왔고 나 혼자 괴로움에 몸부림치는 이 새벽 시간에도 아내는 곤한 단잠에 빠져 있다. 문득 혼자 감당하는 고통의 무게가 더 크게 느껴졌다.

아침에는 26년을 하루같이 이어온 출근 순서에 따라 출근 채비를 마치고 집을 나선다. 아침 운동은 아예 생각도 못하고 평생 거의 걸러 본 적이 없는 아침 식사도 이름만 짓는 수준에서 누룽지로 대충 때우고 출근과 함께 일상으로 복귀하였다.

사무실에서는 기다렸다는 듯이 결재서류가 들어왔다. 내 몸이 힘드니 어쩔 수 없이 부하 팀장의 말을 대부분 경청하면서 가져온 내용대로 결재를 진행하고, 꼭 필요하다고 생각되는 사안에 대해서도 낮은 자세를 견지하며 결재를 마쳤다.

이런 내 반응에 팀장은 다소 의아하다는 눈치였지만 조용히 경청하는 내 모습에 평상시와는 달리 자신감 있게 이런저런 부연 설명도 곁들인다.

그리고 회의 시간을 기다리기 위해 잠시 혼자 있을 때 내 머릿속에 번쩍 스치고 지나가는 것이 있었다. 짧지만 매우 강하게 느껴진 그것은 '경청과 겸손' 바로 그것이었다.

지금도 미사 때마다 습관처럼 바치는 영성체 후 기도가 있다.

첫 세례 때 주임신부님의 권유에 따라 각자 정해 놓은 기도 문구로 나는 "다른 사람의 의견을 넓게 경청하고, 옳게 판단하며, 지혜롭게 표현하게 해 주십사." 하는 것이다.

그 사건이 있던 당시, 마음에 두고 반성하며 회개하고 있던 일도 바로 그 팀장에 대한 직장 상사로서의 나의 불만과 그로 인해 자꾸 불신을 갖는 것이었다. 그런데 그 팀장의 결재 과정에서 방금 전 나는 깊이 경청하고 겸허하게 의견을 개진하고 있었던 것이다.

영성체 후 기도 문구가 생각나면서 신비스러운 생각이 들어 온몸에 전율이 전해 왔다. 갑작스러웠던 고통이 감사와 은혜로 느껴졌다. 이를 응답이 아니라고 감히 말할 수 있겠는가?

약간의 변화 속 일상에서 시작된 복통과 이로 인한 고통은 나를 겸손하게 만들어주었고, 그 겸손한 자세는 내가 영성체 후 기도를 통해 늘 주님께 소망해 오던 모습이었던 것이다.

주님께서는 내가 당연히 따를 수밖에 없는 방법으로 기도에 응답해 주신 것으로 믿게 되었다. 그리고 주님께서는 간절한 기도에는 어떤 식으로든 일상 안에서 응답해 주신다는 것을 확인하는 계기가 되었다.

내 마음속에 불신이 자라면서 그 팀장과 나 사이에 어느새 보이지 않는 장벽이 만들어졌고, 몸이 괴로워 어쩔 수 없이 경청하며 겸허하게 결재에 임하였지만 결과는 그간 쌓였던 상대방과의 거리감이 눈 녹듯이 해소되었던 것이다.

돌이켜 보니 그 팀장은 언제부터인가 내 방에 결재서류를 마지못해 들고 들어오고 있었고, 나는 그것이 또 내심 불만스럽기도 했었다.

이 일을 계기로 나는 일상 안에서 의도적으로라도 경청을 실천하려고 노력하고 있고, 그 팀장은 이제 사소한 보고거리가 생겨도 수시로 내 방을 노크한다. 내 마음의 문턱이 낮아지면서 비단 그 팀장뿐만 아니라 다른 부서 팀장이나 직원들도 내 방 출입이 전보다 늘어났음을 느끼게 된다.

그 팀장과는 날씨가 풀리면 자전거 라이딩도 함께 가기로 약속하였다. 그러면서 정작 행복을 되찾은 것은, 두려운 마음으로 마지못해 결재서류를 가지고 오던 그 팀장이 아니라 표정이 한결 밝아진 나 자신임을 깨닫게 된다.

이제부터는 주님께서 응답해 주신 이 감사한 기회를 오랫동안 유지하여 경청과 겸손이 마음속 구호로 그치지 않고 항상 나의 실생활이 되도록 가꾸어 가는 것이 기도를 청했던 평신도 성도의 의무가 아닐까 싶다.

보잘것없는 저를 이렇게 사랑하시고 응답해 주시는 주님께 진심으로 찬미와 감사를 드립니다.
아멘!

천안 쌍용2동 성당 문용원 자마

다. 다만 죄짓지 않으려고(가톨릭다이제스트 기고/2023. 7월호)

어느덧 8년째 성경 필사 중입니다. 평소에는 직장 출근하고 휴일이나 짬나는 시간을 이용하다 보니 남들보다 훨씬 긴 세월을 필사에 투자하게 됩니다. 이제는 서서히 끝이 보이기 시작하는 것 같습니다.

최근 야고보 서간 필사를 마쳤습니다. 내용 중에 "좋은 일을 할 줄 알면서도 하지 않으면 곧 죄가 됩니다.(4, 17)"라는 구절에서 잠시 묵상의 시간을 갖게 되었습니다.

40여 년 전의 일이었습니다.

충남 서해안의 시골 태안에서 중학교를 마치고 교육도시로 알려진 공주로 고등학교를 진학하였습니다. 초등학교 선생님이셨던 아버지의 강한 권유로 어린 나이에 타지에서 하숙하며 유학 생활을 하게 된 것입니다.

하숙집으로 가는 길은 지금처럼 보도블록이나 포장길이 아닌 흙길이었고 옆으로는 작고 얕은 도랑이 있었습니다.

꿈에 부푼 1학년 어느 날, 야간 보충수업을 마치고 하숙집으로 돌아가고 있었습니다.

이미 주변은 어두웠고 드문드문 서 있는 가로등은 힘겹게 빛을 품고 있었습니다.

그때 제 옆으로 만취한 아저씨 한 분이 자전거를 타고 지나가는데 자전거가 비틀거리다가 몇 발자국 앞에서 그만 옆 도랑으로 넘어져서 못 일어나는 것이었습니다.

도와드려야 한다는 생각에 얼른 달려가서 일으켜 세워 드리고 "아저씨 괜찮으세요?" 하고 묻는 순간 아저씨는 다짜고짜 제 뺨을 세게 후려쳤습니다. 순간 머리에서 별이 번쩍 일었습니다.

그러면서 "니가 밀었잖아? 이 자식아!" 소리치며 또 다시 손찌검할 태세였습니다.

너무 당황스럽고 어이가 없었지만 그보다도 그 아저씨의 폭력이 더 무서웠습니다.

다행이 바로 옆에 파출소가 있어 뛰어 들어갔고 경찰관에게 눈물범벅으로 자초지종을 설명하였습니다. 그런데 그 아저씨도 저를 따라 파출소로 들어와서는 여전히 만취된 목소리로 제가 자기를 밀었다고 주장하는 것이었습니다.

상황을 파악한 경찰관 아저씨가 저를 돌려보내 주었고 그 아저씨와는 뭔가 시시비비를 확인하고 있었습니다.

중학교를 갓 졸업한 어린 저에게 그 일은 객지에서 처음으로 접한 세상살이의 민낯이었고 지금까지도 기억에 남아 있는 충격이었습니다.

그 사건 이후 한동안 낯선 사람에게 도움의 손길을 내미는 것을 주저한 적도 있었습니다.

그럼에도 불구하고 타고난 넓은 오지랖 덕분인지 아님 사건의 기억이 점차 흐려진 덕분인지 자그마한 온정의 손길에 동참하는 기회가 점차 늘었습니다.

성당에서 매월 마지막 주 봉헌하는 '한 끼 100원 나눔' 성금도 당연히 참여하고, 오래전에 약정한 꽃동네 후원금도 작은 금액이지만 여전히 유지하고 있습니다.

전철 안에서 키 작은 아주머니께서 천정 짐칸에 커다란 짐을 싣느라 힘겨워하시면 얼른 일어나 도와드리고 자리까지 내드립니다. 낯선 할머니가 손밀차에 무거운 짐을 싣고 시내버스에서 힘겹게 내리시는 모습을 보면 나는 선뜻 나서서 번쩍 들어 내려드립니다.

혹자는 그런 제 모습을 보며 "남의 일에 절대 함부로 나서지 마라. 공연히 봉변만 당한다."고 진심 어린 충고도 건넵니다. 어릴 적 당혹스러웠던 기억에 비추어 결코 틀린 충고는 아닐 것입니다.

그러나 이제부터는 성경 말씀을 들어 오지랖 넓은 저를 변호할 수 있게 되었습니다.

"좋은 일을 할 줄 알면서도 하지 않으면 곧 죄가 되기 때문에(야고 4, 17), 나는 다만 죄를 짓지 않으려고 노력하는 중."이라 말할 수 있을 것 같습니다. 끝.

천안에서 독자 문용원 자마 올림

[한정찬의 1분 묵상문학 94] 어느 삶의 수기를 읽고

기사입력시간 : 2023/07/25 [10:40:00]   한정찬 시인

어느 삶의 수기를 읽고

선한 일 하다 그만 트집에 몰린 심정
교과서 배운 일이 삶 앞에 혼란일 때
한 소년 많은 성장을 체험으로 알았네.

인생을 살아오며 최선을 다한 열정
그 과정 하나같이 진실한 믿음생활
청장년 적극 행동을 굳건하게 지켰네.

누구나 실현하기 어려운 성경필사
의지로 인내 키워 기어코 이룬 완필
노년에 빛나는 모습 영광으로 맞겠네.

* 가톨릭 다이제스트 통합지 Reader, 2023.7월호
문용원 님의 글을 보고

한정찬 시인

한정찬 시인의 '어느 삶의 수기를 읽고' 게재(소방방재신문)

라. 앗! 나의 실수!(순천향대 신문 기고/2002. 1.)

지난 해 우리 대학교 졸업식 날이었습니다.

맑고 투명한 햇볕과 적당히 싸늘한 바람이 있어 대학 졸업식의 정취가 그대로 느껴지는 날이자 동시에 저의 육촌 여동생 두 명이 같이 졸업하는 날이었습니다.

지금은 생활관 운영지원팀장으로 일하고 있습니다만 당시에는 공과대학 건물에 사무실을 두고 있던 두뇌한국21(BK21) 사업단의 운영지원팀장으로 근무하고 있었습니다.

이미 작고하셨지만 마을 향교의 전교이자 훈장으로 계셨던 할아버지의 영향으로 저는 평소 체통과 체면을 매우 중시하는 편입니다.

사실 저의 개인적인 소신으로는 우리나라의 모든 사람들이 저만큼 체통을 중히 여긴다면 성범죄니 청소년 탈선이니 하는 등의 온갖 낯부끄러운 용어들은 없어질 것으로 확신하고 있는 사람입니다.

이날도 대학에 근무하고 있는 제 체면도 있었겠지만 평소 당숙과도 가깝게 지내고 있는 터라 육촌 동생들의 졸업선물로 볼펜 세트 두 개를 준비하였습니다.

육촌 동생 중에 언니와 핸드폰으로 연락하여 우리 사무실에서 약 1Km 정도의 거리에 있는 인문사회대학 현관에서 만나기로 약속을 하였습니다.

졸업식으로 인해 교정을 가득 메운 인파 속을 헤치며, 반외투 호주머니 양쪽에 준비한 선물을 넣고 천천히 걸어서 길을 나섰습니다.

그런데 아무리 생각해도 제 체면이 있지 호주머니 속의 선물이 좀 약하지 않나 싶었습니다. 그런데 약속 장소에 거의 다다랐을 무렵, 교정 내에서 꽃다발을 파는 상인들이 눈에 띄었습니다.

그래서 꽃다발이나 하나씩 더 준비하자 마음먹고 그 쪽으로 향했습니다.

꽃을 파는 상인들은 교통통제를 위해 설치해 놓은 바리케이드 뒤편에 위치하고 있었습니다. 바리케이드의 형태는 검문소에서 흔히 볼 수 있는 삼각형 받침의 철골 구조였습니다. 또한, 이 일대도 졸업식에 참석한 가족들과 졸업생들로 온통 인산인해의 상황이었습니다.

꽃을 사기 위해 바리케이드를 왼쪽으로 두고 돌아가는 순간 인파에 밀려 저의 좌측 둔부가 바리케이드를 스치는가 싶더니 "찌지지익~~." 불길한 예감이 드는 파열음과 감촉이 전해져 왔습니다.

설마 바지가 찢겨지진 않았을 거야!

순간이긴 했어도 제발 예상이 빗나가길 간절히 바라면서 왼손으로 의심나는 부위를 더듬어 보았습니다. 그러나 맨살이었습니다.

불길한 예감이 정확하게 적중했을 때의 비참함이란 당해 보지 않은 사람은 정말 모를 겁니다.

아! 이 수많은 인파 속에서 어쩌란 말인가?

나중에 확인해 보았습니다만 'ㄱ'자로 찢겨진 양변의 길이가 무려 약 5cm에 이르고 있었습니다.

무슨 용도인지는 모르겠습니다만 바리케이드 모서리에 'S'자의 고리가 용접되어 붙어 있더군요.

점잖은 체면의 대학 교직원이 비록 고의는 아니지만 이 수많은 인파 속에 엉덩이 속살을 내놓고 다녀야 한단 말인가?

아찔하더군요. 더 이상 꽃다발이 눈에 들어오지 않았습니다.

혹시나 싶어 바지를 바짝 추켜올리고, 반외투 끝을 최대한 잡아 내려 보았습니다.

사건 현장과 약속 장소는 불과 100여m 정도, 제발 아는 사람이나 만나지 말길 속으로 간절히 외치며 조심스런 발걸음을 옮기고 있을 때였습니다.

"선배님 안녕하셔요? 그동안 잘 지내셨어요?"

같은 학과 후배들의 목소리였습니다. 저는 본교 출신이다 보니 같은 과 재학생들은 모두 후배들이거든요.

"아, 그렇구나. 졸업하더니 더 예뻐졌네. 그래, 졸업을 축하한다. 다음에 또 보자."

그러면서도 제가 후배들에게 먼저 등을 보이며 쉽게 돌아서지 못하는 이유를 이해할 수 있겠습니까?

겨우 한 고비 넘겼다 싶어 현관 앞에 다다른 순간, 평소 잘 알고 지내던 교수님께서 오랜만이라며 악수의 손을 내미는 것이 아니겠어요?

두 손으로 반외투의 끝자락을 잡아 밑으로 당기고 있었는데…….

어쩔 수 없이 반외투 끝을 슬그머니 놓아 버렸습니다.

손아래 사람이, 더욱이 점잖은 집안 출신이라고 자부하고 살아온 제가 한 손으로 악수에 응할 수는 없는 입장 아니겠어요?

어떻게 그 자리를 모면했는지 아직까지도 정확한 기억은 없습니다.

약속 장소에 도착하여 우선 구석진 장소를 찾았습니다.

그리고 최대한 벽을 등지고 서서 기다리며 당황한 모습을 나타내지 않으려고 연신 표정 관리에 신경을 썼습니다.

그런데 오늘 입고 나온 속옷 색깔이 바지 색과 비슷한 계통의 짙은 색이었다는 생각이 들면서 일순간 안도의 기대감이 들더군요.

어쩌면 내가 걱정하지 않아도 될 만큼 사람들의 눈에는 잘 띄지 않을 수도 있다는 생각이 들었습니다. 그리고 이 사실을 꼭 확인하고 싶었습니다.

건물 안에 있는 대형 거울 앞으로 다가가 자연스럽게 왼쪽으로 몸을 틀어 확인한 순간, 말 그대로 "오 주여~." 외에는 떠오르는 단어가 없었습니다.

속옷은 예상대로 분명히 검은 계통이었습니다만, 찢겨진 부위가 뒤 호주머니 바로 밑부분이다 보니 호주머니를 만들기 위하여 대어 놓은 하얀 천이 찢겨져 바지 사이로 혀를 널름거리고 있었습니다.

이제 더 이상 나빠질 수 없는 극한 상황이라는 생각이 들더군요.

당초 계획대로라면 당숙과 당숙모도 만나서 졸업 축하의 인사도 드릴 생각이었습니다.

그러나 겨우 만난 육촌 동생에게 선물 두 개를 동시에 전해 주고 다른 약속이 있어서 같이 못 가겠으니 동생에게도 대신 전해 주고, 아버지, 어머니께도 인사 여쭤 달라며 겨우 돌려보냈습니다.

그리고 육촌 동생이 완전히 그 자리를 벗어난 것을 확인하고는 사무실로 발길을 돌리는데 큰일은 이제부터였습니다.

불과 1km 남짓 거리가 이렇게 길게 느껴지기는 처음이었습니다.

그러나 사람이 극한 상황에 다다르면 용감해지더군요.

그렇게 어색한 걸음걸이로 뒤통수를 의식하며 걷기보다는 차라리 당당해지자는 생각이 들었습니다.

당사자인 제가 바지가 찢긴 사실을 모르는 척하고 당당하게 걷게 되면 뒤에서 나를 보는 사람들이 오히려 미안해하거나, 최소한 동정은 하지 않을까 하는 기대감이 들었던 것입니다.

곧 바로 실행에 옮겼습니다. 안면을 무시하고 당당하게 걸었지요.

아무리 당당하게 걸어 보려고 노력했지만 자꾸만 뒤통수가 따갑고, 등에서는 식은땀이 났습니다.

겨우 도착한 사무실에는 여직원이 복병처럼 기다리고 있었습니다.

그냥 태연한 척 옷이 찢겨져 당황되어 혼났다면서 대수롭지 않은 듯 상황을 모면하고 넘어가려고 했지요.

그 여직원은 팀장인 저의 불행을 보고 대놓고 웃을 수는 없었고 터져 나오는 웃음을 혀를 깨물어 가며 참으려고 안간힘을 쓰더군요.

제가 오히려 미안할 정도였습니다.

인간이란 남의 불행을 보면 그렇게 웃음이 나오는 것일까요?

급기야 여직원은 도서관에 다녀와야 할 일이 생겼다며 서둘러 사무실을 빠져 나가더군요.

저도 그렇게 급하게 도서관에 다녀와야 할 이유를 군이 묻지 않았습니다.

오늘 제 차를 빌려 타고 나간 아내를 급하게 호출하여 다른 바지를 가지고 오게 함으로써 오늘의 사건을 대충 수습했습니다만, 아내도 쇼핑 중에 전화를 받아 생각만큼 빨리 와 주지는 않았습니다.

살아가면서 다시는 이런 일은 안 당했으면 하는 생각으로 오늘 일을 정리해 봅니다. 죄지은 것도 아닌데 정말 몸살 나는 하루였습니다.

앞으로는 바리케이드 모서리를 특히 조심하며 살기로 하였습니다.

투고자 : 문용원(생활관 운영지원팀장)

마. 마흔이 되어 부르는 내 영혼을 향한 연가(순천향대 신문/2003. 6.)

이제 마흔 살을 고비로 나는 내 인생과 가치관에 새로운 전환이 있었으면 좋겠다.

아직 초등학생에 불과한 우리 집 애들이 숙제는 뒷전으로 미루고 밖에서 뛰놀다 늦게 들어왔다 손 치더라도 교육적 차원을 빙자하여 언성 높여 잔소리하기보다는 애들의 눈높이에서 눈감아 주는 아량을 가졌으면 좋겠다.

신혼 초처럼 가슴 설레는 달콤함은 아니더라도 여전히 마음으로부터 느껴지는 편안한 안식처로 항상 곁에 있는 내 아내가 어쩌다 낯모르는 젊은 사내와 웃음 속에 즐거운 이야기꽃을 피우며 지나가더라도 다른 남성들과의 대화를 통해 저 여인도 객관적인 자기 모습의 발견이 필요하다는 것을 자연스럽게 수긍하고 인정하는 이해의 마음을 가졌으면 좋겠다.

자식의 늦은 저녁 밥상에 마주 앉으셔서 큼지막한 김치를 손으로 직접 갈라 주시는 이제는 홀로 되신 어머님으로부터 더욱 애처로운 엄마만의 손맛이 느껴 오고, 세월의 무게에 힘겹게 구부정해져 버린 어머님의 모습을 대하며 전에 없이 가슴 저미는 안타까움이 느껴지는 그런 마음을 뜻하는 것이다.

강한 뙤약볕 아래 구슬땀으로 일하시는, 비록 낯모르는 할머니의 거칠어진 손마디에서 마음으로부터 울려오는 측은지심으로 가슴 뭉클해지는 인간미를 이야기하는 것이다.

업무에 있어 누군가 작은 욕심으로 나를 배제한 채 뭔가를 도모했다고 하더라도 이를 구태여 마음에 담아 두지 않는 여유로움과 누군가를 진심으로 용서하는 방법을 터득하고 상대방을 향해 함박웃음으로 대할 수 있는 잔잔한 너그러움을 뜻하는 것이다.

내가 비록 어떤 선행을 했더라도 이를 굳이 다른 이에게 가벼이 알리고 싶지 않고, 누군가의 과장된 칭찬에도 교만스럽게 현혹되지 않을 수 있는 겸손함을 뜻하는 것이다.

훨씬 오래 전부터 이를 깨닫고 실천함으로써 이제는 습관처럼 기본적인 몸가짐으로 굳어져 버린 많은 분들에 비해 마흔을 고비로 겨우 눈을 뜨게 되는 내 모습이 부끄럽고 초라할지라도 이제 이를 통해 내 인생의 마흔을 좀 더 의미 있게 보낼 수 있었으면 좋겠다.

그래서 마흔 살은 쉰 살을 가리키며 내리막 언덕길로 안내하는 단순한 이정표가 아니라, 이름 없는 내 이웃과 열린 마음으로 어울리며 살아가는 방법을 터득하고, 누구라도 사람에게서 보다 소중한 의미를 발견하게 되는 인생의 넓은 정거장이 되어야하지 않을까 싶다.

그렇기 때문에 마흔 살이란 마냥 청춘을 부러워만 하는 회한의 모습이 아니라 한층 따뜻하고 깊은 향기가 있어 더욱 값진 인생의 또 하나의 절정이 되어야 하는 것이다.

대외협력팀장 문용원

바. 애마(순천향대 신문 기고/2006. 10.)

나는 20층짜리 아파트의 6층에 살고 있다.

지난여름 어느 금요일 저녁이었다. 퇴근 후의 가벼운 산행 덕분에 초저녁을 갓 넘긴 비교적 이른 시간이었지만 나른한 잠에 잠깐 취해 있었다. 비몽사몽간 돌아눕기 위해 뒤척이는 순간, 귀에 익은 자동차 경적 소리에 잠이 확 달아나 버렸다. 마치 화난 노동자들이 인내의 한계를 넘었을 때, 항의의 수단으로 가끔 사용하는 그 소리가 한여름 밤 무더위로 지쳐 있는 아파트의 온 단지 안에 울려 퍼지고 있었다.

"빠!~아~~앙~~!"

그런데, 허걱! 저 소리는 14살짜리 나의 애마(코란도)가 아파트 주차장에서 내는 소리가 틀림없었다.

초저녁잠에 익숙하신 어르신이나 주민께서는 이미 한창 잠이 깊었을 시간에 이게 웬 불법 시위(?)란 말인가?

혹시나 싶어 발코니 밖으로 확인해 보았다. 틀림없었다. 급하게 키를 찾아 현관을 박차고 달려갔다. 우선 급한 대로 운전대 위에서 경적 세트를 통째로 분리했다.

일단 경적 세트를 집 안으로 가지고 들어와서 자세히 살펴본 후 분해해 보기로 마음먹었다. 며칠 전부터 경적에서 손을 떼도 잠시 후에 소리가 멎는 현상이 있곤 했다.

구조는 생각보다 단순했다. 작은 원형 돌기의 볼록볼록한 엠보싱 무늬가 마치 계란판처럼 직사각형의 동판에 새겨져 있었고, 이와 별도의 무늬가 없는 위 덮개형의 다른 동판이 한 조를 이루고 있었다. 그리고 이 두 동판 사이에 엠보싱 돌기에 맞추어 구멍이 뚫려 있는 스펀지 재질의 단전막이 접착제로 고정되어 있었다. 따라서 별도의 스프링 장치 없이 위 덮개 동판을 누르면, 스펀지의 구멍 사이로 아래 동판의 엠보싱 돌기가 위의 동판과 닿는 순간 접촉되어 소리가 나고, 손을 놓으면 스펀지 재질의 탄력에 의해 다시 분리되는 구조였다.

그런데 이 스프링 기능을 하는 스펀지 재질이 세월의 무게를 이기지 못해 더 이상 탄력이 없어져 버리고 만 것이었다.

예기치 못했던 경적 시위에 황당했던 마음도 잠시 잊고, 나는 애마를 향한 측은한 마음마저 들었다. 주인 잘못 만나 마지막까지 세월의 무게에 짓눌려 기력을 잃고 결국 버티기를 포기한 것 같은 생각이 들었기 때문이다.

탄성을 가진 적당한 보충재를 찾아 집안 구석구석을 뒤적인 끝에 여성들이 콤팩트 화장할 때 사용하는 정사각형 모양의 낡은 화장용 스펀지를 아내로부터 얻었다. 이를 가위로 얇게 잘라 동판 사이의 적당한 위치에 서너 곳 양면테이프로 고정하고 다시 결합하여 수리를 마무리하였다. 그리고 다음 날 아침까지 참지 못하고 곧바로 내려가 애마(코란도)의 핸들에 결합해 주었다.

혹시 간극이 너무 넓어져서 경적이 작동하지 않거나, 작동이 된다고 해도 지나치게 무뎌서 세게 압력을 가해야 겨우 작동하는 것은 아닌지 염려가 앞섰다. 전선을 이은 후 결합을 끝내고 조심스럽게 경적을 누르는 순간, 경쾌한 소리가 작동해 주었다.

참 신기하고 고마웠다. 자랑하고 싶은 마음에 계속 경적을 눌러 보고 싶었지만 잠자리에 계실 주민들을 생각해서 억지로 참고 집으로 올라왔다. 그래도 내 얘기를 들어 줄 사람이 있었으니 바로 아내였다. 클랙슨의 원리와 고장 원인 분석 그리고 이를 다시 화장용 스펀지를 이용해서 고친 과정을 열심히 설명해 주었다.

"잘했다."며 건성으로라도 열심히 들어 주는 척하는 아내에게 정말로 자동차 경적의 원리를 꼭 가르쳐 줘야겠다는 생각은 나도 없었다.

다만, 시대에 한참 뒤떨어진 14살짜리의 털털거리는 올드카에 불과하지만 내 손으로 작은 것 하나라도 꼼꼼히 만지고 가꾸면서 나만의 차, 나만의 애마로 새롭게 만들어 간다는 것이 기쁘고 행복했기 때문에 나는 이 기분을 자랑하면서 동시에 만끽하고 싶었던 것이다. 그리고 이 행복감은 올드카를 통해서만 비로소 가능한 기쁨이기도 했다.

잠결에서조차 경적 소리만으로도 내 차라고 확신할 수 있었던 이유가 사실은 따로 있었다. 오래전, 기존의 경적 소리가 작아져서 폐차장을 통해 경적 소리 장치를 별도로 구해다가 내가 직접 추가로 장착했기 때문에, 나의 이 소중한 애마는 다른 차와는 달리 경적 소리를 이중 듀엣으로 울려 준다. 이런 음색의 경적을 갖고 있는 자동차는 이 세상에 오직 내 차밖에 없는 것이다.

최신 유행 감각에 따른 디자인과 각종 첨단 디지털 장치로 무장한 차를 폼 나게 타고 다니는 것도 즐거운 일임에는 틀림없다.

그러나 어릴 적 친구 같은 느낌과 때로는 가족 같은 애정으로 올드카를 돌보고 가꾸다 보면 새

차에서 느끼지 못하는 다른 형태의 기쁨과 행복을 얻을 수 있게 된다.

　가끔씩 시간 날 때면 나는 낡은 지프차의 육중한 엔진 뚜껑(보닛)을 활짝 열어 놓고, 시동을 켠 채 오랜 세월이 흘렀음에도 불구하고 아직까지도 한결같이 잘 돌아가고 있는 엔진의 구석구석을 신기한 듯 관찰하며 행복감에 젖곤 한다. 끝.

문용원(교무팀장)

사. 사촌이 땅 사면 배 아파?(순천향대 신문 기고/2007. 8.)

　대부분 사람들이 사회에 진출할 때쯤이면 저마다 몇 개의 친목 모임은 가지고 있기 마련이다. 고향 친구들과의 친목 모임, 꿈 많던 고교 시절 친한 친구들끼리 모여서 만든 모임, 대학 동창 모임, 직장 내 동기 모임이나 동아리 모임, 좀 더 활동적인 사람이라면 취미 활동을 위한 동우회에 이르기까지 다양한 모임들이 있다.

　나에게도 이런저런 친목 모임이 있지만 그중에서 특별한 친목회가 하나 더 있다. 바로 사촌 형제들로 구성된 친목 모임이다. 결혼한 사촌 형제만이 회원 자격을 갖고 부부가 동시에 참여하고 있는 모임으로 십수 년 전 8명의 회원으로 시작하여 당시 총각으로 남아 있던 두 명의 예비 회원이 결혼함으로써 이제 회원수는 12명이 되었다.

　이 친목회 이름은 작고하신 할아버님의 호를 따서 '송석회(松石會)'라고 지었다. 송석회가 만들어질 즈음에는 아버님의 3형제와 2자매가 모두 생존해 계실 때였다. 처음 시작할 때 어른들께서는 사촌 간에 무슨 친목회냐 하시며 크게 반기는 분위기는 아니었다. 그러나 우리 사촌 형제들은 재미 삼아 회칙도 만들고, 아직까지 잘 몰랐던 직계 조상에 대한 자료도 발굴하여 돌려보며 우리들만의 공감대를 확대해 나갔다.

　매년 명절마다 모여 앉아 오갔던 이야기들을 차곡차곡 정리해서 회의록으로 만들어 갔고, 이 자료에는 지난 일 년 동안 우리 집안에서 일어난 잡다한 일들도 기록해 놓았다. 정월 대보름을 전후해서는 한 집씩 돌아가며 윷놀이 행사도 열었다. 이 행사를 통해 집안 어른들은 물론이고 걸음마를 배우는 아이에 이르기까지 윷놀이 상품 선물도 하나씩 나누어 준다. 조금씩 모아 온 회비로 예초기도 3대나 장만하여 추석을 앞두고 벌초 때에는 주로 남자 회원들이 모여 소풍 나온 기분으로 먹고 마시면서 선조의 산소를 함께 돌보고 있다.

　불행하게도 아버님 형제분들께서 그 후 모두 돌아가시고 지금 송석회는 어느새 우리 집안의 대소사를 결정하는 최고의 의사결정기구가 되어 버렸다.

　우리 사촌들도 그렇지만 요즘의 세태가 대체적으로 자식을 많이 두지 않는다. 많아야 둘이고 아들이든 딸이든 하나만 두는 집이 허다하다. 그러다 보니 가슴이 아련해지는 가난한 시절의 형제간 우애가 도대체 어떤 감정인지 요즘 세대들은 잘 모른다. 모르는 것이 오히려 당연할 수도 있다.

보험금을 받기 위해 가족을 살해했다는 보도를 가끔 언론을 통해 접하게 된다. 최근에 또 보험금을 노리고 부모를 살해한 자식의 현장 검증이 있었는데, 복면 사이로 드러난 눈을 통해 아들임을 알아보고 왜 그러느냐고 살려 달라고 하시는 아버지와 어머니마저 무참히 살해했다는 보도를 접했다. 참으로 충격적이었다.

가족이 얼마나 소중한 존재인지 자라면서 아이들이 꼭 깨닫게 해 주어야 한다. 나아가 사촌이면 얼마나 가까운 친족 간인지를 스스로 느끼게 해 주어야 한다.

우리 집안에서는 송석회 가족 모임을 통해 아이들이 육촌 지간이라도 어려서부터 함께 만나고 부대끼면서 자랐다. 그래서 가족이란 따뜻한 정과 우애로 만들어지는 것으로 믿고 있고, 아직까지는 육촌을 한 가족으로 받아들이고 있다. 얼마나 고맙고 다행스러운 일인가?

한가위 명절이 성큼 다가왔다. 성묘를 마치고 잠시 사촌들과 둘러앉아 한바탕 떠들어 댈 기대감에 어린아이처럼 명절이 기다려진다. 할아버님께서 돌아가신 지 20주기를 맞는 금년에는 그동안 모아 놓은 회의록과 자료들을 묶어서 책자로 만들기로 하였다. 송석회를 통한 또 하나의 역사와 공감대를 만들게 되는 것이다. 그래서 사촌이 땅을 사더라도 적어도 우리 송석회 안에서는 아무도 배 아파할 수가 없다.

문용원 교무팀장

아, 고백합니다! 바람이 난 것 같습니다(방송대 신문 기고/2012. 5.)

정직하게 고백합니다.

아무래도 바람이 난 것 같습니다.

처녀 가슴 설레게 하는 봄바람도 아니요, 네온사인 불빛을 휘감으며 돌아가는 춤바람도 아니요, 제2의 담임이라 불리는 공포의 초, 중등학교 치맛바람도 아닙니다.

군이 이름을 붙이자면 '교육학 바람' 정도면 어울릴 것 같습니다.

아직은 서먹한 분위기 속에서 주변을 어정거리는 2012년 편입생인 저에게 지난 연합 M·T는 신선하고 새로운 충격이었습니다.

집행부는 진심으로 솔선수범하고, 참여하는 이들은 적극적으로 동조하며 인간 내음 풀풀 피워 내는 모습이 참 보기 좋았습니다.

엊그제 일요일에 있었던 등산 동아리에서도 마찬가지였습니다.

학회장님, 과대님들은 큼직한 플라스틱 락앤락 통에 각자가 준비해 온 밥과 나물과 고추장과 더불어 정성과 웃음을 함께 넣고 두 손으로 써~억! 썩! 힘주어 비벼 내는 '현장 비빔밥'에는 밥 이상의 정이 잔뜩 배어 있었습니다.

지혜로운 사람은 '많이 아는 사람'이 아니라 '열심히 배우려는 사람'이라는 말을 믿고 한동안 망설여 오던 한국방송통신대학교에 용기 내어 첫발을 내디뎠습니다.

그러나 늦깎이로 새로운 공부를 시작한다는 것은 설렘도 크지만 그 나머지 반은 두려움으로 채워지기 마련입니다.

스터디 그룹 안에서는 아직도 실수투성이고, 학문적으로도 걸음마 수준에서 크게 벗어나지 못하고 있는 것이 사실입니다.

그렇지만 이 인연이 아니었던들 어떻게 제가 'Pedagogy(페다고지)'와 'Andragogy(안드라고지)'를 알 수 있었겠습니까? 어떻게 제 인생에 '로에빙거(Loevinger)'나 '노울즈(Knowles)'의 이론에 대해 깊이 있게 접할 수 있는 기회가 있었겠습니까?

이제 교육학이 좋아졌습니다.
공연히 가슴이 설렙니다.
바람난 것이 분명합니다.

순전히 여러분 때문입니다.
인간적인, 참으로 인간적인 천안 교육학과 학우들 때문입니다.
아직은 분명 이르지만 몇 년 후의 결실에 대한 기대도 조심스럽게 가져 봅니다.

그리고 조금 늦어지면 또 어떻겠습니까?
여기 이 훈훈한 동료 학우들이 옆에 있는데….

3. 가정사

가. 어머님 무릎 수술 후기

김성민 원장님께 드립니다.

벌써 일 년이 지났네요.

2018년 연말 분위기가 한창 무르익을 무렵, 굵어지는 눈발을 헤치며 오직 내비게이션에만 의지한 채 한 번도 가 본 적이 없는 강서힘찬병원을 향해 이른 새벽 상경 길에 올랐습니다.

그날 이후 한 해 동안 어머니와 저희 가족에게는 매우 특별한 일 년이 되었습니다.

소문으로 알게 된 '김성민' 원장님과 병원 이름 하나만 가지고 십수 년을 괴롭혀 온 어머니의 무릎 관절을 고쳐 보겠다는 무모한 결심이 변화의 출발점이었습니다.

아버님과 사별하신 후에도 친구들과 의지하고 지낼 수 있는 고향이 좋다며 충남 태안에 조그만 아파트에서 혼자 계시는 어머니는 어느덧 팔순을 목전에 두고 있었습니다. 더 이상 미룰 수 없다는 생각이 엄습해 왔습니다.

가족들에게는 거의 통보에 가까운 상의를 마치고 곧바로 인터넷을 뒤져 강서힘찬병원의 연락처와 위치 등을 확인하고 전화를 넣었습니다.

상담원님의 친절한 도움으로 지방에서 올라갈 때 미리 준비해야 할 것들도 알게 되었습니다. 통화하면서 벌써 강서힘찬병원에 대한 저의 첫인상이 참 좋았습니다.

연말이면 어느 조직이든 바쁘기 마련인데 최대한 빠른 날짜를 잡아 주셔서 해를 넘기지 않고 입원할 수 있었던 것도 참 감사했습니다.

병원에 도착하여 몇 가지 수속을 마치고 조바심 속에서 처음 뵙는 김성민 원장님은 밖에서 듣던 명성에 비해 매우 겸손하시면서도 차분한 분이었습니다.

무조건 수술이 아니라 환자 상태와 검사 결과를 꼼꼼하게 점검하고 지방에서 올라 온 환자와 보호자의 일상까지도 고려하며 스케줄을 검토하시는 원장님을 대하면서 여느 의사와는 뭔가 다르다는 생각에 더욱 깊은 신뢰감이 들었습니다.

　대부분 연로하신 어르신들과 마찬가지로 어머니도 일주일 간격을 두고 양쪽 무릎을 모두 수술하셨습니다. 오래된 맷돌처럼 저렇게 닳고 닳아 버린 어머니의 양 무릎은 팔십 평생을 자식과 가족들을 위해 헌신해 오신 표징 같아서 마음이 아팠습니다.

　마취가 깨면서 밀려오는 그 견디기 힘든 통증에도 어머니는 감사하게도 잘 견뎌 주셨습니다. 비몽사몽을 오가며 힘들어 하시던 어머니가 어느새 잠깐 잠이 드신 것을 확인하고 시원한 공기를 찾아 병원 옥상으로 향했습니다.

　옥상에는 간단한 휴식을 위한 장식들로 꾸며져 있었고, 한켠에는 성모님 상이 있었습니다. 뜻밖의 장소에서 만난 성모님 앞에서 누가 보든 말든 성호경을 올리고 '우리 어머니를 이 고통에서 빨리 벗어나게 해 달라.'고 간절히 기도드렸습니다. 그리고 그 기도는 그날 이후 지금까지도 미사 중 영성체 후에 습관처럼 바치는 기도가 되었습니다.

　금세 매서운 한파가 피부로 느껴졌습니다. 서둘러 병실로 돌아와 보니 집으로 돌아가는 늦은 차 시간이 다가왔습니다. 오늘 수술한 분을 혼자 병실에 놔두고 보호자가 집에 간다는 것은 과거에는 상상도 할 수 없는 일이겠지만, 이곳은 간호간병 통합 시스템 덕분에 맘 놓고 집에 돌아갈 수 있었습니다. 이 병원으로 오기를 참 잘했다는 생각이 또 들었습니다.

　3주가량의 입원 기간 이후 원장님의 처방에 맞춰 퇴원하고 집으로 돌아왔습니다.

　귀가 직후에는 수술 후 통증인지 관절 통증인지 구분이 안 갈 정도로 힘든 점도 있었지만 이 점에 대해서는 원장님으로부터 충분히 설명을 들은 터라 더 이상 불안한 마음은 들지 않았습니다. 점차 좋아진다는 원장님 말씀에 의지하며 어느덧 1년이 흘렀습니다.

　퇴원 후에도 병원에서 정기적으로 어머니께 전화로 회복 상태를 점검해 주시고 그 단계에서 해야 할 일들도 꼼꼼히 알려 주셨습니다. 연말에는 달력도 우편으로 보내 주셨습니다.

원장님께서는 진심을 담아 주기적으로 어머니께 편지를 보내 주시며 격려와 용기를 주셨습니다. 원장님으로부터 받은 편지를 어머니께서는 몇 번씩 다시 읽으시면서 회복에 대한 강한 의지와 힘을 얻으셨습니다.

편지에 적어 주신 것처럼 아직까지는 일상에서 앉고 일어서실 때 약간의 불편한 과정에 있지만, 분명한 것은 확실히 좋아지고 있다는 것입니다.

무엇보다도 수술 전에는 잠자리에 들 때마다 양 무릎을 쑤셔 대는 통증으로 매일 지옥을 체험하셨다면 이제는 그 고통에서 해방되셨다는 것입니다.

양쪽 다리가 젊으셨을 때처럼 반듯해졌고, 걸어서 노인정 출입하시는 것이 더 이상 겁나는 일이 아니라 즐거움이 되었습니다. 더 일찍 수술해 드리지 못한 것이 후회스러웠습니다.

지난여름에는 온 가족이 어머니를 모시고 남해안 지역 순천, 여수로 가벼운 가족여행도 다녀왔습니다.

수술 후 1년이 지난 지금, 저는 주위 분들에게 자신 있게 권합니다.

"하루라도 빨리 수술을 결심하라. 그리고 수술 후 3주일만 고생하시라. 강서힘찬 병원 김성민 원장님과 상의해 보시라. 그곳에서 가면 길을 찾을 수 있을 것이다."

이제 어머니께서는 편지로 알려 주신 원장님의 권고에 따라 매일 평지를 걸으시고 실내 자전거도 타고, 무거운 물건은 가급적 멀리하시면서 양반다리도 절대 피하십니다.

김성민 원장님! 고맙습니다.

편지 말미에 적어 주신 "사람의 고통을 덜어 주기 위해 원장님이 가지고 계신 의술을 펼치시겠다."는 각오와 "평생 저희 어머니의 관절 주치의가 되어 주시겠다."는 말씀이 오랫동안 가슴에 남습니다.

원장님을 뵈면서 수술 실력이 뛰어난 돈 잘 버는 의사의 모습보다는, 따뜻한 가슴을 지닌 진솔한 지성인의 모습을 먼저 떠올릴 수 있어 참으로 감사합니다.

부디 원장님을 따르는 후배 의사 선생님들도 원장님의 맑은 가치관이 잘 투영되어 우리 사회 곳곳에 의술과 지성을 겸비하고 인간 사랑을 실천하는 또 다른 김성민 선생님이 더 많이 활동하게 되기를 고대합니다.

바쁘신 진료 일정일수록 건강 관리 잘하시고 원장님 가정에는 늘 축복이 가득하시길 기원합니다. 고맙습니다.

2020. 1. 17.

충남 천안에서 이영 환자의 큰아들 문용원 올림

나. 아버님 산소 앞에서

이곳 충남 태안군 남면 양잠2리 1039-2번지에서 영면하시는 아버지 문근학 님은 우리나라 대한민국이 일제치하 말기에 있던 1937년 음력 丁丑년 2월 9일에 할아버지 문세영(文世泳) 님과 할머니 김해 김(金海 金)씨 사이의 3남 2녀 중 2남으로 태어나셨습니다.

어려서부터 두드러지게 총명하셨던 아버지께서는 비교적 늦은 나이에 시목초등학교 3학년으로 편입하시면서부터 그동안 배워 왔던 한학을 접고 현대 교육에 입문하시었습니다.

세계사에 한국전쟁으로 기록되어 있는 6·25전쟁을 열세 살 경에 겪으시면서 초등학교 과정을 마치시고 태안 중학교를 거쳐 상급학교인 인천고등학교에 유학하시었습니다.

이후, 1956년도(추정)에 단국대학교 정치외교학과에 진학하시어 군 복무를 마치시고 1963년도에 정치학 학사 학위를 취득하셨습니다. 이어 1963년 12월에 어머니 이영(李榮) 님과 결혼하시어 가정을 이루시게 되었습니다. 어머니 이영님은 1940년 음력 庚辰년 4월 11일 충남 태안군 부석면 송시리 2구에서 외조부님의 1남 3녀 중 3녀로 태어나셨습니다.

아버지께서는 당시로서는 드물게 대학을 졸업하셨지만 우리나라의 경제 사정이 전반적으로 크게 어렵던 시절에 호구지책으로 소원면사무소에 근무하시게 되었고, 이때 장남 용원[음력, 갑진년(1964년) 12월 22일생]과 차남 용신[음력, 병오년(1966) 11월 22일생]을 얻으셨습니다.

이후, 당진군에 위치하고 있는 석문초등학교 교사로 부임하시어 교육계에 첫 입문하시면서 1녀 용희[음력, 기유년(1969) 6월 29일생]를 얻으셨습니다.

이 기간 동안 아버지께서는 중등 교사시험에 합격하시어 초등학교를 떠나 연수까지 마치셨으나 불행하게도 발령을 받지 못하셨습니다.

당시 아버지의 나이 34세로 이때부터 눈물겨운 고난의 인생을 꿋꿋이 걸어가셨습니다.

태안군 소원면 시목리 159번지에 터전을 잡으시고 가장의 책무감에 부득이 농부로 전업하시었고 적은 농토로 굶주리면서도 묵묵히 미래를 준비하셨습니다. 거친 농사일에 몇 년 사이에 훌쩍 늙어 버리신 모습으로 1976년도경 안면도 나치도의 한 초등학교 분교의 임시교사로 부임하시면서 다시 교직으로 복귀하셨습니다.

이후 1978년, 경기도와 충청남도에서 시행하는 초등학교 교사 채용시험에 두 곳 모두 합격하시어 경기도 여주로 발령을 받으셨습니다. 이 과정에서 3남 용길[음력, 무오년(1978) 10월 1일생(양력, 11. 1.)]을 얻으셨습니다.

1976년경부터 가족과 떨어져 지내시는 객지생활을 접으시고 1981년경에 태안초등학교로 발령을 받아, 1983년 5월, 소원면 시목리 159번지에서 태안군, 읍 동문리 320-8번지로 이사 오시면서 고향에 정착하시게 되었습니다.

아버지와 같은 세대를 사셨던 동년지기와 비교하여 더 큰 꿈도 품으셨던 아버지께서는 인생의 가장 중요한 시기에 좌절을 겪으신 이후부터는 모든 꿈을 가슴속에 묻으신 채 오직 초등학교 선생님으로서 한 길을 걸으셨습니다.

비록 경제적으로는 넉넉하다고 할 수는 없었으나 언제나 동료 선생님들과 제자들로부터 진심으로 존경받는 참스승의 길을 걸어가시는 아버지를 대하면서 우리 자식들은 그런 아버지가 한없이 자랑스러웠습니다.

1998년 당시, 김대중 정부는 개혁이라는 미명 아래 우리나라 의료 정책의 실패와 함께 초등학교 교사의 정년을 65세에서 63세로 하향조정한 후, 결국 교사가 부족하여 내쫓은 교사들을 다시 임시교사로 채용하여 보충하는 교육 정책을 추진하였습니다.

이 과정에서 아버지께서도 불가피한 명예퇴직과 함께 1999년 8월 말일부로 교육계를 떠나시게 되었습니다. 그러나 결코 마음으로부터 우러나온 퇴직이 아닌 만큼 당시 교육계를 등지고 떠나셨던 대부분의 선생님들과 마찬가지로 아버지께서도 한없는 좌절과 불쾌감을 가슴에 안고 뒤돌아설 수밖에 없었습니다.

결국 마음속에 응어리진 불쾌감은 약10여 년 전부터 조절해 오셨던 당뇨와 더불어 육신의 병으로 발전하여 결국 1999년 10월에 위암 판정을 받으시게 되었습니다.

곧바로 순천향대학교 천안병원에 입원하시어 10월 21일 큰 수술을 받으신 후, 겨우 수술실의 공포감에서 겨우 벗어날 무렵인 2000년 6월에 간암으로 전이된 사실을 알게 되었습니다. 이때의 가족들의 심경은 이루 말할 수 없는 좌절과 실망 그 자체였습니다. 모든 희망이 일순간에 무너져 버리는 심정이야말로 천 길 낭떠러지로 한 없이 추락하는 그런 느낌이었을 것입니다.

두 번에 걸친 고주파 치료(리타) 등을 거치면서도 계속해서 나타나는 종양으로 인해 2000년 9월 20일, 죽음보다도 공포스러운 두 번째 개복 수술에 이르게 되었습니다.

이후 한방과 홍삼추출 항암제에도 의지해 보고, 일본에서 개발되었다는 신약에도 매달려 보았지만 2002년 2월 체력의 한계에 도달하시게 되면서 항암치료를 중단할 수밖에 없었습니다. 집에서 요양하시면서 중국으로부터 구입한 항암령의 두 번째 신청분을 채 못 잡수시고 4월 20일, 날로 더해 오는 심한 통증치료를 위해 다시 순천향대학교 천안병원에 입원하시게 되었습니다.

온 가족들이 지켜보는 가운데 사랑하는 우리 아버지의 생명의 불이 하루하루 조금씩 꺼져 가고 있는 것을 의식하지 않을 수 없었고, 자식들은 파란만장한 아버지의 인생을 되짚어 보면서 이렇게 허망하게 보내드릴 수는 없었다고 몸부림쳐 보았습니다만, 병마 앞에 인간이 이렇게 무기력한 존재라는 사실만 사무치게 절감하고 말았습니다.

누구보다도 이 사실을 먼저 파악하고 계셨던 아버지께서는 의식을 놓기 직전까지도 말을 아끼시면서도 인간으로서의 예의에 벗어나지 않으시는 의연한 모습을 유지하셨습니다.

퇴원 하루 전날, 온몸이 붓고 기운이 부쳐 미동조차 어려운 상황에서 식사를 불과 두 수저 정도 드신 후, 아버지께서는 부득불 밖으로 나가시겠다고 요청하셔서 휠체어를 이용해 복도에 나오자마자 힘든 구토를 하셨습니다. 다른 사람들이 식사 중인데 어떻게 염치없이 실내에서 토할 수 있느냐고 하실 정도로 아버지께서는 맑고 깨끗한 의식과 학처럼 고고하신 인품을 끝끝내 흐트러뜨리지 않으셨습니다. 아무리 병환이 깊었더라도 인간으로서의 예의와 범절에서 한 치도 벗어나지 않으시고자 하시었습니다. 이는 죽음을 앞둔 인간의 의지의 한계를 넘는 것으로 일생을 거쳐 몸에 익힌 삶이요 가치관 그 자체인 것입니다.

집으로 퇴원하신 다음 날인 2002년 5월 7일(음력 3월 25일) 화요일 오전 11시 40분, 아버지께서는 슬하의 자식들은 물론이고 외손자에 이르기까지 아버지로부터 비롯된 모든 가족이 한자리에 모인 가운데 조용히 운명하시었습니다.

학처럼 고고한 인격을 갖추시고 평생을 양심의 잣대로만 살아오신 아버님께서는 자식들의 정성이 모자란 탓에 그만 예순여섯이라는 짧은 생을 마감하시고 마셨습니다.

자식으로서 그 안타까운 심정과 애절한 마음이야 무엇으로 비교하여 표현할 수 있겠습니까만 이제 홀로 남으신 어머님을 통해 아버님께 드리지 못한 정성을 다하는 길만이 더 큰 후회를 막을 수 있지 않을까 싶습니다.

　아버지로부터 따뜻한 사랑을 받고, 아버지의 희생의 힘으로 자라 이제는 장성한 자식들은 가슴 속 가장 깊은 곳에 사랑하는 아버지를 흠모의 마음으로 영원히 새겨 둘 것입니다.

　그리고 다시 아버지의 곁으로 돌아갈 그날까지 아버지를 닮은 바른 양심과 정직한 마음으로 올곧게 행동하며 아버지의 뜻을 기리고자 합니다.

　아버님 편안히 잠드시옵소서.

다. 부모님 비문

〈전면〉

> 평생을 교육자로 헌신하신
> 아버님 **문근학** 교감 선생님과
>
> 지극히 검소하신 일생동안
> 유머감각도 유지하신
> 어머님 **이 영** 여사님
>
> 여기에 함께 잠드시다.

> "저희 4남매 끝까지 우애하며 잘 살겠습니다.
> 어머니, 아버지! 감사합니다. 사랑합니다."

〈측면〉

母 出生 一九四〇年 四月 一十一日(陰)
(陰) 歸天 二〇二一年 十一月 六日(陽)/一〇月 二日

父 出生 一九三七年 二月 九日(陰)
(陰) 歸天 二〇〇二年 五月 七日(陽)/三月 二十五日

〈후면〉

자녀	용원·박옥희	용신·함덕희	용희·윤석양	용길·김효진
손자녀	명현	석현	윤성희	규현
	선현	지현	윤여필	서현
				아현

〈산소 위치〉

충남 천안시 동남구 광덕면 광덕로 383 천안공원묘원 태학지구 4233번

라. 새로운 태풍 '말리'가 올라오고 있는 흐린 월요일 아침

지금은 나 자신을 더 따뜻하고 더 편안하게 사랑해야 할 때다.

나 자신을 향한 사랑의 마음, 격려의 마음을 통해 나 스스로 위안을 받고 정서적으로 안정을 취하는 것이 지금 이 순간 가장 중요한 일임을 인식하여야 한다.

이렇게 스스로에 대한 사랑을 확인하고 편안한 마음을 유지할 수 있을 때 누구라도 다른 사람을 위한 사랑의 마음을 가질 수 있기 때문이다.

가깝게는 가족에 대한 사랑과 포용의 마음도, 직장 동료에 대한 배려의 마음도, 윗분에 대한 지극한 공경의 마음도 나 자신을 사랑하는 안정적인 정서를 토대로 가능할 것이다.

그래서 지금은 더욱 나 자신을 사랑할 때다.

나는 오늘도 하루를 충분히 준비했다. 보고 자료도 나름대로 최선을 다해 완성하였고, 결재서류도 충분히 숙지하고 있다.

무엇을 더 불안하게 생각하는가? 무엇에 대한 두려움을 갖는가?

예전의 실수나 부족했던 점에 대해 아직도 마음에 묻어 두고 자학의 도구로 사용하고 있는가?

사람은 누구나 실수도 하고 그를 만회하면서 성장도 하는 것이다.

나를 사랑하는 마음을 더욱 크게 가져서 이사장님에 대한 두려움부터 스스로 다스리도록 하자.

그래도 부족한 부분이 있었다면, 나는 늘 최선을 다하고 있고 오늘도 내 능력 범위 안에서는 최선을 다했음을 자부하라!

다른 이를 사랑하고 배려하는 마음의 출발은 나 자신을 사랑하는 데서부터 비롯된다는 점을 유념하자.

지금도 내 곁에는 사랑하는 아내, 아들, 딸, 어머니, 동생들, 친지 그리고 가깝게 지내고 있는 동료 등 무수히 많은 사람들이 함께하고 있지 않은가?

지난 주말, 사촌들과 함께 한가위 명절맞이 참초를 다녀왔다.

태안 지역을 관통하고 지나간 태풍 '곤파스'의 흔적이 곳곳에 남아 있어 고향 가는 길이 전과는 다르게 느껴졌다. 제법 굵은 조선 소나무가 힘없이 부러지고 뽑힌 것을 보면서 고향 어르신들이 느꼈을 당시의 두려운 마음이 이해되었다.

마. 못 보낸 어버이날 편지

저희 아버님께서는 '어버이날'을 하루 앞둔 2002년 5월 7일, 사랑하는 가족들을 뒤로하신 채 영면에 임하셨습니다. 아래 글은 아버님과의 영원한 이별이 있기 1년 전인 2001년 '어버이날'에 쓰고 부치지 못했던 편지 글입니다. 삼가 아버님을 그리워하는 마음으로 이 글을 찾아봅니다.

아버지, 어머니께 드립니다.

그 힘들다는 항암치료를 무사히 마치기까지 참고 견뎌 주신 아버지, 참으로 고맙습니다. 남들은 한 차례의 치료조차 힘들어 포기하는 사례가 부지기수라는데 무려 두 번에 거쳐 이뤄진 이 몸서리 쳐지는 치료를 끝까지 참아 주신 아버지가 참으로 자랑스럽습니다.

두 번째 큰 수술을 마치고 태안 집으로 모시고 갔던 지난해 10월이었습니다. 자정을 넘긴 시간에 어머니 아버지 방의 촉수 낮은 불조차 이미 꺼진 시간이었습니다. 제가 마음속으로 느껴왔던 부모님에 대한 존경과 사랑의 부피에 비해서 정작 부모님을 위해 해 드릴 수 있는 것이 얼마나 보잘것없는 것인가를 절감했습니다. 집으로 돌아오셨다는 것만으로도 행복감에 취하시어 잠드신 어머니, 아버지를 떠올리면서 복받쳐 오는 설움을 가눌 수가 없었습니다.

이 세상에 둘도 없는 나의 부모님!

어머니, 아버지를 위하여 오늘 내가 할 수 있는 일이라는 것이 고작, 하루라도 편안한 마음을 가지실 수 있도록, 아버지의 병세에 대해 사실대로 이야기하지 않는 다는 것이고 그 점이 더욱 마음 아플 뿐입니다.

동시에 부모님은 곁에 있어 주시는 것만으로도 자식들을 포근하게 감싸 주시는 커다란 울타리이자, 마음으로 기댈 수 있는 한없이 넓고 미더운 언덕이라는 것을 다시 한번 깨닫게 되었습니다.

며칠 전 어딘가에 다녀오다 차 안에서 잠든 선현이를 업고 들어온 적이 있었습니다. 문득 제가 아버지 등에 업혔던 마지막 기억이 떠올랐습니다. 명현이 나이쯤 되던 여름 어느 날 동생과 짓궂게 놀다가 그만 발을 삔 적이 있었습니다. 며칠이 지난 후 아버지께서는 저를 침놓는 노인장께 데리고 가서 침을 놓아 주셨지요, 그리고 돌아오는 길에 여름날에 흔히 있는 한차례의 소나기를 만났습니다. 그때 저는 아픈 발을 핑계 삼아 지팡이 짚고 다니는 것이 재미있어 지팡이에 의지하고 돌아오고 있었습니다. 소나기를 만나자 아버지께서는 등에 업히라며 아버지의 마른 등을 제게 내밀어 주셨습니다. 황송하고 어려웠지만 결국 저는 아버지의 등에 업혔습니다. 침 맞은 발이 비에 젖지 않도록 하라시며 아버지께서는 연신 걱정의 말씀을 하셨습니다. 그때 아버지의 등은 한없이 넓고 미덥기 그지없었습니다. 그토록 강하시고 한 치의 흐트러짐도 없으시던 아버지께서 오늘 이렇게 병마에 지친 모습으로 계시다는 것이 참으로 가슴 아파 견딜 수가 없습니다. 몹쓸 병이 암이라지만 조만간 의학의 발달을 통해 지금의 고혈압이나 당뇨처럼 이 병도 일상적인 투약을 통해 커다란 불편 없이 생활할 수 있는 날이 머지않았다고 합니다.

아버지, 조금 힘들더라도 그날이 올 때까지 의지 굽히지 마시고 꿋꿋하게 맞서 주시기 바랍니다. 아버지는 처음부터 강하신 분이셨습니다. 그래서 아버지는 해내실 수 있을 것으로 확신합니다. 불과 2년 전, 우리 집안은 비록 경제적으로는 그리 넉넉지는 않더라도 형제간에 우애가 돈독하고 가족 간의 믿음이 두터워 감히 화목한 가정이라고 자부했었지요. 지금도 아버지만 건강하시다면 더이상 부러울 것도, 욕심 낼 것도 없을 것 같아요. 아버지, 제발 용기 잃지 말아 주세요. 아버지는 틀림없이 건강해지십니다. 훌훌 털고 일어나서 어머니와 함께 그동안 미뤄 놓았던 중국 여행도 다녀오시고, 시간을 잊으시고 전국 유람도 다녀오시기 바랍니다. 오늘은 아버지, 어머니의 전국 유람 일정에 대해 생각하면서 잠자리에 들도록 해야겠습니다. 이만 줄이겠습니다.

아버지, 어머니 안녕히 계십시요.

2001년 어버이날에
큰아들 용원 올림

바. 사랑하는 아내에게 - 결혼 20주년을 앞두고 쓴 편지

당신에게 정말 오랜만에 편지를 써 봅니다.

우리가 부부로 만나 살아온 지 내년이 벌써 20년이 된다니 참 감회가 새롭구려.

나에게 당신은 여전히 가슴 설레고 여전히 아름다운 연인인데 우리가 그렇게 많은 시간을 함께해 왔다는 것이 잘 믿기지 않는구려.

맨 처음 시골집 사랑채에서 신혼살림을 시작하면서 결코 큰 금액도 아니었지만 매달 25일 봉급날만 바라보며 출발한 것이 엊그제 같은데 돌이켜 보면 나름대로 이뤄 놓은 일도 꽤 있는 것 같구려.

작은 평수라도 아파트 마련을 위한 계획을 세우고 한 달 한 달 이뤄 가던 때에는 미래에 대한 희망으로 가슴이 터질 것처럼 부풀었던 적도 있었지요.

명현이, 선현이를 낳아서 하루하루 정성으로 키우고, 시기에 맞춰 학교 보내고 경우에 따라서는 속상한 일도 겪으면서 오늘에 이르렀지요. 그렇지만 특별히 말썽 안 부리고 바르게 자라준 것도 매우 감사한 일이라고 생각해요. 이 또한 당신의 각별한 보살핌 덕분이라는 것도 잘 알고 있어요.

어느덧 영면에 드신 지 8년을 넘기고 있지만 아버님을 향한 당신의 존경심과, 겉으로는 드러나지 않지만 이제는 홀로되신 어머님을 향해 성심으로 대하는 것도 감사하게 생각하오.

여보!

결혼 20주년이 되는 내년에는 꼭 의미 있게 보내고 싶군요.

당신이 나를 만나 늘 행복하다면서도 막상 해외여행은 고사하고 제주도 여행조차 보내 주지 못한 사실에 마음이 많이 아팠답니다.

비록 큰돈은 아니지만 내 용돈에서 조금씩 모아 온 돈이니 부족한 대로 당신 사고 싶은 것 사길 바라오.

대신에 당신을 사랑하는 큰마음을 받아 주길 바랍니다.

2010. 11. 2.

열아홉 번째 맞는 결혼기념일에 이쁜이의 영원한 수호천사가

사. 상호 형에게 - 미국 거주하는 고종사촌에게 보낸 메일

상호 형에게

보내 준 메일 잘 받았습니다.

큰 대륙 미국에서도 상호 형의 성실성과 진지함이 그곳 사람들로부터 인정받고 있는 것을 확인할 수 있어서 흐뭇했습니다.

인생을 신세계에서 새로운 도전으로 이끌어 가고 있는 상호 형이 한편 부럽습니다. 더욱이 사랑하는 가족과 함께하고 있다는 사실에 더욱 부러울 따름입니다.

그리고 상호 형이라면 능히 그곳에서도 안정적으로 뿌리 내릴 수 있을 것으로 확신합니다.

다음 메일에는 우편물을 받아 볼 수 있는 주소를 함께 보내 주시기 바랍니다.

우선 근래에 우리 사촌들이 함께 만든 『송석기념집(할아버님의 호를 따서 만듦)』을 보내 드리도록 하겠습니다.

족보도 별도로 구할 수 있다면 한 부 준비해 보도록 하고, 만약 별도로 구할 수 없을 경우에는 우리 직계 해당 페이지만 사본해서 보내 드리는 방법을 강구해 보도록 하겠습니다.

대한민국에서는 보도를 통해 들으셨겠지만, 우리 서해를 지키던 '천안함'이 피격당해 48명의 아까운 장병들이 조국을 위해 산화해 간 사건이 있었고, 지난 4월 29일에서야 겨우 영결식을 가졌답니다.

모든 국민이 그 유가족들과 아픔을 함께하였고, 내 가족을 잃은 것 같은 안타까움에 함께 눈물 흘리기도 했지요.

혹시 아픈 상처를 건드리는 것일 수도 있겠습니다만, 제 머릿속에는 애도 기간에 민호 형님이 떠오르기도 했습니다.

다음에는 밝고 유쾌한 소식 전하도록 하겠습니다.

몸 건강히 보내시기 바랍니다.

아. 군 입대한 막내 동생에게 보낸 편지글

용길이 보아라.

네 편지를 오늘 용희를 통해서 보았다.

아침저녁으로 옷깃을 파고드는 공기가 제법 겨울도 깊은 것 같은데 추위에 훈련 받느라 고생이 많구나.

네 글을 대하면서 14년 전, 목이 쉬도록 외쳐 대며 그곳에서 훈련에 임하던 내 모습이 떠오르더구나.

훈련을 마치고 나온 직후부터 지금까지 훈련소에 대한 변함없는 내 생각이 있다면, 두 번 오고 싶지는 않지만 남자라면 꼭 한 번은 다녀와 볼 만한 곳이라는 것이다.

아버지는 내일(11. 22.) 퇴원하실 예정이다.

체력이 뒷받침되지 않아 항암치료를 받다가 중단하셨지만, 퇴원 후 집에서 체력을 추스른 후 다시 시작해도 괜찮다는 의사 선생님의 말에 따라 우선은 집으로 돌아가기로 하였다.

수술도 잘되었고 경과도 상당히 좋은 편이니 집 걱정은 접어 두고 훈련에 전념하도록 하려무나.

입소할 때 큰형이 언짢게 보낸 일이 아직까지도 마음이 아프구나.

친구들과 렌터카를 빌려 타고 입소하겠다는 네 의견에 이 형의 생각은, 아버지가 병원에 계시니 하루 전날쯤 이곳에 와서 조용히 지내고 입대해 줄 것을 기대하고 있었는데, 형의 기대에 못 미치는 네 생각에 불현듯 철이 없다는 생각이 들었던 거란다.

듣고 보니 요즘 세태가 다 그런 것을 형이 벌써 구세대로 접어들고 있다는 생각이다.

형에 대한 서운한 마음이 아직도 남아 있다면, 훈련장에다 훌훌 털어 버리고, 100일 휴가 나올 때 당당하고 늠름한 모습으로 돌아오길 바란다.

100일 휴가라면, 2월 중순쯤이 되겠구나. 앞으로 2주 후 정도면 자대 배치가 있을 것으로 예상되는구나.

형의 군 생활 경험으로는, 어떠한 어려움이라도 이왕이면 적극적으로 맞이하는 것이 훨씬 나를 성숙하게 만들었던 것 같다.

군 생활이 결코 쉬운 일은 아니지, 그러나 그 와중에도 좀 더 편한 방법이 없을까 궁리하며 받는 정신적 스트레스 보다는 이를 수용하고 진취적으로 현실에 임하는 모습이 주위 사람들로부터도 인정받을 수 있고, 나 스스로도 즐거운 마음으로 군 생활을 이끌어 갈 수 있는 지혜가 아닐까 싶다.

아무쪼록 너는 네 또래의 동료에 비해서 의지도 비교적 강한 편이고, 남을 이해할 줄 아는 아량도 가지고 있는 편이니 그런 면에서는 잘 적응해 나갈 수 있을 것으로 믿는다.

긍정적이고, 적극적인 마음가짐으로 보람 있는 군 생활을 시작하려무나.

이런 기회에 눈을 좀 더 크게 떠 볼 필요도 있을 것으로 생각된다. 아직은 초년생이라서 마음의 여유가 부족하겠지만, 네가 속해 있는 조국과 내 나라에 대한 애국의지도 점검해 보고, 분단된 현실하에 우리의 젊은이들이 직시해야 할 부분이 어디에 있는지도 넓게 생각해 볼 필요가 있을 것 같다.

아무쪼록 건강한 모습, 밝고 곧은 정신력으로 훈련소 생활을 무사히 마칠 수 있기를 기대하며 이만 줄이마.

1999. 11. 21.
큰형 씀

자. 군 생활 중인 막내 동생에게 보낸 편지글

용길이 보아라.

무더위에 얼마나 고생이 많으냐?

아버지께서는 정기적으로 병원에서 외래진단을 통해 검진을 받고 계신 관계로 옛날처럼 건강하지는 못하시지만 최소한의 일상생활은 큰 무리 없이 하고 계신단다.

너무 걱정하지 말고 너한테 주어진 영내에서의 임무에 충실하도록 하려무나.

두 번째 시술을 받으시기 이전부터 네 면회 한 번 가야겠다고 여러 차례 말씀하셨는데 이러저러한 사유로 여태껏 미뤄 왔구나.

어제 저녁 퇴근 후에 어머니로부터 전화 연락을 받았다.

낮에 너와 통화하면서 오는 22일 면회 가기로 약속했다고 전해 들었다.

아버지, 어머니를 모시고 내가 동행해야 할 형편이다만, 내가 피치 못할 사정이 있어 29일 날 면회하는 것으로 1주일 미루었으면 한다.

면회 1주일 전에 부대에 이와 같은 사실을 보고해야 한다는 말을 듣고 급하게 편지를 쓰게 되었으니 잘 양해하여 1주일 미루어 보도록 하려무나.

특히 군대 생활하는 과정에서 기대했던 일이 연기되는 것만큼 맥 빠지고 실망스러운 것도 없다는 것을 모르는 바는 아니지만 사정상 부득이하게 되었으니 네가 이해해 주었으면 한다.

아버지께서도 엊그제 병원에 다녀온지라 너무 조급하게 서두르는 것보다는 다만 일주일이라도 기운을 회복하시는 것이 건강에도 좋을 듯싶구나.

명현이도 삼촌 보고 싶다며 가끔 떼를 쓰곤 하는데 데리고 갔으면 좋겠지만 부모님 모시고 가는 길에 혹여나 방해가 될까 염려되어 다음 기회로 미루기로 하였다.

보고 싶은 사람이야 어디 명현이뿐이겠니? 모든 가족들의 마음이 다 똑같지 않겠니?

작은형도 수원 회사 근처로 방을 얻어 이사했단다.

아이들도 구김 없고 용신이도 생활이 안정되어 보여 마음이 놓이더구나.

우리 가정이 비록 경제적으로 풍족하다고 할 수는 없겠지만 아버지만 건강하시다면 더 바랄 것이 없다 싶구나.

너도 지금은 군대 생활 중이지만 제대 후를 염두에 두고 항상 미래를 준비하는 마음을 가져 주었으면 한다.

그것이 무엇이 되었든지 아주 작은 것이라도 조금씩 준비하다 보면, 제대에 임박하여 그렇지 못했던 다른 누구와 비교해 볼 때, 얼마나 크고 값진 것인가를 알게 될 것 같구나.

아무튼 더위에 몸조심하고, 지난번 편지에서도 적었던 것으로 기억한다만, 구체적으로 표현은 안 하더라도 네 주위에는 언제나 너를 끔찍하게 생각하고 사랑하는 가족들이 있다는 것을 항상 기억하려무나. 이만 줄인다.

2000. 7. 14.
형 적음

차. 할아버님 『송석기념집』 글

송석회는 松石 世字 泳字 할아버님의 직계 손자들이 사촌지간에 서로 우애하고 화합하는 가운데 집안의 발전을 이루자는 목적으로 만들어졌습니다.

우리 회는 우리의 뿌리를 정확하게 확인하고 이해하며, 집안 대소사에 솔선하여 참여하심으로써 집안의 화목을 유지해 오신 부모님 세대의 아름다운 양속을 고스란히 본받아 후대에 우리 집안의 가풍으로 발전시켜 나가고자 합니다.

우리는 세상이 아무리 변해도 인간으로서 꼭 지켜야 하는 예의범절과 도리는 끝까지 지켜 가지만, 동시에 열린 사고와 마음가짐으로 세태를 정확하게 파악하고 분석함으로써 새로운 가치관을 수용하는 데도 인색하지 않을 것입니다.

일반적으로 전통을 유지하고 계승한다고 하면, 한복과 두루마기를 고집하고 신세대의 대중가요가 아무리 흥겨워도 애써 외면하며 한자(漢字)를 더 선호해야 하는 것처럼 오해하는 경우도 더러 있습니다.

이제 세상은 더 이상 농경 사회의 가치관만으로는 움직이지 않을뿐더러 산업 사회의 터널을 지나 인터넷의 발달과 더불어 국제화 시대의 '정보 사회'를 살아가고 있습니다.

이는 정보 수집을 통한 개인의 지식이 존중되며 다양한 가치관이 공존하는 사회입니다.

정보력 집중 능력이란 시간이 곧 경쟁력이라는 의미로 해석됩니다.

이러한 변화는 인터넷의 발달과 함께 분야별로 국가 간의 장벽이 점차 허물어져 가는 '세계화' 시대를 자연스럽게 만들었고, 동시에 헤아릴 수 없는 수많은 분야에 영향을 미치면서, 국제 사회에서도 통용되는 통일된 규격을 요구하는 '국제화' 시대를 유도하게 된 것으로 생각됩니다.

그럼에도 불구하고 사촌 간의 혈족이라는 천륜을 바탕으로 이루어진 '송석회'는 세상의 모든 것이 변해도 변할 수 없는 원천적 도리와 가치가 있기 마련입니다.

이를 우리는 '예의범절'과 '인간적 도리' 그리고 '가풍'으로 정의하고자 하며, 우리 모두가 공유하는 가풍은 꼭 계승하되, 시대 상황에 따라 세상을 지배하는 가치관을 정확하게 파악하여 이 시대의 변화에 적극적으로 대처하고자 합니다.

따라서, 과거의 모든 관행에 무조건 얽매이기보다는 새로운 시대 상황에 따라 유연하게 적응하며 새로운 가치를 창출해 가고자 합니다.

우리 송석회의 순수한 의지와 지금까지의 작은 결실들이 다른 눈높이에서도 의미 있는 일로 평가될 수 있다면, 남평 문씨 성을 가진 한 집안 사촌들의 재미있는 에피소드로 그치기보다 뭔가 이와 비슷한 방법을 찾고 있던 뜻 있는 또 다른 집안의 사촌이나 형제들에게 하나의 작은 사례가 되었으면 좋을 것 같다는 생각에 부끄러움을 무릅쓰고 볼품없는 정보이지만 이를 공개합니다.

카. 가족여행을 다녀와서(2016. 7.)

세상에서 가장 소중한 아들과 딸!

아들 말대로 어릴 적 '천리포 수목원'의 세 가족 모임여행 이후 처음으로 함께한 가족여행이라서 매우 의미 있고 즐거웠다.

더욱이 이왕 집을 나선 길에 신앙의 깊이를 더할 수 있는 성지를 온 가족이 함께 방문할 수 있어서 더욱 값진 여행이 되었던 것 같구나.

또한 큰 공포감과 두려움을 극복하고 용기 있게 빅스윙과 번지점프에 도전하여 훌륭하게 성공하는 모습을 보면서 엄마, 아빠는 너희들이 무척 대견하게 여겨졌단다.

어느새 이렇게 훌쩍 성장했구나.

무엇보다 올곧고 바른 가치관으로 건강하게 성장해 주어서 정말 고맙다.

엄마, 아빠는 이처럼 큰 은총으로 사랑을 표현하고 선물해 주시는 주님께 진심으로 감사드리고 있단다.

다만, 이번 여행의 유일한 오점 하나가 아직까지도 아빠의 마음 한구석에 남아 스스로를 괴롭게 하는구나.

다름 아니라 둘째 날 점심을 먹으면서 비록 소량이라도 막걸리를 먹고, 온 가족이 함께 탑승하는 자동차의 운전을 한 일이 매우 후회막급하구나.

현재 운전을 하고 있는 아들은 물론, 열심히 운전면허를 준비하고 있는 우리 공주에게도 절대 있어서는 안 될 나쁜 사례를 보여 준 것 같아서 자괴감에 몹시 괴롭다.

생활에 좋은 모범을 보여야 할 가장이 그 반대의 본을 보여서 미안하다.

깊은 반성과 함께 우리 가족 모두에게 진심으로 사과한다.

아울러 앞으로 다시는 같은 실수를 범하지 않기로 다짐하였단다.

아버지의 실수를 너그럽게 용서해 주면 고맙겠구나.

앞으로는 미량이라도 음주 후에는 운전석에 앉지 않는 계기로 삼아서 전화위복의 기회가 될 것으로 기대한다.

아들! 딸! 사랑한다.

타. 큰고모님께 드린 답장 편지(2006. 3.)

큰고모님께 올립니다.

그동안 별고 없으신지요? 고모부님과 사촌 형님 가족 모두 안녕하신지요?

최근에 받기 어려운 낯선 편지 한 통을 사무실에서 받았습니다.

부서명도 없고 이름도 정확하지는 않았지만 용케 제 앞으로 배달된 편지였습니다.

의아한 마음으로 편지를 열어 보고는 왈칵 눈물을 쏟을 뻔했습니다.

칠순 할머니께서 컴퓨터를 사용해서 편지를 쓰셨다는 것도 참으로 대견하고 자랑스러운 일인데, 짧지만 그 안에 담겨 있는 우리 큰고모님의 마음을 고스란히 느낄 수 있어서 더욱 감격스러웠습니다.

곧바로 전화로 감사와 안부의 인사를 드릴 수도 있었지만 전화로 몇 말씀드리고 나면 너무 허전하고 아쉬움만 남을 것 같아서 이렇게 저도 글로 인사를 올립니다.

그때 제가 안사람과 함께 큰고모님을 찾아 뵌 것은, 조카로서 그동안 자주 연락드리지 못한 부덕한 소행에 대해 용서를 구하고자 하는 최소한의 도리였습니다.

더욱이 고모님께서 몇 차례의 수술로 몸과 마음이 무척 힘드셨을 터인데 병문환은 고사하고 안부 전화조차 드리지 못한 점에 대한 반성의 표현이기도 하였습니다. 그리고 고모님께 죄송하게 생각하는 그 마음은 지금도 여전히 똑같습니다.

아버님께서 생전에 늘 말씀하셨고, 지금도 저희 어머니께서 자식들에게 당부하시는 말씀 중 하나가, "아버님 형제자매 즉, 저의 백, 숙부모님과 큰고모님, 작은고모님 모두 부모님 항렬에 계신 분은 부모님과 똑같기 때문에 꼭 부모님을 대하듯 공경하라."고 하는 것이었습니다.

그럼에도 불구하고 저희들이 갖고 있는 부모님이나 고모님을 향한 공경과 사랑의 마음은 참으로 작고 보잘것없는 것이라는 점도 잘 알고 있습니다.

그래서 부모님을 비롯하여 백, 숙부모님, 큰고모님, 작은고모님을 떠올릴 때면 늘 죄송한 생각에 마음 한구석이 아련해 옵니다.

조카로서 당연하고 오히려 때늦은 문안 인사에 이렇듯 사랑의 마음이 담긴 편지를 손수 써서 보내 주신 점 다시 한번 송구스럽고 감사합니다.

고모님 언제나 밝은 마음으로 오래오래 건강 유지해 주시기 바랍니다.

그리고 편지 말미에 친필로 적으신 문구에 대해서는 정확하지는 않지만 무슨 뜻인지는 대략 짐작이 갑니다. 언젠가 무슨 말씀인가 얼핏 들었던 기억이 있기 때문입니다.

저는 조카로서 어른들의 일에 시시비비를 말씀드릴 수는 없을 것입니다.

그러나 두 분 고모님들을 향한 저희 조카들의 한결같은 바람이 있다면,

첫째는 아버님의 형제자매 중에서 이 세상에 오직 둘밖에 남지 않으신 우리 고모님들이 건강하시고 항상 행복했으면 좋겠다는 점이고,

둘째는 서로 사랑하고 아껴 주며 힘드시겠지만 어떤 일이라도 용서하셔서 조카들에게 우애의 본보기가 되어 주신다면 좋겠다는 점입니다.

혹시 고모님의 마음을 불편하게 해 드렸다면 용서해 주시기 바랍니다.

사랑하는 큰고모님!

마음이 불편하시면 건강을 자꾸 해치게 되는 것 같습니다.

저는 아직까지도 우리 아버님께서 병을 얻으신 원인이, 교사의 정년이 갑자기 줄어서 천직으로 믿어 오셨던 교편생활을 하루아침에 그만두셔야 했기 때문인 것으로 알고 있습니다. 그만큼 마음의 병이 무섭다는 생각입니다.

우리 큰고모님의 마음은 세상의 다른 어머니들이 잘 겪을 수 없는 일로 인해, 이미 오래 전에 새까맣게 타고 재만 남아 있을 것이라는 점 잘 알고 있습니다. 그럴수록 더욱 마음을 크고 편하게 가지시고 건강 돌보실 것을 감히 말씀드립니다.

저희 친정 조카들은 큰고모님을 모시고 몇 년 전처럼 윷놀이 모임도 같이하고, 다시 한번 실컷 웃고 떠들며 하룻밤을 보내고 싶습니다.

용기백배하셔서 예전처럼 선호 형님 호령하시며 조카 집에 오셔서 며칠 묵어가시기도 하고, 다시 한번 전국 방방곡곡 가 보고 싶으신 곳을 활개 치며 다니시길 바랍니다.

고모부님께도 안부 전해 주시고, 사촌 형님을 비롯한 가족 모두에게도 안부 전해 주시면 고맙겠

습니다.

다시 뵐 날까지 몸 건강히 안녕히 계십시오.

2006. 3. 23.

봄볕이 좋은 날 오후, 조카 용원 올림

파. 종배에게

종배에게

애기가 골절당하고 이어 수술하기까지 엄마, 아빠의 마음고생이 심했겠구나.

지난번 통화한 대로 오늘 최태윤 학장님을 만나 애기의 혈액형과 관련하여 내용을 설명하고 자세한 말씀을 들어보았단다.

보통의 경우 엄마, 아빠의 혈액형을 기초로 유전법칙에 의해 자녀의 혈액형이 결정되지만, 이는 일반적인 원칙일 뿐 의학적으로 절대적인 사항은 아니라고 하는구나.

경우에 따라서는 이 원칙에서 벗어난 혈액형이 태어나는데 이를 '시스 AB형'이라고도 하고, O형에서도 '아형 혈액형'이라고 변형된 혈액형이 태어날 수 있다는구나.

통상 엄마, 아빠가 같은 혈액형이거나, AB형과 O형 사이에서 나올 가능성이 높다는구나.

혈액검사는 적혈구검사와 혈청검사를 통해서 두 개의 검사결과가 일치하는지 여부를 확인한다는구나.

애기가 시스 AB형이라는 사실만 알고 있으면, 다음에 병원 치료를 하거나 의료 수혜를 받는 데는 아무런 문제가 없다니 크게 걱정할 일은 아닌 것 같구나. 수혈을 해야 하는 상황이 있으면 이를 감안하여 혈액형을 선택하는 것뿐이라고 하는구나.

정확한 원인을 찾으려면 일반 병원에 가서 엄마, 아빠가 같이 혈액검사를 통해서 원인을 찾기도 하지만 굳이 그렇게까지 할 필요는 없고, 애기의 혈액형이 좀 특이한 혈액형이라는 거만 알고 있으면 된다고 한다.

따라서 지나치게 걱정할 일은 아닌 것 같고, 다만, 남들보다 조금 특별한 혈액형의 아기 천사를 보내 주신 하느님께 감사드리며 사랑과 정성으로 잘 키우면 될 것 같구나.

용원 삼촌이

4. 업무 관련 모음

가. 전국 대학 사무처장협의회 회장 선임 인사

존경하옵는 전국 대학 사무처장협의회 임원님 제위

제34대 이화석 회장님의 인사를 겸하신 메시지와 같이 금년 우리 협의회 봉사를 맡게 된 순천향대 문용원입니다.

예상하지 못했던 봉사직에 아직도 두려운 마음이 앞섭니다. 전임 이화석 회장님께서 갖추고 계신 높은 인품과 역량을 생각하면 더욱 마음이 무겁습니다.
어려운 여건 속에서도 우리 협의회의 발전을 지속해 오신 회장님의 리더십에 누가되지 않도록 최선을 다하겠습니다.

이를 위해서는 우리 협의회 임원님들의 조언과 지도가 제 부족한 역량을 채울 수 있는 가장 좋은 방법이 아닐까 싶습니다.
다행스러운 것은, 이화석 회장님께서는 당연직 고문으로 계속 우리 협의회에 운영에 참여하시게 된 점과 후임 권영목 인하대 사무처장님께서도 부회장으로 함께해 주시기로 당일 약속해 주신 점입니다.

특히 정석인하학원 상임이사(전무)로 자리를 옮기신 이화석 회장님과 대한항공에서 풍부한 기업경영의 경험을 가지고 인하대 사무처장으로 오신 권영목 처장님의 적극적인 참여 의지에서 새로운 용기를 갖게 되었습니다. 감사합니다.

아울러 그동안 운영위원으로 함께해 주신 모든 처장님들께서도 계속 우리 협의회를 위해 봉사해 주실 것을 간곡히 간청드립니다.
조만간 다시 안부 인사를 겸한 연락을 드리겠습니다.

별도의 보직 변동이 없으신 처장님께서는 바쁘시더라도 운영위원으로 참여해 주서서 우리 협의회가 더 크게 발전할 수 있도록 계속 기여해 주시면 감사하겠습니다.

　언택트 시대는 지속되고 있지만 야외의 벚꽃 망울은 어김없이 계절의 변화를 알려 주고 있고, 우리가 몸담고 있는 대학의 학사일정도 이미 신학기 개강을 훌쩍 지나쳤습니다.

　그동안 우리 협의회 발전에 크게 기여하신 이화석 회장님의 노고에 다시 한번 감사드리며, 모든 회원님들의 건강과 은총 가득한 일상을 기원합니다.

순천향대 문용원 올림

나. 2021 전국 세미나 협의회장 인사말

존경하는 전국 대학교 사무·총무·관리·재무처(국)장 협의회 회원님!

조만간 정상화되리라는 기대감으로 불편함을 감수하며 시작한 코비드19 상황과의 동거가 어느 덧 만 2년째 접어들고 있습니다.

각 대학별로 처한 많은 어려움 속에서도 2021년 동계 세미나에 참석해 주신 회원님들께 깊이 감사드립니다. 우리 협의회를 향한 회원님들의 뜨거운 애정에 힘입어 지난해에 이어 금년까지 과거에는 경험할 수 없었던 여러 제약들이 있었지만 35년간 이어 온 우리 협의회의 전통을 원만히 유지할 수 있었습니다.

우리 생활 곳곳에서 불편함을 수반하는 코로나 상황은 역설적이게도 과거 우리가 쉽게 누려 왔던 많은 것들이 얼마나 소중하고 감사한 일이었는지를 깨닫게 하였습니다. 덕분에 지금 이 순간과 오늘 하루도 감사한 마음으로 시작할 수 있는 겸손함을 배우게 됩니다.

금년도 하반기 동계 세미나는 코로나 상황 이전처럼 자유롭게 행사를 진행할 수 있게 되기를 희망하며, 정부 시책에 따라 상반기 총회 및 하계 세미나 행사를 부득이하게 포기하였습니다.

대신에 운영위원으로 봉사해 주시는 27분의 처장님들께서는 단톡방을 통해 온라인상에서 더 긴밀하게 의견을 교환하며 협의회를 이끌어 주셨습니다. 예를 들어 교육부총리께 '대학교 직원에 대한 백신 우선 건의문'을 제출하였고, 대교협을 통해 '중대재해처벌법 제정 관련 의견'과 '대학의 지방세 감면 기한 연장 건의문'도 제출하였습니다. 이에 대한 자세한 내용은 총회 자료에 함께 수록하였습니다.

동일선상에서 오늘의 동계 세미나 개최 일정과 장소에 대해서도 운영위원님들께서 토의를 통해 중지를 모아 정해주셨습니다. 지난 1년간 우리 협의회를 함께 이끌어 주신 각 지역협의회장님을 포함한 운영위원님들께 다시 한번 정중한 감사의 인사를 드립니다.

이번 동계 세미나도 역대 회장님들께서 가꾸어 오신 훌륭한 전통과 관례의 범주 안에서 각 대학

회원님들의 주요 관심사 중심으로 프로그램을 준비하였습니다.

수시로 진화하는 정부의 노무정책과 이슈 사항, 새롭게 법제화되면서 대학에서 의무조항이 된 공공기록물 관리에 관한 내용, 김영란법과 함께 우리 사회의 투명성 확보를 위한 국민권익위원회의 청렴에 관한 주제 등도 마련되어 있습니다. 이 중 청렴 강연은 판소리 버전으로 재탄생되어 흥겨운 공연 형식으로 선보일 예정입니다.

아울러 제주관광공사에 정식으로 요청하여, 우리가 잘 알고 있는 것 같지만 종합적인 시각으로 접근해 볼 기회는 드물었던 제주도에 대해 제대로 탐색해 보는 시간도 마련하였습니다. 그리고 행사 준비와 진행 과정에 큰 도움을 주신 ㈜이노가드와 ㈜ADT캡스사에도 길지는 않지만 정식으로 시간을 할애하여 대학 현장의 재산과 안전관리에 유용한 정보 제공을 부탁드렸습니다.

어렵게 마련한 기회임에도 불구하고 코로나 상황 등으로 부득이 참석이 어려우신 일부 회원님들을 대신하여, 이미 참석이 확정된 회원님들의 동반 참석을 통해 전체 참여율을 높이기 위한 정책도 반영해 보았습니다.

여러모로 예전과는 사뭇 다른 준비 과정과 분위기 속에서 세미나 행사를 진행하게 되었습니다. 우여곡절 끝에 일정과 장소를 정하여 각 대학에 공문을 발송해 놓고도 최근까지 전국의 코로나 환자 발생 상황과 제주도의 사회적 거리두기 단계에 촉각을 곤두세울 수밖에 없었습니다.

여러 산고 끝에 마련된 행사라서 그런지 금년 동계 세미나는 더욱 소중하게 여겨지고 이곳에서 뵙는 처장님들 한 분 한 분이 더없이 반갑고 정겹습니다. 비록 준비상황과 규모는 예전과 다를지라도 참석하신 회원님들 상호 간의 의사소통과 정보 교류 그리고 인간미 넘치는 우정은 더욱 크게 확대하셔서 어느 때보다 알차고 보람 있는 일정이 되기를 소망합니다. 감사합니다.

2021. 10. 20.

전국 대학교 사무·총무·관리·재무처(국)장 협의회 제35대 회장 문용원

다. 백신우선접종 건의문 - 전국 기획처장 협의회 공동

대한민국의 '집단 면역' 형성에 적극 동참하겠습니다

전 세계적인 '코로나19' 팬데믹 상황하에서도 대한민국은 K-방역시스템을 통해 나름대로 성공적으로 감염병을 관리해 왔습니다.

정부 당국의 치열한 노력에도 불구하고 꾸준히 발생하는 신규 확진 소식은 국민들에게 불안요인이 되는 동시에 이로 인한 피로감도 점차 누적되고 있어 안타까운 실정입니다.

세계적으로는 국가별로 차이는 있지만 백신이 개발·보급되고 있고, 정부의 노력에 힘입어 우리나라도 적정량의 백신을 확보한 상태라고 언론을 통해 확인하였습니다.

지금 단계에서는 집단 면역을 확보하고 지역사회 전파를 철저히 차단하여 하루빨리 일상으로 회복될 수 있도록 가능한 모든 지혜를 모으고 이에 따른 수단을 동원해 나가야 할 때라고 생각합니다.

15만여 명의 대학교 직원에 대한 우선접종은 효과적인 집단 면역 형성 수단입니다.

그런 면에서 여러 전문가들의 조언에 따라 요양병원 등을 시작으로 의료기관 종사자 등 우선 접종군을 정하고 계획에 따라 차질 없이 진행해 가고 있는 질병관리본부를 비롯한 정부 각 부처의 노력과 정책에 적극 호응하고 응원합니다.

다만, 현재의 계획대로라면 고등교육기관 종사자의 경우에는 신분과 무관하게 연령에 따른 접종 대상자로 분류되어 방역당국의 계획에 의한 '2분기 다군' 대상인 노숙인이나 시설 입소자 등의 접종이 완료된 이후에 접종 기회를 맞게 될 것으로 예상됩니다. 노숙인이나 시설 입소자 등의 접종이 매우 시급한 것도 인정합니다만, 감염전파 개연성 측면에서 볼 때 전국 429개 대학에 근무하는 약

15만여 명 교직원[3]의 경우 활동이 왕성한 젊은 대학생층과 평생교육 분야 종사자를 통한 지역 주민들과의 접촉 빈도가 매우 높다는 점을 간과할 수 없는 실정입니다.

따라서 여러 고려요인이 있겠지만 업무 특성상 불가피하게 전국 각 지역 출신의 재학생들과 수시로 접촉할 수밖에 없는 대학 교직원은 효과적인 집단 면역 형성을 위해서 반드시 백신 우선 접종 대상에 포함되어야 함을 건의합니다.

2021. 3.
전국 대학교 기획처장 협의회 일동
전국 대학교 사무·총무·관리·재무처(국)장 협의회 일동

---

3)   출처 : 2020 교육부 한국교육개발원 교육통계연보.

라. 대전·충청 지역 대학 사무처장 협의회 인사말

존경하옵는 대전·충청 지역 대학 사무·총무처장님 제위

코로나19의 여파가 여전한 상황에서 설상가상으로 무더위와 폭우마저 더해져 대학의 살림을 맡은 처·국장님들께서는 더 분주하게 되었습니다.

그럼에도 불구하고 우리 협의회 모든 회원교는 지금의 어려움을 반드시 극복하고 우리 사회 안에서 고등교육기관 본연의 사명을 흔들림 없이 수행해 나갈 것으로 확신합니다.

왜냐하면, 각 대학에는 30여 년 이상 '인성'과 '열정'과 '역량'을 두루 검증받고 오늘의 사무처장 소임을 수행하고 계신 처, 국장님이 계시기 때문입니다.

지난 7. 16. (목)~17. (금)일 충북 제천에서 열린 전국 사무처장협의회에 참석하셨던 우리 지역 회원 처장님들께서 주신 고견과, 이에 따른 우리 지역 협의회 운영일정을 다음과 같이 알려 드립니다.

1. 상반기 임시 총회는 코로나19 상황 등을 고려하여 행사는 생략하되, 필요한 정보 교류를 위한 단톡방을 개설하고, 8월 중 간단한 기념품과 인사 서신을 송부하기로 하였습니다.

2. 하반기 정기 총회는 전국협의회 일정에 앞서 10월 중순을 전후하여 순천향대학교(회장교) 또는 접근성을 고려한 별도의 장소에서 진행할 예정입니다.

3. 전국협의회는 코로나19 상황이 진정된다는 전제하에 제주도에서 진행하되 11월 초, 중순경으로 시기를 정하였기에 함께 알려 드립니다.

이에 상반기 임시 총회를 대신하는 기념품은 아산 지역 특산품 중에서 실용성을 고려하여 준비한 품목과 저희 대학에서 코로나19 극복에 작은 도움이라도 드리기 위해 준비한 기념품을 함께 동봉하였습니다.

　아울러, 보직 변동이 있으신 회원님들께는 회칙에 따라 공로패와 재임 기간에 따른 부상을 증정 토록 되어 있습니다만, 상반기 임시총회를 따로 진행하지 않는 만큼 해당되시는 회원님께는 하반 기 정기총회 행사 시 함께 진행하도록 하겠습니다. 이점 널리 양해해 주시면 고맙겠습니다.

　아무쪼록 우리 회원교 모든 대학과 처, 국장님 가정의 건승을 기원하며, 특히 힘든 시기일수록 처장님 개인별 건강 관리에 각별히 유의하시기 바랍니다. 감사합니다.

2020. 8. 11.

2020학년도 대전·충청 지역 사립대학 사무·총무처장 협의회장 문용원 올림

마. 향설 박사님 20주기 추모식 행사 진행 원고

순천향대학교
SOON CHUN HYANG UNIVERSITY
SCH

향설 故 서석조 박사님 20주기 추모식 진행 원고(안)

2019. 12. 19. (목) 11:00 진행 : 대학 사무처장

◆ **개식**

◆ **시작 안내 : 사회자**

(사전 배경 음악 확인)/목사님께 사전 진행 상황 설명/교가 원고, 음향 확인.

구미를 비롯하여 부천, 서울 등 먼 거리를 마다하지 않고 오늘 행사를 위해 서둘러 참석해 주신 모든 분들께 감사인사 드립니다.

지금부터 향설 서석조 박사님의 제20주기 추모식을 시작하겠습니다.

"높푸른 이상 안고 하늘의 뜻 따라~" 순천향대학교 교가의 시작 부분입니다.

이 교가의 노랫말을 직접 만드신 향설 서석조 박사님께서는 20년 전 오늘, 그날따라 유난히 곱게 내리던 흰 눈과 함께 영면에 드셨습니다.

오늘 저희들은 향설 서석조 박사님의 20주기를 함께 추모하는 동시에 생전에 박사님께서 저희들에게 보여 주셨던 숭고한 삶과 철학을 계속 이어 가기 위하여 이 자리에 모였습니다.

◆ **설립자 약력 봉독 : 황경호 중앙의료원장**

먼저 향설 서석조 박사님의 약력을 황경호 중앙의료원장님께서 요약하여 말씀해 주시겠습니다. 함께 반추해 보는 시간을 갖겠습니다.

(약력 봉독)

◆ 설립자를 기리는 묵념 : 사회자

향설 박사님께서 걸어오신 자취와 업적을 이 짧은 시간에 모두 되돌아볼 수는 없을 것입니다.

이에 잠시 향설 박사님을 기리는 묵념의 시간을 통해 추모의 마음을 모으도록 하겠습니다. 모두 자리에서 일어서 주시기 바랍니다.

일동 묵념!

(음향)

바로! 감사합니다. 자리에 앉아 주시기 바랍니다.

◆ 내, 외빈 소개 : 사회자

이어서 오늘 추모식에 참석하신 분들을 기관, 단체별 대표자 중심으로 잠시 인사드리도록 하겠습니다.

추모식의 경건한 마음을 유지하기 위하여 박수는 따로 치지 않도록 하겠습니다.

소개 받으시는 분이 잠시 일어서서 인사해 주실 때, 참석해 주신 분들도 함께 목례로 예의를 표해 주시면 고맙겠습니다.

먼저 향설 서석조 박사님의 유가족으로 서교일 총장님과 김정원 여사님 등 가족분들이 참석하셨습니다. 대표로 서교일 총장님께서 인사해 주시겠습니다.

다음은 학교법인 동은학원과 재단법인 향설서석조박사기념사업회 전, 현직 임원님과 직원을 대표하여 김성구 이사장님이 인사드리겠습니다.

다음은 초창기부터 대학을 일궈 오신 원로 교수님이십니다. 이원직 전 부총장님과 이춘세 전 부총장님! 인사드립니다.

대학 대표하여 교무위원님들께서 참석해 주셨습니다. 김승우 경영부총장, 황창순 교학부총장, 서창수 산학협력부총장, 이항재 특임부총장 이상 4분께서 대표로 인사하시겠습니다.

중앙의료원 가족을 대표하여 황경호 중앙의료원장님께서 인사하시겠습니다.

순천향대학교 부속 서울병원 교직원을 대표하여 서유성 원장님께서 인사하시겠습니다.

부천병원 교직원을 대표하여 신웅진 원장님께서

천안병원 교직원을 대표하여 이문수 원장님께서

구미병원 교직원을 대표하여 임한혁 원장님께서

순천향대학교의 모든 졸업생을 대표하여 황대연 총동문회장님께서

순천향대학교 교수님과 직원을 대표하여 고용철 교협의장님과 양문모 직원협의회장께서

순천향대학교의 현 재학생을 대표하여 이상훈 총학생회장님께서

이어서 안영덕 목사님과 김영정 목사님 참석해 주셨습니다.

그 밖에 일일이 소개해 드리지는 못했습니다만 참석해 주신 모든 분들께 감사의 인사를 대신 전합니다.

◆ 추모사 : 김성구 학교법인 동은학원 이사장

이어서 오늘 추모식 행사 준비위원장이신 김성구 이사장님께서 추모사를 해 주시겠습니다.

(추모사)

향설 박사님을 의학 분야에서 보면 시대를 뛰어 넘는 명의이셨고, 교육 분야에서 보면 대학을 설립하시고 후학을 양성하신 선각자이셨습니다.

그런데 박사님 개인적으로는 다른 사람을 대함에 있어 스스로 자신을 낮추시는 독실하고 겸손한 신앙인이셨고, 개신교 장로 직을 수행하신 봉사자이셨습니다.

그래서 오늘 20주기 추모식은 안영덕, 김영정 두 분 목사님을 모시고 개신교의 예법에 따라 진행하도록 하겠습니다.

◆ 기독교式 추모 진행

- 묵도
- 찬송(438장)
- 기도
- 성경봉독(잠언 4, 20~23)
- 찬양대
- 강론(마음을 건강하게)
- 찬송(210장)
- 축도

◆ 헌화 및 종료

- 헌화

경건하고 거룩한 예배를 통해 오늘 추모식의 품격을 한층 높여 주신 목사님과 찬양대원님들께 감사드립니다.

이어서 헌화의 순서를 갖겠습니다. 참석하신 모든 분들께서는 진행자의 안내에 따라 헌화를 해 주시기 바랍니다.

먼저 유가족과 친인척 가족 분부터 헌화하도록 하겠습니다.

외부 인사 → 법인 → 중앙의료원 → 대학 → 서울 병원 → 부천 병원 → 천안 병원 → 구미 병원 → 수익 사업체

- 유족대표 인사

비록 국화 한 송이지만 이 꽃에 담긴 모든 참석자들의 마음을 향설 박사님께서는 잘 헤아려 주실 것으로 믿습니다.

이어서 유족을 대표하여 서교일 총장님께서 인사의 말씀을 해 주시겠습니다.

(인사 말씀)

감사합니다.

앞으로도 서교일 총장님을 중심으로 우리 모두는 향설 박사님의 인간 사랑을 향한 철학과 이상을 계승하고 더욱 성실히 실천해 가야 하겠습니다.

- 향설 서석조 평전 발간 진행 상황

향설 박사님의 꿈과 철학 등을 담아 평전을 발간하여, 오늘 이 추모식에서 헌정할 계획으로 준비해 왔습니다만, 좀 더 높은 완성도를 위해 마지막 보완작업이 계속 진행 중에 있습니다.

발간이 완료되면 그 결과를 추후에 다시 알려 드리겠습니다.

- 폐식

향설 서석조 박사님께서는 당신께서 직접 지으신 교가 노랫말을 통해 "새 역사 이룩할 순천향! 온 누리 비추는 순천향! 세세토록 빛나리라!"라고 하셨습니다.

우리 순천향인들이 가야 할 미래와 방향을 알려 주신 것이 아닌가 싶습니다.

20주기를 맞이한 향설 서석조 박사님 추모식은 박사님께서 지으신 '교가' 1절을 함께 부르며 마치고자 합니다.

준비된 음원에 맞춰 모두 큰 소리로 교가를 제창하면서 순천향을 향한 박사님의 그 의지를 우리 마음에 되새겨 보도록 하겠습니다.

(음향)

◆ **기념품 및 답례품 안내**

감사합니다.

아울러 추운 날씨에도 불구하고 함께 추모식에 참석해 주신 모든 분들을 위해 유족을 대표하여 서교일 총장님과 김정원 여사님께서 답례품으로 떡을 준비해 주셨고, 안영덕 목사님께서는 수건을 선물로 준비해 주셨습니다.

오찬 이후 귀가하시는 교통편에 답례품과 선물을 나눠 드리도록 하겠습니다.

이상 추모식을 마치고 공원묘원 입구에 위치하고 있는 '게이트하우스'에 준비된 오찬장으로 이동하겠습니다. 고맙습니다.

◆ **폐식**

◆ **오찬**

바. 근속 20년을 맞아서

20년 근속패를 만들어 주신 분들께

고맙습니다. 1년여 전에 법인으로 발령받아 대학의 20년 근속표창 대상에는 포함될 수 없었지만, 대신 동문 선, 후배님들께서 정성스럽게 마련해 주신 '근속 기념패'를 오늘 받았습니다.

"우리는 동문이라는 이름만으로도 보이지 않는 멍에를 지고 있다!"던 어떤 선배님의 말씀이 떠오릅니다.

일은 더 열심히 하고, 마음은 더욱 겸허히 가지되, 그것은 모교와 후배들을 향해 동문 교직원이 가져야 하는 당연한 책무라는 뜻으로 이해하였습니다.

그래서 모교에서 근무한 지난 20년은 더 무거운 마음으로 제가 지나온 길을 되돌아보아야 하는 조심스러운 발자취이지 덥석 축하부터 받을 일은 아니다 싶기도 했습니다.

근무하면서 '부끄럽지 않은 동문 혹은 선배가 되어야 한다.'는 다짐을 안 해 본 것은 아닐지라도 과연 생각한 만큼 실천하며 살아왔는가를 자문하는 대목에서는 저도 모르게 목소리가 작아지는 것을 느끼게 됩니다.

동문 선, 후배님들의 정성적 가치는 차치하고 시가로 계산한 금전적 가치만도 적지 않은 '20년 근속 기념패'를 받아 든 마음이 그래서 마냥 즐거울 수만도 없는 것이 솔직한 심정입니다.

더 세월이 흘러 제가 퇴직을 앞둔 어느 날 혹은 근속 30년이 되는 날에는 이런 회한에 젖지 않도록 근속 20년을 '부끄럽지 않은 동문이 되자.'던 해묵은 다짐을 다시 꺼내어 실천하는 계기로 활용해야 하겠습니다.

아울러, 32년 전 처음 이곳에 대학을 세우고 후학을 기르시기로 결심하셨던 설립자 향설 박사님의 비장하기까지 했을 '숭엄한 의지'와 그렇게 해서 만들어진 '자랑스러운 모교'와 입사와 함께 갖게 된 '고마운 내 직장'과 '소중한 동료'의 의미를 다시 한번 진지하게 확인하는 근속 20년이 되도록 하겠습니다.

그리고 비싼 비용을 들여 만들어 주신 기념패는 어떤 선배처럼 잃어버리지도, 팔아먹지도 않고 소중하게 보관하겠습니다. 보관하는 내내 동문 선, 후배님들의 훈훈한 우정을 자꾸 자꾸 되새기도록 하겠습니다.

재학생을 포함한 모든 후배들과 은사님을 포함한 모든 교수님들과 동료 교직원 선생님들께 '참좋은 동문 교직원'이 되도록 계속 노력하겠습니다.

구태여 하나 더 추가한다면, 오늘(4. 1.)이 만우절이라고 저의 이 고백을 거짓말로 오해하는 일은 제발 없기 바랍니다.

법인사무국장 문용원(순천향대학교 83학번)

사. 미국 출장 복명서

PSU 연수 참가 결과 보고서

□ 프로그램 개요

1. 연수 참가 인원 및 현황

　　가. 학부 재학생 : 20명 - 명단 별첨

　　나. 교직원 : 2명(문용원, 이기영)

2. 연수 기간 : 2002. 1. 14. (월)~2. 1. (금) 〈3주간〉

3. 대상 대학 : Portland State University(PSU), 미국 Oregon주 Portland시 소재

4. 보고자 : 대외협력팀장 문용원

□ 세부보고 내용

1. Oregon주 Portland의 유래와 특징

　　가. 북쪽의 워싱턴(Washington)주와 콜롬비아 강을 경계로 맞닿아 있는 주로서 'Oregon'은 콜롬비아강(Columbia River)의 인디언식 표현에서 유래함.

　　나. 오리건의 원주민들은 아메리칸 인디언들이었고, 1788년 처음으로 백인이 오레건 해안에 닻을 내렸음.

　　다. 1843년 오버튼(Overton)과 러브조이(Lovejoy)가 오레건에 와서 아름다운 경치에 반해 버렸고, 특히 오버튼은 이곳의 가능성을 확신하여 이 땅을 자기 것으로 만들기 위해 서류를 신청하고자 하였으나 1 Quarter(25센트)가 없어 결국 러브조이에게 1 Quarter를 받고 땅을 반씩 나누기로 했다는 실화가 있음(1 Quarter는 약 325원 정도).

　　라. 여름에는 쾌적하고 아름다운 자연경관을 감상할 수 있지만 겨울철은 우기철로서 거의 매일 '비'가 내림.

　　마. 그러나 그 양은 많지 않고 '오레고니언'이라고 불리우는 토착민들은 우산을 사용하지 않으

며, 비가 와도 환경오염이 없어 오히려 세차가 될 정도임.

바. 미국 내 대부분의 주에서는 물건 살 때나 식당 등에서 세금이 정가의 10%씩 별도로 계산하고, 서비스업의 경우에는 여기에 봉사료가 10%씩 같이 계산되는 것이 특징이지만, 오레곤주는 세금(Tex)가 없음.

사. 포틀랜드에는 맥스(MAX)와 Street Car 두 종류의 전철이 있으며, 시내권(Down town)에서는 전철과 시내버스가 모두 무료임.

아. 포틀랜드는 도시계획이 잘 수립되어 정부관청, 대학, 시민이 이상적인 조화를 이루고 있는 도시로 유명함. 미국 내 도시 대부분은 비즈니스 건물이 집중되어 있는 중심가는 야간에 공동화 현상이 발생하는 도넛 형태로 발달되어 있는 것이 일반적인 현상임.

자. 예로부터 임업이 매우 발달한 도시이며, 장미가 포틀랜드의 상징 꽃임.

포틀랜드 풍경 - 그림엽서 1

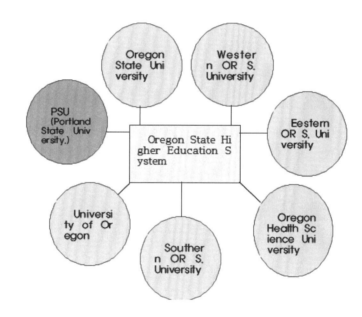

□ 관련 사진 자료

포틀랜드 풍경 - 그림엽서 2

1. 연수 대상 대학 주요개요

가. 대학명 : Portland State University(PSU)

나. 위치 : 미국 Oregon주 Portland(Post Office Box1491, Portland, Oregon 97207-1491)

다. 주요 현황

(1) PSU는? : '오레곤주의 고등교육연합'에 소속된 주립 대학교

(2) 학생수

▷ 재학생 : 약 20,000명(Full+Part time)

▷ 외국인 학생(International Student) : 약 1,200명

▷ 영어 연수생(Students in English Language Program) : 약 250명

(3) 특성화 학부

▷ 경영학부(School of Business)

▷ 교육학부(School of Education)

▷ 도시계획학부(School of Urban Planning) - 시청과 긴밀한 협조관계유지

▷ 사회학부(School of Social work)

(4) 기타

▷ 2001년도 미스 USA가 PSU 출신

▷ 대부분의 미국 대학과 마찬가지로 PSU도 교정이 별도로 독립된 형태가 아니라 시내의 상가 또는 아파트(주로 학생들이 사용하는) 등과 같이 혼합되어 있음.

(5) PSU 관련 사진 자료

도시공원과 어우러진 PSU캠퍼스

2. 주요연수 프로그램(수업)

가. 국제문화의 이해(Interculture Communication)

나. 미국문화(American Culture)

다. 말하기와 듣기(Speaking/Listening)

라. 기타 과정

(1) 발표세미나(PowerPoint Seminar)

(2) PSU 국제학생 간 교류(PSU International Student Coffee Hour)

※ 총 6학점 이수

3. 일자별 진행결과

〈2002. 1. 14. (월)〉

08:00에 인천공항에서 집결키로 하고 정시에 맞추어 나갔다.

그러나 7명의 학생이 약속 시간을 넘겨서 도착하였다. 오리엔테이션 시간에 미리 통보한 조장 5 명을 통해 지금부터 반드시 단체로 행동해 줄 것을 당부하고 출국 수속에 들어갔다. 13:05, 일본 나리타공항에 도착하여 환승게이트를 찾아 마치 유치원 어린이 나들이와 비슷한 행렬로 입국 수속을 마쳤다. 환승객에 대한 입국 수속 절차는 비교적 수월한 편이었다. 입국 수속을 마치고 나서 일행 중 한 여학생(남민주)이 방금 타고 온 비행기(UA) 안에 간단한 작은 짐가방을 놓고 내렸다고 한다.

많은 학생들을 인솔하고 길을 나선 첫 외국 나들이라 다소 긴장하고 있던 터에 벌써부터 불길한 예감이 적중되나 보다 싶었다.

일단 짐을 찾도록 최선을 다하겠지만 마지막에는 그 짐을 포기할 것을 본인에게 이야기하고 탑 승 게이트 앞에 도착하여 우선 인원 파악을 한 후 UA카운터를 찾아 담당자를 찾았다.

이제 연습이 아닌 실제 상황이라는 긴장감에 가슴이 두근거렸다.

다행히 일본인 여성 담당자는 친절하게 서투른 영어 실력에 경청해 주었고 문법적으로 맞는지 여부를 떠나 의사소통이 되었다.

그리고 약 1시간 정도 지나 비행기 안에 혼자 남았던 짐은 주인 앞에 도착하였다. 문제에 봉착하 여 해결되었다는 가벼운 흥분에 대수롭지 않은 문제가 또 발생하면 해결해 보고 싶다는 철없는 욕 심이 슬그머니 들었다.

16:45분에 나리타공항에서 샌프란시스코로 출발하는 비행기를 기다리기까지는 약 3시간 30분간 의 시간 여유가 있어 2시 40분까지 자유 시간을 주었다.

샌프란시스코 공항에서의 입국 수속, 환승 시간은 불과 1시간 30분이었다. 이 시간으로는 틀림 없이 부족할 것 같아서 모든 연수생들을 불러 모아 놓고 미국 도착 직후 예상되는 상황을 아주 신 중하게 전달하고 절대로 개인행동은 삼가 줄 것을 당부하였다.

그리고 예정된 비행기를 놓쳤을 경우에 대비하여 비상시 사용하기 위해 준비한 회화를 속으로 여러 번 반복해서 외워 두었다.

I'm in trouble./I missed my connection./Where is the UA Airline counter?/Please check another flight for me./Is this the right gate for going to Portland?/Where is the departure gate?/Where can

I get my luggage?/How long will we stop?/When is boarding time?

〈2002. 1. 14. (월)〉

1월 14일 오후 4시 45분, 동경 나리타공항을 이륙한 비행기는 일몰 후 약 7시간 만에 환상적인 구름 속에서 다시 1월 14일의 아침을 맞이하였다.

그래서 미국에서의 첫날 아침은 하루를 벌은 듯한 느낌으로 시작되었다.

두 번째로 제공되는 기내식이 벌써부터 지겨워지기 시작할 무렵 기체가 흔들리면서 벨트 착용을 알리는 싸인 등이 들어오고 안내 방송이 나오면, 나리타공항에서 이륙과 동시에 덜컹하는 소리가 느껴진 탓에, 괜히 가슴이 조여 왔다.

안내 방송조차 중국어, 일본어, 영어 방송은 나오면서 한국어 방송이 안 나오는 것에 대해 은근히 심술도 일었다.

잠깐 눈을 붙이고 샌프란시스코에 무사히 도착하여 'Visitor'라고 표시된 외국인 입국 심사대를 향해 발길을 재촉하였다. 우리 일행은 약간씩 차이를 두고 미국 입국을 기다리고 있는 세계 각국의 인종 대열에 합류하였다.

그러나 비교적 한산한 내국인 전용(미국 시민권자 전용) 입국 심사대에 비해 외국인 입국 심사대 앞은 순식간에 인산인해를 이루었다.

환승하기까지 약 1시간을 남겨 둔 상태였다. 불길한 예감이 적중하고 있음을 직감적으로 느껴졌다. 더욱이 이미 미국 비자를 가지고 있던 한 여학생(의예과 장학생 김선주)이 심사대에서 입국 목적을 묻는 질문에 어학연수라고 대답하자 관광비자이므로 어학연수는 곤란하다며 다시 한국으로 돌아가라며 입국을 허용해 주지 않았다.

그 여학생은 1학년이었지만 미국 여행 경험이 있고 회화도 잘하는 편으로 3주 후에 한국으로 다시 돌아가기 위한 비행기표를 보여 주고서야 겨우 입국 허용을 받고 나머지 일행과 합류할 수 있었다.

예약된 환승 항공기 이륙 시간을 훨씬 넘기고서야 UA항공사 카운터에 도착하였고 마음이 좋아 보이는 뚱뚱한 젊은 남자 사원을 향해 다가갔다.

가급적 여행 기간에 써먹지 않기를 바라는 마음으로 외워 두었던 회화를 사용해야하는 실제 상황에 부딪힌 것이다.

일단 준비한 내용은 큰 무리 없이 의사소통이 되었고, 우리 일행 모두가 가능한 같은 비행기 편으로 배정해 달라는 염치 좋은 부탁을 덧붙이는 것도 잊지 않았다.

다행이 우리는 22명이므로 그룹으로 분류되어 별도 카운터를 이용하여 일괄적으로 처리할 수 있었고, 22매의 항공티켓을 받아 든 뚱뚱한 친구는 사무실로 가서 일 처리를 마친 후, 별도로 모여 있는 우리 일행 앞으로 다시 돌아왔다. 그리고 긴장한 채 그의 대답을 기다리고 있는 우리들을 향해 그가 말한 첫마디는 "신정웅 씨가 어느 분이세요?" 어느 누구도 전혀 기대하지 못했던 한국어였다.

반가움과 함께 방금 전까지 어렵게 영어로 설명하던 내 모습이 마치 코미디의 한 장면처럼 떠올랐다.

PSU에서 사용할 목적으로 좀 여유 있게 준비한 우리 대학교 기념품 하나를 선물하고 새로 배정받은 비행기를 타기 위해 국내선 여객터미널을 향해 발걸음을 옮겼다.

생각보다 먼 거리에 있는 게이트를 찾아가는 과정에서 드디어 9·11 테러의 여파를 실감할 수 있었다.

소총으로 무장한 군인의 통제하에 남녀를 불문하고 모든 소지품을 여러 번 꼼꼼하게 검색하였고, 우리 일행 중에도 여학생 1명은 별도 장소에서 신발 속까지 다시 조사하였다.

PSU에서는 이미 예정된 시간에 맞추어 공항에서 우리를 기다리고 있을 것으로 예상되어, 공항 내에서 전화카드를 구입하여 이미 PSU에 연구년으로 와 계신 우리 대학교 정보기술공학

코리아포스트지에 게재된 연수 관련 사진

부의 이순흠 교수님께 전화로 연락하여 늦은 사유와 도착 예정 시간을 알려 드렸다.

이제는 비행기 한 번만 타면 포틀랜드에 도착하는구나 싶었는데 이곳에서도 다시 1시간가량 예정된 비행기가 연착되었다.

과학의 첨단을 달리고 있다는 미국에서 항공기가 1시간 정도 연착되는 것은 흔한 일인 듯 미국인들은 대수롭지 않게 받아들이는 것 같았다.

따라서 항공기를 이용한 장거리 여행에서 환승 시간은 이런 점들을 감안하여 충분히 여유 있게 준비하는 것이 필요할 것으로 판단되었다.

Portland 공항에는 연수프로그램 코디네이터인 캐서린(Katherin)과 한국인 도우미 김영민(PSU 졸업생) 그리고 우리 대학교 초창기에 근무한 적이 있는 전성식 교수님(현 PSU 컴퓨터학부 교수)의 부인이 나와 있었다.

미리 준비된 버스를 이용하여 PSU에 도착하여 간단한 오리엔테이션 절차를 밟았으며, 이 과정은 미국 내 한국 신문인 《코리아포스트》에서 지사장(황민수)이 취재해 갔고 1월 18일자에 사진과 함께 게재되었다.

오리엔테이션을 마치고 에이전시사를 통해 각자 배정된 호스트 패밀리(Host-Familly)를 기다렸다. 대학에 도착한 호스트 엄마, 아빠(Host Mother or Father)들은 각자 배정된 우리 학생들을 소개받을 때마다 다소 지나치다 싶을 정도로 몸으로 반가움을 표시했지만, 외국인에 비해 수줍음이 많은 우리 학생들은 아직 이런 문화에 익숙하지 않아서 미국인들로부터 혹시 우리 학생들이 그들을 싫어하는 것으로 오해받지 않을까 괜히 걱정이 앞섰다.

마지막 학생까지 보낸 후 PSU 관계자들의 안내를 받아 약간 작은 크기의 전철인 'Street Car'를 이용하여 앞으로 3주 동안 내 집처럼 사용할 Mark Spencer 호텔에 도착하였다. 참으로 긴 하루였다.

〈2002. 1. 15. (화)〉

여독이 채 가시지 않은 채 등교를 서둘렀다. 미국에서의 첫 번째 아침 식사는 한국에서의 그것과 비교하여 부실할 것으로 예상은 했지만 막상 식사 장소에 도착하고 보니 예상보다 훨씬 심각했다. 7~8평 남짓한 공간에 일반 가정집 거실 같은 분위기에 소파 의자 2개 식탁 2개가 있었고, 약간의 과일과 음료수가 준비되어 있었다.

그리고 본인이 먹고 싶은 것을 아무렇게나 먹고 가는 것이 고작이었다.

적어도 서빙하는 사람 정도는 있겠지 싶었던 상상은 현실을 모르는 사치스러운 생각이었음을 절감했다.

한국으로 되돌아오는 날까지 아침 식사는 줄곧 오렌지 1개, 바나나 1개, 빵 1조각과 주스 1잔 수준에서 해결했다.

말 그대로 간단한 아침 식사를 마치고 등굣길에 올랐다. 거리가 비교적 한산하고 PSU까지는 어제 저녁 기억으로 매우 가깝게 느껴졌기 때문에 이번 연수에 동행한 이기영 선생과 걷기로 합의하고 대략적인 감각만으로 길을 나섰다.

그러나 생각과는 달리 온통 거기가 거기 같아서 결국 길을 잃고 말았다.

몇 차례 행인들에게 길을 물어서 겨우 수업 시작 시간보다 약 5분 정도 늦게 도착하였다. 수업 첫날인 관계로 Home-Stay 중인 일부 학생이 도착하지 않은 상태였다.

9시에 PSU의 다니엘 번 스타인 총장께서 간단한 환영 인사를 계기로 공식 일정이 시작되었다.

대부분이 여독이 채 가시지 않았을 뿐만 아니라 시차 적응도 안된 상태였는데 수업은 예정대로 진행되었다.

Ms. Andrea Binder 교수가 진행하는 미국문화(America Culture Class) 수업은 한국과 교수법이 다르고 말이 빨라서 충분히 이해했다고 할 수는 없겠지만 첫 수업이기 때문인지 모두 진지하게 수업에 임하고 있었다. 그러나 쏟아지는 졸음은 참으로 감당하기 어려웠다.

첫날 점심은 구내식당에서 PSU의 문학 교수이신 전성식 교수님의 부인과 같이 멕시코 음식으로 해결했다. 아침 식사에 비교하면 비교적 한국인 입맛에 맞았다.

〈2002. 1. 16. (수)〉

우리나라에서 대중이 선호하는 무언가를 개발하였다면 온 국민이 사용한다손 치더라도 그 수요는 미국과 비교한다면 미국의 1개 주 정도의 규모에 지나지 않지만 미국에서는 약 50배 이상이 된다.

또한 강대국인 만큼 자국민에 대한 복지나 인권 문제에 있어서도 매우 발달한 것으로 여겨졌다. 그리고 환경에 있어서는 우리나라와 비교하여 자연 그대로의 모습이 잘 보존되어 참 깨끗하다는 생각이 들었다.

그래서 사람들이 미국을 일컬어 '축복 받은 땅' 또는 '기회의 땅'이라고 하는 데 공감이 갔다.

그러나 미국에서는 일반인이 밤에 거리를 활보한다는 것은 상상도 할 수 없는 나라가 되어 있었다. 그래서 시내에는 24시간 편의점과 일부 서비스 업종을 제외하고는 저녁 8시가 넘으면 대부분의 상점이 문을 닫아 매우 한적하고 조용했다. 그리고 사회복지가 잘 발달하였다고 하지만 거리에는 쓰레기통을 뒤지는 걸인들이 유독 많았다.

미루어 짐작컨대 경제적으로 능력이 없는 자에게 자본주의는 그를 길거리로 내몰 수밖에 없는 맹점을 가지고 있지 않나 싶었다.

오늘은 국제문화, 회화, 미국문화의 정규수업 이후에 다운타운가를 같이 돌아보는 프로그램이 있었다. 돌아올 때는 버스를 이용하는 요령을 배울 겸 시내버스를 탔는데 그 많은 인원이 전부 무료였다.

포틀랜드 시내의 전차와 자동차

이어서 PSU 내에서 어학연수 중인 외국 학생들이 같이 모여 간단한 다과와 담소를 나눌 수 있는 PSU International Student Coffee Hour 시간이 있었다.

〈2002. 1. 17. (목)〉

호텔에서 빵 몇 조각과 음료수로 대신하는 아침 식사에 처음보다는 훨씬 익숙해지기 시작하였다.

오늘도 국제문화 수업으로 하루를 시작하고 있는데, 이 시간에는 일본의 와세다대학 연수생 7명과 합반하게 되었다.

교수의 지시로 일본 학생들의 자기소개가 있었는데 우리 대학교 학생들은 자기소개 없이 바로 수업에 들어가려고 했다. 그때 내가 "왜 우리 순천향대학교 연수생들은 자기소개의 기회를 주지 않느냐?"고 하자, 우리 학생들의 원망 섞인 함성이 터졌다. 교수 말로는 미국에 도착한 지 3일째밖에 안 되었기 때문에 넘어가려고 했는데 그러면 한 명씩 자기소개를 하라고 했다. 우리 학생들은 아주 자연스럽게 자기소개를 했고 적당한 조크가 섞이면 많은 학생들이 기다렸다는 듯이 웃음과 환호성이 터져 나왔다.

비록 작은 공간일지라도 국제무대에서 마주친 외국 대학생들과 당당하게 어깨를 겨루는 후배들의 모습이 대견하고 자랑스럽게 여겨졌다.

마지막으로 내 차례가 돌아왔고, 나는 일본 학생들을 위해 자기소개 하기 전에 우선 "곤니치와 재패니스 프렌즈?"로 말문을 열자 다시 한번 한바탕 웃음을 자아냈다.

국제문화 수업 - 와세다대 학생들과 합반 장면

회화(Speaking/Listening Class) 시간은 우리 대학교의 외국어교육원 수업과 유사한 점이 많았다. 난이도도 비교적 쉬운 편이라서 학생들도 가장 선호하는 과목이 되었다.

교수들은 바인더로 철할 수 있도록 유인물을 준비했다가 수업 시간마다 진도에 맞게 유인물을 나누어 주었다.

그래서 같이 간 이기영 선생과 협의하여 대학 구내매점에 이를 철할 수 있는 바인더 22개를 구입하여 우리 학생들에게 하나씩 선물해 주었다.

오후에는 PSU 이름이 새겨진 비석을 중심으로 단체사진을 촬영하였다.

이곳 미국인 Host-Mother는 우리 학생들이 "오늘은 일이 있어 조금 늦게 오겠습니다."라고 하면 웃음 띤 얼굴로 "Yes."라고 하더라도 실제 늦으면 Home-stay 에이전시사에 전화로 이 사실을 통보한다는 사실을 알았다.

법적인 의무를 다하였다는 증거를 남기기 위해서라는 사실을 나중에서야 깨달을 수 있었고, 이런 연락이 오면 이를 담당하는 에이전트인 'Petty'라는 사람은 이 사실을 나에게 다시 말하곤 하였다. 이곳에서 외국인들은 인솔자를 보호자라는 뜻으로 '섀프론(chaperon)'이라고 불렀으며, 나와 이기영 선생도 이곳에서는 마찬가지로 Chaperon으로 통했다.

저녁에는 담당 코디네이터인 캐서린으로부터 초대를 받고 그의 남편과 캐서린 집에서 Home-stay 중인 한국인 유학생과 함께 우리 숙소 근처의 유명하다는 레스토랑에서 해물 요리로 저녁을 해결했다. 모처럼 맛있는 음식을 대할 수 있었지만 가격은 상당히 비쌌다.

〈2002. 1. 18. (금)〉

첫 수업인 국제문화 시간에 Home-sick(향수병)에 대한 내용을 소재로 수업이 진행되고 있을 때 드디어 우려하던 일이 발생하고 말았다.

이제 1학년 여학생 한 명이 눈물을 뚝뚝 흘리며 강의실을 뛰쳐나가고 말았다. 모든 학생들의 표정이 다소 비장하게 변하고 있었고 분위기가 무겁게 흘렀다. 어른인 나도 마음이 무거워 오고 가족들이 몹시 보고 싶다는 생각이 들었다.

빡빡한 오전 수업을 마치고 몇몇 학생들과 함께 한국인 부부가 운영하는 식당으로 향했다. 우리 일행 중에는 향수병을 못 이겨 수업 중에 강의실 밖으로 나갔던 여학생도 포함되어 있었다. 그리고 잠시 후 우리 테이블에는 성냥개비가 박혀 있는 초코파이와 비슷하게 생긴 빵이 하나 등장했다.

내용을 알고 보니 오늘이 그 여학생의 생일이었다. 그제서야 향수병에 관한 수업 내용에 눈물을 쏟은 이유를 알 수 있었다.

대화를 통해 여학생들은 일부러 아직까지 집에 전화하지 않은 학생이 여러 명이 있다는 것을 알았다. 이유인즉 집에 전화하면 그리운 엄마, 아빠 목소리를 듣는 순간부터 울음이 터져 나와 말을 할 수가 없다

향수병을 달래는 생일파티

고 한다. 이 중에는 대학생이 될 때까지 한 번도 가족들과 떨어져 본 적이 없는 학생들도 있으니 그럴 수도 있겠다 싶었다.

오늘은 수업 시작 전에 담당 코디네이터인 캐서린이 학생들의 미국 생활 적응 정도를 확인하기 위한 간단한 설문조사가 있었고, 그 결과를 수업이 끝난 후 나에게 전달하면서 두 명의 여학생과 상담해 줄 것을 요구하였다.

1학년 학생 2명이 매우 빡빡한 일정과 많은 숙제로 많이 힘들어하고 있는 것으로 나타났다. 귀가 시간은 5시로 철저히 지켜지고 있고, 의사소통 문제도 그렇고 생활 방식이 다르므로 힘들어하는 것도 이해가 된다.

두 학생과 면담 결과 이들이 이곳의 학점이 대학으로 통보되어 성적에 영향을 준다는 사실을 많이 의식하고 있었다. 그래서 숙제하기 싫으면 안 해도 좋고, 학점에 대해서는 전혀 걱정하지 말라고 마음을 다독여 주었다.

저녁에는 교육프로그램에 따라 피자파티를 마치고 단체로 아이스하키 경기 관전을 다녀왔다. 경기는 상당히 패기 넘쳤지만 동시에 거칠었다. 시작 직후부터 선수들 간에 주먹다짐이 심했으나 미국인들은 이를 광분하면서 즐겼고 심판조차도 둘이 붙어서 넘어질 때까지는 이를 만류하지 않았다.

선수들은 싸워야 할 상대가 있으면 일단 그 앞에서 장갑과 안전모를 벗어 던진다. 상대방이 응대 의사가 있으면 같이 벗어던지고 싸움이 시작된다. 바닥에 넘어지면 그때서 양쪽 선수와 심판이 이를 저지하고 경기는 다시 시작되곤 하였다.

경기가 끝난 후 우리와 같은 차에 탄 학생들이 우리 호텔을 보고 싶다고 졸라 호텔로 데리고 와 라면에 김치를 대접해 주었다. 일주일 만에 먹어 보는 라면과 김치가 아까워서 얼른 먹지도 못하는 학생들을 보면서 안타까운 마음이 들었다. 아쉬워하는 학생들을 달래 집까지 함께 바래다주고 돌아왔다.

멀트노마(Multnomah)폭포   아이스하키 장면

〈2002. 1. 19. (토)〉

참으로 길게 느껴지는 한 주를 보내고 맞는 토요일 휴일이었다. 어쨌든 마음으로부터 해방감이 들어 좋았다.

프로그램 진행 보조자인 Kristi가 우리를 위해 PSU로부터 승용차를 지원받아 호텔로 오기로 약속했다.

워싱턴주와 경계인 강변도로를 약 30분가량 달려서 70미터 높이의 멀트노마(Multnomah)폭포를 관광한 후 한국 음식점을 아는 곳이 있는지를 물었더니 안내해 주었다. 오랜만에 대하는 한국 음식을 푸짐하게 들고 가까운 곳에 있는 한국인 슈퍼마켓에서 햇반과 라면 각 1상자와 김치, 고추장을 구입했다.

포틀랜드 시내가 한눈에 내려다보이는 언덕 위에 있는 구옥인 '피덕 맨션'을 보고, 포틀랜드의 상징화인 장미동산에 갔다.

피덕 맨션   장미동산에 새겨진 '장미의 여왕' 동판

포틀랜드 사람들은 매년 5월 이곳에서 여고생 중에서 가장 아름다운 '장미의 여왕'을 뽑는 행사를 갖는다고 하였다.

그리고 매년 그 여학생의 이름이 인쇄된 보도블럭 크기의 동판을 만들어 보도블럭과 함께 이곳에 깔아 놓고 영구 보존한다고 했다. 실제로 60년대부터 지난해까지 매년 1명씩 이름이 새겨진 동판이 있었다.

저녁에는 호텔에서 낮에 준비한 햇반과 김치, 고추장으로 식사를 해결했다. 이제야 겨우 밥 먹은 기분이 들었다.

〈2002. 1. 20. (일)〉

이곳에 도착한 이후 도착일과 그다음 날까지 이틀만 비가 안 왔을 뿐, 겨울철은 우기라더니 오늘까지 계속 비가 내렸다.

마치 한국의 장마철 같은 날씨였지만 큰비는 없고 가랑비처럼 꾸준히 내렸다 안 내렸다를 반복했다.

그렇지만 특이한 것은 옷이 눅눅하거나 끈적거리는 느낌은 없고 매우 건조했다. 정보기술공학부의 이순흠 교수께서 큰 자제와 함께 방문해 주셨다.

점심으로 중국타운에서 중국 음식을 들었다. 웨이트리스마다 갖가지 음식을 들고 손님들 사이로 계속 돌아다닐 때 마음에 드는 음식을 찍으면 즉석에서 내려놓는 형태였다.

식사 후에는 다운타운에서 승용차로 약 1시간가량 거리에 있는 대형 아울렛에 들려 쇼핑을 하였다.

대형 아울렛에서

운행 중에 특이한 신호를 보았다. 좌회전을 위해 대기하고 있는데 녹색이 아닌 적색의 좌회전 신호가 들어왔다. 그런데 좌회전하지 않고 기다리자 다시 녹색등이 점등되었고 그제서야 좌회전을 했다.

이러한 신호 체계에 익숙하지 않은 한국 사람들은 자칫 실수할 수 있겠다는 생각이 들었다. 미국에서는 규정상 '해서는 안 된다.'라고 명기되어 있지 않는 한 '해도 된다.'는 것으로 통상 해석된다고 한다.

따라서 좌회전을 해서는 안 되는 시간에 좌회전 방지를 위하여 안 된다는 뜻으로 적색 좌회전 화살표 신호를 설치하게 되었고, 이는 우회전에서도 마찬가지라고 한다.

〈2002. 1. 21. (월)〉

마틴 루터 킹 기념일(Martin Luter King's Day)로 공식적으로 휴일이었으나 우리들은 2시간짜리 미국문화 수업이 진행되었다. 오늘은 미국의 흑인 가수 쥴리안 존슨(Julianne R. Johnson)를 초청하여 특강을 하기로 되어 있었으나 다음 날로 미뤄졌다. 그녀는 젊은 시절 한국에도 방문한 적이 있었던 미국 내에서는 제법 잘 알려진 가수로서 포틀랜드 도시로 흑인이 정착해 온 과정에 대해서 특강하기로 되어 있었다.

3인 1조가 되어 별도 주제를 놓고 토론한 후 정해진 방식에 맞추어 결과를 발표하는 형태였다. 우리 학생들은 비교적 잘 적응하였고 흥미로워했고 영어 발표력에도 크게 도움이 되는 것 같았다.

수업을 마치고 MLK 이벤트가 오리건대학에서 개최되어 학생들과 함께 참관하였다.

Juliane R. Johnson 수업 장면

대체적으로 미국에서는 편리성보다는 견고성과 안전성에 더욱 치중하고 있다는 것을 느꼈다.

핸드폰의 크기는 우리나라의 초창기에 판매되었던 정도의 크기였으나 아날로그 방식과 디지털 방식이 한 기기 안에 같이 존재한다고 하였다.

우리나라 제품도 전자상가에서 보았는데 약 13만 원 수준이었고, 미국인들은 한국 제품과 일본 제품을 높이 평가하고 있었다.

우리 연수단은 2대의 승합차를 주로 이용하였는데 공용자동차라고 하였다. 이차는 창문을 수동으로 작동할 낮은 수준의 옵션이었지만 에어백은 필수라서 장착되어 있었다. 미국에서는 모든 자동차에 에어백이 필수라는 사실을 나중에서야 확인하였다.

또한 대부분 건물의 출입문도 육중하고 무거워 그 느낌만으로도 견고하다는 것을 알 수 있었다. 호텔의 문이나 샤워꼭지도 우리나라에 비해 편리성은 떨어졌으나 견고한 형태였다. 건물의 벽돌도 우리나라의 70년대 같은 느낌이 들었으나 한눈에 보아도 우리나라와는 비교가 안 될 정도로 단단하다는 것을 알 수 있었다.

이 도시에는 두 종류의 대형 건물이 있는데 하나는 비상계단이 밖으로 덧붙여서 별도 설치되어 있는 건물이고, 다른 하나는 설계 단계부터 내부에 들어 있는 것이다. 이 중에서 밖에 비상계단이 있는 건물은 지은 지 100년이 넘은 건물들로서 완공 이후에 소방법이 바뀌면서 비상계단을 덧붙여 설치한 것이라고 했다. 그런데도 백화점, 호텔 등으로 사용되고 있었다. 우리가 3주 동안 머물렀던 마크스펜서 호텔도 역시 100살이 넘는 건물이었다.

〈2002. 1. 22. (화)〉

미국문화 수업의 일환으로 대학에서 가까운 곳에 있는 Art Musium을 방문하였다. 지역별로 구분하여 미국의 전통 문화라고 소개하는 것이 대부분 인디언 계통의 문화인 것으로 보였고, 그 역사 또한 19세기 말에서 20세기 초로 국한되어 있었다. '전통 문화'라고 한다면 보통 천 년 이상 전래되었거나 짧아도 몇백 년은 된 것으로 인식해 온 우리들에게는 거의 근대식으로 비춰지거나 현재의 미국인들과 전혀 연관되어 생각되지도 않았다.

오히려 인디언의 마스크나 문양들도 오히려 동양적인 요소가 더 많아 보였다. 장황한 설명이 끝나고 개인적으로 관찰하는 시간에 내부로 통하는 문을 열고 들어가 보니 '한국관'이 별도로 설치되어 있었다.

그곳에서는 이순신 장군의 시, 10폭 구운몽도, 석지 채용신의 문관초상화와 고려청자, 이조백자, 평양감사 행차도의 8폭 병풍 등이 전시되어 있었다. 한국을 소개하는 영문 설명에 한국인들의 중국의 문화적 영향하에서 한글(hangul)이라는 고유문자를 개발하여 사용하고 있다는 내용을 보면서 자부심과 자긍심이 느껴졌다.

〈2002. 1. 23. (수)〉

연수에 참가하고 있는 학생들에게 사전에 약속한 대로 한국인이 운영하고 있는 PSU 근처 식당 벤토(Bento)에서 모든 연수생과 홈스테이 에이전트 페리, 프로그램 진행 보조요원 영민, 크리스티, 스테이시 등 모든 관계자들을 점심에 초대하였다. 캐서린이 꼭 참석해 주기를 바랐지만 오늘까지 휴가(병가) 중인 관계로 참석하지 못했다. 식당 주인이 한국인이어서 사전에 고추장과 김치를 준비해 줄 것을 부탁하였다.

김치와 고추장만으로도 학생들에게는 최고의 메뉴가 되었던 것 같다. 비록 김치는 이렇게 맛없는 김치가 또 있을까 싶을 정도로 한국 정서와는 거리가 있는 맛이었지만 없는 것에 비한다면 그나마도 감지덕지였다.

이번 연수생 중에서 창수, 민경, 민정 세 명이 이 기간에 생일이 겹쳐 있었다. 이 사실을 미리 점검해 두었다가 식사가 시작되기 전에 내용을 발표하고 참가자 모두가 "Happy birthday to you!!"를 외치며 큰 박수갈채를 보내 주도록 유도했다. 머나 먼 이국에서 맞이하는 생일을 그 의미가 매우 색달랐다. 모처럼 학생들의 활짝 핀 밝은 표정을 대하면서 공짜 밥의 위력을 확인할 수 있었다.

끝내 아쉬운 점은 오늘 마침 감기몸살로 연수에 같이
참가한 장호준 학생이 등교하지 못해 이 파티에 참석
하지 못했다는 것이다. 호텔로 돌아와 호준에게 위로
전화를 넣었다. 감기로 목이 잠긴 호준이의 목소리와
더듬거리는 표현에서 말보다 진한 감사의 마음을 읽
을 수 있었다.

본 프로그램의 코디네이터 캐서린과

⟨2002. 1. 24. (목)⟩

'장미 지역체육관(Rose Quarter Stadium)'에서 TV로만 볼 수 있었던 NBA 농구 시합을 직접 관전
하는 날이다.

연수에 참가한 어떤 학생은 연수 첫날부터 오늘의 NBA 관전을 손가락을 꼽으며 기다려 올 정도
로 젊은 세대에게 있어 NBA 게임은 특별한 의미가 있는 것 같다. 지난번 아이스하키 경기가 진행
되었던 같은 체육관이었지만, 아이스하키에 비해 1인당 좌석료는 10배 정도 비쌌고 위치는 거의
최하위권에 속해 있었다. 미국 사람들의 NBA에 대한 광적인 선호도를 짐작할 수 있었다.

우리를 인솔해 간 크리스티도 오늘 시합하는 BLAZERS(포틀랜드 연고팀)팀의 열렬한 팬으로 팬
클럽 회원증을 가지고 있어 일반 관람객보다는 좀 더 색다른 혜택으로 기념 티셔츠와 안내책자를
선물로 받았다.

솔직히 말한다면, 가끔씩 선수들의 묘기에 가까운 현란한 몸동작 몇 번을 제외하고는 나는 이 게
임에 별로 흥미를 느낄 수 없었다.

미국에서는 거리의 교통질서는 철저하게 보행자 중심으로 운영되고 있다. 우리나라에서의 상식
대로라면 무단횡단으로 심한 고성과 말싸움이 동반될 만한 상황이 수시로 발생되지만 무조건 운전
자가 양보하는 것이 생활화되어 있었다. 그래서 미국인들은 횡단보도나 보행자 신호는 거의 지키
지 않고 있었다. 도착 직후에는 길을 건널 때 양쪽을 한참 두리번거리며 확인한 후 건너곤 했지만
시내의 모든 거리가 일방통행인 관계로 한쪽만 확인하면 되었고 무단횡단이 더 자연스럽다 보니
나중에는 우리도 이 관성에 젖어 있는 자신을 발견할 수 있었다.

〈2002. 1. 25. (금)〉

두 과목에 대한 시험이 있었다. 시험이라는 사실만으로도 심적인 부담이 있었지만 최선을 다해 응시키로 하였다.

오후에는 프로그램 일정에 따라 워싱턴주의 Vancouver를 방문하였다. 서부 개척 시대 토착민인 인디언들과의 전쟁 과정에서 만들어진 백인의 전쟁 요새였는데 모든 시설과 용기들이 보존 상태가 매우 양호했으며 소중하게 관리하고 있었다.

뱅쿠버 외부

뱅쿠버 내부

모처럼의 일과 시간 내 외출인 탓인지 학생들은 수업 부담에서 해방되어 마음이 들떠 있었고 매우 즐거워하는 모습을 보면서 마음이 흐뭇해졌다.

뱅쿠버에 다녀 온 후 그동안 이런저런 사유로 미뤄 왔던 캐서린과 공식적인 미팅이 이루어졌다. 나는 회의에 앞서 학생들에게 3가지 조건을 미리 협의하여 관철시킬 계획이었고, 양해가 가능할 수준에서 수위를 조절해 놓았다. 첫째는 남은 일요일은 호스트 패밀리와 협의하여 학생이 원할 경우 자유 시간을 줄 것과, 두 번째는 귀가 시간을 다소 융통성 있게 조절해 줄 것, 그리고 마지막 세 번째는 주중에 오늘과 유사한 유적지 방문 프로그램을 삽입하여 학생들에게 수업 부담에서 다소라도 해방해 줄 것으로 요청했다. 캐서린은 백인 여성이었지만 그의 남편이 한국계 일본인 탓인지 성격이 선천적으로 동양적인지는 알 수 없었으나 비교적 동양인에 대한 이해의 폭이 넓었고, 정서적으로도 매우 동양적인 부분을 가지고 있었다. 그래서 세 가지 요구조건을 원만히 관철되었고, 그 결과를 학생들에게 자세히 설명해 주었다.

〈2002. 1. 26. (토)〉

날씨가 유독 궂었다. 그러나 당초 프로그램에 따라 링컨시티(Lincon city)의 바닷가를 방문한 다음 가까운 아울렛도 들리기로 하고 준비된 대형버스를 이용하여 길을 나섰다. 약 두 시간 반 정도를 달려 카지노 타운에 도착하였다. 산간 지방의 허허벌판에 마련된 마치 우리나라의 고속도로 휴게소 같은 공간에는 대형 숙박시설과 식당시설 그리고 대규모 카지노 시설이 있었고 많은 인파가 북적이고 있었다.

카지노 내부에서

음식은 우리나라의 고급호텔 뷔페 음식이었으나 가격은 고작 6달러 수준이었다. PSU 구내식당에서 1끼 점심값으로 통상 1인당 약 8~9달러 정도 지출하는 것에 비하면 터무니없는 밥값이었다. 이유를 확인해 보니 영업 전략상 먹고 자는 비용을 헐값으로 제공하는 대신 카지노에서 엄청난 이익을 창출한다는 것이었다.

손님을 가장하고 카지노 안을 기웃거리다가 무료로 제공하는 대형 콜라 한 잔을 들고 다시 버스에 올라 목적지를 향해 출발하였다.

도로 양옆으로 늘어선 숲은 과연 이곳이 임업의 중심지였음을 실감케 하는 아름드리나무들로 빽빽한 산림이 끝도 없이 이어져 있었다.

링컨시티 바닷가는 엄청난 바람으로 오래 머물러 있을 수가 없었다. 도착하면서 바로 머리 위에서 날며 사람을 무서워하지 않는 갈매기들이 신기하게 느껴졌다. 눈앞으로 끝없이 펼쳐진 이 바다는 태평양으로서 우리나라의 동해바다와 맞닿아 있지만 그 위치는 지구 반대편쯤이라는 사실이 실감되질 않았다.

아울렛 쇼핑을 마치고 다시 돌아오는 길에 최근 몇 년 동안 이곳 포틀랜드에서 볼 수 없었던 규모의 폭설을 만났다. 그 양이 아주 적다고 할 수는 없겠지만 우리나라에서라면 그다지 심각한 정도는 아니었지만 이곳 사람들은 상당히 심각하게 받아들이고 있었다. 내일이 만일 주중이라면 모든 교육기관이 휴교에 들어간다고 하였다. 다시 한번 미국 사람들의 철저한 안전의식을 엿볼 수 있었다. 실제로 거의 눈이 없는 지방임에도 불구하고 이곳의 자동차 타이어에는 대부분 못이 박혀 있어 그 소음도 심할 뿐만 아니라 시멘트 포장으로 이루어진 고속도로가 심하게 마모되어 있는 것을 확인할 수 있었다.

저녁에는 '유진'이라는 도시의 오리건 주립대학교
에서 연구년으로 와 계신 김홍진 교수님께서 악천후
에도 불구하고 부인과 함께 우리들을 위해 약 두 시
간을 달려 방문해 주셨다.

김홍진 교수님께서 초대해 주신 일식으로 저녁을
마치고 창원이를 데리고 호텔로 돌아왔다. 호텔에서
내일 새벽 정은이가 개인적인 일정으로 부득이 먼저

김홍진 교수님 부부와 함께

출발하게 된 사실을 연락받고 새벽에 공항에서 만나기로 약속하고 하루를 마무리하였다.

〈2002. 1. 27. (일)〉

새벽 5:20분 호텔 앞에서 만나기로 한 크리스티와 영민의 차에는 이번 연수에 같이 참가한 도형
이와 창수가 같이 있었다.

호텔에서 같이 잔 창원이와 함께 Portland 공항으로 나갔다. 공항에는 오늘 출국하는 정은이가
Host Mother, Host Father와 함께 이미 나와 있었다. 엊저녁 먼저 떠나는 외로움과 아쉬움에 울음
섞인 목소리로 전화 통화할 때에 비하면 정은이의 표정이 무척 밝아서 마음이 놓였다. 시간은 점차
탑승시간에 가까워 옴에 따라 헤어지기 서운해하는 호스트 패밀리와 정은이의 모습과 뜨거운 호스
트마더의 포옹이 보는 사람의 콧날을 시큰하게 만들었다. 정은이를 혼자 보내고 나머지 7명은 전
에 전성식 교수님의 도움으로 가 본 적이 있는 비벌튼의 한국인 식당으로 향했다.

일요일을 맞아 교회에 가야 하기 때문에 영업이 곤
란하다는 식당 아주머니께 겨우 양해를 받아 전원 육
개장으로 메뉴를 통일한다는 조건하에 아침 식사를
했다. 오랜만의 얼큰한 한국 음식을 대하는 학생들이
즐거워하는 모습에서 덩달아 마음이 밝아졌다. 다시
호텔로 돌아오면서 적당한 곳에 주차하여 설경도 촬
영하며 느긋한 일요일을 보냈다.

먼저 출국하는 정은이와 호스트 마더가 포옹하고 있다.
뒤에 있는 백인은 호스트 파더임

〈2002. 1. 28. (월)〉

오정은이 감기가 심했고 김민정은 귀에 염증으로 통증을 호소해 왔다. 캐서린을 통해 대학 내 의무시설을 이용할 수 있도록 부탁하였는데 개인별로 나누어 준 보험가입 증서로 병원에 갈 수 있다는 대답을 듣고 캐서린에게 병원에 데려다줄 것을 부탁하였다.

다음 날 확인해 본 결과 의사는 처방 외에는 아무것도 안 하고 본인이 판단하여 필요하면 약국을 통해 어떤 종류의 약을 사서 복용하라고 충고만 해 주었다고 한다. 미리 준비해 긴 감기약을 비롯한 몇몇 상비약을 요긴하게 사용할 수 있었다.

창원이가 지난 토요일 호텔에서 머무른 후 일요일 귀가하여 피곤한 상태에서 저녁을 거르고 잠자리에 든 후 아침에 일찍 나왔다고 하였다.

그런데 호스트 마더는 창원이가 마치 화가 나서 그랬던 것으로 오해하여 홈스테이 에이전트인 페리(Petty)와 통화가 되었나 보다.

페리로부터 창원이를 참석시킨 가운데 같이 면담하자는 제의가 왔다. 창원이가 비교적 상기된 표정으로 같이 면담에 들어갔다. 다행이 오해였다는 사실이 확인되어 큰 무리 없이 마무리되었다.

막상 마지막 주말을 보내고 나니 이제 연수 일정이 얼마 남지 않았다는 사실이 실감되었다.

〈2002. 1. 29. (화)〉

같은 호스트 패밀리로 있는 영숙이와 민정이가 호스트 마더의 요청으로 일찍 조퇴하였다. 감기 증세와 귀의 염증이 좀 덜하기는 했지만 아직 완치되지 않았기 때문이었다.

산림박물관에서

미국문화 수업의 일환으로 가까운 시외 지역에 있는 산림박물관(Forest Museum)을 방문하였다.

밀림 및 임업 개척사를 사진과 함께 매우 상세하게 표현하고 전시해 놓은 박물관이었다. 어떤 면에서는 우리나라 공주에 있는 산림박물관과 유사한 부분도 있다는 느낌이 들었다.

조만간 다시 미국에 오기 어려운 입장이라며 본과 3학년인 장호준 학생이 미국의 친척집에서 좀 더 체류할 수 있도록 조치해 줄 것을 희망하여 영민과 함께 UA사 포틀랜드 지점을 방문하였다.

비자상의 미국 내 체류 기간에는 문제가 없었으나 여행사를 통해 예약된 항공티켓이 시간이나 날짜를 변경할 수 없는 단체 고정 표라는 사실을 알게 되었고, 이런 경우에는 어떤 내용도 변경이 곤란하다는 답변을 들었다.

다음부터는 특별한 문제가 없다면 연수 참가 학생이 미국 방문 기회를 최대한 활용할 수 있도록 융통성을 발휘해 주는 것이 바람직할 것으로 판단되었다.

오후에 여유 시간을 이용하여 지도만으로 시내도 둘러보고 쇼핑도 다녀 보았다. 이제 겨우 이 도시의 지리와 교통망에 대해서 눈이 떠지기 시작하는데 출국 예정일이 목전에 닿아 있어 아쉬운 마음이 들기 시작했다.

〈2002. 1. 30. (수)〉

미국문화(America Culture) 과목과 파워포인트(Power Point) 과목을 접목하여 각자가 선정한 주제를 가지고 그동안 준비해 온 결과를 발표하는 수업이 진행되었다.

새프론인 이기영 선생과 나는 컴퓨터의 수가 20대로 제한되어 있어 파워포인트 수강에서 제외되어 이 프로그램에는 참여할 수가 없었다.

저마다 미국과 한국의 문화적 공통점 또는 차이점에 대해 파워포인트를 이용하여 직접 영어로 제작하고 발표하였다.

개인별로 비교되는 부분도 있겠지만 시간적으로도 매우 촉박했던 만큼 학생들은 비교적 부담스러워했다. 그러나 병규를 시작으로 진행된 발표에서 2주 남짓한 기간의 결실이라는 사실을 믿기 어려울 만큼 저마다 열심히 준비한 흔적이 역력하였다. 또 한 번 우리 학생들이 대견하고 자랑스럽게 여겨졌다. 저녁에는 전성식 교수님의 저택으로 초대받아 한국식 저녁 식사를 만끽하였고 저택을 둘러보았다.

마치 상상 속에서나 그려 볼 만한 저택이 현실 세상에 펼쳐져 있었다. 적당한 크기의 언덕 위에 마련된 저택에는 개인용 테니스장과 풀장, 그리고 손님들을 위한 게스트 하우스가 마련되어 있었다.

저택의 뒤쪽인 풀장 위는 그림 같은 장미 동산이 펼쳐져 있고 저택의 나머지 공간은 파란 잔디로 뒤덮여 있었다.

풀장 안에는 바닥을 청소하는 로봇이 천천히 돌아다니고 있었고, 차고에는 평소 타고 나니는 고급 승용차 말고도 이름도 알 수 없는 고급 차가 두 대나 더 주차되어 있었다.

비록 저녁이라서 꼼꼼한 구석까지 확인할 수는 없었지만 그 규모나 시설만으로 기가 질러 버리고 말았다. 미국이라는 나라가 능력 있는 사람들에게는 역시 기회의 땅이라는 사실을 다시 한번 실감하였다.

〈2002. 1. 31. (목)〉

이제 PSU에서의 공식적인 연수 일정 마지막 날이다. 점심에는 전성식 교수께서 연수에 참가한 모든 학생들에게 비벌튼의 한국 식당에서 한국식 점심을 초대해 주셨다.

저녁에는 모든 외국인 어학연수생과 우리 대학교 연수생을 위한 호스트 패밀리 그리고 PSU의 모든 관계관이 참석한 가운데 석별 파티(Farewell Dinner with Host Families)가 준비되어 있었다.

순천향대학교를 대표하여 인사말을 준비해 줄 수 있느냐는 주디의 제의에 흔쾌히 대답부터 해 놓았다. 그러나 내심 속으로는 무엇부터 준비해야 할지 감이 잘 서지 않았다.

행사장에는 이순흠 교수님과 전성식 교수님의 부인도 함께 참석해 주셨다. 이아름(본1), 김서연(영문2) 두 명의 학생은 모든 참석자를 상대로 프리젠테이션을 다시 하였고, 학생을 대표해서 선주가 감사의 인사말을 했다.

개인별로 연수수료증을 나누어 주었고 파티의 분위기가 한창 무르익었다. 음식을 먹으면서도 나는 스피치 제안을 받은 순간부터 정리해 온 인사말을 열심히 머릿속으로 외워 두었다. 그러나 막상 단상에 올라가 보니 여태껏 외워 두었던 말들이 하나도 떠오르질 않아 당황스러웠다. 그래서 우선 '여러분이 한국어를 이해할 수 있다면 훨씬 훌륭한 스피치를 할 수 있었을 텐데'라는 말로 시작했더니 참석한 미국인들이 신나게 웃어 주었다.

이제부터 준비한 말들을 더듬거리며 겨우 마치고 단상에서 내려올 때 우리 학생들은 떠날 듯한 환호성과 박수로 나를 격려해 주었다.

비록 문법적으로는 완벽하지 않을 것으로 생각하고 있지만, 내가 생전에 처음으로 시도한 영문 스피치를 영원히 잊지 않기 위해서 여기에 그 내용을 적어 두기로 하였다.

Hello, everyone!!

Judy and Patty were good speech for us. If you can understand Korean, I can speak more better than now.

My English is not good enough for a speech.

However I want say and I hope your understanding.

During the last three weeks, we had good experiences a lot because of you. I appreciate your goodwill and your kindness.

I heard when some students were sick or missed their hometown, the host families looked after them from your heart.

We think that you are all good family like our own parent.

After we go back to Korea. we will never forget you and your kindness.

All of Host-Families, Kantherin, Jeff, Judy, Kristine, Stacy, Yung-min, petty and all of concerned in PSU.

Thank you very much again. Have a good luck. (I wish you good fortune)

□ 결론

1. 미국 연수를 통해 얻은 효과와 느낀 점

가. 영어 회화의 필요성 절감.

나. 국제 도시 여행에 필요한 상식 체득 - 항공권 발권, 항공기 탑승 요령 등.

다. 국제 예절(매너)의 확인.

　　가) 처음 대하는 외국인일지라도 웃는 얼굴로 인사하는 것.

　　나) 내가 바쁘게 뭔가를 물어보고 싶어도 상대가 다른 누군가와 대화 중일 때는 절대로 끼어 들지 않고 기다리는 것.

　　다) 상대가 누구라도 몸이 닿으면 양해를 구하거나 사과(Excuse Me!)할 것.

라. 미국은 철저한 자본주의 국가로 경제적인 무능력자는 낙오할 수밖에 없으나 반대로 개인에

게는 '기회의 땅'임.

마. 객관적인 합법성을 늘 고려하여야 함.

　라) 도심의 신호 체계는 회전 불가 표시를 위해 적색 화살표 신호 설치.

　마) 한국인 학생이 늦을 경우 이에 대해 미리 양해를 구했어도 담당자에게 이 사실을 다시 알림.

바. 미국은 편리성보다는 안전성과 견고성에 더욱 역점을 두고 있음.

　바) 보행자 중심의 교통질서가 확립되어 있음.

　사) 핸드폰의 경우 크기보다는 기능 우선주의(아날로그, 디지털 혼합형).

　아) 오랜 역사를 가지고 있는 건물과 부속품 등.

　자) 자동차의 판매 인정 기준은 안전장치 우선.

　차) 대못으로 만들어진 스노우타이어.

　카) 비교적 적은 폭설에도 휴교.

사. 우리 민족의 고유 문자인 '한글'에 대한 자긍심 확인.

아. 연수의 기회를 부여해 준 우리 대학교와 관계관께 깊은 감사를 표함.

2. 제언

가. 본 프로그램은 앞으로도 지속적으로 확대, 발전시켜 나갈 필요가 있음.

　타) 미국 내 한국인과 미국 대학 관계자의 조언에 의하면 장학금을 이용한 우리 대학교의 본
　　프로그램에 대해 매우 획기적이면서도 실효성 있는 제도라는 평가가 지배적이었음.

나. 홈스테이보다는 홈스테이와 기숙사가 혼합된 형태를 모색하는 것이 바람직할 것으로 판단됨.

　파) 홈스테이의 경우 각 가정별 생활 정도나 정서의 편차가 매우 심함.

　하) 기숙사 2주 + 홈스테이 1주 정도는 무난할 것으로 판단됨.

다. 여행사 선정에 보다 신중을 기함.

　거) 항공기 환승 시간 등을 충분히 고려하여 인솔 일정을 조정하고 이를 위해서는 보다 신뢰
　　도가 높은 여행사를 선정할 필요가 있음.

라. 연수 참가 학생들에 대한 보다 융통성 있는 행정 지원 필요.

　너) 지나치게 학점 부담을 주는 것은 오히려 연수 효과를 반감시킬 수 있는 요인으로 작용 가
　　능함.

더) 이는 포괄적인 체험보다는 수업 준비에만 급급하도록 유도할 수 있음.

러) 정해진 공식 프로그램 외에 개별적인 연수를 희망할 경우 이를 수용할 수 있도록 사전에 제도적인 장치를 마련할 필요가 있음.

첨부 : 연수참가자 명단 1부. 끝.

아. 대외협력팀 자체연수 편지글

신금수 선생께 드리오.

지금도 그때 기억이 생생하오.

맨 처음 신금수 선생이 우리 대학교에 비서실로 발령받아 왔을 때 젊은 남자 사원들에게 있어서 이는 하나의 사건이었다오.

그동안 우리 대학교에서 신 선생처럼 지적이고 용모 단정한 여직원은 일찍이 없었기 때문이었소.

교육 개방의 바람과 함께 전국의 대학가가 술렁이고 있을 때, 우리 대학교도 예외는 아니었고, 마침내 교육부 차관을 지내신 이천수 총장님의 내정이 확정되었다는 소식은, 어떤 면에서 우리 대학교가 쉽게 안정기로 접어들 수 있었던 하나의 계기로 작용했던 것으로 기억되오.

우리 대학 구성원들 사이에는 미래에 대한 희망과 기대감으로 적잖이 들떠 있었고, 때를 같이한 대폭적인 인사이동으로 비교적 어수선한 와중에, 새로운 비서로 발령받아 온 신 선생은 정말 전직 차관의 비서로서 매우 적임자라는 인식이 지배적이었소.

지금도 신 선생은 여러 사람들의 기대만큼 모든 면에서 모범이 되고 있소.

아니 오히려, 당초의 신선함에 노련미까지 곁들인 훌륭한 비서로, 그리고 우리조직에서 꼭 필요한 구성원으로 성숙되어 있다는 느낌이오.

이는 누구보다도 총장님께서 더욱 신 선생을 미더워하시는 모습에서 분명하게 알 수 있었소.

그러나 신 선생!

최근 들어서 내가 보는 신 선생은 전에 없이 부쩍 예민해져 있다는 느낌이오.

추측컨대 여직원들의 대학 전반에 걸친 지위 문제, 신 선생을 비롯한 계약직 동료들의 인사 문제 등이 신 선생을 날카롭게 하지 않았나 싶소.

비록 이 짧은 글이 얼마나 신 선생의 입장을 깊이 있게 이해하고 마음을 다독거려 줄 수 있을지에 대해서는 확신이 서질 않소.

그러나 신 선생의 기본 이미지는, 주위 동료들을 향한 참으로 어질고 넓은 아량과 관대함이었다는 말은 꼭 전해 줄 필요가 있다는 생각에 이 글을 시작할 수 있었소.

그렇소, 신 선생의 그 흐뭇한 마음 씀씀이가 하루 이틀에 이루어진 것이 아닌 만큼, 본연의 마음 그대로 생활에 임하다 보면 틀림없이 좋은 결과가 있으리라 확신하오.

끝으로, 최근에 안현미 선생과 관련하여 "왜 여직원이라는 이유만으로 직원들이 함께 어울리는 좌석에서 뒷수발을 해야 하느냐?"는 질문이 결코 안 선생 하나만을 지칭한 것이 아니라 평소, 여직원에 대한 직장 내 시각을 두고 한 말 같아 못내 마음에 걸려 솔직한 내 의견을 덧붙일까 하오.

직장 내에서, 그 일이 크던 작던 주관한 부서가 있다면, 가정에서와 마찬가지로, 손님을 초대한 사람이 초대받아 온 사람을 대접해야 하는 당연한 논리로, 체육행사를 비롯한 대부분의 행사가 총무과가 주축이 되어 준비하는 이유로 안 선생이 더욱 나서서 고생하는 것이 아닌가 싶소.

또한, 동료들끼리 어울리는 좌석일 경우라도 손윗사람이 깎아 주는 과일을 아랫사람이 앉아서 받아만 먹는다면 그것 또한 편안한 마음이 될 수 없을 것 같소.

손윗사람에게는 솔선수범해야 할 의무가 있다면, 손아랫사람에게도 지켜야 할 무언가가 있을 것 같소.

우리 직장생활 하면서 때때로 마음 상하는 일을 겪더라도 가장 인간적인 상식선에서 서로 이해하고 보듬으며 살아간다면 좋겠소.

중언부언 쓸데없는 얘기가 되고 말았구려.

내가 알고 있는 신 선생이야말로 누구보다도 상식과 아량을(미모까지) 두루 갖추고 있는 흔치 않은 사람인데도 말이오.

아무쪼록 즐겁고 보람 있는 연수가 되었길 바라며, 하루빨리 이곳 순천향대학교가, 사회에 진출하기 전까지, 신 선생이 꿈꾸어 왔던 이상적인 삶터가 되길 기원하며 이만 줄이겠소.

1998. 7. 11.

안면도에서 우리 부서 자체 연수를 마치며
언제나 마음 푸근한 신금수 선생에게 문용원 드림

* * * * * *

이은희 선생께 드리오.

스스로를 절제하려는 마음가짐!
간혹 직면하는 현실에 대한 적지 않은 실망감에도 결코 포기하지 않으려는 굳은 의지!
그리고 미래에 대한 강한 신념과 오기!
결코 양보할 수 없는 나만의 자존심!

이 선생을 곁에서 보면서 내가 느끼는 이미지들을 두서없이 적어 보았소.
그리고 나는 이러한 이 선생의 모습을 보면서 '프로'라는 말을 떠올리곤 하오.
또한, 이 '프로'라는 말의 본뜻에 관계없이, 나는 이 말을 참 좋아하고 있다는 생각이오.
그래서 나는 이 '프로'라는 말을 곧잘 내 멋대로 해석하곤 한다오.
예를 들자면,
'나 자신을 경쟁 대상으로 싸우는 자'
'정해져 있는 시간에 관계없이 할 일이 있다면, 혼자서 묵묵히 밤샘을 하고도, 다음날 태연히 출근할 수 있는 사람'
'어떤 사안이 발생했을 때, 판단 기준을 내 입장이 아닌, 내 직장의 입장에 맞출 수 있는 사람'
'대가에 관계없이 일, 그 자체에 몰입할 수 있는 자'
'아무리 화가 나도 표정 관리를 마친 다음, 혼자서 스포츠로 스트레스를 풀 수 있는 사람'
'폭주하는 일들을 차근차근 풀어 가는 사람'
'쫓기는 생활 속에서도, 끝끝내 인간미를 지킬 수 있는 사람'
……etc.

그것은 비록 내가 오르지는 못했지만, 늘 염두에 두고 오르고 싶어 하는 나의 또 다른 삶의 목표일지도 모르겠소.

우리 사무실 내에서 이 선생이 맡고 있는 보이지 않는 일들이 상당히 많다는 것을 잘 알고 있기 때문에 이 선생에 대한 미안한 생각도 마음 한켠에 늘 가지고 있는 것이 사실이오.

우리 대학교에 발령받은 이후 결코 길지 않은 시간에도 불구하고 묵묵히 소화해 갈 수 있는 것은, 이 선생이기 때문에 비로소 가능할 것이라는 생각이오.

그래서 나는, 바쁘고 힘든 화중에도 가끔씩 하얀 이를 드러내며 활짝 웃어젖히는 이 선생의 해맑은 표정에서, '프로'의 그림자를 눈치챘는지도 모르오.

그러나 우리는 쉽게 표현되는 '신세대'들의 가식 없는 요구나 답변에 대해서 간혹 부담스러울 때도 있는 것이 사실이오.

그럴 때 내 머릿속에 떠오르는 프로에 대한 정의는 '프로란, 상대방을 편하게 하면서도 결코 자기 자신이 초라해지지 않는 사람' 정도의 아전인수 격인 정의도 내리곤 한다오.

잘 알고 있다시피 직장도 결국은 사람과 사람이 만나서 만들어지는 곳으로서 정해진 공식과 합리성만으로는 설명하긴 힘든 경우도 있다는 것이오.

경우에 따라서는 내 가치관으로 이해하기 어려운 일일지라도 이를 수용하고 포용하는 과정에서, 풋풋한 인간애를 느끼게 되는 이유도, 결국은 우리가 사람들 속에 묻혀 있기 때문이 아닐까 싶소.

지금까지도 참 잘해 주었지만, 앞으로도 부장님의 혹은 과장님의 또는 그 밖의 나를 포함한 주위 동료들로부터 무리하다 싶은 요구가 있더라도 슬기롭고 프로답게 잘 대처해 주길 바라오.

내가 알고 있는 이은희 선생은 작지만 당찬 프로 그 자체니까 말이오.

그리고 언젠가는 이 선생의 실력을 유감없이 발휘하며, 휘파람 불며 직장생활에 임할 날이 틀림없이 올 거라 믿소.

1998. 7. 11.

자체 연수를 마치며, 문용원 드림

* * * * * *

　김경환 선생께 드립니다.

　이번에도 '홍보용 멘트'라며 웃어넘길지 모르겠소만, 김 선생님과 같이하는 날이 깊어 갈수록 김 선생님이 우리와 한 식구가 되었다는 사실에 나는 참으로 감사하고 있답니다.
　가끔씩은, 아들을 셋씩이나 둔 한 집안의 가장답지 않게 순수하고 가식 없는 모습에서 나는 나의 믿음에 더욱 확신을 갖곤 합니다.

　불과 한 살 차이의 계장과 호흡을 맞춰 일한다는 것이 결코 쉽지 않은 일임에도 불구하고 대외협력홍보과가 5월 1일 이전에 비해 이렇게 활기차고 화기애애하다는 것은 어디까지나 김 선생님의 헌신적인 노력의 결과라고 감히 단언할 수 있을 것입니다.

　본인은 알고 있는지 모르지만, 옆에서 지켜볼 때 김경환 선생은 천성적으로 붙임성과 적극성을 가지고 태어난 것 같다는 생각을 가끔 하곤 하지요.
　그리고 그것이 복 받은 성격이라는 사실은 틀림없지만, 그로 인해 경우에 따라서는 주위의 사람을 당황시키는 경우도 있다는 말을 지적해 보고자 합니다.
　왜냐면, 단점보다는 장점이 많은 것은 분명하지만, 장점만 부각시킨다면 김 선생님은 오늘의 이 글을 '접대용 내지는 홍보용'으로 매도할 것이 뻔하기 때문이지요.
　그렇게 적극적인 성격의 김 선생님을 보면서 구지 아쉬운 점을 들추라면, 가끔씩 본인의 의욕만큼 추진력이 뒷받침되지 않는 경우가 있더라는 생각입니다. 본인이 언젠가 밝힌 바 있듯이 '저질러 놓고 뒷수습하는' 사례를 보았다는 얘기지요.

　그러나 분명한 것은, 이런 종류의 아쉬움조차도 김 선생님의 평소 성품이나 적극성에 견주어 본다면, 그것은 조그마한 '옥의 티' 정도에 불과하다는 것입니다.
　오늘 김 선생님과의 좋은 만남이 평생토록 이어질 수 있기를 기대합니다.
　먼 후일, 정년 이후에 진해시와 인접한 남해안의 이름 없는 바닷가에서, 지난 유월의 추억과 오늘을 되새기며, 서로를 위하는 흐뭇한 마음으로 추억이 가득 담긴 소주잔을 기울일 수 있다면 참 좋겠습니다.

1998. 7. 11.
자체 연수를 마치며 문용원 드림

* * * * * *

부장님께 드립니다.

홍보의 볼모지라고밖에 달리 표현키 어려운 우리 대학교에서, 맨처음 '대외협력홍보부'를 신설하고, 불과 1년여 만에 오늘의 위치까지 끌어오신 부장님의 노고와 열의에 진심으로 경의를 표합니다.
부장님을 맨 처음 뵈었던 기억이 지금도 생생합니다.
윗분께 표현하기 죄송한 말씀입니다만, 유난히 눈이 맑으셨고 귀티가 흐르는 인상이셨습니다.
당시에 우리 대학교로 초빙되어 오신 신임 교수님들 중에서 단연 돋보이시는, 마치 '군계일학'이라는 표현이 참 적절하다는 생각이 들었던 기억입니다.

불과 몇 년의 세월이 흘러 부장님과 같은 식구로 일할 수 있게 되었다는 사실이 저에게는 참으로 커다란 행운이었습니다.
처음 제가 우리 부서로 발령을 받았을 당시 부장님도 기억하시겠지만 의욕만 앞섰을 뿐, 홍보에 관해 아는 상식조차 전무했던 저는 매우 긴장한 모습으로 부장님을 대할 수밖에 없었습니다.

아직까지 여러 가지로 미흡하기 짝이 없습니다만, 부장님께서는 늘 저의 부족한 능력보다는 마음만 앞서왔던 의욕들을 기꺼이 인정해 주신 점을 잘 알고 있습니다.
그리고 그러한 부장님의 배려에 힘입어 오늘과 같은 분에 넘치는 결과도 제게 선물해 주셨습니다.

수업 준비와 강의, 방송 생활, 연구 활동 그리고 부서 업무, 1인 4역을 담당하시는 바쁜 와중에도 무엇 하나 소홀함 없이 처리해 가시는 부장님을 곁에서 뵈면서, 저 자신에 대해 가끔씩은 젊은 세대로서 부끄러움을 느끼지 않을 수가 없었습니다.

그리고, 이제서야 진정한 '프로 정신'을 이해할 수 있게 되었습니다.

살아가면서 주위 사람들에게 신선한 충격을 주고, 살아가는 모델이 된다는 것은 참으로 행복한 일이라고 생각합니다.

그러한 충격은 '주는 이'와 '받는 이' 모두에게 말입니다.

우리 대학을 향한 부장님의 그 뜨거운 애정과 열의가 알찬 결실로 영글어 갈 것을 확신하며 이만 줄입니다. 감사합니다.

1998. 7. 11.

자체 연수를 마치며, 문용원 올림

＊ ＊ ＊ ＊ ＊ ＊

과장님께 드립니다.

적지 않은 날들을 우리 대학교의 발전을 위해 헌신해 오셨음에도 불구하시고 그동안의 홀대를 묵묵히 감수해 오신 과장님의 과거 행로에 대해 알게 되었을 때, 비로소 저는 우리 대학교가 그냥 성장해 온 것이 아니라는 것을 깨달았습니다.

현재에 이르러서도 위로는 우리 대학교의 최고 어른이신 총장님을 비롯하여 누구보다도 많은 상위 보직자 분들을 몸소 모시면서도 부하 직원들에 대한 끔찍한 배려를 잊지 않으시는 모습에서 과장님의 따뜻한 인간애를 느낄 수 있었습니다.

경우에 따라서는, 제가 과장님의 진심을 못 읽어 적지 않은 실망감을 안겨 드리고 있는 것으로 알고 있습니다만, 오히려 저를 다독여 주실 때에는 차라리 꾸지람보다 더 큰 당혹감을 맛보곤 했습니다.

살아가면서 누구라도 겪게 되는 남을 향한 오해와 감정마저도 마음속에 오래 두지 않으시는 과장님의 인품이 옆에서 뵙기에 참으로 좋았습니다.

여러 가지로 미흡하기 짝이 없습니다만, 과장님께서는 마음만 앞서왔던 저의 보잘 것 없는 의욕들을 기꺼이 인정해 주신 점을 잘 알고 있습니다.
그리고 오늘의 제가 있기까지 헌신적으로 이끌어 주신 점도 잘 알고 있습니다.

비록 여러 면에서 과장님의 기대에 못 미치고 있습니다만 과장님께서 저를 믿어 주시고, 최선을 다해 일할 수 있도록 만들어 주시는 점을 잘 알고 있습니다.
그것이 저에게는 나 스스로를 감시하며, 더욱 열심히 일하게 하는 원동력이 되어 왔던 것 같습니다.

최근 들어 과장님의 건강이 스트레스로 인해 예전만 못한 것 같아 옆에서 뵙기에 안타까웠습니다.
아무쪼록 건강에 유의하시길 바라며 이만 줄이겠습니다.
감사합니다.

1998. 7. 11.
자체 연수를 마치며, 문용원 올림

자. 각종 스피치, 인사말

아너스 하계 집중교육 종강(2012. 7. 26.)

약 4주간의 아너스 하계 집중 프로그램을 끝까지 이수한 순천향의 아너스 여러분 수고하셨습니다.

여름방학 4주라는 기간이 이용하는 사람에 따라서 학비를 보태기 위한 알바 기간일 수도 있고, 집에 있는 제 아들 얘기 같아서 부끄럽습니다만, 휴식이라는 이름으로 금방 지나쳐 버리는 허송세월이 될 수도 있는 시간일 수도 있습니다.

이에 비해 순천향의 아너스 혹은 Pre-Honors가 되어 집중교육으로 꽉 채운 여러분에게 4주는, 다른 사람들의 1학기 이상에 해당하는 매우 알차고 의미 있는 기간이었다고 생각합니다.

잘 알고 계신 것처럼 Honors 과정은 가장 순천향다운 순천향 인재를 양성하기 위한 우리 대학교의 대표적인 교육 프로그램입니다.

이 자리에는 손풍삼 총장님께서 직접 참석하셨습니다.

사실 총장님께서는 평소 분단위로 계획된 일정을 소화하시면서 365일을 나누어 사용하십니다. 그러다가 겨우 3~4일 정도의 휴가를 사용하시는데 죄송하게도 오늘은 휴가 기간임에도 불구하고 이 자리에 참석하셨습니다.

우리 대학교 특히 손풍삼 총장님께서 여러분과 이 과정을 향한 관심이 어느 정도인지를 충분히 가늠하실 수 있는 일이라서 구태여 말씀드렸습니다.

우선 진로개발지원센터의 민인순 처장께서 인사 말씀을 해 주시겠습니다.

(인사말)

이어서 손풍삼 총장님께서 격려말씀을 해 주시겠습니다.

여러분 일부러 참석해 주신 총장님에 대한 감사의 마음을 큰 박수에 담아 전해 주시면 고맙겠습니다.

(인사말)

준비한 음식 맛있게 즐겨 주시면 고맙겠습니다. 감사합니다.

□ 예비 직장인 대상 브리핑 자료 - 순천향의 역사

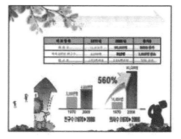

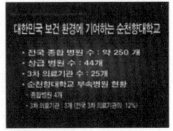

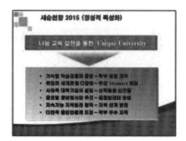

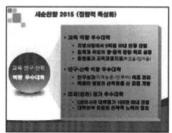

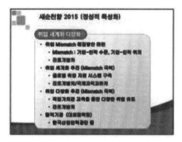

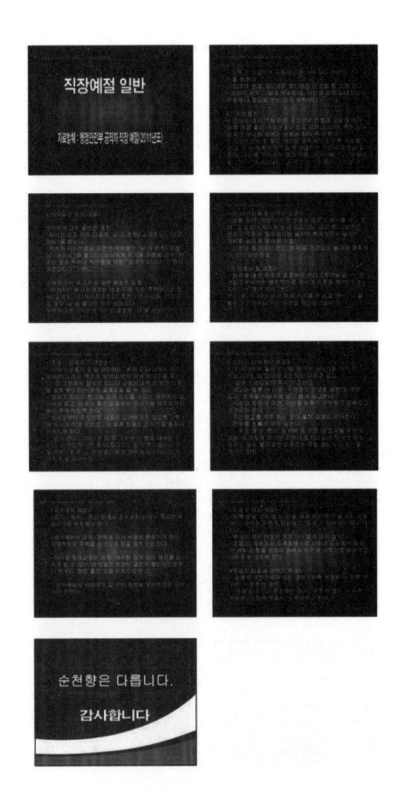

고마움을 반추하다

2015 법인산하 직원축구대회 팸플릿 인사말(2015. 4. 1.)

순천향 가족들이 대학과 병원의 울타리를 허물고 축구를 매개로 함께 어울리게 되었다는 소식 듣고 반가웠습니다. 특히 이번 모임은 대학에서 주관한다는 점에서 그 느낌이 더욱 새로웠습니다. 열세 번째 모임에 이르도록 꾸준히 그 맥을 잇고 발전시켜 오기까지는 모름지기 여러 선생님들의 순수한 동기와 정성 그리고 스포츠에 대한 열정이 기반이 되었을 것으로 확신합니다. 대학과 부속 병원 간 이렇게 훌륭한 스포츠 교류의 장을 이뤄 놓으신 많은 선생님들의 노고와 정성에 깊은 존경 의 인사를 드립니다. 우리 사회의 경쟁이 치열해질수록 구성원 개인의 경쟁력뿐만 아니라 조직 전 체의 경쟁력을 높이는 것은 매우 중요합니다. 작은 개울이 모여 큰 물줄기를 이루듯이 대학과 병원 이 경계를 허물고 순천향의 큰 강 하나로 모아졌을 때 우리 모두는 더 큰 경쟁력을 갖게 될 것으로 기대합니다.

대학 및 부속병원 친선 축구대회가 우리 사회 안에서 개별 병원과 대학이 아닌 더 큰 '순천향의 강'으로 발전하기 위한 단초가 되어 주신다면 참 좋겠습니다. 승부도 중요하지만 참가하신 모든 분 이 만족스러운 친선대회가 되시기 바랍니다. 감사합니다.

순천향대학교 사무처장 문용원

직원 워크샵 인사말(2015. 12. 30.)

이 자리를 빌려 송년 인사를 드립니다.

우리 대학교는 교육부 지원사업 5관왕에 이어 노동부, 중기청, SK 대기업 지원사업까지 풍성한 성과를 거둔 한 해가 되었습니다.

이는 교무위원, 교수, 본부 보직자, 팀장 몇몇의 성과라기보다는 이 자리에 함께하고 있는 선생님을 포함한 모든 구성원들 각자의 노력들이 더해진 결과입니다.

말 그대로 한 땀 한 땀 노력과 의지가 더해져서 일궈낸 성과라는 점에서 가슴 벅찬 보람을 느끼며, 여러분 한 분 한 분에게 소중함과 고마움을 갖게 됩니다.

그럼에도 불구하고 대학을 둘러싸고 있는 환경은 지난해보다는 금년이, 금년 보다는 내년이 좀 더 어려울 것으로 많은 전문가들이 예측하고 있습니다.

이와 같은 구조는 안타깝게도 당분간 지속될 것이라는 것이 정설이라고 합니다.

우리 대학교도 아시는 것처럼 지난해 입시에서 102명 금년에 또 51명이 줄어서 대학가 불경기를 현실에서 체감하고 있습니다.

지난 송년 행사에서도 잠깐 소개하였습니다만,

이처럼 어려운 분위기 속에서도 우리 대학교는 금년 2학기에 소득분위 3분위까지 재학생에게는 전액 장학금을 지급하였습니다.

당초 소득분위 2분위까지 재학생에게는 등록금 걱정하지 않고 대학에 다닐 수 있도록 해 주고 싶다는 우리 대학교 서교일 총장님의 소망이 금년에 달성이 된 것입니다.

저는 개인적으로 각종 정부지원사업도 정말 큰 성과임에 틀림없지만, 이야말로 더 가치 있는 성과라고 생각합니다.

왜냐하면, 우리나라 사학에서 교육기관이 나가야 할 방향을 정확하게 제시하고 실천한 사례를 우리 인간사랑을 실천하는 순천향대학교가 이뤘다고 생각하기 때문입니다.

그래서 순천향대학교 가족들은 모두 자부심을 가져도 좋은 것입니다.

어려울 것이 예상되는 내년이지만 위기를 기회로 극복했던 금년의 사례처럼 우리는 새로운 도약을 이루어 낼 수 있을 것으로 기대합니다.

위기를 겨우겨우 피해 가지 않고 가급적 기회로 활용할까 싶습니다.

예를 들어 정부에서도 많은 변화를 유도하고 있는데, 그중의 하나가 근로자의 임금피크제와 정년연장 정책입니다.

우리 대학교도 이에 맞춰 임용직 선생님들과 50세, 6급 또는 7등급 이하 선생님들의 58세 정년을 우선 법에 맞춰 60세로 연장하였습니다.

그런데 이에 그치지 않고, 이 기회에 임용직 제도를 좀 더 보완하여 예우 수준을 높이고, 검증된 분들에 대해서는 팀장으로서 한 부서의 리더 역할도 할 수 있도록 하는 방안을 진행하고 있습니다.

필요하다면 명칭도 바꾸고자 합니다. 자세한 내용은 진행되는 대로 다시 안내해 드리겠습니다.

아무쪼록 내년에도 우리 각자와 대학이 함께 발전하는 한 해가 되고, 모든 선생님 매일매일이 행복하시길 기원합니다.

2015. 12. 30.

사무처장 문용원

김영란법과 공청회 인사말

오늘은 우리 대학교 청렴책임관으로 내정되신 경영부총장님께서 행사를 주관해 주실 예정이었습니다만 수업과 오후 외부 일정 등으로 부득이 제가 주최하게 된 점을 양해해 주시면 고맙겠습니다.

시난주 금요일에 저는 몇몇 보직사 등과 사전에 천안병원이 주관하는 김영란법 특강 참석하였습니다.

이 법 시행으로 대한민국은 새로운 국면으로 전환 새로운 패러다임 예감되며 더 나아가서는 엄청난 가치관의 변화가 예상되었습니다.

몇 년 전까지도 중국에서 급행료는 당연한 수수료처럼 인식되고 있었습니다. 30~40년 전 우리 대한민국도 상당히 유사한 상황이었음을 부인하기 어렵습니다.

15년 이상 근무하신 직원 선생님께서는 공감하는 내용으로 광화문 앞 세종로 정부종합청사 15층~17층이 교육부 공간입니다. 많은 분야에서 교육부와 대학은 철저한 갑, 을 관계였습니다.

이 당시 사회 분위기는 교육부 관료와 점심 식사 대접, 저녁 식사 대접은 당연하게 인식하고 있었습니다.

고등교육을 향한 우리 대학교의 '정직한 열의'나 '참신한 정책' 등이 소위 로비에 밀리는 처지였습니다.

이제 김영란법 '부정 청탁 및 금품 등 수수의 금지에 관한 법률'을 통해 한층 더 맑고 투명한 선진 사회로 진입 가능할 것으로 기대됩니다.

그런 면에서 김영란법의 시행은 40여 년을 정직하게 운영해 온 우리 대학교와 법인 입장에서는 새로운 기회가 될 것으로 생각됩니다. 이로써 향후 100년 대계를 세울 수 있는 새로운 절호의 기회라고 생각합니다.

우리 대학교는 아시는 것처럼 프라임, 에이스, 링크, IPP 등을 포함한 각종 굵직한 정부사업 선정, 부속병원도 천안병원을 중심으로 최첨단의 '순천향 새병원' 건립 준비 중입니다.

다만, 우리가 그동안 호의를 가지고 관행적으로 행해 왔던 상당 부분이 이 법 위반 사례 가능성, 모르고 한 행위에 대해 오해 해소를 위해 오늘 특강의 목적입니다.

특강 이후에는 우리 대학교에서 소외계층, 다소 불리한 입장에 있는 임용직 선생님들의 처우 개선과 합리적인 근태 관리를 위한 방안에 대해 이한종 팀장님을 위원장으로 하는 제도 개선위원회의 결과보고와 이를 정책에 반영하기 위해 총무팀에서 마련한 안을 우선 제안드리는 자리이기도 합니다.

2년간의 노고에 감사, 제안된 내용 최대한 존중하여 선생님들의 의견 수렴 절차를 통해 우리 대학의 새로운 제도로 정착될 수 있도록 노력할 것을 약속드립니다.

오늘 특강강사 윤영훈 변호사님과 바쁘신 와중에도 이 자리 함께하시는 순천향 가족 모두에게 다시 한번 감사 인사드립니다.

감사합니다.

2016 송년회 인사말(2016. 12. 19.)

송년회 만찬 장소를 여건상 부득이 2개소로 운영하게 되었고 직원, 조교 만찬장에 먼저 들러 주신 총장님께 감사 인사드립니다.

순천향 가족으로 살아가면서 돌이켜 보면 감사할 일이 참 많습니다.
오늘 한 해를 마무리하면서 이를 다 열거할 수는 없고 크게 세 가지에 대해 감사한 마음을 여러분과 공감해 보고자 합니다.

첫째는, 날로 치열해지는 고등교육 시장에서 미래를 향한 토대가 되는 각종 국책 사업에 우리는 최선을 다해 도전해 왔습니다. 그리고 동시에 많은 성과를 이뤄 왔습니다. 이에 대해 순천향인의 한 사람으로 깊이 감사합니다.

둘째로는 이렇게 많은 국책사업들을 최일선에서 혼신의 노력을 기울여 만들어 가시는 이 자리에 계신 조교 선생님과 직원 선생님들의 성실함과 큰 애교심에 감사드립니다.
여러분 모두의 노력의 결실과 교육적 성과가 다시 새로운 사업에 도전할 수 있는 밑거름이 되는 선순환 구조를 만들어 왔습니다.

세 번째 감사할 일은, 어려운 때일수록 그 조직을 이끌어 가는 리더의 중요성이 강조됩니다.
그런 면에서 여기 계신 서교일 박사님을 제8대 총장님으로 선출하신 모든 순천향 가족들의 화합과 단결력에 감사드립니다. 그것도 96%의 찬성률이라는 역대 최고 찬성률을 기록한 것은 고등교육 시장의 치열한 경쟁을 앞두고 총장님을 향한 우리 순천향인들의 절박한 마음이 고스란히 담겨 있는 수치가 아닐까 싶습니다.
앞으로 4년간 우리는 서교일 총장님과 함께 혼신의 노력을 통해 또다시 크게 도약할 수 있을 것으로 확신합니다.
그래서 오늘 건배 구호는 "미래의 순천향! 우리가 만든다!"로 정했습니다. 제가 먼저 '미래의 순천향 우리가'를 선창하면, 여러분께서는 '만든다'로 답해 주시면 되겠습니다.

행정부서 팀장 회의 및 만찬 인사말(2017. 1. 5.)

새해 들어 첫 주를 넘기지 않고 공식적으로 팀장님들을 뵐 수 있는 만남의 자리에 감사드립니다. 덕분에 새해 인사를 드릴 수 있어 매우 다행으로 생각합니다.

모두가 공감하는 내용이지만 지난해까지는 많은 노력을 집중하고, 고통도 나누고, 그에 합당하는 각종 국책사업에 있어 성과도 창출하였습니다. 이렇게 많은 노력과 투자에도 불구하고 성과가 미흡했다면 얼마나 허탈했겠습니까?

실제로 경쟁에서 낙오된 타 대학의 경우 이와 같은 상실감과 허탈감이 곧 우리 대학에 대한 시기, 질투 심한 경우 언론을 이용한 음해 사례까지 있었습니다.

이런 때일수록 더욱 낮은 자세 유지하되, 더욱 투명하고 공명정대한 행정지원 필요. 이런 외부, 경쟁 대학들의 곱지 않은 시기를 통해 우리는 한 단계 더 성숙되는 계기로 삼아야 할 것으로 생각합니다.

다행이 정초부터 긍정적 시그널로 어제 마감된 정시모집 결과 충청권 1위, 프라임 대형사업 9개 대 중 1위를 차지하였습니다.

더욱 고맙고 다행스러운 것은, 치열한 경쟁이 예상되는 타이밍에 96%의 전폭적 지지를 얻고 있는 서교일 총장님을 제8대 총장으로 결정한 것은 우리 대학교의 백년대계를 위해서도 매우 다행스러운 일이 아닐 수 없습니다.

가장 원만하면서도 조용하게 정도의 길을 가고 있는 것 모두가 돌이켜 보면 우리 대학교의 화합과 인간적인 문화에서 비롯되었다고 봅니다. 참으로 자랑스러운 문화이자 지속적으로 지켜 가야 할 전통이라고 하겠습니다.

이 과정에서 이 자리에 계신 팀장님 개개인의 인성과 성품이 작용한 결과로 매우 감사드립니다.

등록금 결산결과 수입이 지난해 15억 감소에 이어 금년에도 약 18억 감소하였습니다. 2년 전과 비교 무려 30억 이상 감소한 것입니다. 이제 등록금 동결의 한계점에 이르렀다는 의견이 곳곳에서 나오고 있는 실정입니다. 등록금 인상이 필요하지만 결코 낙관할 수 없는 상황입니다.

앞으로도 넘어야 할 산은 더 많을 것으로 예상됩니다. 큰 고비를 잘 극복한 경험, 성공에 대한 경험을 기초로 행정부서에서는 팀장님을 중심으로 함께 극복해 갈 수 있을 것으로 기대합니다.

이 과정에서 사무처장이 더 갖춰야 할 부분, 특히 부족한 부분에 대해서는 기탄없는 충고와 조언 당부, 존중하고, 경청하고, 지지하는 사무처장이 되도록 노력하겠습니다.

새해에도 더욱 건강, 가족 모두 행복이 충만한 날이 되길 기원합니다. 감사합니다.

임용직 워크숍 인사말(2017. 9. 29.)

혹시 이런 의문 가져 보신 분 있으신가요?

'저 계장님은 영어 능력은 둘째 치고 업무역량이나 기획력 등 모든 능력 면에서 내가 훨씬 월등한데 정작 월급은 나보다 훨씬 많이 받네---.'

아마 한 번쯤을 가져 볼 만한 의문이라는 것 잘 알고 있습니다.

왜 이런 현상이 발생했는가를 살펴보기에 앞서 잠깐 화재를 바꿔 보겠습니다.

지금 문재인 정부의 청와대 비서실장님으로 계신 임종석 비서실장님 이름 들어 보셨나요?

저희처럼 80년대 대학을 다닌 사람에게는 매우 낯익은 분입니다.

우리나라 대학가를 중심으로 NL계다 PD계다 하며 운동권의 전성기라고 할 수 있는 시대에, 그중에서도 운동권의 중심에 있던 전대협, 전국대학생협의회 의장 출신이기 때문입니다.

이 시기를 거치면서 우리 사회 노동계는 큰 변화가 있었습니다.

일제 강점기 공무원 체계를 기반으로 인사체계가 만들어진 사학도 마찬가지였습니다.

내년이면 우리 대학교가 건학 40주년을 맞는데요. 약 30여 년 전이니까 우리 대학교가 개교한 지 약 10년 내지 약 15년 정도를 넘기던 시절이었습니다.

그 시절에 거의 대부분 대학과 공무원 조직에는 '일용직' 혹은 '급사' 심지어 '타자수' 혹은 '용원직'까지 정규직 외에 다양한 직종이 공존하고 있었습니다.

그런데 당시 대한민국 노동계의 큰 변화와 함께 대부분 대학에서 정규직 이외의 직종에 계신 분들이 '일반직' 9급으로 대거 전환되었습니다.

그리고 30년 세월이 지나면서 나름대로 자기개발에 성공하신 분들도 계시지만, 인사제도의 경쟁에서 제대로 적응하지 못하신 분들도 더러 계신 것도 사실입니다.

그렇다고 그분들이 우리 사회나 대학 발전에 아무 기여도 하지 않았는가? 그것은 결코 그렇지 않습니다. 우리 대학교가 이만큼 발전해 오기까지 한 분 한 분의 땀과 노력이 나름대로 보태졌고, 임용직 선생님들 상당수가 30대 전후라고 가정할 때 어머니 혹은 아버지뻘에 되시는 분들로서 그 당시의 시대 상황과 가치관 안에서 충실하게 살아오신 분들입니다.

도입부에서 제가 던진 질문에 대해서는 개교 초창기부터 30여 년 이상을 한결같이 묵묵히 일해 오신 분들에게 오늘의 눈높이가 아닌 다른 각도의 이해가 필요하다는 정도로 설명을 대신하고자 합니다.

다른 주제로 넘어가 보겠습니다.

우리 사회에는 소위 말하는 임금 시장 안에서는 직종별로 형성된 임금 수준이 있습니다.

예를 들어 고속버스를 비롯한 운전기사, 제빵사, 조리사 등 그런데 동일 직종이라도 1년마다 호봉 승급이 이뤄지고, 제도에 따라서 일정 시기 승진도 불가피한 대학 사회는 제외된 것도 사실입니다.

어느 대학병원에서 운전기사로 채용되어 약 30년 정도 경과한 분이 상당 시간을 대기 상태로 보내시면서도 이에 따른 대기 수당 등이 더해져서 그 조직의 연봉 서열에서 10위권 안에 들더라는 사례도 접한 바 있습니다.

호봉제의 단점이라고 해도 무방하겠습니다.

그래서 우리 대학교에 제빵사, 운전기사 등 통상적으로 임금 수준이 형성된 특정분야를 위해 연봉계약제 개념의 '임용직' 제도가 도입된 배경입니다.

그런데 세월이 지나면서 이 영역이 일반 사무직까지 확대된 것도 사실입니다.

그러다 보니 약 100:1 정도의 치열한 경쟁을 뚫고 매우 우수한 인재들이 입사하게 되었습니다. 바로 여러분들입니다.

이렇다보니 이제는 거꾸로 이 우수한 인재들에게 걸맞은 예우가 필요하게 된 것입니다.

그래서 임용직 제도에 대한 개선이 반드시 필요한 시점에 이르렀고 이를 위한 작은 변화들도 조심스럽게 만들어지기 시작한 겁니다.

오늘의 이 워크숍도 이러한 변화를 위한 한 과정입니다.

마침 직원협의회에서도 같은 고민을 하고 있었고 함께 오늘의 자리를 마련하게 되었습니다.

더욱이 직원협의회 대표이신 양문모 선생님은 자기개발 차원에서 스스로 퍼실리티 강사 자격을 이수하셨고, 이런 기회에 그동안 배워 오신 역량을 기꺼이 발휘하시는 것에 흔쾌히 나서 주셔서 일사천리로 이 워크숍이 진행되었습니다.

다시 한번 양문모 대표님께 감사의 인사를 드립니다.

이제 향후 10여 년 이상 경과한 후에는 여기 계신 분들 중에서 우리 대학교를 중추적으로 이끌어가는 리더 그룹도 형성될 것이라고 확신합니다.

낭중지추라는 말이 있습니다. 호주머니 속 송곳은 아무리 그 날카로움을 감추려 해도 드러나기 마련입니다.

치열한 경쟁력을 뚫고 입사한 우수한 인재들이 곧 봉낭지추인 것은 틀림없습니다.

따라서 오늘 대학의 임용직 제도 개선을 위한 노력을 긍정적 관점으로 이해하시되, 지속적으로 자기관리를 하신다면 제한된 인력풀 안에서 반드시 발탁되리라 확신합니다.

의미 있고 발전적인 워크숍이 된다면 참 좋겠습니다.

총무팀장을 포함한 진행 선생님들께도 감사의 인사를 드립니다.

고맙습니다.

2018 교직원 법정교육 인사말(2018. 10. 12.)

부서별 각종 협의회 참석하면서 10년 전과 비교할 때 순천향대학교의 위상이 매우 높아졌음을 확인하게 됩니다.

최근 대학의 입학 인원 수급을 비롯한 예산 운용의 어려움 또는 구성원들의 애로사항 등에 대한 논의에서 많은 대학들은 수도권 대학과 '순천향대학교는 예외'라는 인식을 느끼곤 합니다.

이미 아시는 것처럼, 프라임, 에이스, 특성화, 공교육 정상화 등 거의 대부분 국책사업 선정에 도전해 왔고, 그 결실도 노력한 만큼 풍성했던 것도 사실입니다.

이런 결과는 하루아침에 운이 좋아서 만들어진 결실이 아니며 동시에 경영진 한두 사람의 의지만으로 이루어질 수 있는 사안도 아닙니다.

우선 총장님께서 모든 판단 기준을 정도(正道)에 두시고 이를 강조함으로써 자연스럽게 부총장, 처장, 팀장을 통해 모든 구성원들이 이 철학을 공유하게 됩니다.

이 자리에 계신 순천향 가족 모두 업무에 대한 열정과 애교심이 더해져서 만들어내 성과, 심지어 명절 연휴조차 단 하루만을 제외하고 고군분투하시는 우리 교직원 선생님들이 있기 때문에 가능한 결과이기도 합니다. 이 자리를 빌려 진심으로 감사의 인사를 드립니다.

동시에 높아진 우리 대학교의 위상에 어울리는 인사 제도 도입에 대한 필요성도 공감하고 있습니다. 무엇보다 '임용직' 제도 개선이 가장 큰 현안이라고 생각합니다.

다행이 노사협의회 근로자 대표님을 중심으로 임용직 워크샵 이후 선생님들의 처우 개선을 위한 연구가 깊이 있게 진행되고 있는 것으로 알고 있습니다.

많은 고민과 세밀한 부분 가지 의견 수렴이 진행되고 있다고 들었습니다. 고민의 깊이로 볼 때 좋은 의견이 제안될 것으로 기대하고 있고, 합리적인 제안에 대해서는 정책적으로 반영될 수 있도록 사무처장 입장에서도 적극 노력하겠습니다.

오늘 이 시간에는 4대 폭력 예방을 포함한 장애인 인식 개선, 정보보호, 부정 청탁 방지 등 법적으로 꼭 받아야 하는 교육을 준비하였습니다.

그런데 의무사항 이행을 위한 교육이 아니라 우리 실생활에 고스란히 반영되고, 우리 모두의 공통된 가치관으로 정립될 수 있기를 바랍니다.

그래서 우리 직장에서는 성이 다르다는 이유나, 직급이나 직위가 다르다는 이유만으로 혹은 장애를 가지고 있다는 이유로 누군가 불편하거나 상처가 되는 일이 발생하지 않기를 간곡히 당부드립니다.

이를 통해 순천향 가족이라면 누구든지 서로 신뢰하고, 밝고 즐겁고, 지위에 관계없이 서로 존중하는 아름다운 직장 문화가 정착되기를 기대합니다.

좋은 강의를 위해 시간을 할애해 주신 교수님과 국장님 특별히 감사드립니다. 아울러 행사를 준비해 주신 총무팀, 학생팀, 인권센터 관계자 선생님 모두에게 다시 한번 감사드립니다.

이 모두를 포함하여 이 자리에 함께해 주신 사랑하는 교직원 가족 여러분 모두에게 깊이 감사드립니다.

2018 전체 학과장 회의 답변(2018. 10. 22.)

현재 우리 대학교 주차장 여건을 고려했을 때 미디어랩스관이 완성되면서 그 앞쪽으로 큰 규모의 주차장 시설이 함께 완성되었습니다.

따라서 과거와 비교했을 때 체육관 앞에서부터 아이디자인관 앞까지 중앙분리대를 설치하여 좀 더 질서 있는 주차 관리를 도입할 수 있는 여건은 조성이 되었다고 봅니다.

아울러, 자연과학관과의 형평성도 지적해 주셨는데 동일한 방식으로 중앙분리대를 설치할 경우 그 예산도 1천만 원 이내에서 가능할 것으로 판단되어 투입 예산의 문제로 망설일 정도는 아닐 것으로 판단됩니다.

다만, 자연대 앞 중앙분리대 설치 당시 경험으로 비춰 볼 때 이 공간을 이용하시는 분들의 의견이 다양하기 때문에 어느 정도 공감대가 형성되는 것이 매우 중요하다고 생각됩니다.

특히, 학생회관 앞의 공간은 비상설적이기는 하지만 필요할 때마다 사전 안내를 통해 차량 출입을 일시적으로 통제하고 크고 작은 행사들이 진행되었던 공간입니다.

매년 학년 초에는 총동아리 차원에서 각 동아리별 부스를 통해 동아리 행사가 있고, 개교기념일 전후해서는 헌혈 차량을 이용한 헌혈 행사도 연례적으로 해 왔습니다.

국제교육교류처에서는 이 공간을 이용하여 국가별 문화 행사도 진행해 왔습니다.

그런 면에서 이 공간은 학생회관 앞이라는 특수성과 학생 통행이 가장 많은 우리 대학의 중앙지점이라는 점에서 일종의 문화 로데오거리의 기능을 가지고 있는 공간이라고 생각됩니다.

그렇기 때문에 학교 내 여러 그룹의 의견을 충분히 수렴하여 중앙분리대 설치가 검토되어야 하므로 행정부서에서 일방적으로 추진하는 데 어려움이 있다고 판단됩니다.

따라서 무엇을 우선순위에 두느냐에 따라 달라질 수 있을 것으로 생각됩니다.

깨끗하고 질서정연한 주차 문화가 현 시점에서는 중요한 것으로 정해지면 학처장 회의나 교무위원회 회의 등을 통해 의견을 수렴한 후 중앙분리대 시공도 가능할 것으로 생각됩니다.

감사합니다.

2020 직원 TF팀 공청회 인사말

비교적 안전지대에 속하던 우리 대학 주변까지 코로나19 바이러스가 전파되었다는 소식을 접했습니다. 더욱 철저한 개인위생 관리를 통해 우리 직장을 코로나19의 위협으로부터 지키고 우리 사회가 정상 궤도로 진입할 수 있도록 협조를 당부드립니다.

비상상황은 처음부터 발생하지 않는 것이 가장 바람직하겠으나 불가항력적으로 발생하고 보니 대응 과정을 통해 우리 직원 선생님들의 그동안 숨어 있던 잠재력이 드러나는 계기가 된 것 같습니다.

학생팀에서는 종합상황실을 운영하며 본부(메인캠프) 역할을 잘 수행하고 있고, 유학생들과의 매우 긴밀한 네트워크를 통해 완벽한 통제를 이끌어 오는 국제교류처 팀장님과 직원 선생님들, 꼼꼼한 계획과 대비를 통해 철저하게 준비된 생활관 교직원님들, 그 밖에 보건소, 학사팀, 총무팀, 안전관리팀 등 대부분의 부서에서 긴밀하고 일사불란한 대처를 해 주셔서 충청권에서는 가장 모범적인 대학으로 인정, 이 자리를 빌려 그간의 노고에 대해 감사드립니다.

오늘은 공감이라는 주제로 그동안 동기유발시스템 개선위원회 TF팀의 활동 결과를 발표하고 동시에 구성원 가족들의 의견을 반영하는 자리입니다.

출발 당시에는 우리 스스로 평가체계상 보완이 필요하다는 여러분들의 의견을 반영하여, 직원 선생님 스스로 평가시스템을 좀 더 보완하도록 하고 우리들의 역량을 더 강화하기 위한 방안에 대해 허심탄회하게 논의하는 것을 목표로 불과 약 4개월 전에 출발했습니다.

2월 이전에 우선 보완해야 할 부분이 도출되고 구성원들의 합의가 이뤄지면 이를 지난 평가 업무부터 반영해 보자는 욕심도 있었습니다만, 선행되어야 할 여러 과제들이 있어서 이번 평가까지는 기존 시스템에 따라 진행하였습니다.

비전 체계의 설립, 현상에 대한 분석, 학문적 이론에 근거한 합목적적인 논리, 설문을 통한 직원 선생님들의 자유로운 의견 확인 등 여러모로 4개월여 만에 완성된 보고서라고는 믿기지 않을 정도의 훌륭한 결과물이라서 내심 깜짝 놀랐습니다.

그동안 위원장을 맡아 이 팀을 이끌어 오신 김봉서 팀장님과 양문모, 송승환 두 분 부위원장님을 비롯하여 함께 수고해 주신 정해인, 이수정, 전승님, 조정호, 황희민, 강지연 선생님께 감사의 인사를 드립니다.

평가 시스템의 단기적인 보완도 중요하지만, 앞으로 이 보고서를 토대로 새로운 논의의 출발점이 될 수 있을 것으로 확신, 마침 우리 대학교 직원 선생님들의 역량을 강화하기 위한 일환으로 '직원집필단 풀'을 구성 예정, 미래에는 정부지원 각종 프로포절을 직원 중심으로 작성하게 되기를 기대합니다.

이 집필단 풀이 구성되면 이 보고서를 토대로 성균관대를 비롯하여 우리가 모델로 삼을 만한 대학의 사례를 포함해서 우리 구성원들의 역량을 강화하기 위한 방안을 논의할 수 있도록 하겠습니다.

감사합니다.

양문모 선생님께 드리는 서한

양문모 선생님 귀하

양 선생님의 사심 없는 리더십과 순수한 철학을 바탕으로 출발한 우리 대학교 임용직 선생님들의 처우 개선 사업이 이제는 정상 궤도에 올라 원만하게 정착되어 가고 있는 것 같습니다.

첫 출발 이후 약 2년간 직원을 대표하는 양 선생님과 대학 인사 정책의 실무책임자로 허심탄회하게 만나 여러 우여곡절을 함께 넘겨 오면서, 당시에는 힘들었지만 저에게는 모교의 교정을 떠난 이후까지도 오랫동안 기억될 의미 있는 역사가 되었습니다.

시작 단계부터 우리 스스로도 결코 녹녹치 않은 사업이라는 정도는 예상했지만, 돌이켜 보면 거쳐 온 과정 하나하나 고비마다 우리의 예상을 훨씬 능가하는 힘든 여정에 감당하기 어려운 큰 중압감 속에서 맺은 결실이라 그 보람도 참 컸던 것 같습니다.

때로는 상대에 대한 이해의 폭이 원망스러워 뜨거운 날 숨을 거칠게 몰아쉬며 마음을 진정시키고자 했던 적도 여러 번 있었고, 이렇게 순수한 애교심 하나에만 의지한 채 떠나지 않는 두통에 시달리며 고민하는 우리와는 달리 사소한 개인 욕심의 선에서 한 발자국도 벗어나지 못하는 일부 동료에 대한 야속함으로 잠자리를 뒤척이다 꼬박 밤을 새운 날도 있었습니다.

그런 면에서 양 선생님은 나보다도 훨씬 더 큰 고난을 헤쳐 왔다는 것도 익히 알고 있습니다. 때로는 '저 나이에 어떻게 저리 큰 인내력을 발휘하는지' 후배지만 존경스러울 때도 많았고, '틀린 것이 아닌 다름을 먼저 인정하고자' 의도적으로 노력하는 모습에서 나 자신을 되돌아보는 계기도 여러 번 있었습니다.

물론 양 선생님과 한 파트너가 되어 고민을 나누었던 나도 진행 과정에서 얻은 크고 작은 상처들이 없었던 것은 아니지만 '제도 완성'이라는 큰 성취감에 가려 자연스럽게 치유되었던 것 같아 참 다행스럽게 생각하고 있습니다.

그리고 이제는 마치 처음부터 이 제도가 만들어졌던 것처럼 자연스럽고 원만한 일상이 되고 보니, 가장 큰 수혜를 받은 사람들조차도 당시의 간절했던 기대와 바람들은 어느덧 기억에서 지워 버리고 있는 것 같습니다.

이는 나도 예외가 아닌 것 같습니다. 흐르는 시간과 함께 당시의 성취감이 점차 퇴색되면서 양 선생님이 아니었으면 결코 이룰 수 없었던 그 큰 성과에 대해 좀 더 깊이 성찰하지 못했습니다.

이미 지난번 만났을 때 제 불찰을 고백한 바 있습니다만, 생각할수록 내가 참 부족했던 점을 인정하게 됩니다.

그래서 양 선생님의 그 실망감을 넘어선 배신감을 나는 잘 이해할 수 있을 것 같습니다.

그러나 양 선생님!

우리가 만날 때 간혹 서로에게 확인하고 다짐했던 것처럼 '개인적인 사심을 넘어 내가 속한 조직의 미래에 목표'를 두고 꿋꿋하게 정진하며 마음을 추슬러야 할 때가 아닌가 싶습니다.

철없는 일부 동료나 비판적인 시각을 가지고 있는 몇몇 사람들의 감정 섞인 평가나 매도에 흔들리지 않기로 했던 그 초심을 다시 한번 꺼내어 반추해 볼 때가 아닌가 싶습니다.

그럼에도 불구하고 뭔가 어렵게 이룬 공로에 상응하는 보상은 분명 있었어야 했다는 것이 내가 내린 결론입니다. 그것이 공정한 처사라는 확신이 들었습니다.

다행스럽고 감사하게도 양 선생님은 이에 대해 인사적인 개인적 영달을 위한 보상에 대해서는 지나칠 만큼 엄격하게 거부하고 계시니, 우리 조직의 백년대계와 연관되는 사람에 대한 투자가 가장 적절하고 합리적인 방안이 아닐까 싶습니다.

제가 생각하는 양 선생님은 자기개발에 대한 의지도 강할 뿐만 아니라 새로운 분야에 대한 흡수력이나 응용력에 대한 역량도 다른 이들과 비교해서 매우 우수하고, 개인적으로 사비를 투자해서까지 꾸준히 자기개발을 실천하고 있는 만큼 이와 관련된 보상이 좋겠다는 생각입니다.

본인이 꼭 받고 싶었던 분야 중에서 우리 대학을 위해서도 꼭 필요하다고 생각되는 과정을 잘 선택하셔서 저에게 상의해 주시면 고맙겠습니다. 그리고 반드시 직원선생님들을 상대로 그 내용을 효과적으로 피드백해 주시기 바랍니다.

  함께 큰 사업을 추진할 당시 서로에게 가졌던 그때의 신뢰와 공감대의 연장선상에서 오늘 제 유감의 뜻과 제안을 순수하게 받아 주시기 바랍니다.
  그리고 상의할 사안이 있으면 그 일이 우리 조직과 관련된 공적인 일이든, 직장 후배 입장의 사적인 일이든 기탄없이 제 방을 방문해 주시기 바랍니다.
  양 선생님이라면 언제든지 환영합니다.
  고맙습니다.

2020. 3. 6.
문용원 드림

신용석 부원장 퇴임식 인사말(2017. 2. 23.)

먼저 총장님께서 직접 참석하시지 못한 점에 대해 너그러운 양해를 구합니다. 아시는 것처럼 교육부 현장실사 업무가 현재 진행 중인 관계로 부득이 참석하실 수 없어 사무처장이 이 행사를 대신 주관하게 되었습니다.

오늘 퇴임 행사를 앞두고 그동안 신 부원장님께서 우리 대학에 남기신 족적을 한 번 되돌아보았습니다.

대학 초창기 우리 대학교 방송국의 기틀을 처음으로 마련하셨고, 학생팀, 기획팀, 교무팀, 장학취업팀, 학생생활연구소, 입시홍보팀, 입학팀, 단과대학, 국제교육교류처와 진로처 그리고 평생교육원 부원장까지, 오늘날 우리 대학이 전국 30위권 대학으로 성장하는 과정에서 대학행정 전반에 걸쳐 우리 대학교의 역사와 함께 30년 이상을 묵묵히 기여하신 것을 확인할 수 있었습니다.

모교에서 보여 주신 신 부원장님의 변함없는 애교심에 저절로 고개가 숙여지면서 저 자신의 애교심에 대해서도 다시 한번 되돌아보는 계기가 되었습니다.

제가 알고 있는 신 부원장님은 성품이 참 올곧고 정직한 분입니다.

아마 신 부원장님과 한 솥밥을 먹어 본 대부분 순천향 가족들이라면 동의하실 것으로 생각됩니다.

30년 이상 이렇게 변함없는 정직한 성품이 어디서 나오는 것일까 생각해 보았더니, 모름지기 신 부원장님의 신앙에서 나온 것이 아닐까 생각하였습니다. 요란하게 신앙의 티를 내지는 않으시지만 신 부원장님은 독실한 기독교인입니다. 그래서 사람들의 눈높이보다는 언제나 신앙을 기초로 판단하고 행동하기 때문에 한결같은 정직함을 유지해 온 것이 아닐까 싶습니다.

가까운 분들은 이미 알고 계실 수도 있습니다만, 신 부원장님은 지극한 효자이기도 합니다. 저는 개인적으로 우리 대학교 첫 발령 부서가 학생(과)팀이었습니다. 그래서 자연스럽게 신 부원장님과 동거동락하며 사회생활을 시작하였는데요. 저는 장남이라서 형이 없었고, 부원장님은 막내라서 동생이 없는 터라 매우 자연스럽게 흉금을 터놓는 사이가 되었습니다.

그때 제가 느낀 첫인상은 말 한마디, 행동 하나하나에 부모님에 대한 공경심이 참 크다는 것을 느꼈습니다. 부모님께서 소천하시기 전까지 지척에서 사모님과 함께 극진하게 뒷바라지하는 모습을 보면서, 그 당시 제 예감이 틀리지 않았다는 것을 확인할 수 있었습니다.

또 하나는 신 부원장님은 가족에 대한 사랑이 매우 남다른 분이라는 것입니다.

아버지의 이 깊은 사랑이 혹시 가족들에게는 권위적이거나 가부장적인 것으로 비춰졌을지도 모르겠으나 결과를 보면 부원장님의 가족 사랑 방식이 옳았다는 것을 알 수 있습니다. 맏따님인 윤주 양이 우리 대학교와 이니셜로는 같은 S대학이지만 서울대학교를 졸업하고 이미 대기업에 입사하여 벌써 우리나라의 산업역군으로 제 역할을 담당하고 있기 때문입니다.

여러모로 귀감이 되는 삶을 가꾸어 오셨다는 점에서 매우 부럽습니다.

사실 행정적으로 규정된 정년 나이를 떠나 부원장님의 열정과 역량으로 본다면 좀 더 대학 발전에 기여해 주셨으면 좋겠다 싶은 것도 사실입니다만,

본인이 가장 적절하다고 판단되는 시기를 정해서 가장 아름다운 모습으로 툭 털고 일어설 수 있다는 것도 또한 저희들로서는 매우 부러운 모습입니다.

직장인이라면 누구나 마음 한구석에는 그런 희망을 품기 마련인데 용기를 내기는 참 쉽지 않은 결정이기도 합니다.

언젠가 맨 처음 부원장님께서 명예퇴직에 대해 저에게 상의해 주셨을 때, 급하게 생각하지 마시고 천천히 여유 있게 여러 번 생각하신 후에 결정하시는 것이 좋지 않겠는가 하는 의견을 드린 바 있었습니다.

그때 부원장님께서는 더 늦기 전에 평생 뒷바라지해 주신 사모님을 모시고 자유롭게 여행도 다니고, 안정된 직장인이 되기 위해서 포기해야만 했던 많을 것들을 비직장인의 인생을 살면서 경험해 보고 싶다는 의견을 말씀하셨던 것으로 기억합니다.

그래서 이제는 윈-윈 정책으로 자리 잡고 있는 개방형 직위에 대해 상의드렸더니, '어떤 식이든 직장 안에서 담당하고 있는 직이 있으면 결국 마음이 그 직에 매달릴 수밖에 없지 않겠나.' 하는 생각이 드셨다고 합니다.

정직하고 양심적인 분들의 특징이 고스란히 반영된 대답이어서 매우 인상 깊었습니다. 지난 30년 넘게 한결같이 정직하고 양심적인 모습을 유지해 오시느라 말로 표현하기 어려운 맘고생도 왜

없으셨겠습니까?

　이제부터는 뜻하셨던 대로 사모님과 함께 이곳저곳 맛있는 것도 찾아다니시고 무엇보다 성공한 직장인으로서, 훌륭한 가장으로 오늘까지 이끌어 온 자기 자신을 위해서도 충분히 보상해 주실 것을 감히 권해드립니다.

　공식적으로 비직장인으로 다시 태어나는 부원장님께서는 매일매일이 해피데이로 충만하시길 기원하며 인사를 대신합니다. 건강하십시오. 부디 건강하십시오.

　감사합니다.

2017. 2. 23.
순천향대학교 사무처장 문용원

이한종 국장의 정년퇴임 인사말(2020. 8. 25.)

정년퇴임을 맞으시는 존경하는 이한종 국장님께 드립니다.

우리는 특정 개인의 '역사성'을 강조하고자 할 때 '산증인'이라는 표현을 사용하곤 합니다.

그런 면에서 '순천향의 산증인'에 가장 합당한 분을 꼽으라면 많은 이들은 주저 없이 이한종 국장님을 먼저 떠올립니다.

정부의 서슬 퍼런 지침에 따라 '군사학' 과목이 대학의 필수 교육과정으로 들어 있던 1980년에 화학과 제1회 새내기로 순천향과 인연을 맺은 국장님께서는 이후 40성상을 오로지 순천향 안에서 보내오셨습니다.

까까머리 고등학생 교복을 벗고 스무 살 성인이 되신 이후 정년을 맞이하는 오늘까지 국장님께 순천향은 하루를 시작하는 삶이자, 인생을 사는 가치관이요, 사고(思考)할 수 있는 철학이 되었던 것이 아닌가 싶습니다.

제 개인 입장에서는 존경하는 선배님이신 이한종 국장님을 통해 늘 많은 것들을 배워 왔고 여전히 배우고 있습니다. 이 많은 것 중에서 딱 두 가지만 요약하라면, 그 첫 번째는, 사람에 대한 배려입니다.

그가 누구든지 이 국장님은 상대를 배려하는 기본적인 마인드에서 대인관계를 시작하는 분이셨습니다. 때에 따라서는 저의 보수적인 기준으로만 보면 다소 지나치거나 선을 넘는 것 같은 후배들의 짓궂은 농담이나 핀잔에도 국장님께서는 끝까지 얼굴에서 미소를 거두지 않으셨습니다. 이런 모습은 단순이 이성적이거나 이론적인 지식만으로는 결코 흉내 낼 수 없는 이 국장님 특유의 인품과 포용력이 빚어내는 결과라고 단언합니다.

두 번째는, 졸업생이라고 하더라도 아무나 범접할 수 없는 이 국장님만의 강한 애교심이었습니다.

40년을 한 직장에서 살아오시면서 좋은 일도 있었겠지만 때로는 힘겹게 넘어야 할 갈등과 고비인들 왜 없으셨겠습니까? 어느 때는 개인과 조직의 이해가 충돌하는 상황과 마주한 적도 있으셨을 것입니다. 그런데 이런 경우 이 국장님은 단 한 치의 주저함도 없이 본인이 속한 조직 즉, '순천향'을 중심으로 판단하고 결정하는 분이셨습니다.

기댈 만한 조그만 언덕조차 없었던 개교 초기 시절의 총동창회 사무국장직으로 시작된 이 국장님의 동문을 향한 보이지 않는 봉사는, 정년 이후까지도 계속 이어지게 되었습니다. 이제 6만여 규모로 성장하였으나 다른 동문들은 여전히 의식하기 어려운 이 대가 없는 소임이 이 국장님께는 또 하나의 멍에라는 것을 옆에서 지켜보는 저는 잘 알고 있습니다.

　　개방형 직위에 대한 후배의 조심스런 상의에도 단 한 치의 망설임도 없이, 소위 말하는 묻지도 따지지도 않고 흔쾌히 수락하셨습니다.

　　역시 그 판단 기준은 오로지 '애교심' 하나였습니다. 국장님의 상대에 대한 배려와 애교심은 곧 우리 대학교의 설립 정신인 '인간사랑'의 자연스러운 발로라는 점에서 진정한 순천향인의 향기를 느끼게 됩니다.

　　이와 같은 사랑은 당연히 당신의 가족 구성원에까지 미쳐서 사모님과 며느님을 포함한 두 자녀에 이르기까지, 단란하고 행복한 가정을 이루시는 모습은 이 시대를 살아가는 모든 중년들에게 매우 부러우면서도 바람직한 귀감이 되셨습니다.

　　졸업은 마치 종지부 같지만 새로운 시작을 전제로 하고 있듯이, '정년' 또한 새로운 출발의 의미가 함께 들어 있다고 확신합니다.

　　반듯하고 성실한 직장인이었기 때문에 포기할 수밖에 없었던 많은 것들을 이제 새롭게 시작할 때라는 생각입니다. 그동안 틈틈이 익혀 오신 색소폰 연주도 이제부터 그 기량을 더욱 크게 확장시키시는 기회가 될 것 같습니다.

　　무엇보다 성공한 사회인으로, 훌륭한 가장으로, 존경받는 직장 선배의 모습으로 오늘까지 일궈 오신 자기 자신을 위해서도 충분히 보상해 주실 것을 감히 권해드립니다.

　　부디 건강하시고 매일매일이 주님의 은총 안에서 행복으로 충만하시길 기원합니다.

2020. 8. 25.
사무처장 문용원 후배 올림

평생교육원 홈페이지 원장 인사말(2024. 3. 1.)

안녕하십니까?
순천향대학교 평생교육원장 문용원입니다.

인간의 평균 수명이 연장되고 우리 사회가 다양한 방향으로 발전할수록 평생교육의 중요성은 더욱 커집니다. 평생 동안 학습을 통해 각 개인의 일과 삶이 지속될 수 있어야 하기 때문입니다.

우리 대학 평생교육원은 지역 주민은 물론 평생교육 수요자들에게 품격 있는 배움의 기회를 제공함으로써 평생학습 실현에 기여하고, 대학의 교육 이념인 '인간사랑'을 바탕으로 지역 사회와 함께하는 대학으로써의 책무와 소중한 역할을 다하고자 합니다.

지난 1998년 개원 이래 그동안 교양과정 프로그램에서부터 전문적인 직업능력 향상 과정, 자격증 과정에 이르기까지 다양하고 수준 높은 교육 과정을 운영해 오고 있습니다.
특히, 지난 2007년에는 정부로부터 학점은행제 운영기관으로 선정되면서 대학에 다니지 않아도 사회복지학 등 필요한 교과목 이수를 통해 대학 졸업에서 요구되는 학점을 취득할 수 있게 되었고, 2008년 1학기부터 다양한 학점은행제 교과목을 개설하여 운영하고 있습니다.

교육은 학교에서뿐만 아니라 일상의 모든 곳으로, 경제는 지역 사회와 국가를 넘어 전 지구적으로 가파르게 확장되고 있습니다.

이러한 시대적 흐름 가운데 '지역 주민과 수요자를 위한 평생교육, 함께하는 평생학습 실현'이라는 미션을 일관되게 실현해 오고 있다고 자부합니다.
평생교육원은 이러한 글로벌 대전환과 변화의 시대에 누구도 소외되지 않는 평생학습 포용 사회를 지향하면서 학습 기회를 더욱 다양하게 펼치고, 더 많은 사람들에게 교육 기회를 확대하며, 미래 사회에서 필요한 지식에 대한 교육 프로그램을 더욱 풍부하게 제공하도록 보다 더 경주해 나아가겠습니다.

교육 수요자와 지역 주민이라면 그 누구도 소외됨 없이 평생학습 프로그램과 교육 과정을 통해 일과 삶이 지속되는 교육 사회를 만들기 위해 노력하겠습니다. 평생학습이 삶의 또 다른 희망이 될 수 있도록 경쟁력 있는 프로그램으로 지역민과 교육 수요자와 함께하겠습니다.

감사합니다.

제14대 평생교육원장 문용원

신창면 마을교육자치회 협약체결 인사말(2024. 4. 17.)

선진국을 지탱하는 가장 큰 힘은 Volunteer, 즉 자원 봉사자라는 말이 있습니다.

자원봉사의 중요성을 강조하는 말이기도 하지만 우리 사회가 이웃과 더불어 살아가는 공동선을 실천하는 데 가장 효과적인 수단이 자원 봉사라는 점에서 그 의미가 크다고 생각합니다.

아산시자원봉사센터와 저희 순천향대 평생교육원이 협력파트너가 되기 위해 준비하는 동안 저에게는 세 가지 면에서 감사한 마음이 들었습니다.

첫 번째로는, 우리 사회 공동선을 추구하는 아산시 자원봉사센터에 저희 평생교육원이 기관 차원에서 동참하게 된다는 점에서 감사했습니다.

두 번째로는, 일정 조건을 갖추신 자원 봉사자 각각의 개인에게 작지만 장학제도를 새로 만들어 그 분들의 노고를 인정할 수 있게 된 점에 감사했습니다.

마지막 세 번째는 저 개인적인 감사의 마음인데요. 김기창 박사님이 아산시자원봉사센터장으로 부임하신 첫날 저는 자원 봉사자 자격으로 이순신운동장에서 처음 만나뵈었습니다.

그런데 그 인연이 오늘 결실을 맺게 된 것 같아 기뻤습니다.

아무쪼록 오늘의 이 출발이 비록 크다고 할 수는 없지만 더욱 발전하여 우리 지역 사회에서 자원봉사의 꽃이 저희 대학과 함께 활짝 피어나기를 기대합니다.

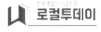

아산시 신창면 마을교육자치회, 순천향대 평생교육원과 '지역사회 발전' 업무협약 체결

⚲ 주영욱 기자　⏱ 승인 2024.03.26 21:03

협약식 사진

[로컬투데이=아산] 아산시 신창면 마을교육자치회(회장 이강충)는 순천향대학교 평생교육원과 지난 20일 신창면 행정복지센터 2층 회의실에서 지역사회 발전을 위한 업무협약(MOU)을 체결했다.

이날 협약식에는 순천향대학교 문용원 평생교육원장, 이강충 마을교육자치회장, 성재경 주민자치회장, 이화향 부회장, 아산마을교육네트워크 이명희 회장을 비롯하여 관계자 15명이 참석한 가운데 진행됐다.

주요 협력 사항은 ▲신창 주민들의 평생교육 기회 확대를 위한 제반 사항 ▲협약기관이 갖고 있는 인적·물적 자원을 활용하여 사업 네트워크 및 인프라 교류 ▲협약의 원활한 추진을 위해 상호 합의하에 홍보활동 추진 ▲순천향대학교의 각종 교육정책에 대한 지역사회의 긍정적인 협력 등 신창면 마을교육자치회와 순천향대학교 평생교육원의 상호 발전을 위한 내용으로 이뤄져 있다.

마을교육자치회 이강충 회장은 "이번 협약을 통해 신창 주민 누구나 우수한 순천향대 평생교육원에서 쉽게 배우고 성장할 수 있는 기회를 주셔서 감사드린다"며 "양 기관의 발전을 위한 상호 협력과 지속적인 교류도 강화해 나갈 계획이다"고 밝혔다.

순천향대학교 문용원 평생교육원장은 "평생학습은 특정 시기, 특정 장소에서 이루어지는 학교교육과 비교하여 삶 전반에 걸쳐 지속적으로 이루어지는 성장을 의미하며, 오늘의 협약과 같은 상호협력을 통해 지역과 대학이 함께 동반 성장하는 좋은 계기가 될 것"이라며 기대감을 밝혔다.

제7기 파크골프 아카데미 입학식 환영사(2024. 4. 12.)

오늘 저희 행사에 다른 모든 일정에 우선하여 할애해 주신 원점식 회장님, 오세현 전시장님, 이용하 고문님 감사드립니다.

아울러 오늘부터 순천향대학교 평생교육원 동문이 되시는 제7기 파크골프아카데미 모든 원우님 축하드리고 환영합니다.

개인적으로는 저도 제6기 파크골프 원우로서 여러분과 동문입니다.

많은 분들이 말씀하시기를 나이가 들수록 두 가지는 꼭 준비하라고 하는데, 하나는 마음이 통하는 친구와 또 하나는 기쁘게 즐길 수 있는 취미 활동이라고 합니다.

그런 면에서 저에게 제6기 파크골프 과정에 입학한 것은 참 잘한 일이었습니다.

처음에는 큰 기대 없이 기대 반 호기심 반으로 입학했는데, 매주 전국단위의 강사님들이 초빙되어 팀티칭으로 이루어지는 수업 방식에 살짝 놀랐고, 이 과정에 대한 이용하 회장님의 뜨거운 열정에 놀랐고, 원점식 회장님을 비롯한 이 과정 선배님들의 후배 기수에 대한 깊은 애정과 관심에 놀랐습니다.

왜 순천향대학교가 전국 유일의 파크골프 아카데미 지존 자리를 고수하고, 어째서 아산시가 파크골프의 성지 메카가 되었는지 비로소 이해가 되었습니다.

이 과정을 마칠 때 즈음에는 파크골프가 저의 새로운 취미 종목이 되었고, 함께 같은 취미를 즐길 수 있는 동기 친구들도 얻었습니다. 그런 면에서 제가 살아오면서 참 잘한 선택이라는 말씀을 자신 있게 드릴 수 있게 되었습니다.

이 과정의 성공적인 운영을 위해 애써 주시는 이용하 회장님을 비롯한 모든 분들과 교직원 여러분께도 이 자리를 빌려 감사의 말씀을 드립니다.

아무쪼록 제7기 원우님들에게도 이 과정의 입학인 삶을 풍요롭게 만들어 주는 좋은 선택이 되기를 기원하며 다시 한번 환영의 인사를 드립니다.

감사합니다.

순천향대학교 평생교육원장 문용원

순천향대, '제7기 파크골프 아카데미' 오픈

⚲ 이재형 기자 | ⏲ 승인 2024.04.14 14:20

'제7기 파크골프아카데미' 초급·지도자과정 개강식 및 오리엔테이션에서 기념촬영을 하고 있다.

[충청매일 이재형 기자] 충남 아산 소재 순천향대학교(총장 김승우)가 지난 12일 교내 인문과학관 1층 형지 최병오 강당에서 '제7기 파크골프 아카데미 초급·지도자과정 개강식 및 오리엔테이션'을 갖고 본격 운영에 들어갔다.

이번 과정은 순천향대 평생교육원(원장 문용원)과 아산시파크골프협회(회장 원점식)의 공동주관으로 대학의 평생교육 인프라를 활용해 2천여명의 협회 회원들과 아산시민을 대상으로 지역 파크골프 인구의 저변 확대 및 체계적인 교육과정을 통한 경기력 향상과 건강증진을 위해 개설됐다.

이날 개강식은 △개회사 △환영사 △축사 △교육 일정 및 내용 소개의 순으로 진행됐으며, 초급과정과 지도자과정으로 나눠 오리엔테이션이 진행됐다.

파크골프 아카데미는 초급과정(25명)과 지도자과정(25명)으로 나눠 매주 팀티칭 강의로 진행된다.

세부적인 교육 내용은 파크골프의 기본과 자세부터 △파크골프 규정 △현장실습 △라운딩 운영 방법 △심판관리규정 △안전관리 및 파크골프 원리 △파크골프현장 종합훈련 등 12주 차 일정에 따라 체계적인 교육이 진행된다.

이용하 아산시파크골프협회 이사는 개회사를 통해 "아산시의 생활체육 가운데 파크골프가 가장 빠르게 성장해 왔다고 자부한다"며 "이번 과정은 체계적인 교육을 통해 수준을 한단계 끌어올리겠다는 취지에서 시작한 만큼, 이번 아카데미를 통해 아산시파크골프의 지속적인 경쟁력 향상을 위해 노력해 나가겠다"고 말했다.

문용원 순천향대 평생교육원장은 환영사에서 "이번 과정이 아산시파크골프 인구의 저변 확대를 통한 질적 성장의 디딤돌이 될 것으로 확신한다"며 "약 2천여명에 이르는 아산시파크골프협회 회원 수가 입증하듯이 양 기관의 적극적인 협력을 통해 아산시파크골프 발전을 위한 지속적인 교육플랫폼이 되도록 적극적으로 협력하겠다"고 말했다.

이재형 기자　news7528@ccdn.co.kr

중부매일

순천향대 평생교육원, '제7기 파크골프 아카데미' 성료

文 문영호 기자 | ⏱ 승인 2024.07.03 10:20

[중부매일 문영호 기자] 순천향대(총장 김승우) 평생교육원은 '제7기 파크골프 아카데미 초급·지도자 과정' 수료식을 진행했다.

이번 과정은 순천향대 평생교육원(원장 문용원)과 아산시 파크골프협회(회장 원점식)가 공동 주관했으며 대학의 평생교육 인프라를 활용해 2천여 명의 협회 회원들과 아산 시민을 대상으로 지역 파크골프 인구의 저변을 확대하고, 체계적인 교육과정을 통한 경기력 향상과 건강증진을 위해 운영됐다.

수료식에는 순천향대 문용원 평생교육원장, 원점식 아산시 파크골프협회장, 아산시 체육회 임도훈 회장, 아산시 파크골프협회 이용하 이사를 비롯해 수료과정을 마친 38명의 수강생들과 5,6기 선배 수료생들이 함께했다.

파크골프 아카데미는 12주 동안 이론과 실기를 겸비한 전문 강사의 지도하에 초급과정과 지도자과정으로 나누어 매주 팀티칭 강의로 진행됐다.

파크골프의 기본과 자세부터 ▷ 파크골프 규정 ▷ 현장실습 ▷ 라운딩 운영 방법 ▷ 심판관리규정 ▷ 안전관리 및 파크골프 원리 ▷ 파크골프현장 종합훈련 등 체계적인 교육이 진행된 것이다.

초급과정을 이수한 김복순(여 58세, 신창면 거주)씨는 "그동안 파크골프를 멀리서만 지켜봤는데 이론을 겸비한 수업을 받고 보니 파크골프에 대한 새로운 묘미를 느끼게 되어 좋았다" 며 "다음 학기에는 지도자 과정에 도전해 보겠다"고 밝혔다.

문용원 순천향대 평생교육원장은 "파크골프에 대한 노력의 결과로 대회를 참가 할 수 있을 정도의 실력을 키운 수강생 여러분께 감사하다"며 "이번 강좌가 타인과 공감하는 좋은 기회가 됐길 바라며 우리 대학은 지역의 성인학습자들이 더 가까이 다가설 수 있는 교양강좌를 개설해 다방면에서 도움을 드리도록 노력하겠다"고 전했다.

한편 순천향대 평생교육원은 여름학기 강좌 개설과 더불어, 오는 22일 파크골프 동호인과 순천향 파크골프 회원들과의 관계를 지속하고, 파크골프 대중화를 위해 순천향 아카데미 기수별 파크골프 대회를 개최한다. 자세한 사항은 순천향대 평생교육원 홈페이지를 통해 확인할 수 있다.

 문영호 기자 labor05@jbnews.com

아들 명현이 결혼식에서(2024. 9. 7.)

오늘 이 결혼식을 축하해 주시기 위해 먼 길을 마다 않고 찾아 주신 모든 친지, 하객님들께 마음을 담아 우선 감사 인사드립니다. 초등학교, 고등학교, 대학교 친구, 직장 동료, 성당의 교우님들, 심지어 저의 은사님이신 김태현 부총자님까지, 정말 감사합니다.

한 분 한 분 소중히 마음을 전하는 것이 도리이겠습니다만 이 자리를 빌려 먼저 감사 인사 드립니다. 소박하게 마련한 음식이지만 맘껏 드시고 즐겨 주시면 고맙겠습니다.

다음은 아들 라파엘에게도 고맙다는 말을 전해야 할 것 같습니다. 고맙구나, 아들!

32년 전 신혼이었던 우리 부부에게 아기천사로 와 주었고 무탈하게 성장하여 이제는 교육자이셨던 할아버지의 대를 이어 교단에서 열심히 생활하는 모습도 참 보기 좋구나. 무엇보다도 이렇게 예쁘고 착한 소피아 성은이를 우리의 며느리로 맞이할 수 있게 해 주었으니 더 이상 고마울 수가 없구나.

이어서 우리 며느리가 되어 준 소피아 성은아! 고맙고 감사하다.

너를 처음 본 순간부터 우리 부부는 성은이가 마음에 쏙 들었단다.

몇 번 접해 보면서 늘 밝은 표정과 심성 고운 네 모습을 보면서 우리의 첫인상에 대해 더욱 확신을 가졌단다. 우리 가족이 되어 주어 진심으로 고맙다.

그리고 이렇게 예쁜 성은이를 우리 며느리로 맞이할 수 있도록 허락해 주신 사부인께 머리 숙여 감사드립니다. 눈에 넣어도 아플 것 같지 않은 막내딸을 시집보내는 엄마의 마음이 어떨지 저도 딸을 가지고 있는 부모 입장에서 충분히 이해가 갑니다.

그러나 염려하지 마세요. 사부인!

오늘의 이 감사의 마음을 꼭 기억하면서 저희 부부가 사부인의 몫까지 아니 그 몇 배로 성은이를 사랑하고 예뻐하겠습니다.

그리고 보니 저의 배필로 한평생을 함께해 온 집사람 사비나에게도 이 자리를 빌려 고맙다는 말을 전해야 할 것 같습니다. 오늘 이 영광스러운 자리가 어떻게 나 혼자의 힘으로 이룰 수 있었겠습니까? 당신의 손길 하나하나를 통해 우리 가정이 만들어지고 가꿔졌습니다. 감사합니다.

무엇보다도 보잘것없는 우리 가정에 이처럼 넘치는 은총을 주시는 주 하느님의 은총에 감사드립니다.

아무쪼록 친지, 하객님께서 오늘 저희에게 주신 은혜에 끝까지 보답하고 싶습니다.

부디 집안의 크고 작은 대소사 때에 꼭 알려 주셔서 저도 늘 함께할 수 있도록 해 주시기 바랍니다. 고맙습니다.

5. 비서 업무에 따른
기관장용 스피치 초안 모음[4]

4) 기관장용으로 작성한 스피치 초안글은 글쓴이 본인이 비서 업무 수행 과정에서 작성한 각종 연설문 초안으로서 실
    제 현장에서는 스피치 당사자인 기관장님의 의지와 판단에 따라 내용을 생략하시거나 변경하실 수 있었음을 알려
    둡니다.

가. 2002학년도 : 52건

샘마을 생활관 개관식 총장 축사(2001. 5. 2.)

존경하는 순천향 가족 여러분! 그리고 내외귀빈 여러분 오늘 우리는 뜻깊은 생활관 개관 행사를 맞이하였습니다. 이미 샘마을 생활관은 지난 2월 말부터 입주를 시작하였지만, 이제서야 개관 행사를 하게 되었습니다. 특별히 개관식 행사를 위해 저희 대학을 찾아주신 신창면장님과 아산시의원을 비롯한 관계자 여러분, 그리고 이 자리에 참석하여 주신 샘마을, 학성사 사생 여러분, 그리고 대학의 재학생, 교직원 여러분께 먼저 감사드리며, 본인이 오늘 이 자리에서 축하의 말씀을 드리게 된 것을 기쁘게 생각합니다.

여러분께서 잘 알고 계신 바와 같이 저는 취임식 당시 말씀드렸지만 우리 대학은 작지만 큰 대학 구현을 위해 새로운 교육 패러다임을 찾아야 된다는 것을 개관식 행사에 즈음하여 다시 한번 강조하고자 합니다. 요컨대 우리는 '인간사랑'의 건학 정신을 바탕으로 새 시대에 맞는 우리 대학의 정체성을 확립하고 명문 순천향의 새로운 문화를 창조해야 한다는 것입니다. 명문 순천향의 새로운 문화란 대학 구성원 모두가 개인에 대한 자신감과 학교에 대한 자부심을 가지고 각자의 다양한 개성을 존중해 주는 문화, 그러면서도 구성원과의 조화와 협력을 통하여 전 대학의 발전을 이루어 가는 문화입니다. 특별히 오늘 개관식을 갖는 샘마을 생활관은 학생 제일주의에 입각하여 학생복지 향상을 위한 다양한 프로그램의 일환으로 기획되고 추진된 것이며, 이를 통하여 성실하고 재능 있는 신입생을 유치할 수 있을 뿐만 아니라, 편리하고 쾌적한 교육 환경의 조성에 기여할 것으로 믿어 의심치 않는 바입니다.

지역 사회와 함께하는 저희 순천향대학교는 사과꽃이 만개하고 신록의 푸르름이 더해 가는 이 좋은 계절에 샘마을 생활관의 개관식을 맞이하여 사과꽃 축제를 더불어 개최하게 되었습니다.

아무쪼록 준비된 간단한 음료를 함께하시며 즐거운 시간을 보내시길 부탁드립니다.

지금까지 생활관을 위해 애를 많이 써 주신 생활관 운영자문위원님과 대학의 교직원 여러분의 노고를 치하하며, 앞으로도 생활관 사생과 본교의 재학생들을 위해 더 많은 노력을 하여 주실 것을 당부드립니다. 아울러 본 행사에 초대해 주신 생활관 사생회 임원 여러분께 감사드리며 인사에 갈음하고자 합니다.

　　감사합니다.

2001. 5. 3.

2002학년도 입학식 총장 식사(2002. 2. 27.)

친애하는 순천향대학교 신입생 여러분!

입학식을 더욱 빛내기 위해 오늘 자리를 함께 하신 학부모님과 내외귀빈 여러분! 그리고 순천향대학교 재학생과 동문, 교직원 여러분!

오늘 이른 봄의 향기와 생명의 기운으로 가득한 순천향의 교정에서 2002학년도 신입생을 위한 입학식을 거행하게 된 것을 무한히 기쁘게 생각합니다.

그리고 우리 대학교에 입학하게 된 신입생 여러분의 입학을 진심으로 축하드리며, 오늘에 이르기까지 자녀들을 훌륭하게 키워 주시고, 헌신적으로 뒷바라지해 오신 학부모님께 감사의 말씀을 올립니다.

친애하는 신입생 여러분!

대학은 창조적 지성과 자유롭게 열린 사고를 지향하는 곳입니다. 대학은 기존의 지식을 무비판적으로 전수하는 곳이 아니라, 사색하고 토론하며 기존의 지식에 도전해서 그것을 창조적 지식으로 재구성하는 곳입니다. 그리고, 뜨거운 이상을 가슴에 간직하고 자유롭고 열린 마음으로 사색하며 좋은 스승이나 친구들, 그리고 선후배와의 만남을 통해 성숙한 인격체가 완성되는 곳입니다.

우리 대학의 건학 정신은 '인간사랑'입니다. 이를 배우고 실천할 수 있는 인성 교육과 21세기 전문교육이 기다리고 있습니다. 세계화·정보화 시대의 필수 분야인 외국어와 컴퓨터를 익힐 수 있도록 교육이 체계화되어 있으며, 여러분이 원한다면 캠퍼스 내에 있는 의료, 정보통신, 인터넷, 해양수산, 무역 분야의 5개 창업보육센터에서는 여러분들이 직접 회사를 경영하는 사장이 될 수도 있습니다.

순천향을 선택하신 신입생 여러분!

여러분들은 이제 스스로 선택한 전공분야에서 심오한 지식과 기술을 습득하여 전문가적인 자질을 배양하고, 지식정보 사회에서 세계인들과 공존할 수 있는 방법과 대학에서 제공하는 다양한 자기성장 프로그램에 참여하게 될 것입니다. 여러분들에게 주어진 귀하고 자유로운 시간을 알차게 준비하고 실행에 옮길 때 여러분들은 분명히 성공한 사회인으로 대학 문을 나서게 될 것입니다. 저는 여러분들이 순천향 울타리에서 혼자서도 잘할 수 있지만 여럿이 더 잘할 수 있는 사람으로 성장할 수 있기를 바랍니다.

미래 순천향의 주인공인 신입생 여러분!
존경하는 학부모님 여러분!
여러분들의 앞에는 치열한 경쟁과 협력이 중요한 시대가 될 것입니다. 자신의 창의력과 공동체의 발전을 위한 노력이 여러분들에게 새로운 가능성을 제시할 것입니다. '그 가능성을 어떻게 실현시킬 것인가.' 하는 것은, '여러분들과 학부모님들 그리고 학교가 한뜻으로 얼마나 최선의 노력을 하는가.'에 달려 있다고 생각합니다.

4년 후 여러분은 틀림없이 큰 재목으로 성장되어 있을 것입니다.
오늘부터 여러분의 모교가 된 순천향대학교는 여러분 모두의 가슴속에 담겨져 있는 무한한 가능성들이 현실화되고, 꿈이 무르익을 수 있도록 기회를 제공하고 여건을 만들어 나갈 것입니다.
저는 총장으로서 여러분이 우리 대학교를 통해 큰 인재로 성장하는 데 부족함이 없도록 최상의 교육 서비스가 제공될 수 있게 지원하는 역할을 담당할 것입니다.

마지막으로, 다시 한번 신입생 여러분들의 입학을 축하드리며 앞으로 펼쳐질 대학생활이 축복과 성공으로 가득하길 기원합니다.

감사합니다.

2002. 2. 27.

2002학년도 입학식 이사장 치사

먼저, 우리 대학교의 입학식에 참석해 주신 학부모님 여러분과 내외 귀빈 여러분께 진심으로 감사를 드립니다. 그리고 무엇보다도 지나간 세월 동안 많은 노력과 경쟁을 통해 청운의 부푼 꿈을 안고 우리 대학교에 입학한 신입생 여러분에게 모든 순천향인의 따뜻한 마음을 모아 축하와 격려를 보냅니다.

신입생 여러분!

대학은 진리를 탐구하여 지식과 인격을 겸비한 참다운 지성인, 참다운 지도자를 양성하는 곳입니다. 국가와 인류와 자신을 위해 어떤 사람이 되어, 어떻게 살아가야 하는지를 깊이 있게 배우고 터득해 나아가야 하겠습니다. 이를 위해, 앞으로 대학에서의 수학 기간은 여러분의 인생을 결정짓는 매우 소중한 시간이 될 것입니다.

열성적인 교수님의 강의와 진지한 선·후배간의 만남, 그리고 밤을 새워 읽는 수많은 책들과의 대화, 이 모든 것들이 여러분을 21세기의 인재로 키워 내는 안내자가 될 것입니다. 여러분은 오늘 이 시간부터 몸과 마음을 새로이 해야 합니다. 오로지 충실한 학문을 위해 여러분의 청춘과 노력을 과감히 투자해야만 합니다. 학문 속에 모든 길이 있고, 학문을 통해서만 여러분의 미래가 보인다는 사실을 깨달아 주시기 바랍니다.

그러나 학문의 길은 길고 험난한 가시밭길과도 같습니다. 끝없이 펼쳐지는 자신과의 싸움, 그 외로운 싸움을 통해서 여러분의 인격과 지성이 성장하게 될 것입니다. 자신의 아름다운 미래를 위해, 그리고 인류의 희망찬 내일을 위해 학문 탐구의 역경은 여러분이 슬기롭게 감수해야 할 미덕과도 같은 것입니다. 그리하여 여러분 모두가 탁월한 실력과 인격을 조화롭게 지닌 전문 지식인과 지도자로 성장해 주기 바랍니다.

그 원대한 목표가 달성될 수 있도록 대학은 최선을 다해 여러분을 도와줄 것입니다. 부디, 앞으로의 대학 생활이 아름다운 인생의 기초를 닦고, 알찬 씨를 뿌리는 보람 있는 시간이 되어 주기 바랍니다. 뜻이 있는 곳에 길이 있다고 했습니다.

　신입생 여러분!
　우리 대학교의 명예를 걸고, 실력 있고 기품 있는 21세기의 멋진 지성인이 되기 위해 진리 탐구
에 혼신의 노력을 다합시다.

　감사합니다.

2002. 2. 22.

2001 의료벤처창업강좌 총장 개회사

안녕하십니까? 오늘 바쁘신 중에도 저희 의료창업보육센터에서 준비한 의료벤처창업강좌에 참여해 주신 모든 분들과, 특히 첫 시간 강의를 위해 멀리 원주에서 오신 연세대학교 윤형로 교수님께 감사드립니다.

이번에 준비한 창업 강좌는 작년에 이어 2년째 중소기업청과 중소기업진흥공단의 후원으로 이루어지는 뜻깊은 교육프로그램이며, 보다 내실 있는 교육을 준비하기 위하여, 저희 대학의 의과대학을 포함한 순천향중앙의료원이 함께 준비하고, 후원하였습니다.

이번 교육프로그램을 통하여 여기 계신 모든 분들이 의료산업 분야의 중추적인 역할을 해 주실 핵심역량으로 거듭나시는 데 작으나마 도움이 될 수 있다면 좋겠습니다.

저희 대학은 최근 괄목할 만한 성장을 거듭하여, 현재 5개 단과대학, 3개 대학원, 재학생 수 8500여 명, 교수 수 500명에 이르는 명실상부한 중부권 최고의 명문 대학으로서의 기틀을 마련해 가고 있으며, 27년 역사의 순천향중앙의료원 역시 전국 최대 규모의 의료 인프라를 구축하고 있습니다.

특히, 우리 순천향 대학은 일찍부터 의료 관련 생명공학과 의공학, 의료정보 부문을 특성화 부문으로 정하고 이 분야에 대한 학교 차원의 집중적 육성과 꾸준한 투자를 계속하여 왔습니다. 의공학 연구원의 설치와 의료생명공학부문 특성화 연구비의 지속적인 지원 등이 그것입니다. 의료창업보육센터 역시 전국에서 최초로 설립되고 또 전국에서 유일한 의료창업보육센터이며 최근 우수 창업보육센터로 선정되는 등 이제 전국적인 명성을 가지게 되었습니다.

하지만, 아직은 한 일보다 해야 할 일들이 훨씬 많을 것으로 생각이 됩니다. 여기계신 모든 분들이 앞으로 저희 대학의 경쟁력 있는 발전의 동반자 또는, 든든한 후원자가 되어 주실 수 있게 되기를 기대 합니다.

이번 창업 강좌를 성공적으로 실시하기 위하여 저희 의료창업보육센터에서 오랜 기간 동안 성실히 준비한 것으로 알고 있습니다만, 혹시라도 부족한 점이나 불편하신 사항이 발생하더라도 널리 양해해 주시고, 언제라도 관계자들에게 말씀해 주신다면, 여러분의 의견을 최대한 반영하여 불편하신 사항을 최소화하도록 하겠습니다.

모쪼록 저희 대학에서 머무시는 3일간의 짧지 않은 시간 동안, 즐겁고 보람되게 지내시고, 순천향대학교에서의 시간이 유익한 경험으로 오래 기억될 수 있게 되기를 바랍니다.

　감사합니다.

2001. 6. 20.

한서대학교 개교 10주년 순천향대 총장 축사(2002. 3. 28.)

창의, 신념, 공헌의 건학 정신으로 한서대학교가 대학 교육의 뿌리를 내린 지 어느덧 열 돌을 맞이하게 되었습니다. 한서대학교의 개교 10주년을 순천향대학교의 전 교직원과 함께 진심으로 축하드립니다.

결코 길지 않은 시간이었음에도 불구하고, 설립 초기만 해도 고등 교육 면에서 지리적으로 불리한 위치에 있었던 지역에서 한서대학교가 그동안 일구어 낸 교육적 성과야말로 우리나라 대학 발전사에 오랫동안 기억될 만한 성공적인 사례로 알고 있습니다. 많은 사람들이 '서해안 시대'를 자주 이야기합니다만, 한서대학교가 서해안의 중심에 자리함으로써 비로소 '서해안 시대'의 토대가 마련된 것이 아닌가 싶습니다.

개교 10주년을 맞는 한서대학교는, 6개 계열로 대별되는 학문 분야와 5개의 대학원에 약 7,000여 명 인재들이 운집해 있는 교육의 중심으로 발전하였을 뿐만 아니라, 산업자원부가 지원하는 지역기술혁신센터(TIC)를 설치하여 지자체와 연계한 사업을 수행하고 있습니다. 또한, 중소기업청으로부터 4년 연속 산학연 지역컨소시엄센터로 선정되어 중소기업의 기술개발과 현장기술을 지원하는 사업도 같이 수행함으로써 지역에 산재해 있는 산업체를 위한 기술지원의 메카로 자리매김하였습니다. 특히, 항공창업보육센터 선정과 함께 미국 항공조종사 훈련기관인 Long Beach Flight Academy와 제휴하여 미국 캘리포니아주에 '비행교육원'을 개소하는 등 국제적으로도 발 빠른 행보를 거듭하고 있는 대학입니다.

개교 10년째인 금년을 기준으로 한서대학교에 개설되어 있는 49개 학과에는 국내·외 학계에 두루 명망이 높으신 훌륭한 교수님들이 초빙되어 교육과 연구에 열과 성을 다하고 있는 것으로 알고 있습니다. 그중에서도 예술분야와 항공분야에 있어서는 한서대학교가 역점을 두고 육성하는 분야로 잘 알려져 있습니다. 특히, 항공기계학과, 레저항공스포츠학과, 항공운항학과, 항공교통관리학과 그리고 전자공학과 등으로 구성된 항공 분야는 우리나라의 학계뿐만 아니라 경제계를 비롯한 사회 전반에 걸쳐 비상한 관심의 대상이 되고 있습니다. 이로 인해 한서대학교는 장차 우리나라 항공 산업 전반의 구조 변화를 예고하고 있다는 것이 이 분야에 관련된 많은 이들의 공통된 의견입니다.

오늘에 이르러 한서대학교가 우리 고장을 대표하는 명문사학으로 발전하기까지는 그동안 초창기부터 한서대학교를 이끌어 오신 총장님들을 비롯하여 재학생, 교직원 그리고 교수님들께서 대학을 사랑하는 각별한 마음과 정성이 있었기 때문일 것입니다.

특히, 한서대학교의 제5대 총장이신 함기선 박사님은, 내분비내과학을 전공한 제 개인적으로는 의학계의 존경하는 선배님으로서, 우리나라 성형외과학계를 대표하시는 큰 스승님이십니다. 총장님께서는 고향 근처에 후학 양성을 위한 큰 뜻을 펴시고자 대학을 설립하셨으며, 개교 10주년을 맞이하는 오늘 이미 이 지역을 대표하는 명문 사학으로 그 결실을 맺어 가고 있는 것으로 판단됩니다. 그동안 지역사회와 대학의 발전을 위해 헌신적으로 노력해 오신 함기선 박사님께 다시 한번 존경과 경의를 표하는 바입니다.

아시는 바와 같이 우리 순천향대학교와 한서대학교는 위치적으로도 매우 다정한 이웃사촌 관계에 있으며, 지난 1999년도 8월에 교육, 연구, 강의를 비롯한 학술 활동의 교류와 협력, 재학생들의 수업 및 문화 활동의 교류, 양 대학교가 보유하고 있는 학술정보자료와 각종 기자재의 공동 이용 등을 골자로 하는 협약이 체결되어 있어 명실상부한 자매지간이기도 합니다. 그밖에도 우리 대학교의 해양수산연구소는 이곳에 인접한 태안군의 한 해변가에 위치하고 있어 항상 가깝게 느끼고 있는 대학입니다.

앞으로도 한서대학교와 순천향대학교는 학문적인 발전과 보완을 위한 협력과 선의의 경쟁 관계로서 '코피티션(copetition)'의 관계로 발전하기를 기대합니다. 여기서 말하는 '코피티션(copetition)'은 '협력(cooperation)'과 경쟁(competition)'의 합성어로써, 상호 발전을 위한 협력과 경쟁관계를 잘 활용해야 한다는 의미입니다. 그래서 궁극적으로는 양 대학교의 학문적 발전을 도모함과 동시에 우리나라와 인류 발전에 크게 기여할 수 있게 되기를 진심으로 기대합니다.

다시 한번 한서대학교의 개교 10주년을 축하드리며 앞으로도 무궁한 발전이 거듭되기를 기원합니다.

감사합니다.

아산정보기능대학 학술협약체결 조인식 인사말(2002. 3. 28.)

우선 아산정보기능대학의 개교를 진심으로 축하드립니다.

개교와 더불어 여러 가지로 산적한 학사 일정에도 불구하고 우리 대학교를 방문해 주신 정현석 학장님을 비롯하여 박원규 교학처장님 그 밖의 아산정보기능대학 교수님들께 감사와 환영의 말씀을 드립니다.

많은 어려움 속에서도 성공적으로 개교 업무를 수행하시고 높은 경쟁률 속에서 신입생을 유치하신 정현석 학장님과 관계 교수님들께 다시 한번 존경과 경의를 표합니다.

모든 일이 마찬가지겠습니다만 처음 개척하는 일이란 무에서 유를 창조하는 업으로서 이 말 안에는 항상 고난과 역경이 뒤따르기 때문에 어려우면서도 그 의미가 크다고 할 수 있겠습니다.

미래는 과거 어느 때보다 이론과 지식이 중시되는 '정보화 사회'로 발전할 것으로 예견되고 있습니다.

'정보화 사회'는 미래 사회의 가치생산의 기초가 '산업' 특히 '제조업'이 아니라 '정보'이며, 인간관계나 커뮤니케이션, 그리고 생활문화까지도 정보 및 정보기술에 의해 규정되는 사회라고 할 수 있겠습니다.

정부가 발표한 자료에 의하면, 그동안 우리나라는 1987년 국가기간전산망 구축 사업이후 1995년 초고속정보통신망 고도화 계획, 1996년 정보화촉진기본계획 및 1999년 Cyber Korea21 등 정보통신 분야에 있어서는 전광석화라는 말을 실감할 수 있는 변화를 거듭하여, 이제 인터넷 이용자 2,400만 명, 초고속 인터넷 가입자 700만 가구의 자타가 공인하는 세계 최고의 정보화 기반을 구축하였다고 합니다. 이미 우리는 정보화 사회에 안에서 호흡하고 있으며, 이는 다른 시각에서 본다면 그만큼 IT 분야의 인력 양성이 더욱 더 절실한 실정이라고 할 수 있겠습니다.

이와 때를 같이하여 '21세기 지식정보화 사회에서 핵심산업인 정보산업의 국제경쟁력 강화를 위한 창의적 능력을 보유한 IT전문 기술 인력인 다기능 기술자 양성'을 목적으로 개교한 아산정보기능대학의 개교는 참으로 시의적절하며 국가 장래를 위해서도 매우 뜻깊은 일로 생각됩니다.

우리 대학교와 아산정보기능대학은 행정구역상 같은 면(面) 단위에 소속되어 있고 언덕 하나를 사이에 두고 있는 말 그대로 지척 지간의 이웃사촌입니다.

이는 양 교육기관에 소속된 교수님들의 연구 교류뿐만 아니라 재학생 간의 학술동아리 활동의 교류를 비롯한 시설의 공유 등에 있어 더할 나위 없이 좋은 조건을 갖추고 있는 것으로 판단됩니다.

　또한 아산정보기능대학교에 개설되어 있는 모든 분야가 다행스럽게도 우리 대학교에 학문적으로 유사성이 깊은 분야가 개설되어 있어, 각 분야별로 서로의 장점을 살려 유기적으로 보완하고 협력해 나아간다면 교육적으로 몇 갑절 이상의 시너지 효과를 창출해 낼 수 있을 것으로 확신합니다.

　오늘을 계기로, 향후 양 교육기관의 학술 및 교육 교류가 우리나라에서 4년제 대학과 2년제 대학 간의 이상적인 교류모델로 발전될 수 있게 되기를 간절히 바랍니다.

　아무쪼록 우리 대학교를 방문해 주신 정현석 학장님과 이 자리에 참석하신 모든 교수님들께 다시 한번 감사의 인사를 드리며 아산정보기능대학의 무궁한 발전을 거듭 기원합니다.

　감사합니다.

명예박사 동문 초청 현황보고회 인사말(2002. 3. 29./하얏트호텔)

오늘 우리 사회 각계각층에서 커다란 활동을 하고 계시는 순천향대학교 명예박사 동문님들을 모실 수 있게 되어 영광으로 생각하고 여러 가지로 바쁘신 일정 속에서도 오늘 이 자리를 위해 특별히 시간을 할애해 주신 순천향대학교 명예박사 동문님께 깊은 감사의 인사를 드립니다.

오늘 이 자리는 우리학교의 자랑스런 동문이신 여러분들께 그간의 학교의 발전 상황을 말씀드리고 지금까지와 마찬가지로 앞으로도 지속적인 관심과 도움을 부탁드리고자 마련하였습니다.

제가 작년에 순천향대학교 제4대 총장으로 취임한 후 학교의 여러 사업을 추진하면서 동문님들의 많은 도움을 받아 왔습니다.

항상 감사하는 마음을 가지고 있습니다만 자주 인사드리지 못한 점 매우 송구스럽게 생각하고 있습니다.

지난 한 해 동안 우리 순천향대학교는 각종 교육 관련 사업의 추진에 있어 외형보다는 내실을 기하고자 하였으며, 교육정책의 기조에는 항상 '수요자'가 그 중심에 설 수 있도록 하였습니다.

제1차 교육 수요자인 학생과 학부모님을 위해서 우리 대학교의 지리적 여건을 적극 활용한 재학생의 캠퍼스 사회 정착(CamSOS)사업과 지역 사회 정착(RegSOS)사업을 추진하였습니다.

이 사업의 추진으로 우리 대학교는 정부로부터 3년 연속 교육개혁 추진 우수대학으로 선정될 수 있었습니다.

이 사업은, 우리 대학교 재학생들이 캠퍼스 내에서 쾌적하게 생활하면서 공부할 수 있는 교육 생활 여건을 마련하여, 학생들이 우리 대학에 공간적으로 또 정서적으로 정착할 수 있도록 유도하는 것을 골자로 하고 있습니다.

즉, 만족스런 거주 여건을 제공(Stay with fun)하기 위하여 국내에서는 최초로 아파트형 기숙사 시설인 '샘마을 생활관'을 신설하고 사과꽃 축제, 벚꽃 축제 및 클래식 음악회 등 다양한 행사와 각종 학생 편의시설을 보완하거나, 학생들의 즐거운 공부(Study with fun)를 위하여 토론식 교육과 현장실습의 비중을 늘리는 한편, 모든 교수님들을 위한 개인별 홈페이지를 개발하여 강의 내용을 수록함으로써 시간과 공간의 제약 없이 재학생들에게 교육 서비스가 제공될 수 있도록 추진하는 내용입니다.

그밖에도 행정을 담당하는 교직원의 행동지침이 되는 '행정서비스 헌장'을 제정하거나, 교직원을 직접 '친절 강사'化하는 일들을 병행하였습니다.

우리 대학교의 특성화 전략으로, 전국에서 우리 대학교에만 유일하게 설치되어 있는 의료창업보육센터 외 각 보육센터의 사업을 더욱 활성화함으로서 정부로부터 우수 창업보육센터로 선정받았습니다.

또한, 취임 직후 의공의료정보연구원을 설치하고 의료정보화와 생명공학 분야에 대한 기능을 강화하였습니다.

그 결과 우리 대학교는 보건복지부로부터 '폐 및 호흡기질환 유전체 연구센터'로 선정되었고, 산업자원부와 정보통신부로부터로 '무역전문인력보육센터'와 '해외우수 IT교육기관 파견·연수사업 수행기관'으로 각각 지원을 받는 성과가 있었습니다.

내부적으로는 부총장으로 재직 당시 건립한 우리 대학교 부속 병원인 부천병원이 다행스럽게도 개원 후 1년 동안 원만하게 안착할 수 있었습니다.

한편, 우리 대학교의 외교 영역을 확장하고 이로 인해 발생하는 연구실적 및 교육 효과가 우리 대학교에 환원될 수 있도록 하기 위하여 여러 채널을 통해 대외협력 활동을 추진해 왔습니다.

지난 한 해 동안 총 12개의 국내·외 기관 또는 업체 등과 협약을 체결하는 한편, 약 70여 명 이상의 재학생 및 교직원이 외국의 자매결연대학에서 장·단기 유학 또는 연수를 실시하였습니다.

대체적으로 취임 첫해인 지난해는 제도적인 장치의 마련이나 기본 토대를 구축하는데 보다 비중을 두고 추진해 왔습니다. 금년도부터는 이를 보다 발전시켜 나갈 수 있도록 추진에 박차를 가하기 위하여 앞으로 수년간 공개경쟁을 통하여 최소 5-10개의 특성화 분야를 결정하고, 이 분야를 집중 육성할 것입니다. 다시 말하여 학문 간의 경쟁을 통하여 특정 분야를 선택하고, 협력을 통하여 특성화 분야를 집중적으로 육성하는 것입니다.

이러한 포부를 보다 구체적으로 실현시키기 위하여 우리 대학교의 발전계획인 Unitopia2020을 완성하였습니다.

이 계획에 따라 개교 30주년이 되는 2008년까지는 1단계 기간으로서 '도약 준비단계'입니다.

이 기간 동안 우리 대학교는 충남 제1의 사학으로 발전하기 위한 기반을 조성하고 체제를 정비할 계획이며, 우리 대학의 모든 학문 분야가 현재보다 더 발전하기 위한 특성화 계획을 수립하고 자구 노력을 기울일 것입니다.

이후 제2단계인 2014년도까지는 '특성화 단계'로서, 특성화 분야에 대한 합리적인 선정과 우선적이고 집중적인 지원이 이루어지는 시기가 될 것입니다.

즉 제1단계에서 모든 학문 분야의 특성화 노력과 결과를 평가하여 최소한 10개 이상의 특성화 분야의 선정하여 집중적으로 육성하는 특성화사업을 추진하고자 합니다.

반면, 특성화 분야에서 제외된 학문 분야는 기본적인 발전 지원과 아울러 Matching fund 방식의 지원 정책을 운영하여 자체적인 발전을 도모하도록 유도할 계획입니다.

이어 계획 제3단계는 '도약 단계'로서 2015년부터 2020년까지 우리 대학교가 선정한 10개 이상의 특성화 분야가 국내 10위권 안으로 진입함으로써 대학의 위상을 높이고 대학의 전체 학문 분야에 큰 파급 효과를 이루고자 합니다.

이상 말씀드린 계획의 성공적인 추진으로 변화와 개혁에 능동적으로 대처함으로써 지역을 넘어 세계화로 나아가는 기반을 구축하게 되고, 최소한 5개 이상의 특성화 분야가 국내 10위권 안으로 진입하여 우리 대학 발전을 선도할 수 있도록 혼신의 노력을 다하고자 합니다.

앞으로도 우리나라 사회 각계에서 존경과 추앙을 받고 계시는 명예박사 동문님들의 지속적인 애정과 관심을 당부드리며, 항상 건강하시고 뜻하시는 모든 바를 이루시기를 기원합니다.

감사합니다.

2002. 3. 29.

개교 제24주년 기념식사(2002. 4. 1.)

교정 곳곳에서는 봄꽃들이 다투어 꽃망울을 터뜨리고 있습니다.

캠퍼스에 가득한 봄기운과 함께 우리 순천향대학교의 개교기념일을 맞이하게 되었습니다. 친애하는 순천향의 모든 가족과 더불어 우리 대학교의 스물네 번째 생일을 자축하고자 합니다.

돌이켜 보면 24년 전 설립자 향설 서석조 박사님께서 신창벌에 작은 건물 한 동과 운동장을 만들면서 시작한 우리 대학은 그간 설립자 향설 선생님과 역대 총학장님을 비롯한 교수, 직원, 학생 등모든 구성원이 혼연일체가 되어 노력한 결과 이제 중부권의 명문 사학으로 우뚝 서 있다고 자부합니다. 실로 시작은 미미하나 그 끝은 창대하리라는 성경 말씀이 연상될 정도입니다.

이 자리를 빌려 그동안 우리 대학교의 발전을 위해 헌신적으로 노력해 오신 교수, 직원, 동문회를 비롯한 모든 순천향 가족 여러분께 경의와 함께 감사의 말씀을 드립니다. 특별히 우리 대학교의 발전을 위해 묵묵히 일해 오신 장기근속 표창을 수상하시는 교수님과 교직원 선생님께 감사와 축하의 말씀을 드립니다.

그동안 순천향대학교는 각종 교육 관련 사업의 추진에 있어 외형보다는 내실을 기하고자 하였으며, 교육 정책의 기조에는 항상 '수요자'가 그 중심에 설 수 있도록 하였습니다.

최근에는 학생과 학부모님을 위해서 우리 대학교의 지리적 여건을 적극 활용한 재학생의 캠퍼스사회 정착(CamSOS)사업과 지역 사회 정착(RegSOS)사업을 추진한 결과로 정부로부터 3년 연속 교육개혁 추진 우수대학으로 선정될 수 있었습니다. 또한 각종 외부기관의 평가와 공모에서 거의 모두 선정되고 우수한 평가를 받았습니다.

취임 첫해인 지난해는 제도적인 장치의 마련이나 기본 토대를 구축하는 데 보다 비중을 두고 추진해 왔습니다. 금년도부터는 이를 보다 발전시켜 나갈 수 있도록 추진에 박차를 가하고자 합니다. 아울러 앞으로 수년간 우수 신입생 유치와 취업률 제고에 더욱 노력할 것이며, 또한 공개경쟁을 통하여 최소 5~10개의 특성화 분야를 결정하고 이 분야를 집중 육성해 나갈 계획입니다.

우리 대학교가 발전해 나가고자 하는 방향을 설정하고 구체적인 비전 제시를 위하여 지난 1년 동안 우리 대학교의 마스터플랜인 Unitopia 2020 계획의 수립업무를 추진해 왔습니다. 이 계획은 개교 30주년이 되는 2008년까지를 '도약 준비 단계'로 정하여, 해당 기간 동안 우리 대학교가 충남 제1의 사학으로 발전하기 위한 기반을 조성하고 체제를 정비하고자 합니다. 이후 2014년도까지는 제

2단계 '특성화 단계'로서, 특성화 분야에 대한 합리적인 선정과 우선적이고 집중적인 지원이 이루어지는 시기가 될 것입니다. '도약 단계'인 제3단계는 2015년부터 2020년까지로 우리 대학교가 선정한 5~10개 이상의 특성화 분야가 국내 10위권 안으로 진입함으로써 대학의 위상을 높이고 대학의 전체 학문 분야에 큰 파급 효과를 이룰 계획입니다.

지난 한 해 동안 저는 이런저런 기회를 통해 나름대로 재학생, 동문 그리고 교수님, 직원 선생님과 만나 좋은 조언의 말씀도 듣고 의견도 나누어 보았습니다. 이 과정에서 우리 순천향 가족들께서는 우리 대학교를 마음으로부터 깊이 사랑하고 있다는 사실을 확인할 수 있었습니다. 그럼으로써 우리 대학교의 밝고 찬란한 미래에 대해 강한 확신을 갖게 되었습니다.

앞으로도 우리 학교의 전통이자 자랑인 구성원 간의 화합과 신뢰를 더욱 공고히 하고 구성원들 모두가 신뢰와 사랑으로 서로를 아끼고 보완해 가면서 우리 학교의 밝은 미래를 향해 전진할 것을 당부 드립니다.

다시 한번 순천향대학교의 개교 24주년을 모든 순천향 가족과 함께 자축해 마지않으며 순천향의 모든 가족이 늘 건강하고 행복하시길 기원합니다.

감사합니다.

2002. 4. 1.

제2회 전자상거래 S/W연구센터 워크숍 축사(2002. 4. 9.)

안녕하십니까?

오늘같이 완연한 봄 날씨에 우리 대학교에서 전자상거래 산학협동 워크숍을 갖게 되어 기쁘게 생각하며, 공사다망하신 중에도 이렇게 참석해 주신 내·외 귀빈 여러분께 감사를 드리고, 진심으로 환영합니다.

오늘날의 현대 사회는 정보통신 기술의 발달에 힘입어 한마디로 지각 변동을 겪고 있는 듯합니다. 인터넷의 발달로 회사와 고객 간 또는 회사와 회사 간의 상거래를 전자적으로 처리하는 B2C와 B2B의 E-commerce 전자 상거래가 출현하여 현대인의 삶의 방식을 변화시키고 있습니다.

또한, 최근 무선 통신 기술의 발달에 힘입어, 무선 기술을 상거래 프로세스에 통합하는 M-commerce가 출현함으로써 또 한 번의 삶의 방식의 변화가 예고되고 있습니다.

한 리서치 연구기관(Jupiter 리서치)에 따르면, 2004년쯤이면 B2C를 통한 연간 거래량이 1,000억 달러에 이르고, 2005년쯤이면 B2B와 B2C를 포함하여 7조 달러에 이를 것으로 보고 있습니다. 7조 달러는 2000년도 프랑스와 독일의 GDP를 합한 수치를 넘어서는 엄청난 액수입니다. M-commerce 의 등장으로 이러한 수치는 앞으로 더욱 늘어날 것은 아무도 의심하지 않을 것입니다.

정보통신부에서는 정보통신 연구 분야 인력양성 사업의 일환으로 전국의 정보통신 분야 대학연구센터 중에서 우수한 센터 30개를 선정하여 지원해 오고 있습니다.

순천향대학교에서는 1999년도에 국내 유수한 대학과의 경쟁을 물리치고 전자상거래 분야의 대학연구센터로 선정되었고, 지금까지 전자상거래의 발전에 필요한 핵심 기반 기술을 전략적으로 연구를 수행하고, 관련 전문 인력을 집중 육성해 오고 있습니다.

이러한 성과를 기반으로 작년에는 '전자상거래 통합 솔루션'에 관한 주제로 전자상거래 워크숍을 성공리에 개최하였고, 올해 2번째의 워크숍을 '차세대 인터넷 비즈니스를 위한 선도기술개발'의 주제로 준비하였습니다. 이번 워크숍은 산학협동으로 개최된다는 점이 지난 워크숍과 다른 점입니다.

본 대학교는 일찍이 산학협동의 중요성을 인식하고, 1997년부터 IT·BT 분야를 특성화하여 지역산업과 대학이 교육, 연구, 경영 등의 모든 분야에 명실상부한 산학일체형 산학협동프로그램을 운영해 오고 있으며, 전국 최대 규모의 산학 일체형 산학 협동 체계를 구축하고 있습니다.

'전자상거래 산학협동 워크숍'은 국가의 미래를 책임질 전자상거래 분야에서 산학 간의 연구 현황과 기 보유기술을 발표하고, 소개하는 장입니다. 이 워크숍을 통해서 전자상거래 분야에서 관련된 기술들을 종합적으로 발표하고 검토할 수 있는 기회가 되기를 바라며, 또한 정보교환 및 인적 교류를 통한 산학 간의 긴밀한 연계를 갖는 계기가 되기를 바랍니다.

끝으로 오늘 발표될 논문을 준비하신 여러분과 워크숍을 준비하시느라 수고해 주신 이임영 소장님을 비롯한 관계자 여러분께 깊은 감사의 뜻을 전합니다.

2002. 4. 9.

개교 24주년 기념 순천향 벚꽃 축제 인사말(2002. 4. 9.)

　지역사회와 함께하는 순천향대학교가 개교 24주년을 기념하고 '인간사랑'의 건학정신을 실천하고자 지난해에 이어 세 번째로 순천향 벚꽃축제를 개최하게 되었습니다.

　이 행사는 교수·직원·학생들이 한마음이 되어 평소의 애장품을 출연하고, 지역 주민들께서는 저렴한 가격으로 기탁된 물품을 구입할 수 있는 바자회 행사입니다.
　판매대금 전액은 우리 지역의 불우한 청소년들에게 장학금으로 제공됩니다.

　지난 주말에는 가뭄 끝에 찾아온 제법 많은 단비가 있었습니다.
　벚꽃은 비록 예년보다 못할지라도 우리 농민들의 타들어 가는 마음까지 촉촉이 적셔 줄 수 있는 단비라서 행사를 앞두고도 오히려 마음이 흐뭇할 수 있었습니다.

　행사장 곳곳에서는 불우이웃을 돕기 위한 프로그램으로 먹거리 장터를 비롯한, 순천향 베이커리 등의 다양한 행사를 같이 마련하였습니다.
　음악회를 비롯한 문화 행사와 더불어 봄꽃의 분위기를 마음껏 즐겨 주시기 바랍니다.

2002. 4. 9.

제3차 아산포럼 정책토론회 총장 환영사(2002. 4. 11.)

안녕하십니까? 아산포럼의 고문직을 맡고 있는 순천향대학교 총장 서교일입니다. 오늘 아산시와 천안시 그리고 충청남도와 순천향대학교가 후원하고, 아산포럼이 개최하는 제3차 '아산포럼 정책토론회'가 아산시에서 개최하게 된 것을 매우 기쁘게 생각합니다. 그동안 아산포럼은 창립세미나에서 '아산·천안 지방자치 선진화와 경제 활성화'라는 주제로 지역경제 활성화 방안을 제시하였습니다. 즉, 아산과 천안을 연담화된 도시로서 서해안 시대의 중심축 역할을 하기 위해서는 두 지역의 자치단체와 의회 그리고 시민들의 공동노력에 의한 선진 지방자치 구현을 제안하였습니다. 이러한 제안은 천안과 아산 사이에 있는 신도시 지역에 충남도청의 이전을 공동으로 노력하게 하는 공감대를 형성할 수 있었습니다.

제2차 정책토론회에서는 '아산 교육현황과 발전과제'라는 주제로 지방자치 시대에 필요한 교육문제를 심도 있게 논의하고 대안을 제시하였습니다. 즉, 아산시를 단순한 관광 휴양도시에서 '교육문화 휴양도시'로 대변신해야 하는 필요성을 강조하면서 새로운 공교육 성공모델로서 아산 시정책과 시민운동 차원에서 지역사회 인재들을 위한 '명문 고등학교 설립'과 '전원형 작은 학교 만들기' 그리고 방과후나 주말 및 방학 동안 심신을 단련할 수 있는 '전문교육 문화공간'을 설립할 것을 제안하였습니다.

오늘 제3차 정책 토론회는 국내의 저명한 학자들과 전문가들을 모시고 '아산 신도시의 효율적인 개발 방안'이라는 주제로 도시 개발과 관련된 전문가들의 진지한 토론이 있을 예정입니다. 국토연구원이 2000년 10월에 주택 부족과 건설 불황 및 수도권 지역의 난개발을 억제하고 지역별 균형적인 발전을 위해 신도시 개발의 필요성을 발표하였습니다. 그러나 수도권 신도시 개발에 대해서 건축부양과 주택난 해소에 도움이 된다는 의견이 있는가하면, 수도권 교통난과 인구 집중만 가속시키고 부동산 투기를 부채질할 우려가 높다 등 의견이 분분합니다.

그래서 고속철도 신역사 주변에 아산 신도시를 건설해야 한다는 국토연구원의 제안이 설득력을 얻고 있는 것도 사실입니다. 현재 공공기관의 이전 및 디즈니랜드형 종합 위락단지 조성 등 구체적인 내용까지 거론되고 있는 실정입니다. 그러나 신도시 개발은 전문가의 의견 청취 및 공청회 등을 포함하여 각계각층의 여론을 수렴하고, 교통과 환경 문제를 종합적으로 검토할 필요가 있을 것입니다. 그런 의미에서 오늘 열리는 정책토론회는 시의 적절하고 매우 유익한 자리가 될 것으로 생각합니다.

국토계획·환경 연구실장이신 박양호 국토연구원께서 '아산 신도시의 효율적 개발 방안'으로 주제 발표를 해주시고, 순천향대학교의 김학민 교수님의 진행으로 충남발전 연구원의 김정연 연구실장님, 충청남도 유기철 주택도시과장님, 경실련 도시개혁센터 대표이신 권용우 성신여대 대학원장님, 아산시의 박영수 건설교통국장님, 호서대학교의 이기영 교수님, 그리고 탕정지역개발 추진위원회의 윤두영 공동위원장님이 토론을 해 주시고 또 좋은 제안을 해 주실 것입니다.

또한 건설교통부 아산 신도시 개발팀장이신 정병윤 서기관님을 비롯한 허재완 중앙대 산업대학원장님, 장용동 내외경제 부동산팀장님, 서울대 환경대학원의 양윤재 교수님, 교통개발 연구원의 서광석 연구위원님, 대한주택공사의 정진형 신도시 기획단장님께서 이 지역 외부의 관점에서 전문적인 토론을 해 주실 것입니다. 이렇듯 전문가의 주제 발표에 이어 이 자리에 참석하신 여러분들을 포함한 각계각층의 전문가들이 입체적이고 종합적인 토론은 아산 신도시 개발을 위한 정책 결정에도 크게 도움이 될 것으로 믿습니다.

끝으로 바쁘신 가운데도 귀중한 시간을 내어 참석하신 모든 분들께 감사를 드립니다. 아무쪼록 열띤 토론 속에서 건설적이고 효율적인 개발 방안이 도출되어 지역 발전은 물론 국가 발전에도 크게 이바지할 수 있기를 바랍니다.

감사합니다.

부천병원 호흡기질환 연구센터 개소식 축사(2002. 4. 20.)

순천향대학교 부천병원 폐 및 호흡기질환 유전체 연구센터 개소식에 바쁘신 와중에도 참석해 주신 이경호 보건복지부 차관님을 비롯하여 장임원 보건산업진흥원장님, 원혜영 부천시장님, 그리고 내·외귀빈 여러분께 감사드립니다. 순천향대학교 부천병원은 신축과 함께 시작된 국가적인 시련인 IMF의 역경을 딛고 지난해 개원하여 이제는 이 지역에서 사랑받는 의료기관으로 정착하게 되었습니다. 본 병원이 개원하여 원만히 안착할 수 있도록 격려해 주시고 성원해 주신 모든 분들께 이 자리를 빌려 감사의 말씀을 드립니다.

오늘 순천향대학교 부천병원에서 개소식을 맞는 폐 및 호흡기질환 유전체 연구센터는 천식을 비롯한 폐 질환과 관련된 유전체와 유전자 변이에 대한 연구를 위하여 지난해 설치되었습니다. 나아가 DNA 속에 담겨져 있는 유전자의 기능을 탐색하고 이를 생명현상의 이해로 적용함으로써 궁극적으로 질병 문제 해결을 위한 실마리를 찾는데 연구에 초점이 맞추어질 것입니다.

특히 인간게놈 DNA서열의 초안이 완성된 시기에, 이런 비전을 가진 유전체 연구소를 설립하게 된 것은 국민보건을 최우선의 목표로 삼고 있는 책임 있는 의료기관으로서 매우 시의 적절한 것으로 판단됩니다. 아울러 이러한 노력과 비전에 대한 보건복지부의 깊은 이해와 지원에 대해 깊이 감사드립니다.

의학을 연구하는 연구자들에게 21세기는 그 어느 시대, 어느 세기의 어느 때보다도 인간 생명에 대하여 많이 생각하게 하는 시대입니다. 이 분야의 연구 결과로 인류의 복지와 질병 정복에서 큰 변화가 도래될 것으로 예고되고 있습니다. 특히 인간 게놈 지도(human genome map)의 완성은 역사적으로 갈렐레오의 지동설, 뉴턴의 만유인력의 법칙, 아인슈타인의 상대성이론, 인간의 달 착륙과 우주여행의 개시 등의 인류과학의 금자탑을 훨씬 뛰어 넘는 대사건임에는 틀림없습니다. 유전체에 대한 정보는 생명과학, 생명공학, 신약개발, 예방의학 등 의학 전반과 사회학, 인류학 및 철학 분야에도 새로운 개념 정립의 시발이 될 것입니다.

인간 유전체 정보의 규명에 따라 미국, 영국, 독일, 프랑스 등 선진국의 genome 연구기관들과 세계 유수의 제약회사는 단기 서열 변화(single nucleotide polymorpjism: SNP) consortium(TSC)을 구성하고(1999년 4월) 약 300,000개의 SNP로 이루어질 전체 genome의 SNP map을 작성, 연구 추진 중에 있습니다. 이에 소요되는 연구자금은 천문학적 수준으로 단일 연구 기관에서 수행하기에는 거의 불가능한 수준입니다. 다행히 보건 복지부에서 선견을 가지시고 국가적 사업으로 2000년도부터 인간 유전체 연구사업을 시작하였고, 우리 순천향대학교도 폐 및 호흡기 분야에서 유전체 연구센터에 선정됨으로써 이 사업에 동참하게 된 점 매우 기쁘게 생각합니다.

우리 순천향대학교는 의료생명공학 분야를 특성화 부문으로 정하고 집중 육성하고 있습니다. 이미 본교에는 국내 최초, 최대의 의료창업보육센터와 의료공학 연구원이 설치되어 있습니다. 부천병원 유전체 연구소는 우리 대학의 의생명과학 특성화를 주도하는 BT 분야 핵심연구소로 자리 잡아 biotechnology에 대한 기반지식을 구축하고 이를 산학협동을 통하여 산업화함으로서 궁극적으로 획기적인 질병진단 및 치료제 개발에 핵심적 역할을 해 줄 것으로 기대합니다. 더욱 든든한 것은 우리 병원이 위치하고 있는 부천시가 BT산업을 시의 주요 개발 분야로 선정한 것입니다. 따라서 이제 우리 연구소와 산업체 그리고 시가 산, 학, 관의 시너지 효과를 낼 수 있을 것입니다.

다시 한번 유전체 연구센터의 설립과 연구에 많은 도움을 주신 보건복지부 이경호 차관님께 깊은 감사를 드립니다. 그리고 오늘의 이 행사가 있기까지 보이지 않는데서 심혈을 기울여 이끌어 주신 김부성 원장님과 박춘식 센터소장님, 그리고 그밖에 모든 관계자 여러분의 노고에 감사드립니다.

오늘 개소하는 이 연구센터는 앞으로 유전체 연구 분야의 시금석으로 틀림없이 발전하게 될 것을 확신하며 축사에 갈음합니다. 감사합니다.

2002. 4. 20.

태권도 한국대표 선수선발전 개회식 축사(2002. 4. 25.)

〈제29회 전국대학태권도개인선수권대회 겸 제7회 세계대학태권도선수권대회 한국대표 선수선발전 개회식 축사/
아산시민체육관〉

친애하는 한국대학태권도연맹 임원, 선수 여러분!

전국의 대학생 태권도 선수들이 이렇게 한자리에 모여 그동안 갈고닦은 기량을 겨루는 제29회
전국대학태권도 개인선수권대회 겸 제7회 세계대학태권도선수권대회 한국 대표 선발전을 우리 대
학교가 위치하고 있는 아산시에서 갖게 된 데 대해 진심으로 기쁘게 생각합니다.

아산시는 잘 아시는 바와 같이 현충사, 맹사성 고택 등 역사 문화적 유산과 천혜의 온천 관광자
원이 풍부한 도시입니다. 특히 현충사는 세계적으로 추앙받는 충무공 이순신 장군의 사당으로 공
께서 성장하여 무과에 급제할 때까지 사시던 곳입니다. 우리 순천향대학교에서도 이순신연구소를
설립하여 이순신 장군의 업적을 체계적으로 연구하고 있습니다. 따라서 문과 동시에 무의 고장인
이곳 아산시에서 심신을 연마해 온 태권도인들이 모여 그동안 갈고 닦은 기량을 겨루는 일이야말
로 4·28 충무공 탄신기념일을 앞둔 시점에서 매우 뜻깊은 일이라 하겠습니다.

태권도는 단순한 스포츠의 한 종목이기보다는 몸과 마음을 같이 수양하는 우리나라의 전통 무예
로서 '절제'로 요약된다고 합니다. 따라서 태권도의 파괴력은 근육을 키우는 데에서 나오는 것이 아
니라 정신 통일에 의한 마음의 '절제'에서 나오는 힘이라고 생각합니다. 태권도는 지난 2000년 시드
니 올림픽에서 정식 종목으로 채택되었으며, 2004년 아테네 올림픽에서 영구정식 종목으로 확정
되어 명실공히 세계인이 함께하는 스포츠가 되었으며 이 점 태권도를 사랑하는 태권도 종주국 국
민의 한 사람으로서 매우 기쁘게 생각합니다.

이 자리에 모이신 대학생 태권도 선수 여러분!

오늘 이 대회를 통해 그동안 닦아 온 기량을 마음껏 발휘하여 자신의 모교와 고장의 명예를 빛내
시기 바랍니다. 모든 선수들께서는 승패를 떠나 태권도인의 동지애를 더욱 공고히 하는 계기로 발
전시켜 주실 때 이 대회의 참의미가 있을 것으로 생각됩니다.

끝으로 이런 훌륭한 대회를 준비해 주신 한국대학태권도연맹 제11대 회장이신 정찬모 교수님을
비롯한 대회 관계자 여러분의 노고에 깊은 경의와 감사를 표합니다. 아울러, 이 자리에 참석해 주

신 선수, 임원을 비롯한 모든 분들의 가정에 항상 기쁨과 행운이 가득하길 기원합니다.

감사합니다.

2002. 4. 25.

나이팅게일 선서식 치사(2002. 4. 26.)

우리 순천향대학교 간호학과에서 여덟 번째로 거행하는 나이팅게일 선서식에 참석해 주신 학부모님과 내빈 여러분 안녕하십니까?

바쁘신 와중에도 이 행사에 참석해 주신 모든 분들께 깊이 감사드립니다.

나이팅게일 선서식은 그 규모나 의미 면에서 간호학과의 연중행사 중 가장 큰 행사로 알고 있습니다. 특히 오늘 주인공 학생들이 공식적으로 처음 입는 실습 가운은 순천향의 교정에 가득한 신록의 신선함과 보기 좋은 조화를 이루고 있는 것으로 생각됩니다.

현대인들의 건강에 대한 관심은 점점 높아지고 있습니다. 더불어 의료기술 및 최신기기의 개발로 건강관리 서비스의 내용도 급변함에 따라 간호사의 역할도 다양해지고 있습니다. 이에 따라 학문적 측면에서도 점차 간호 영역이 전문화되고 있으므로 여러분들은 이와 같이 변화하는 시대적 요구에 부응하는 간호사로서의 자질과 기술을 갖추어 나가야 할 것입니다.

그러나 잊지 말아야 할 것은 오늘 여러분이 거행하고 있는 선서식의 의미, 즉 인간을 존중하고 사랑하는 마음입니다. 고도의 기술 사회가 될수록, 전문직업인으로서 업무가 복잡해지고 세분화될수록, 현대 사회는 그 어느 시대보다 서로 간의 인간적인 교류가 필요한 시대이며, 사랑을 바탕으로 하는 전인간호의 중요성이 강조되는 시기입니다.

오늘 이 엄숙한 행사와 함께 순천향에서 나이팅게일의 후예로 다시 태어난 간호학과 3학년 학생 여러분, 진심으로 축하드립니다.

그리고 이 자리에 서기까지 학생들을 사랑으로 이끌어 주시고 지도해 주신 간호학과 교수님들께 감사드립니다.

앞으로도 이 학생들이 인격적으로나 학문적으로 더더욱 성숙해질 수 있도록 이 자리에 계신 교수님과 학부모님들의 많은 관심과 격려를 부탁드립니다.

오늘의 주인공들께서는 오늘 이 행사에서 사랑의 등불로 상징되는 촛불의식의 의미를 오래도록 기억해 주시기 바랍니다.

그리고 순천향대학교의 인간사랑 정신과 나이팅게일의 정신이 여러분께서 개척해 나갈 전문직으로서의 앞날을 인도하는 마음의 등대가 되기를 바랍니다.

감사합니다.

2002. 4. 26.

2002 대동제 총장 격려사(팸플릿용)

나날이 더해 가는 계절의 싱그러움과 함께 여러분들의 해맑은 표정, 거침없는 패기로 인해 순천향의 교정에는 터져 버릴 듯한 젊음의 열기로 가득합니다. 젊은이라면 이런 계절을 그냥 지나치기가 결코 쉽지 않음을 잘 알고 있습니다. 때마침 우리 대학교의 제18대 총학생회가 주관이 되어 1만여 순천향인이 하나가 되는 대동 한마당을 개최하게 된 것을 진심으로 축하하며 격려하는 바입니다.

특히 이번 축제 행사에서 지역에 계신 분들을 초청하여 시간을 같이하면서 순천향대학교의 성장하는 모습과 학생 여러분의 학교생활 모습을 보여 줄 수 있을 것으로 생각됩니다. 또한 청소년층의 선호도가 높은 라디오 프로그램을 유치하여 전파를 이용한 공개방송을 통해 행사에 직접 참여하지 못하는 많은 사람들과 축제의 내용을 공유하기로 한 점은 매우 뜻깊은 일로 판단되어 반가운 마음으로 환영하는 바입니다.

또한 전 세계 지구촌 축제인 월드컵이 금년에 우리나라에서 개최되는 점에 착안하여 월드컵을 주제로 하는 내용을 대동제의 프로그램에 포함하는 등 다양하고 창의적으로 꾸며졌다고 들었습니다. 그래서 금년도 행사는 과거에 비해 성대하면서도 전반적으로 실속이 여문 축제가 될 것으로 기대합니다.

대학의 축제는 단순한 볼거리만 있는 것이 아니라 대학의 전통과 문화를 새롭게 만들어 가는 중요한 계기가 된다고 봅니다. 이러한 점들을 충분히 고려하고 이에 맞게 준비하고 있는 것으로 알고 있습니다. 그러나 굳이 덧붙인다면, 축제가 단순히 소모적이거나 흥미 위주의 행사로 그치지 않고 잠시 휴식하면서 미래를 고민하고, 나보다는 이웃을 위해 배려할 줄 아는 인간사랑의 대동 한마당 행사로 발전될 수 있기를 바랍니다.

2002 순천향대학교 대동제 행사 준비를 위해 노력하여 주신 총학생회장을 비롯한 학생회 임원 여러분과 학생 및 교직원 선생님들의 노고에 다시 한번 치하와 격려의 마음을 전합니다.

감사합니다.

산학연컨소시움 세미나 축사(2002. 5. 7.)

바쁘신 가운데서도 이 자리에 참석해 주신 중소기업지원센터의 변정윤 실장님, 충남도청 박홍서 선생님, 정보통신진흥원 김영진 팀장님의 우리 대학 방문을 환영합니다. 또한 본 컨소시엄 사업에 참여하여 오늘 사업 결과를 발표하는 우리 대학 공과대학과 자연대학 교수님, 그리고 참여 중소기업 연구원들께 깊은 감사를 드립니다.

디지털 시대로 요약되는 21세기에, 대학은 더 이상 학문만을 탐구하는 상아탑으로 남아 있을 수는 없습니다. 기업과의 인적·물적 그리고 기술적 교류를 통하여 기업의 기술력을 향상시키고 다시 대학의 연구 및 교육 능력을 증진시키는 산학협동의 역할이야말로 이 시대의 대학이 담당해야 할 중요한 사회적 책무 중 하나라고 생각합니다. 또한 이러한 산학협동 결과가 우리나라 국가 경쟁력의 근간이 되고 있다는 것은 이미 잘 알려진 사실입니다.

산학연 컨소시엄 사업은 우리 대학교의 연구 인력과 장비를 활용하여 충남 소재 중소기업들의 애로 기술을 해결하고, 핵심 기술을 공동 개발함으로써 충남 소재 중소기업의 기술력을 향상시키기 위한 사업입니다. 이 사업은 중소기업청과 충청남도의 재정 지원과 우리 대학과 충남소재 참여 중소기업이 공동으로 수행하는 사업으로 명실공히 우리 대학교의 대표적인 산학협동 프로그램 중 하나입니다.

1995년부터 시작한 우리 대학의 산학연컨소시엄 사업은 우리 대학의 산학협동 프로그램의 효시가 되었으며, 올해로 8년째로 접어들고 있습니다. 그동안 산학연 컨소시엄 사업을 통하여 우리 대학은 1998년 산학연 전국대회에서 대통령상을 수상했고, 2000년 3월과 11월에 충청남도 도청과 중소기업청 평가에서 각각 최우수 대학으로 선정되는 등 괄목할 만한 결과를 내고 있습니다. 또한 올해도 중소기업청 평가와 도청 평가에서 최우수 대학으로 평가되었고, 이로 인해 많은 사업비를 지원 받기도 하였습니다.

이제는 지금까지 추진하고 이룩해 온 산학 협동 사업의 결과를 바탕으로 보다 발전된 새로운 형태의 모델을 만들어가기 위한 실질적인 산학 협동의 관계를 마련해야 할 시기인 것으로 생각되며, 앞으로도 우리 대학교는 산학 협동 사업을 지속적으로 지원할 예정입니다.

마지막으로 본 컨소시엄 사업은 참여 중소기업의 적극적인 참여 의지와 본 사업을 재정적으로 지원하는 중소기업청과 충청남도의 적극적인 협조가 무엇보다도 중요하고 생각됩니다. 앞으로도 우리 대학의 산학연 컨소시엄 사업을 위하여 관계 기관의 많은 지원과 협조를 부탁드립니다. 끝으로 오늘 사업 결과를 발표하는 교수님과 공동으로 본 사업에 참여한 참여 기업 연구원, 그리고 내외 귀빈 여러분에게도 그동안의 노고에 깊은 감사의 말씀을 전하며 축사를 마칩니다.

2002. 5. 7.

부천병원 개원 1주년 기념식 격려사(2002. 5. 8.)

존경하는 변박장 박사님, 김광식 레미안 사장님, 그리고 순천향대학교 부천병원 교직원 가족 여러분!

오늘 이른 시간에도 불구하고 이렇게 부천병원 개원 1주년 기념행사에 참석해 주신데 대해 깊이 감사드립니다.

국가적인 시련이었던 IMF의 큰 산고를 겪으면서 모든 순천향 가족들의 기대와 희망으로 태어난 부천병원이 개원한 지 어느덧 1주년을 맞게 되었습니다.

결코 길지 않은 시간이었음에도 불구하고 우리 부천병원은 모든 순천향 가족의 염원에 부응하여 이렇게 훌륭하고 건강하게 뿌리를 내리고 있습니다.

그동안 병원을 이끌어 오신 김부성 원장님을 비롯한 부천병원 소속 모든 교수, 직원 선생님께 이 자리를 빌려 감사의 말씀을 드립니다.

1년 전, 부천병원의 개원식 행사에서 저는 부천병원이 대학병원으로서 우리나라 의료계를 선도해 나감은 물론 국민과 함께하는 대학병원의 진정한 역할과 사명이 어떤 것인가에 대한 모델과 해답을 제시함으로써 우리나라 의료계에 새로운 병원상을 제시해야 함을 강조한 바 있습니다.

이제 개원 1주년을 맞이하는 시점에서 신개념의 병원상 정립의 성과 여부를 논하기에는 시기상조일 것입니다.

그러나 우리 부천병원은 몸이 아픈 환자를 돌보고 치료하는 병원의 1차원적인 기능을 넘어서서 지역 주민을 위한 무료 진료 봉사활동을 정기적으로 실시하고, 질병의 발생 원인과 근본적인 치료 방법을 연구하기 위한 '폐 및 호흡기질환 유전체 연구센터'를 설립하는 등 대학병원으로서의 기능과 역할에 충실을 기함으로써 이곳 부천시를 비롯한 경인 지역에서 사랑 받는 의료기관으로 자리 잡아 가고 있는 점은 분명한 사실로 판단됩니다.

우리는 불과 1년 만에 이루어 낸 괄목할 만한 성과와 지역으로부터의 인정에 대해서 마음 깊이 감사하는 마음을 갖고 있습니다만, 결코 이 상황만으로 만족스럽다거나 교만하지는 않을 것입니다.

많은 어려움을 딛고 일어서면서 우리가 부천병원을 개원할 때에는, '인간사랑'의 실천을 통한 국민과 함께하는 대학병원의 완성과 우리나라 의료계를 선도해 나가기 위한 신개념의 병원상을 정립한다는 목표와 포부가 있었던 것을 여러분께서는 잘 알고 계실 것입니다.

병상에서 모든 환자와 직원들을 가족처럼 사랑하고 돌보라고 하시던 설립자의 유지를 저는 항상 기억하고 있습니다. 인간사랑으로 요약되는 설립자의 평생 철학을 하나씩 하나씩 실천해 나갈 때 우리는 개원 당시의 포부와 목표에 틀림없이 도달할 수 있을 것으로 확신합니다.

이는 오늘 개원 1주년을 맞이한 부천병원의 모든 교직원 선생님을 비롯한 순천향의 가족 모두가 함께 이루어 나가야 할 과업이라고 생각합니다.

다시 한번 지난 1년간 한마음이 되어 헌신적인 노력으로 개원 병원의 어려움을 이겨내 주신 김부성 원장님을 비롯한 교수, 직원 선생님들께 깊이 감사드리며 우리 교직원 선생님들 모두에게 건강과 행운이 늘 함께하실 것을 기원합니다.

2002. 5. 8.

제22회 향록가요제 격려사(팸플릿용)

친애하는 순천향 가족 여러분!

신록의 푸르름이 점점 짙어져 가는 5월, 순천향대학교 교육방송국(SBS) 주관의 제 22회 향록가요제를 개최하게 됨을 매우 기쁘게 생각합니다. 더욱이 오늘 행사는 우리 학교 최초의 야외 공연장이 완공된 것을 축하하는 자리라서 더욱 뜻이 깊다고 할 수 있습니다.

순천향 가족들의 가슴속에 자긍심과 애교심을 고취시켜 온 SBS 방송국이 오늘 개최하는 향록가요제는 지난 22년 동안 많은 동문들에게 대학생활의 추억을 제공하였습니다. 올해에도 이 행사를 통해서 학업에만 매진하여 온 우리 순천향 대학인들에게 보람된 대학생활과 마음의 여유를 선사할 것으로 기대합니다. 또한 우리 대학생들에게 심기일전의 기회를 제공하는 좋은 계기가 될 뿐더러 대학문화 발전에도 크게 기여할 수 있을 것으로 확신합니다.

진리·봉사·실천이라는 신념하에 우리 순천향 언론의 대변자 역할을 해 온 순천향대학교 교육방송국의 무궁한 발전을 기원하며, 오늘 행사를 준비해 온 방송국 관계자 여러분과 실무진에게도 깊은 격려의 말씀을 전합니다. 감사합니다.

연극영화학과 연극제 격려사(팸플릿용/2002. 5. 14.)

우리 순천향대학교에 연극영화학과가 설립된 지도 어언 5년이 되었습니다. 결코 길지 않은 시간이었습니다만 매 학기마다 연극 공연을 무대에 올리고, 부지런히 영화도 제작하여 상영하는가 하면, 젊은 연극제를 비롯한 국내에서 권위 있는 연극 행사에도 적극 참여하는 등 활발한 대외활동으로 이제 국내 연극영화학회에 당당히 실력을 겨루고 있는 것으로 알고 있습니다. 더욱이 금년 2월에는 첫 졸업생을 배출함과 동시에 졸업생 모두가 관련 분야에서 미래를 향한 예술혼을 불태우고 있는 것으로 들었습니다.

지난 초봄에 서울과 학교에서 신입생들을 위한 환영의 의미로 '안톤 체홉'의 명작 『갈매기』를 무대에 올려, 새내기 후배들에게 우리 대학교에 대한 자부심을 선물한 바 있는 연극영화학과 교수님과 재학생들이 신학기 개강과 함께 다시 발표회를 갖는다는 소식을 접하면서 힘찬 격려의 말씀을 드립니다. 이번에는 한 작품이 아니라 각 학년마다 준비한 여러 작품을 골고루 선보인다고 하니 더욱 기대가 됩니다.

잘 알고 계시다시피 21세기는 정보화 시대인 동시에 문화예술의 시대라도 합니다. 문화는 인간의 정신을 풍요롭게 하고 삶의 질을 향상시키는 본래의 기능을 넘어서서 이제는 산업적으로도 대단히 중요한 가치를 부여받고 있습니다. 이러한 시대적 요구에 부응하려면 무엇보다도 진취적 태도와 열린 사고가 필요하겠습니다. 부디 이번 발표회가 우리 학생들의 그러한 잠재력과 가능성이 맘껏 펼칠 수 있는 계기가 되기를 기대합니다.

대학의 기능 중 하나는 각 전공별로 그 특성에 맞추어 학교 내의 관련 문화를 우선 변화시키고 나아가 지역 사회의 문화 발전에도 긍정적인 영향을 미칠 수 있어야 하는 것입니다.

우리 연극영화학과 학생들은 이런 면에 있어서도 결코 소홀하지 않을 것으로 기대하며, 끝으로 이번 발표회를 준비한 학생들과 밤늦은 시간까지 학생들과 같이 어울리며 이번 행사를 준비해 주신 연극영화학과의 모든 교수님들께 다시 한번 감사와 격려를 보냅니다.

2002. 5. 14.

야외공연장 개관행사 시상식 격려사(2002. 5. 23.)

야외공연장 개막행사에 참석하신 재학생 여러분 안녕하십니까?

우리 대학교를 방문하시는 외부 손님들로부터 우리 학교는 계절별 특징이 뚜렷하고 교정이 참으로 아름답다는 평가를 종종 받곤 합니다.

저는 개인적으로 5월이야말로 우리 대학교 캠퍼스가 특히 돋보인다고 생각합니다. 왜냐하면 5월은 꽃과 녹색이 어우러져 만들어 내는 자연의 아름다움이 있을 뿐만 아니라 여기에 재학생 여러분들이 발산하는 젊음의 싱그러움과 열기가 더해져 그 어느 때보다도 활기와 생동감이 넘치는 계절이기 때문입니다.

이와 때를 같이하여 공연 분과 동아리들이 대거 참여한 가운데 새로 만든 야외공연장의 개관을 기념하는 공연을 갖고, 오랜 전통의 향록가요제 등의 행사가 개최된 것을 진심으로 기쁘게 생각합니다.

대학 사회에서 동아리 활동은 전공 공부 못지않게 중요한 역할을 담당하고 있는 것으로 생각합니다. 본인이 선택한 전공 분야에 대해서는 보다 깊게 공부하고 연구함으로써 전문적이고 해박한 지식을 갖춰야 하는 반면, 전공과 무관하게 만나는 동아리 활동을 통해서는 취미 생활도 개발할 수 있고 공동의 관심사에 대해 자유롭게 의견을 나눌 수도 있을 것입니다. 이 과정에서 정서적으로 보다 넉넉한 마음가짐으로 원만한 인격을 형성할 수 있게 되며, 이는 곧 삶의 질을 보다 풍요롭게 가꾸어 가기 위한 기반이 될 것입니다.

또한 동아리 활동을 통해서 전공의 벽을 넘어 여러 학우들과 폭 넓게 교제할 수도 있습니다. 사람에 따라서는 대학 학창 시절 동아리 활동을 통해 관심을 갖게 된 분야가 평생의 취미 활동으로 심지어는 직업으로 발전된 사례도 종종 있습니다.

오늘 여러분께서 개관기념 행사를 갖는 이 야외공연장은 약 2,000여 명을 수용할 수 있는 규모의 시설로서 모든 순천향인에게 항상 열려 있다는 점과, 경사진 자연 지형을 크게 훼손하지 않고 이를 잘 이용하여 만들었다는 특징을 가지고 있습니다.

지난해 제가 총장으로 취임하면서 우리 대학의 규모에 비해 문화공간이 상대적으로 부족하다는 학내 구성원들의 의견에 따라 이 분야에 대한 보완 사업을 꾸준히 추진해 왔습니다.

이 공연장 역시 도서관의 TTL Zone과 생활관에 새로 설치한 헬스장 및 소형 영화 감상실 그리고 각 건물별로 재정비된 휴게실과 Fast Food 시스템 등과 마찬가지로 우리 대학교의 문화공간의 확충을 위해 마련된 시설이라고 말씀드릴 수 있겠습니다.

아울러 본 공연장의 개관은 2001년도에 교육인적자원부로부터 교육개혁 우수사업으로 선정된 바 있는 '재학생의 캠퍼스 정착 사업' 즉, 'CamSOS' 및 'Stay with fun'의 정서와도 잘 부합되는 사업이라고 생각합니다.

아무쪼록 이 야외 공연장이 모든 순천향인들에게 열린 문화공간으로서 정서 함양에 도움을 주고 정신적으로 풍요로운 대학생활이 될 수 있도록 유용하게 활용될 수 있게 되기를 기대합니다.

아울러, 열린 공간인 만큼 우리 모두가 이 시설의 주인이라는 점을 항상 염두에 두고, 언제 방문해도 깨끗하고 정감 넘치는 공간으로 기억된 상태에서 후배들에게 시설과 함께 그 정서까지도 그대로 대물림될 수 있도록 사용해 주실 것을 기대합니다.

끝으로 오늘 동아리방 뽐내기 대회를 통해 대상을 수상한 산악부와 우수상을 수상한 순검회와 홍사단 그리고 장려상을 수상한 줄리아니를 비롯한 5개의 동아리에 대해 다시 한번 축하의 말씀을 드리며, 행사를 준비한 학생자치단체(김재연 동아리연합회장과 방송국 실무국장)와 학생처의 관계 교직원 선생님들의 노고에 치하와 감사의 마음을 전합니다.

2002. 5. 23.

개교 23주년 기념식 식사

존경하는 순천향 가족 여러분! 그리고 영예로운 근속 표창을 받으시는 수상자 여러분!

오늘 우리는 뜻깊은 개교기념 행사를 맞이하였습니다.

설립자이신 향설 서석조 박사께서 인간사랑 교육을 위해 1978년 이곳 신창벌에 대학을 설립하신 지 23년의 세월이 흘러 우리가 어느새 성년의 생일을 맞이하게 되었습니다.

당시 우리는 보잘것없는 터전 위에서 시작하였지만 지금은 괄목할 만큼 대학이 비약적으로 발전하여 우리를 외부에서는 새롭게 보고 있습니다. 이는 순천향 가족 모두가 대학을 너무도 소중하게 여기면서 대학 발전에 정열을 받친 결과가 있었기 때문이라는 것을 본인은 잘 알고 있으며, 때문에 23주년 개교기념일을 맞이하여 그간 여러분의 노고에 총장으로서 깊은 감사의 말씀과 아울러 10년, 또는 20년간 대학 발전을 위해 묵묵히 일하여 오신 35명의 근속 교직원 여러분과 영광의 기쁨을 나누고자 합니다.

대학을 사랑하는 순천향 가족 여러분!

저는 지난 3월 15일 우리 대학교 제4대 총장으로 선출되어 취임식을 가진 바 있습니다. 당시에 전 순천향 가족 여러분들께서 따뜻한 마음으로 저를 맞이하여 주셔서 감사한 마음을 담고 있었는데 오늘 개교기념행사에서 이렇게 또 뵙고 보니 반갑기 그지없습니다.

여러분께서 잘 알고 계신 바와 같이 저는 취임식 당시 말씀드렸지만 우리 대학은 작지만 큰 대학 구현을 위해 새로운 교육 패러다임을 찾아야 된다는 것을 23주년 개교기념 행사에 즈음하여 다시 한번 강조하고자 합니다.

요컨대 우리는 우리 대학의 건학 정신과 교육철학을 바탕으로 새로운 세기에 부합하는 특유의 비전을 수립하여 이를 지속적으로 실천하여 21세기의 지식 사회를 선도할 인재를 배출하는 데 우리의 역량을 결집시켜야 한다는 것입니다.

본인은 그래서 새 시대에 맞는 우리 대학의 정체성을 확립하고 명문 순천향의 새로운 문화를 창조하여 대학 구성원 모두가 개인에 대한 자신감과 학교에 대한 자부심을 가지고 각자의 다양한 개성을 존중하는 문화, 그러면서도 구성원과의 조화와 협력을 통하여 전 대학의 발전을 이루어 가는 문화를 만들고자 하는 것입니다. 그리고 그 토대 위에 대학 구성원과의 역량을 극대화 할 수 있는 제도를 정착시키고, 대학 수요자의 요구를 최대한 반영하는 체제를 확립하며, 국내외 기관과의 교류 및 공동사업을 적극적으로 추진하겠습니다.

대학 발전을 위해 노고가 많으신 교직원 여러분!

대학의 낭만을 즐기면서 학문을 탐구하는 학생 여러분!

앞에서 언급한 바와 같이 본인이나 여러분 모두나 다소 견해 차이는 있을 수 있으나 순천향을 소중하고 사랑하는 마음은 한결 같다고 봅니다. 이제 우리는 4월의 완연한 봄기운같이 새 희망과 이상을 가지고 밝은 순천향의 미래를 위해 전진합시다. 다소 모자라는 부분은 서로가 이해와 용서로서 보듬어 주시면서 교수님과 직원 선생님은 수요자 중심에서 제자들을 지도해 주시고 학생은 교수님에게 존경과 신뢰하는 마음을 간직하도록 합시다.

다시 한번 우리 대학교의 23번째 개교기념을 저와 순천향 전 가족이 축하해 마지않으며 영예로운 표창을 받으시는 근속 수상자에게 그간의 노고에 대하여 다시 한번 치하하면서 식사에 갈음하고자 합니다.

감사합니다.

2001. 4. 3.

경기도청소년수련원 교류협정 체결 인사말(2002. 6. 20.)

무더운 날씨에도 불구하고 우리 대학교를 방문해 주신 김화양 원장님을 비롯한 경기도청소년수련원 선생님 진심으로 환영합니다.

우리나라의 월드컵 열기로 인해 축구 소식을 제외한 각종 뉴스들이 묻혀 버릴 수밖에 없는 상황 속에서도 최근 언론을 통해 간과하기 어려운 끔찍한 사건 하나를 접했습니다. 청소년기를 막 넘어선 20대 초반의 자식에 의해 현직 대학교수인 아버지와 할머니가 집 안에서 목숨을 잃은 어이없는 사건 소식이었습니다. 더욱이 존속살해의 동기가 단지 명문대 출신 아버지의 꾸중에 대한 반발심에서 비롯됐다는 내용이었습니다.

이 보도를 접하면서 가해 청년 개인의 도덕성과 패륜만을 탓하기에는 어딘가 개운하지 못한 점이 있다는 생각이 들었습니다. 현재 우리 사회가 지향하고 있는 청소년 교육의 방향과 그들이 자라온 환경, 그리고 사회 전반의 가치관 등을 이제라도 진지하게 되짚어 보아야 하지 않을까 싶었습니다.

우리나라의 청소년들이 옳은 가치관으로 반듯하게 자라야 한다는 것은 두 번 설명할 것도 없이 청소년은 바로 이 나라의 다음 세대를 이끌어 가야 할 주역들이기 때문입니다. 이는 다음 세대 우리나라가 세계 속에서 어떤 위치를 확보하느냐를 가늠할 수 있는 척도이기도 합니다. 국가의 백년대계에 있어 청소년 교육과 관련한 방향과 목표 그리고 환경의 조성 등에 대한 정책 비중은 매우 높고 중요한 것입니다. 이에 대한 중요성을 더 이상 강조한다는 것은, 이 분야에 대해 누구보다 잘 알고 계시며, 이에 대한 확고한 철학을 가지고 계신 김화양 원장님을 비롯한 여러분께 오히려 결례를 범하는 것으로 판단되어 이만 생략하겠습니다.

지난해 7월, 산과 바다가 어우러진 장소를 찾아 '청소년의 호연지기를 키우는 공간'으로 설립된 '경기도청소년수련원'의 개원은 참으로 의미 있는 출발이라고 생각하며 늦었습니다만 개원을 진심으로 축하드립니다.

또한 그 설립 취지가, 이 수련원을 이용하는 청소년들이 깨끗하고 쾌적한 시설 속에서 심신을 단련하고 그들에게 건전한 놀이문화 공간을 제공하며, 국내 수련원의 귀감이 되게 한다는 내용이라

들었습니다.

우리나라에 청소년 관련 시설이나 문화가 아직까지는 매우 열악한 것으로 파악되고 있는 시점에서 '경기도청소년수련원'은 청소년들의 눈높이에 맞춰 교육프로그램을 개발하고 운영하는 청소년 관련 전문 수련원이라는 점에서 그 의미가 매우 크다고 할 것입니다. 청소년들의 인격도야를 위한 전문 수련원이 만들어진 것을, 우리나라의 고등교육의 일부를 담당하고 있는 대학의 총장으로서 크게 환영하는 바입니다.

우리 순천향대학교 교육과학부에 소속된 청소년지도학 전공은, 청소년과 청소년을 둘러싼 환경에 대한 다학문적 이해를 토대로 청소년들의 건전한 성장과 발달을 전문적으로 도울 수 있는 청소년지도자를 양성하기 위한 목적으로 지난 1996년도에 개설되었습니다.

이 전공에서는 청소년심리학을 비롯하여 청소년지도자론, 청소년 문제, 청소년 수련활동론 등 청소년과 관련한 전문적인 커리큘럼을 개발하고 운영함으로써 국내에서는 손꼽히는 청소년 관련 전문 학위과정으로 인정받고 있습니다.

오늘 이 협정 체결을 계기로 경기도청소년수련원과 우리 대학교가 특히, 청소년지도학 전공을 중심으로 유기적으로 교류하고 협력한다면 머지않아 틀림없이 우리나라의 청소년 교육과 관련한 학문 분야 발전에 큰 성과를 이룰 수 있을 것으로 확신합니다.

오늘 이 조인식은 그 출발점일 뿐입니다. 구체적인 교류 방안이나 협력사업들에 대해서는 협정서를 기초로 양 기관이 보다 적극적으로 확대시키고 꾸준히 발전시켜나가야 할 것입니다.

아무쪼록 우리 대학교를 방문해 주신 김화양 원장님과 선생님들께 다시 한번 깊은 감사의 말씀을 드리며 경기도청소년수련원의 무궁한 발전을 기원하는 바입니다. 감사합니다.

2002. 6. 20.

연극영화 전공 제10회 젊은 연극제 참가 격려사

우리 순천향대학교에 연극영화학과가 설립된 지 금년으로 5년째를 맞이합니다. 결코 길지 않은 시간이었습니다만 우리 대학교의 연극영화학 전공 학생들은 매 학기마다 연극 공연을 무대에 올리고 부지런히 영화도 제작하여 상영하는가 하면, 국내의 각종 연극 행사에도 적극 참여하는 등 활발한 대외활동 등을 통해 하루가 다르게 성장을 거듭하고 있는 것을 잘 알고 있습니다. 더욱이 금년 2월에는 첫 졸업생을 배출하면서 대학원 석사 과정도 개설하여 학문적으로 보다 심도 있는 연구 체계를 갖추게 된 것을 기쁘게 생각합니다.

또한, 국내에서 매우 권위 있는 '젊은 연극제'에 1999년부터 계속 참가해 왔고 금년에도 열심히 준비하여 참가한다는 소식을 들었습니다. 아울러, 금년에는 7월의 밀양연극제와 춘천연극제에도 참가하는 한편, 단편영화 작품들을 제작하여 곳곳에 배포하고 있다는 소식을 접하면서 참으로 대견스러운 생각이 들었습니다.

우리 순천향대학교는 개교 25년이 되는 젊은 대학입니다. 그래서 교정에 들어서면 젊은 패기와 도전 정신이 살아 숨 쉬는 것을 피부로 느낄 수가 있습니다. 여기에 연극영화학 전공 학생들은 늘 선두 주자가 되고 있습니다. 평상시 그 누구보다도 힘차게 캠퍼스를 누비며 활발한 목소리로 인사를 하고, 축제 때면 작업을 병행하면서도 가장 신명나게 즐길 줄 알며, 월드컵 응원에서도 온갖 아이디어를 통해 열기를 결집시키고 관중을 리드하는 학생들이 바로 그들입니다. 이러한 적극적인 자세와 정신, 그것은 아마도 평면적인 각본에서 출발하여 3차원의 생명을 지닌 드라마를 탄생시키는 과정에서 저절로 터득되는 정신이 아닌가 합니다.

21세기는 분명 문화와 예술의 시대입니다. 이에 있어 드라마가 차지하는 부분은 실로 넓다고 할 수 있겠습니다. 자세히 들여다보면 일상생활에 이르기까지 드라마가 포함되지 않은 부분이 거의 없다 할 정도입니다. 온 국민의 염원과 함께 극적으로 8강에 진입한 우리나라 축구 경기를 일컬어 많은 사람들이 '각본 없는 드라마'라고 표현하고 있습니다. 이번 월드컵 개막식과 같은 전 세계적 이벤트도 드라마를 토대로 하고 있습니다. 그것을 연출하는 사람들이 연극연출가라는 사실이 그것을 증명하는 것입니다.

이제 저는 우리 연극영화학 전공 학생들이 우리 국민들의 삶을 윤택하게 하는 드라마 관련 전문가로서 가능한 한 많이 배출되기를 기대합니다. 즉 우리 졸업생들이 연극과 영상에 있어 배우나 연출 등 기본적인 분야 종사자뿐 아니라 이벤트나 행사, 마케팅에 이르는 이른바 응용드라마 분야 종사자, 또한 전 국민을 상대로 하는 생활 드라마 교육자로 활약하게 될 것으로 기대합니다.

　우리 연극영화학 전공 교수님들은 이렇듯 열린 시야를 가지고 학생들을 지도하고 계신 것으로 알고 있습니다. 부디 그러한 전향적 교육 목표가 학생들의 적극성과 결합하여 폭발적인 에너지로 분출되기를 기대하며, 직접 참여하는 3학년 학생들과, 여러 가지 방법으로 그들을 뒷받침하는 나머지 학생들, 그리고 불철주야 이들을 지도하느라 애쓰시는 교수님들께 이 자리를 빌려 감사의 말씀을 전합니다.

2002. 6. 1.

신성대 협약체결 인사말(2002. 6. 24.)

고르지 않은 날씨에도 불구하고 우리 순천향대학교를 방문해 주신 이병하 학장님을 비롯한 신성대학의 모든 처·실장님께 감사드리며, 진심으로 환영합니다.

우리나라의 모든 분야가 점차로 선진국형으로 변화되면서 소비자의 욕구도 이와 비례하여 다양해지는 한편 한층 더 높은 만족도를 요구하고 있습니다.

이러한 현상은 교육계도 예외일 수가 없을 것입니다. 이를 위해서는 각 대학에서는 고객 만족을 위한 교육프로그램을 다투어 개발하고 있는 실정입니다.

우리 대학교에서도 교육 수요자 중심형으로 교육체계를 개편하는 것은 물론이며, 우리 대학에 재학하고 있는 학생들이 캠퍼스 사회에서 쾌적하게 생활하면서 공부할 수 있는 교육 생활 여건 마련을 위하여 'Stay with fun' 즉, 만족스러운 거주 여건 제공 전략과 함께 'Study is fun' 즉, 즐거운 공부 전략을 수립하여 추진하거나, 각 강의실에 에어컨을 설치하는 등 교육 환경 개선을 위해서도 대규모 투자를 병행하고 있는 실정입니다.

그러나 각 대학에서 자체적인 노력으로 소비자 욕구에 부응하기에는 그 한계가 있을 것입니다. 이에 따라 각 대학에서는 개별 대학이 가지고 있는 특, 장점을 상호 보완적으로 활용할 수 있도록 상호 교류 및 연계 체계를 갖추어 운영하는 방안이 바람직할 것으로 판단됩니다.

이러한 상호 교류 및 연계를 통해 개별 대학이 안고 있는 한계를 극복하는 한편 교육 수요자의 전반적인 욕구를 충족시켜 나감으로써 말 그대로 Win-Win(승승) 전략을 이뤄 나갈 수 있을 것으로 판단됩니다.

오늘 이 조인식을 통해 서해안 시대의 주역으로 급부상하고 있는 명문 신성대학과 승승 전략을 위한 교육 파트너가 될 수 있다는 점에서 크게 환영하며, 이를 흔쾌히 허락해 주신 이병하 학장님께 깊이 감사드립니다. 또한, 그동안 이 일을 추진해 주신 이맹호 대외협력처장님을 비롯하여 신성대학의 모든 처·실장님께도 이 자리를 빌려 감사의 말씀을 드립니다.

신성대학과 우리 순천향대학교는 지리적으로도 근거리에 있을 뿐만 아니라 수도권과 연결된 서해안 고속도로도 같은 라인상에 위치하고 있어, 오늘의 이 협약을 계기로 앞으로 개발 여하에 따라서는 수도권 내 교육 수요자를 대상으로 만족스러운 교육프로그램을 개발할 경우 양 대학 모두에게 보다 발전적인 시너지 효과를 창출할 수 있을 것으로 기대합니다.

언론 등을 통해 접하게 되는 신성대학은 지난 1995년 개교 이래 결코 길지 않은 시간이었음에도 불구하고, 7년 연속 교육인적자원부 평가 우수대학으로 선정된 사례를 통해 알 수 있듯이 그동안 비약적인 발전을 거듭해 왔습니다. 충남 서북부 지역에서 짧은 기간 동안 신성대학이 일구어 낸 교육적 성과야말로 우리나라 교육계에 오랫동안 기록될 좋은 사례로 널리 알려져 있습니다.

많은 사람들이 우리나라의 희망적인 비전을 이야기할 때 '서해안 시대'를 말하곤 합니다. 어쩌면 신성대학교가 서해안의 중심에 위치함으로써 더욱 서해안 시대가 그 진가를 발휘하게 된 것이 아닌가 싶습니다.

오늘 이 협약식을 계기로 신성대학과 우리 순천향대학교가 유기적으로 교류하고 협력한다면 머지않아 틀림없이 양 대학교의 학문 분야 발전에 큰 성과를 이룰 수 있을 것으로 확신합니다.

오늘 이 조인식은 그 출발점일 뿐입니다. 구체적인 교류 방안이나 협력사업들에 대해서는 협정서를 기초로 양 대학이 보다 적극적으로 확대시키고 꾸준히 발전시켜나가야 할 것입니다.

아무쪼록 우리 대학교를 직접 찾아주신 이병하 학장님을 비롯한 신성대학의 처·실장님께 다시 한번 감사의 인사를 드리며, 우리의 다정한 이웃사촌인 신성대학이 앞으로도 지속적으로 발전을 거듭하길 진심으로 기원합니다.

감사합니다.

2002. 6. 24.

순천향대학교 천안병원 개원 20주년 의료법인 이사장 격려사

존경하는 내외귀빈 여러분!

그리고 친애하는 순천향대학교 천안병원의 모든 가족 여러분 안녕하십니까?

싱그러운 녹음과 함께 생명력이 넘치는 7월에 뜻깊은 순천향대학교 천안병원의 개원 20주년 기념식을 개최하게 된 것을 진심으로 기쁘게 생각합니다.

아울러, 순천향 의료법인 산하 모든 순천향 가족과 더불어 천안병원의 스무 번째 생일을 자축하고자 합니다.

먼저 여러 가지 일정으로 바쁘신 와중에도 일부러 시간을 할애하여 이 자리에 참석하여 자리를 빛내 주신 심대평 충남도지사님을 비롯한 내외귀빈 여러분께 순천향 의료법인의 모든 가족을 대표하여 감사의 말씀을 드립니다.

돌이켜 보면 20년 전 설립자 향설 서석조 박사님께서 인간사랑의 큰 정신에 따라 '국민보건 향상'이라는 웅대한 포부로 이곳 천안에 터를 잡을 때만 해도 충남 지역은 의료의 불모지나 다름없는 상태였습니다.

개원 당시 14개 진료과에 150병상 규모에 불과했던 순천향대학교 천안병원은 20년의 성상을 겪은 오늘 24개 진료과와 740여 병상을 갖춘 자타가 인정하는 지역 중심병원으로서의 확고한 지위를 확보하게 되었습니다.

실로 시작은 미미하나 그 끝은 창대하리라는 성경 말씀을 연상케 하는 오늘의 이 결과는 순천향대학교 천안병원의 모든 선생님들께서 혼연일체가 되어 함께 쌓아 이룩한 위대한 업적일 것입니다.

그동안 병원과 지역의료 보건사업의 발전을 위해 노력해 주시고 지원을 아끼지 않으신 지역의 관계 기관장님, 그리고 송옥평 원장님을 비롯한 역대 원장님과 일천 일백(1,100)여 교직원 선생님 모두에게 이 자리를 빌려 진심 어린 감사의 말씀을 드립니다.

오늘에 이르기까지 항상 좋은 일만 있고, 뜻하는 대로 이뤄 왔던 것만은 결코 아닙니다. 우리는 인정하고 싶지 않지만 한때는 우리 병원을 이용하는 환자와 가족들로부터 노후된 건물 등으로 인한 불만의 목소리가 제기된 적도 있었던 것이 사실입니다.

그렇지만 다행스럽게도 노후된 건물은 1999년부터 부분적으로 시행해 온 배관교체 작업과 지난해부터 시작된 내부 인테리어 공사를 포함한 리모델링 공사를 통해 우리 병원을 찾는 환자와 가족들로부터 좋은 평가를 받게 되었습니다.

또한, 리모델링을 통한 획기적인 외형의 변화뿐만 아니라 직원 선생님의 자발적이고 자연스러운 친절 및 서비스에 대한 마인드의 확산으로 인해 지금은 다시 예전의 명예를 회복하게 되어 매우 다행스럽게 생각하고 있습니다.

이제 과거사로 묻혀 버렸습니다만, 우리나라의 열악했던 의료 환경으로 많은 사람들이 고통 받는 현실을 안타깝게 여기시고 '인간사랑'을 몸소 실천하시고자 했던 향설 서석조 박사님의 의지와 정신을 여러분께서는 잘 알고 계실 것입니다.

우리는 설립자이신 향설 서석조 박사님의 정신을 계승하여, 앞으로 순천향대학교 천안병원을 비롯한 순천향 의료법인 산하의 모든 병원에서는 몸이 아픈 환자를 돌보고 치료하는 1차원적인 병원 기능을 넘어서서 우리나라 국민보건의 한 축을 담당하는 대학병원으로서의 책무에 충실을 기함으로써 일반 대중 전반에 걸쳐 인정받고 사랑 받는 의료기관으로 발전해 가고자 합니다.

병상에서 모든 환자와 직원들을 가족처럼 사랑하고 돌보라고 하시던 설립자의 유지를 저는 항상 기억하고 있습니다. 인간사랑으로 요약되는 설립자의 평생 철학을 하나하나씩 실천해 나갈 때 우리는 설립 당시의 포부와 목표에 틀림없이 도달할 수 있을 것으로 확신합니다.

지난 20년을 통해 이루어 낸 괄목할 만한 성과와 지역으로부터의 인정에 대해서 마음 깊이 감사하는 마음을 갖고 있습니다만, 결코 이에 자만하거나 안주해서는 안 될 것입니다.

그동안 저는 이런저런 기회를 통해 나름대로 교수님 또는 직원 및 간호사 선생님과 만나 좋은 조언의 말씀도 듣고 의견도 나누어 보았습니다. 이 과정에서 우리 순천향 가족들께서는 우리 병원을 마음으로부터 깊이 사랑하고 있다는 사실을 확인할 수 있었습니다.

그럼으로써 저는 우리 병원의 밝고 찬란한 미래에 대해 강한 확신을 갖게 되었습니다.

앞으로도 우리 병원의 전통이자 자랑인 구성원 간의 화합과 신뢰를 더욱 공고히 하고 구성원들 모두가 신뢰와 사랑으로 서로를 아끼고 보완해 가면서 우리 병원의 밝은 미래를 향해 전진할 것을 당부드립니다.

순천향대학교 천안병원이 개원 20주년을 맞아 성년병원으로 거듭나게 됨을 모든 순천향 가족과 함께 다시 한번 자축하며, 오늘 이 행사에 참석해 주신 내외 귀빈 여러분께 다시 한번 감사의 말씀을 드립니다. 항상 건강하고 행복하시길 기원합니다. 감사합니다.

2002. 7. 6.

(주)주간당진시대신문사 협약체결 인사말(2002. 7. 9.)

오늘 우리 순천향대학교를 방문해 주신 손창원 대표이사님을 비롯한 당진시대신문사의 임원 여러분을 진심으로 환영합니다. 더운 날씨에도 불구하시고 이렇게 방문해 주셔서 감사합니다.

최근 우리 순천향대학교는 지역 주민을 대상으로 하는 무료 의료봉사 활동이나 산학협력 등을 통해 대학이 가지고 있는 각종 지적재산과 기반을 이용하여 지역 사회와 더불어 발전하고, 지역 주민들로부터 자랑스럽게 여길 수 있는, 지역을 대표하는 대학이 되고자 노력해 왔습니다.

동시에 우리 대학교는 외국 대학을 비롯하여 국내의 각급 기관이나 단체 등을 대상으로 외교 영역을 보다 넓고, 깊게 확장하는 쪽에 정책의 비중을 두어 왔습니다.

그 결과 요즘 공적, 사적인 자리를 통해 접하게 되는 지역 어르신들을 비롯한 각계의 인사들로부터 우리 대학교에 대한 좋은 인사를 종종 받곤 합니다.

외교 영역 면에서도 외국의 자매대학을 대상으로 본교 재학생들이 금년에만 약 90여 명이 장·단기 연수에 참가하게 되었습니다.

이는 국내외 기관이나 대학들과 실질적으로 교류하고 이를 통해 쌍방이 발전할 수 있도록 제도적인 발판을 마련하기 위한 취지로 여러 분야에서 협약을 체결해 온 결과이기도 합니다.

그러나, 약 70여 개에 달하는 국내외 기관이나 단체 중에서 언론사와 체결된 협약은 오늘이 처음으로써, 주간당진시대신문사는 언론사 중에서 순천향대학교가 체결하는 제1호 언론사가 되었습니다.

언론사라는 특수한 신분과 위치에서 긴 안목으로 상호 발전을 위한 파트너에 우리 순천향대학교를 지목하신 주간당진시대 신문사의 손창원 대표이사님을 비롯한 임원님들의 높은 식견과 판단력에 감사드립니다.

주간당진시대 신문사는, 지난 1993년도에 지방자치 시대의 참다운 민주주의가 당진 지역에 올바로 뿌리내릴 수 있도록 당진을 대표하는 강력한 매체가 될 것을 자청하여 정의롭고 패기 있는 젊은 이들이 중지를 모아 이룩한 언론사로 알고 있습니다.

또한, 당진시대신문사는 국내의 다른 언론을 통해 보도된 바와 같이 주민들이 주주가 되어 참여하는 실질적인 주민 참여식 지역 언론이라고 할 수 있겠습니다.

이러한 주간당진시대신문사의 철학이나 겸손하면서도 불의와 타협하지 않는 언론관(言論觀)과

강령은 창립선언문에도 잘 나타나 있었습니다. '당진시대'라는 제호도 주민들의 참여 속에 여론조사를 통해 민주적인 절차와 방식으로 결정하였다고 들었습니다.

오늘날의 당진시대신문로 발전해 오기까지 10여 년간 당진시대신문이 걸어오면서 꾸준히 추구해 온 정도언론(正道言論)를 향한 노력과 강한 의지에 경의를 표하는 바입니다.

'국민 각 개인이 자신이 처한 삶의 터전에서, 인간적인 삶에 요구되는 최대한의 혜택을 스스로 개발하고 향유하는 지방자치 시대의 민주주의 실현'을 추구하는 당진시대신문사의 목표는 반드시 현실로 이루어질 수 있을 것으로 기대합니다.

당진시대신문사와 우리 순천향대학교는 지역 사회의 발전을 최대한 도모하고 지역사회와 함께 발전하고자 하는 의지 면에서 커다란 공통점을 가지고 있습니다. 이러한 순수한 마음과 진실의 상호교감을 통해 오늘 이 행사가 이루어질 수 있었던 것으로 알고 있습니다.

앞에서도 잠깐 언급한 바 있습니다만, 언론사와 교육기관과의 상호 발전을 위한 오늘 이 협약 체결 조인식은 그렇기 때문에 매우 뜻깊은 행사라고 생각합니다. 모름지기 다른 교육기관이나 언론사에서도 당진시대신문사와 순천향대학교의 협약관계를 매우 관심 있게 지켜볼 것으로 생각됩니다.

그런 면에서도 당진시대신문사와 순천향대학교의 관계가 우리나라를 대표하는 언론·교육기관 간의 가장 모범적이고 성공적인 협력 관계로 발전시켜 나가야 하며, 충분히 그럴 수 있을 것으로 확신하는 바입니다.

아무쪼록 당진시대신문사의 지속적인 발전을 기원하며, 다시 한번 오늘 행사를 위해 우리 대학교를 방문해 주신 손창원 대표이사님을 비롯한 임원 여러분께 감사의 인사를 드립니다. 감사합니다.

2002. 7. 9.

충남중·고등학생 영어 에세이 쓰기 대회(2002. 7. 13.)

과학과 정보통신 기술의 눈부신 발달로 인해 오늘의 세계는 마치 한 국가 안에서처럼 정보를 주고받을 수 있는 '지구촌 시대'가 되었습니다. 이 이야기는 지구상에 살고 있는 누구와도 가까운 친구가 될 수도 있고, 또 특정 분야에서 성공하기 위해서는 지구촌 내에 있는 어떤 사람이라도 그 경쟁 상대가 될 수 있다는 것을 의미합니다.

그러나 한 가지 분명한 것은 협조관계로 만나거나 선의의 경쟁 상대로 만나거나 만남이 있기 위해서는 기본적으로 의사소통이 이루어져야 하며, 이를 위해서는 현재 가장 폭넓게 사용되는 국제 통용어인 영어를 공부하여야 한다는 것입니다.

우리 순천향대학교에서도 영어 교육의 중요성을 인식하고 일찍부터 외국어교육원을 설립하여 총 15명의 원어민 교수님을 초빙한 가운데 재학생을 대상으로 회화 중심의 영어 및 외국어 교육을 실시해 왔습니다. 아울러, 이 교육의 실효성을 높이기 위하여, 영어회화 과목을 졸업을 위해서는 반드시 이수하여야 하는 우리 대학교의 '교책과목'으로 지정하여 운영함으로써, 우리 대학교를 통해 배출되는 인재라면 누구라도 전공 분야에 관계없이 일정 수준 이상의 회화 능력을 갖출 수 있도록 제도화하였습니다.

더 나아가 다음 학기부터는 우리 대학교 안에 기숙사 시설이 포함된 'ENGLISH VILLAGE'를 설치하여 방과후에도 영어가 일상 생활화할 수 있도록 여건과 환경을 준비하고 있었습니다.

충남 중등 영어교육연구회에서(Choongnam SETA)도 활발한 연구와 다양한 행사를 통하여 충남도뿐 아니라 우리나라 영어교육 발전에 크게 기여하고 있습니다. 그동안 충남영어 교육 연구회는 매년 연구회지 『충남 SETA REPORT』를 발간하여 현장 교사들의 연구 분위기를 고무하고 있으며, 이외에도 '영어로 진행하는 영어수업'을 위한 『CLASSROOM ENGLISH』와 7차 교육과정의 원활한 현장 적용을 위한 『7차교육과정 특별보충과정 영어과 학습자료』 중학교용 2권과 고등학교용 학습자료 1권을 발간하여 일선학교에 배포하였습니다. 또한 인터넷에 탑재하여 학교 현장의 ON-LINE

교육을 돕고 있을 뿐만 아니라 2차에 걸친 춘계·추계워크숍과 이사회 및 원어민 워크숍 개최를 통하여 영어 교사의 전문성을 신장을 위하여 노력하고 있습니다.

또한 중·고등학생들의 영어 활용 능력을 제고하고 학생들의 학습 동기를 신장시키기 위하여 충남 중등 영어교육 연구회도 매년 '영어 에세이 쓰기 대회'와 '영자신문 컨테스트'를 개최하고 있는 것으로 알고 있습니다. '영어 에세이 쓰기 대회'는 중·고등학생들이 국민 공통 교육과정 영어에서 배운 내용과 소재를 바탕으로 자기의 생각이나 느낌을 자연스럽게 목표어인 영어로 표현할 수 있는 능력을 측정하는 데 있습니다. 따라서 학교 교육과 이 에세이 쓰기 대회를 준비하는 과정을 통하여 궁극적으로는 학생들이 일상생활과 관련된 글이나 학문 분야에서의 기초 보고서를 작성하고, 우리나라 문화에 대한 간단한 소개서를 쓸 수 있도록 하여 영어 활용 능력을 높이는데 그 목적이 있을 것입니다. 이런 노력의 결과로 충남 중등 영어교육 연구회는 2001년에는 교육부로부터 우수 영어교육연구회로 지정되었으며, 2002년에는 충청남도교육청으로부터 우수 교과교육연구회로 선정된 바 있습니다.

오늘 영어 에세이 쓰기 대회에 참가한 학생 여러분의 실력을 마음껏 발휘하기를 바라며, 학생들을 지금까지 지도해 주신 선생님들께도 위로와 감사의 말씀을 드립니다. 또한 이 대회를 개최하여 충청남도 영어 교육 발전을 위하여 노력하고 계신 충남 중등 영어교육 연구회 지희순 회장님과 임원 여러분들께도 감사의 말씀을 드립니다.

감사합니다.

2002. 7. 13.

이순신연구소 국토순례단 발대식 격려사(2002. 7. 23.)

이 충무공 전승지 해상·국토 순례단 단원 여러분!

여러분은 여름 방학 중 첫 번째 주어진 소중한 시간에 이 충무공 전승지 순례 단원이 되는 길을 선택하였습니다. 여러분의 선택은 권혁태 단장님이 개회사에서 말했듯이 우리의 자랑스런 문화유산을 창조적으로 계승 발전시켜 우리나라를 21세기 문화 강국으로 만드는 디딤돌이 될 것입니다.

나라와 민족은 강이나 바다를 경계로 나뉘는 경우가 많습니다. 배를 이용하는 수상 교통은 나라와 민족이 서로 밀접한 교류를 맺는 가장 보편적이고 전통적인 수단이었습니다. 20세기에 들어서도 해양을 지배하는 국가들이 국제 사회를 이끌어 갔습니다. 제해권 장악은 국가 구성원의 해양 활동을 보장하고 활성화는 첩경이었습니다. 21세기는 문화의 시대는 국제화 시대이기도 합니다. 문화 강국은 적극적이고 진취적인 해양 진출이 있을 때 비로소 가능합니다. 21세기 문화 강국은 해양 강국의 토대 위에서 구축됩니다.

한국은 역사적으로 해양 강국이었습니다. 선박 항해술이 일찍부터 발달하여 신라 시대 장보고는 아시아의 해상왕으로 활동했으며, 신라인의 해외 활동은 중국, 일본, 동남아시아 일대에까지 퍼졌습니다. 고려 시대에도 해상 활동은 활발하여 국제화된 왕조 국가라고 할 수 있습니다. 오늘날 우리나라가 코리아로 이름이 알려지게 된 것은 고려청자와 같은 국제 경쟁력을 갖춘 문화 상품이 저 멀리 유럽에까지 알려졌기 때문입니다. 해상 강국이라는 역사적 전통 속에서 이순신과 같이 백전백승하는 위대한 해군 전략가가 나타날 수 있었습니다.

이순신 장군은 어려운 여건에서도 우리의 장점과 적의 약점을 정확하게 간파하여, 그에 적합한 필승의 전략 전술을 창조해 내었습니다. 지금은 21세기 문화 강국과 해양 강국을 건설을 위한 도약 준비 단계입니다. 이러한 때에 이순신 장군의 애국애족 정신과 필승의 지혜를 배우는 것이야말로 자랑스런 우리 문화를 계승하고, 이를 바탕으로 국제화 시대에 걸맞게 새로운 문화를 창조하는 밑바탕이 될 것입니다.

순천향대학교와 해군사관학교가 공동으로 주최하는 이 충무공 전승지 해상국토 순례 행사는 참으로 뜻깊은 행사입니다. 순천향대학교는 하늘의 뜻을 따른다는 교명대로 인간사랑을 건학 이념으로 삼고 있습니다. '인간사랑'은 사람들이 함께 어울리면서 살아가는 문화의 기본 바탕입니다. 오늘날 우리나라의 해군은 '21세기 대양해군'을 지향하고 있습니다. 이번 순례 행사는 순천향대학교와 해군사관학교의 협력하여 문화 강국과 해양 강국을 건설할 자질과 품성을 갖춘 인재를 양성하기 위한 목적을 갖고 있습니다.

이순신연구소는 창립된 지 몇 년 만에 충무공 이순신을 기리는 각종 학술 행사와 문화 행사를 여러 차례 개최하여 많은 성과를 거두었습니다. 이번의 순례 행사 역시 이순신연구소의 시의적절하고 참신한 기획과 해군사관학교의 전폭적인 지원, 그리고 무엇보다도 오늘 순례 단원이 된 여러분의 열성적인 참여 덕분으로 성공적인 결실을 맺을 수 있으리라고 확신합니다.

그동안 뜻깊은 행사를 위해 열과 성을 다하여 힘써 주신 이순신연구소 권혁태 소장님, 이항재 운영위원장님과 운영위원 선생님들에게 감사의 뜻을 표합니다. 그리고 이 충무공 전승지 해상 국토 순례단 단원들을 이끌어 주실 단장 이하 전문요원과 진행요원 여러분에게도 감사하게 생각하면서, 순례 단원들이 좋은 경험을 얻을 수 있도록 최선을 다해 도와주실 것을 부탁드립니다. 끝으로 순례 단원이 된 청소년 여러분에게 이 순례 행사가 오랫동안 가슴속 깊이 기억되는 소중한 경험이 되기를 바랍니다.

이 충무공 전승지 국토순례단 단원 여러분!

5일 동안의 순례 행사가 즐겁고 유익한 시간이 되기를 바랍니다. 모든 단원 하나 하나가 소중한 보람을 간직하고 건강한 모습으로 돌아오시기를 고대합니다.

무사히 잘 다녀오십시오.

감사합니다.

2002. 7. 23.

KBS미디어 영어캠프 인사말(팸플릿용)

과학과 정보통신 기술의 눈부신 발달로 인해 오늘의 세계는 마치 한 국가 안에서처럼 정보를 주고받을 수 있는 '지구촌 시대'가 되었습니다. 이 이야기는 지구상에 살고 있는 누구와도 가까운 친구가 될 수도 있고, 또 특정 분야에서 성공하기 위해서는 지구촌 내에 있는 어떤 사람이라도 그 경쟁상대가 될 수 있다는 것을 의미합니다.

그러나 한 가지 분명한 것은 협조관계로 만나거나 선의의 경쟁상대로 만나거나 만남이 있기 위해서는 기본적으로 의사소통이 이루어져야 하며, 이를 위해서는 현재 가장 폭넓게 사용되는 국제 통용어인 영어를 공부하여야 한다는 것입니다.

우리나라에서도 자녀들을 영어 문화권에 속한 나라로 다투어 어학연수나 유학을 보내고 있습니다다만 그에 따른 부작용도 적지 않게 보고되고 있는 실정입니다. 실전에 대비한 적응훈련과 적절한 준비 과정이 생략된 채 영어 문화권에 대한 막연한 동경이나 기대감만으로 연수 길에 올랐다가 결과적으로 실망하고 오히려 영어 학습에 대한 자신감을 상실하는 역효과가 빈번하고 있어 이 점 매우 안타깝게 생각하고 있었습니다.

때마침 우리 순천향대학교에서 진행하는 KBS미디어의 영어캠프인 'iBEST'프로그램을 통해, 한국 내에서 영어 문화권 국가의 현지와 같은 환경과 여건을 만들어 연수 프로그램을 진행함으로써, 외국행 비행기에 몸을 싣고 떠났다가 외국 현지에서 겪는 갖가지 문화적 충격을 최소화할 수 있다는 점에서 무엇보다도 우선 환영하는 바입니다.

우리 순천향대학교에서도 영어 교육의 중요성을 인식하고 일찍부터 외국어교육원을 설립하여 총 15명의 원어민 교수님을 초빙한 가운데 재학생을 대상으로 회화 중심의 영어 및 외국어 교육을 실시해 왔습니다. 아울러, 이 교육의 실효성을 높이기 위하여, 영어회화 과목을 졸업을 위해서는 반드시 이수하여야 하는 우리 대학교의 '교책과목'으로 지정하여 운영함으로써, 우리 대학교를 통해 배출되는 인재라면 누구라도 전공 분야에 관계없이 일정 수준 이상의 회화 능력을 갖출 수 있도록 제도화하였습니다.

더 나아가 다음 학기부터는 우리 대학교 안에 기숙사 시설이 포함된 'ENGLISH VILLAGE'를 설치하여 방과후에도 영어가 일상 생활화할 수 있도록 여건과 환경을 준비하고 있었습니다.

우리 순천향대학교의 알찬 영어 교육프로그램에 대한 깊은 이해와 함께, 현장감 넘치는 생생한 영어교육의 파트너로 우리 순천향대학교를 선택한 KBS사와 (주)imat사의 높은 식견에 대해 감사드립니다.

아무쪼록 이 프로그램에 참가하는 모든 꿈나무와 예비 대학생들께서는 순천향대학교 교정에서 진행되는 KBS미디어 영어캠프가 여러분 모두에게 영어 실력 향상을 위한 커다란 전환점으로 발전하게 되기를 진심으로 기원합니다.

감사합니다.

산학연정책과정 제1기 수료식 인사말

여러분 안녕하십니까?

먼저 순천향대학교 부설 산학연정책과정의 모든 과정을 이수하시고 영예로운 수료증을 받는 여러분들에게 진심으로 축하의 말씀을 드립니다.

21세기는 무한 경쟁 시대입니다. 국가 경쟁력은 곧 기업의 경쟁력에 좌우된다고 하겠습니다. 따라서 기업가 정신이 투철하고 기업 활동이 활발한 국가가 경쟁력 있는 국가가 되는 것은 틀림없는 사실입니다.

그러나, 세상은 너무나 빠르게 변화하여 경영자들이 미처 환경 변화를 인식하거나 대처할 틈도 없이 새로운 지식과 기술이 홍수처럼 쏟아져 나오고, 어제의 성장산업이 오늘은 한계산업으로 탈바꿈하고 있는 것이 현실입니다.

이러한 현실 속에서 산학연정책 과정은 여러분들에게 급변하는 국내외 경제, 경영 및 건강과 환경에 대한 정보를 제공하고 최신 경영이론 및 기법과 최고경영자가 갖추어야 할 기본 소양을 습득케 하여 새로운 시대에 대비하는 데 도움이 되었을 것으로 생각합니다.

한편으로는 산학연 협동연구의 효율적 수행을 위해 산업체, 대학, 연구기관간의 횡적 유대관계를 긴밀히 함으로써 분야가 다른 사회 지도적 구성원 간의 친목과 인적 교류를 확대하는 데도 기여했을 것으로 생각됩니다.

본 과정을 수료하신 여러분들은 앞으로 여러분들의 기업을 더욱 경쟁력 있는 기업으로 변모시키어 국가 경제의 활성화와 선도자가 되어야 할 것입니다.

그동안 보여 주신 뜨거운 열정과 노력으로 끊임없이 자기 발전을 이루시고, 변화와 혁신을 적극적으로 받아들여서 한국에서는 물론이고 전 세계적으로 경쟁력 있는 초일류 경영자가 되시길 바랍니다.

다시 한번 산학연정책 과정을 수료하신 여러분들의 앞날에 무궁한 영광이 함께하시길 기원합니다.

　감사합니다.

2002. 2. 15.

원철희 의원 명예 경제학 박사 학위 수여 식사(2002. 8. 9.)

우리 지역 출신 인사로서 우리나라 농업 및 농촌 발전 전반에 커다란 업적을 이룩하신 원철희 국회의원님을 우리 대학교 동문으로 모실 수 있게 된 것을 진심으로 기쁘고 영광스럽게 생각합니다.

또한, 원철희 의원님의 명예 경제학 박사 학위 수여를 축하해 주시고, 이에 따른 축하의 말씀도 해 주시기로 하신 오장섭 국회의원님을 비롯하여 원근 각지에서 방문해 주신 하객 여러분께도 감사드립니다.

대학이 수여하는 모든 학위에는 어느 것이나 나름대로의 학문적 가치가 내재되어 있지만, 명예 박사 학위의 경우는 학문적 이론뿐만 아니라 많은 사람들이 공감하고 인정하는 사회적 경험과, 객관화된 업적을 전제로 수여한다는 면에서 더욱 큰 의미가 있을 것입니다.

오늘 명예 경제학 박사 학위를 수여하시는 원철희 의원께서는 농협중앙회장으로 재임하시던 지난 1994년부터 농민실익 100대 사업을 발굴하여 추진함으로써, 국가적 대란이라고 하는 IMF 위기 상황 속에서도 농협을 100조의 수신고와 120조의 재산을 갖는 민족은행으로 성장시킨 바 있습니다.

특히 우루과이라운드(UR) 협상과 WTO 체제 출범으로 인하여 상대적으로 어려움에 처한 우리나라 농업·농촌을 위해 삼성, 현대 등 국내 대기업 및 한국법률 구조공단 등과 협력, 범국민 농도불이(農都不異) 운동을 확산시켜 크게 성공을 거두어 진정한 농민의 농협으로 육성시킴으로써, 농업분야 사상 최초로 금탑산업훈장을 97년도에 수상하셨습니다.

그러나 무엇보다도 많은 사람들이 원철희 의원님을 존경하고 흠모하는 이유는 언론 등을 통해 공개된 이분의 의정 활동에서도 잘 알 수 있듯이, 원철희 의원께서는 이웃과 우리 사회를 진심으로 사랑하고 있다는 점과, 자신이 옳다고 생각하는 것에 대한 확고한 신념을 추진해 나아가는 강인한 의지력을 갖춘 분이라는 것입니다.

예를 들어 농, 어가 부채 해결을 위한 특별조치법을 제정한다거나 '조세특례제한법' 등 농·어업인 및 영세 서민들의 생활과 직결된 많은 법규를 개정한 것이 좋은 예라고 할 수 있겠습니다.

탁월한 경영인이자 사회적 명망가로서의 면모를 고루 갖추고 계신 원철희 의원님에 대한 본교의 명예 경제학 박사 학위 수여는 오히려 늦은 감이 없지 않습니다.

우리 순천향대학교는 그동안 소비자가 중심이 되는 각종 정책을 개발하고 추진한 결과, 정부로부터 3년 연속 교육개혁 추진 우수대학으로 선정되는 등 각종 외부기관의 평가와 공모에서 좋은 성과를 거두고 있습니다.

　　아울러, 총 3단계 전략으로 구성된 우리 대학교의 마스터플랜에 따라 금년도부터 제1단계 사업 추진에 돌입하고 있으며, 이 사업의 제3단계가 마무리되는 2020년에는 5~10개의 특성화 분야가 국내뿐 아니라 세계 무대에서도 10위권 안으로 진입함으로써 우리 대학교의 위상이 더욱 높아질 것으로 기대하고 있습니다.

　　원철희 의원님이 우리 대학교를 옆에서 지켜보아 주시는 것만으로도 우리는 큰 용기를 얻게 됩니다. 오늘, 이 학위수여식을 계기로 원철희 의원님께서 기꺼이 우리 대학교의 동문이 되어 주심으로써 우리 대학교 미래의 자화상이라고 할 수 있는 마스터플랜에 대한 자신감과 함께 가일층 사업 추진에 박차를 가할 수 있을 것입니다.

　　아무쪼록 원철희 의원님의 명예 경제학 박사 학위 취득을 다시 한번 축하드리며, 앞으로도 계속해서 국가와 우리 사회의 발전을 위해 더 많은 업적을 만들어 가시길 기원합니다.

　　또한, 오늘 행사에 참석하시어 자리를 빛내 주신 내외 귀빈께도 다시 한번 감사의 인사를 드립니다.

　　감사합니다.

2002. 8. 9.

변재일 실장 명예 경영학 박사 학위 수여식 인사말

우리나라 인터넷산업을 비롯한 정보통신 산업 전반에 걸쳐 급속한 발전이 이루어질 수 있도록 결정적인 역할을 담당하신 변재일 실장님을 우리 대학교 동문으로 모실 수 있게 된 것을 진심으로 기쁘고 영광스럽게 생각합니다. 아울러, 변재일 선생님의 명예 경영학 박사 학위 수여를 축하해 주시기 위하여 우리 대학교를 방문해 주신 서삼영 한국전산원장님을 비롯한 모든 하객 여러분께 감사드립니다.

대학이 수여하는 모든 학위에는 어느 것이나 나름대로의 학문적 가치가 내재되어 있지만, 명예 박사 학위는 학문적 이론뿐만 아니라 많은 사람들이 공감하고 인정하는 사회적 경험과, 객관화된 업적을 전제로 수여된다는 점에서 더욱 큰 의미가 있습니다.

오늘 명예 경영학 박사 학위를 수여하시는 변재일 선생께서는 우리나라 정보화 정책의 종합기획과 조정 업무를 총괄하시면서 우리나라를 초고속 인터넷 강국으로 이끌어 오신 장본인입니다.

우리들이 집 안에 앉아서 컴퓨터를 이용하여 지구 반대편에서 올리는 정보들을 거의 실시간으로 확인한다거나, 외국에 나가서 살고 있는 친지들에게 전자메일을 이용하여 서신을 주고받는 일들이 가능하도록 길을 열어 주시는 데 큰 기여를 하셨습니다.

특히, 민족적 대란이라고까지 표현되는 IMF 상황 속에서도 정보화 비전을 제시하고, 초고속정보통신망을 구축하거나 통신사업자에 대한 투자 확대를 유도하여 고용을 창출함으로써 IMF 위기 극복에 이바지하는 동시에, 'Cyber Korea21'사업을 주도적으로 입안하여 이를 강력하게 추진함으로써 정보통신 선진국으로 진입할 수 있는 기반을 마련하기도 하였습니다.

아울러, 공급 위주의 기술개발 중심형 인터넷 산업에서 과감히 탈피하여 주부인터넷교육, 국민 정보화 교육 등을 통해 인터넷의 저변확대 정책을 일관성 있게 시행하여 국가 차원의 사회 간접자본인 초고속정보 통신망이 일부 지식층뿐만 아니라 모든 국민들에게 골고루 혜택이 돌아갈 수 있도록 하신 것은 잘 알려져 있습니다.

탁월한 경영인이자 우리 사회의 리더이신 변재일 선생에 대한 본교의 명예 경영학 박사 학위 수여는 오히려 늦은 감이 없지 않습니다.

변재일 선생께서 꾸준히 진행해 오신 정보화 정책은, 그동안 우리 대학교가 일찍부터 준비하고 추구해 온 정보화, 세계화 정책과도 일맥상통하고 있어 이제라도 우리 대학교의 동문으로 모실 수 있게 된 것을 매우 다행스럽게 생각하는 바입니다.

현재 우리 대학교 산학협동관에는 정부로부터 지정된 '정보통신창업지원센터', '인터넷 창업보육센터' 등을 통해 많은 IT 관련 벤처기업들이 보육되고 있습니다. 또한, 정보기술공학부는 지난 1999년도에 BK21사업단으로 선정되어 국가로부터 지원을 받고 있고, 우리나라가 취약 분야라고 하는 해킹 관련 분야의 인재들이 학부 과정에서부터 공부할 수 있도록 '정보보호학과'를 개설하여 운영하고 있습니다.

그밖에도 지역협력연구센터로 지정된 '무선부품연구센터', '반도체설계교육센터', '소프트웨어교육센터' 등이 설립되어 활발한 활동을 하고 있어 우리 대학교의 IT 관련 분야는 적어도 국내에서는 선두 주자임을 감히 자부합니다.

더 나아가, 총 3단계 전략으로 구성된 우리 대학교의 마스터플랜에 따라 금년도부터 제1단계 사업 추진에 돌입하고 있으며, 이 사업의 제3단계가 마무리되는 2020년에는 5~10개의 특성화 분야가 국내뿐 아니라 세계 무대에서도 상위권으로 진입함으로써 우리 대학교의 위상이 더욱 높아질 것으로 기대하고 있습니다.

변재일 선생님과 같이 정보화, 세계화에 남다른 혜안을 가지고 계신 분들이 우리 대학교의 동문으로 함께해 주시는 것만으로도 우리는 큰 용기를 얻게 되며, 우리 대학교 미래의 자화상이라고 할 수 있는 마스터플랜에 대한 자신감과 함께, 가일층 사업 추진에 박차를 가할 수 있을 것입니다.

아무쪼록 변재일 선생님의 명예 경영학 박사 학위 취득을 다시 한번 축하드리며, 앞으로도 계속해서 국가와 우리 사회의 발전을 위해 더 많은 업적을 만들어 가시길 기원합니다.

또한, 오늘 행사에 참석하시어 자리를 빛내 주신 내외 귀빈께도 다시 한번 감사의 인사를 드립니다.

감사합니다.

2002. 8. 9.

최홍연 선생님 귀하

최홍연 선생님의 건강과 안녕을 기원합니다.

최 선생님께서 보내 주신 서신 잘 받았습니다.

훌륭하신 독지가이신 최형규 회장님께서는 우리 순천향대학교에 대한 깨끗하고 좋은 이미지와 함께 미래에 대한 발전 가능성을 예견하시고, 언론을 통해서 전해진 것처럼 우리 대학교에 큰 규모의 사재를 발전기금으로 기탁하실 계획이셨습니다.

그러나 피치 못한 사정으로 부득이 본 행사가 취소되어 발전기금 전달식이 이루어지지 못했습니다.

발전기금 전달 내용이 사전에 언론에 공개된 이후, 취소가 결정되는 순간 즉시 정정될 수 있도록 언론에 이러한 내용을 알려드렸으나, 이미 기사가 인쇄된 일부 언론의 경우에는 미처 정정되지 못한 채 배포된 것으로 알고 있습니다.

보다 더 적극적으로 언론의 오보도에 대처하지 못한 점 깊이 사과드립니다.

따라서 부탁 주신 내용에 대해서는, 최홍연 선생님께서 알고 계신 바와 실제 결과는 다르며, 최형규 회장님의 주소를 알고 있을지라도, 공교육기관에서 사적인 심부름을 대신하기에는 매우 곤란함을 깊이 양해하여 주시면 고맙겠습니다.

따라서 최홍연 선생님의 자식 사랑하시는 마음은 충분히 이해되고도 남음이 있겠으나 불가피하게 정중히 거절할 수밖에 없는 점을 널리 혜량하여 주시기 바랍니다.

아무쪼록 내내 건강하시기를 진심으로 기원합니다.

안녕히 계십시오.

2002. 8. 14.

순천향대학교 총장실 대외협력팀장 문용원 드림

KBS 영어캠프 참가자 퇴소식(2002. 8. 18.)

KBS미디어 영어캠프에 참가하시어 짧게는 2주, 길게는 4주간의 모든 과정을 잘 마치신 것을 축하드립니다.

그동안 우리 대학교에서 모든 프로그램을 원만히 진행하신 KBS미디어의 관계자 여러분과 I mat(아이 맽)의 진행요원을 비롯한 모든 외국인 선생님들께서도 수고 많이 하셨습니다.

오늘의 지구촌은 인터넷의 급속한 발전에 따라 세계가 한 가족과 같이 지내는 말 그대로 세계화의 시대입니다. 이러한 시대를 살아가는 한국의 젊은 인재들은 국제무대에서 세계의 젊은이들과 어깨를 나란히 하며 때로는 선의의 경쟁과, 때로는 협력을 통해 새로운 인류 문명을 창출할 수 있어야 할 것입니다.

이를 위해서는 외국 문화에 대한 폭 넓은 이해와 깊은 안목을 가져야 할 것입니다. 우리가 외국어 특히, 영어에 대해 보다 집착하는 이유가 여기에 있습니다.

국제 무대에서 만나는 대부분의 관계는 기본적으로 의사소통이 전제되어야 하며, 현재 가장 폭 넓게 사용되는 국제 통용어가 바로 영어라는 것입니다.

인터넷도 당연히 이 범주 안에 있는 것이 사실입니다. 또한, 다른 나라의 문화를 올바로 이해하기 위해서는 우선 그 나라에서 통용 가능한 언어를 알아야 비로소 가능합니다.

우리 순천향대학교에서도 영어 교육의 중요성을 인식하고 일찍부터 외국어교육원을 설립하여 총 15명의 원어민 교수님을 초빙한 가운데 재학생을 대상으로 회화 중심의 영어 및 외국어 교육을 실시해 왔습니다. 아울러, 이 교육의 실효성을 높이기 위하여, 영어 회화 과목을 졸업을 위해서는 반드시 이수하여야 하는 우리 대학교의 '교책과목'으로 지정하여 운영함으로써, 우리 대학교를 통해 배출되는 인재라면 누구라도 전공 분야에 관계없이 일정 수준 이상의 회화 능력을 갖출 수 있도록 제도화하였습니다.

더 나아가 다음 학기부터는 우리 대학교 안에 기숙사 시설이 포함된 'ENGLISH VILLAGE'를 설치하여 방과후에도 영어가 일상 생활화할 수 있도록 여건과 환경을 준비하고 있었습니다.

우리 순천향대학교에도 많은 외국인 교수님이 계시지만 그들과 원만한 의사소통이 이루어지지 않는다면, 서로 상대방 국가에 대한 문화의 이해는 물론이며 기본적인 지식의 전달조차 불가능할 것입니다.

이제 영어 능력을 갖춘다는 것은 세계의 다양한 문화를 이해하고 경험하기 위한 기초를 갖추게 된다는 뜻이 됩니다.

이런 의미에서 KBS미디어 영어캠프에 참가하신 여러분들은 21세기의 새로운 문화 창출에 앞장서고 있는 우리나라의 세계를 향한 꿈나무라고 말할 수 있겠습니다.

그러나 이번 캠프에 참가한 것으로 영어에 대한 목적지에 도달한 것은 결코 아닐 것입니다. 언어는 지식이라기보다는 일종의 습관입니다. 따라서 오늘 퇴소하는 이 순간부터도 그동안 경험의 연장선상에서 사고하고 표현하는 것을 꾸준히 생활화할 필요가 있을 것으로 생각됩니다.

그리고 이번의 캠프 참가를 계기로 여러분의 안목과 사고 체계를 꾸준히 발전시켜 나감으로써 여러분 모두가 원하시는 목표에 도달하시길 진심으로 기원합니다.

우리 순천향대학교는 여러분들의 소중한 경험에 좋은 파트너가 되고자 나름대로 최선을 다하고자 하였습니다만, 혹여라도 시설 사용에 불편한 점이 있었다면 이 자리를 빌려 양해를 구하고자 합니다.

아무쪼록 여러분들의 보람된 영어캠프의 기억 속에 아름답고 깨끗한 순천향대학교의 이미지와 캠퍼스의 전경이 함께 담겨지기를 기대합니다.

끝으로 모든 캠프 참가자께서는 모든 그동안 귀중한 자녀들을 장기간 동안 먼 곳까지 보내 놓고 마음 졸이셨던 부모님에 대한 고마운 마음도 잊지 않기를 당부드립니다.

감사합니다.

2002. 8. 18.

2001학년도 후기 대학원 학위 수여식 식사(2002. 8. 22.)

존경하는 내외귀빈 여러분! 그리고 이 자리에 함께 참석하여 주신 순천향 가족 여러분!

먼저 2001학년도 후기 대학원 학위 수여식을 거행하게 된 것을 대단히 기쁘게 생각하며, 그동안 각고의 노력 끝에 영예의 학위를 받으시는 여러분께 순천향의 전 가족을 대표해서 축하의 말씀을 드립니다.

그리고 오늘의 영광이 있기까지 온갖 어려움을 마다하지 않으시고 뒷바라지를 하여 주신 학부모님을 비롯한 가족 여러분께도 감사와 축하의 말씀을 드리며, 또한 심혈을 다하여 학문을 전수하여 주신 교수님께도 진심으로 감사드립니다.

졸업생 여러분!

학문 연구의 길은 멀고 험하다고 합니다. 학위 취득에 이르기까지 여러분께서는 선택한 분야의 학문 연구를 위해 적지 않은 시련의 관문을 통과하였을 것으로 생각됩니다.

오늘의 이 학위 수여식은 바로 험준한 고난의 길을 인내로 이겨 내시고 학문과 더불어 인생에서 하나의 결실을 맺고 이를 기념하는 날일 것입니다.

그러나 이는 또 다른 시작을 의미합니다. 이제 그동안 갈고 닦은 지식과 기예를 바탕으로 개인은 물론 우리 사회와 국가와 인류의 발전을 위해 이를 십분 활용해야 할 것입니다.

예술과 마찬가지로 학문이란 자기만족을 위한 개인 점유물일 수가 없습니다. 학문의 참다운 가치는 인류의 발전 등 공익을 위해서 활용될 때 비로소 발휘된다고 할 수 있겠습니다.

지금 우리나라는 새로운 도약의 시기를 맞고 있습니다. 세계의 축제인 월드컵의 성공과 함께 한국 축구가 세계 4위라는 기적을 이루어 내면서 대한민국이라는 나라를 세계에 널리 알리는 계기를 마련하였습니다. 세계가 한국을 알고 한국에 대해 더 알고 싶어 하는 이러한 시기에 자신의 능력을 한 단계 더 발전시킨다는 것은 이 시대가 요구하는 전문인으로서 성장하는 길입니다. 여러분 모두는 이 시대가 요구하는 전문지식을 습득하였고 양식 있는 지도자로서의 품성도 갖추었습니다. 지금까지 모교에서 배운 지혜와 신념, 그리고 인간사랑 정신으로 모든 어려움을 잘 극복하고 나라와 겨레의 주춧돌이 될 것을 확신합니다.

여러분들의 행적 하나하나는 우리 순천향대학교의 명예를 드높이고 모교의 발전에 이바지한다는 사실을 기억해 주시기 바랍니다.

여러분의 영원한 모교인 순천향대학교 또한, 여러분들이 순천향대학교 출신임을 자랑스럽게 여길 수 있도록 혼신의 노력을 기울일 것입니다.

지난해부터 준비하여 완성된 장기 발전 계획을 차질 없이 추진하여 오는 2020년에는 당초 목표대로 5~10개의 특성화 분야가 국내뿐만 아니라 세계 무대에서도 인정받을 수 있도록 순천향의 모든 구성원들은 혼신의 노력을 다할 것입니다.

그동안도 소비자가 중심이 되는 각종 정책을 개발하고 추진한 결과, 정부를 비롯한 각종 외부기관의 평가와 공모에서 좋은 성과를 거두고 있어, 우리 순천향대학교의 대외적인 위상은 꾸준히 높아지고 있는 것도 여러분께서는 이미 알고 계실 것입니다.

이제 여러분들은 순천향대학교의 동문이자 후원자로서 모교가 보다 더 튼튼한 내실 속에 발전할 수 있도록 깊은 애정으로 지켜봐 주시기 바랍니다.

그리고 기회가 된다면 남아 있는 후배들을 수시로 격려하고 지도하여 더욱 발전할 수 있도록 이끌어 주실 것을 당부 드립니다.

다시 한번 학위를 수여하시는 모든 분들께 진심으로 축하드리고, 이 자리에 참석해 주신 분들께도 감사드립니다.

감사합니다.

2002. 8. 23.

2001학년도 후기 대학원 학위 수여 식사(2002. 8. 22.)

친애하는 졸업생 여러분! 존경하는 내외 귀빈 여러분! 그리고 이 자리에 함께 참석하여 주신 순천향 가족 여러분!

먼저 2001학년도 후기 대학원 학위 수여식을 거행하게 된 것을 대단히 기쁘게 생각하며, 그동안 각고의 노력 끝에 영예의 학위를 받으시는 여러분께 순천향의 전 가족을 대표해서 축하의 말씀을 드립니다.

그리고 오늘의 영광이 있기까지 온갖 어려움을 마다하지 않으시고 뒷바라지해 주신 학부모님을 비롯한 가족 여러분께도 감사와 축하의 말씀을 드리며, 또한 심혈을 다하여 학문을 전수하여 주신 교수님께도 깊이 감사드립니다.

졸업생 여러분! 학문 연구의 길은 멀고 험하다고 합니다. 학위 취득에 이르기까지 여러분께서는 선택한 분야의 학문 연구를 위해 적지 않은 시련을 감수해 오셨을 것입니다.

오늘의 이 학위 수여식은 바로 험준한 고난의 길을 인내로 이겨 내심으로써 학문과 더불어 인생에서 하나의 결실을 맺고 이를 기념하는 날일 것입니다.

그러나 이는 또 다른 시작을 의미합니다. 졸업은 배움의 종지부가 아니라 새로운 영역으로의 입문이자 평생교육의 출발이라는 것을 명심하셔야 할 것입니다. 또한 이제 그동안 갈고 닦은 지식을 바탕으로 개인은 물론 우리 사회와 국가와 인류의 발전을 위해 이를 십분 활용해야 할 것입니다.

예술과 마찬가지로 학문이란 자기만족을 위한 개인 점유물일 수가 없습니다. 학문의 참다운 가치는 인류의 발전 등 공익을 위해서 활용될 때 비로소 발휘된다고 할 수 있겠습니다.

지금 세계는 역사상 보기 드문 일대 전환의 시기를 맞고 있습니다. 인터넷의 발달과 과학문명의 발전으로 기존의 가치관이 파괴되고 새로운 가치관의 정립이 요구되는 대전환의 시대입니다. 지식정보화와 세계화의 도도한 흐름 속에서 변화의 요구는 비단 현실 영역뿐 아니라 학문의 영역에서도 새로운 화두가 되고 있습니다. 과연 변화의 방향은 어디고 학문과 지식은 이 시기에 어떠한 역할을 하는가가 오늘날 지식인들의 고민이 아닐 수 없습니다. 따라서 이 자리에 계신 졸업생 여러분에 거는 기대와 역할은 자명합니다. 대전환의 시대를 정확히 진단하고 기존 관념의 틀을 벗어나서 이를 해명하는 통찰력으로 변화의 방향을 제시하여 능동적으로 미래를 기획하는 지혜를 제시하는 것이 그것일 것입니다.

여러분 모두는 이 시대가 요구하는 전문지식을 습득하였고 양식 있는 지도자로서의 품성도 갖추었습니다. 특별히 인간 사랑의 건학 정신과 실천 지향적 학풍을 지닌 우리 순천향대학교의 졸업생 여러분께서는 지금까지 모교에서 배운 지혜와 신념 그리고 인간사랑의 정신으로 우리나라와 겨레를 위해 이바지해 주실 것을 확신합니다.

여러분들의 행적 하나하나는 우리 순천향대학교의 명예를 드높이고 모교의 발전에 이바지한다는 사실을 기억해 주시기 바랍니다.

여러분의 영원한 모교인 순천향대학교 또한, 여러분들이 순천향대학교 출신임을 자랑스럽게 여길 수 있도록 혼신의 노력을 기울일 것입니다.

지난해부터 준비하여 완성된 장기발전 계획을 차질 없이 추진함으로써 제3단계 사업이 완성되는 오는 2020년에는 당초 목표대로 5~10개의 특성화 분야가 국내뿐만 아니라 세계 무대에서도 인정받을 수 있도록 순천향의 모든 구성원들은 혼신의 노력을 다할 것입니다.

최근 들어 우리 대학교는 여러분께서도 아시는 바와 같이 소비자가 중심이 되는 각종 정책을 개발하고 추진한 결과, 정부를 비롯한 각종 외부 기관의 평가와 공모에서 좋은 성과를 거두고 있어, 우리 순천향대학교의 대외적인 위상은 이미 상당한 수준에 이르고 있는 것으로 알려져 있습니다.

이제 여러분들은 순천향대학교의 동문이자 후원자로서 모교가 보다 더 튼튼한 내실 속에 지속적으로 발전할 수 있도록 깊은 애정으로 지켜봐 주시기 바랍니다.

그리고 기회가 된다면 남아 있는 후배들을 수시로 격려하고 지도해 주심으로써 학문적으로도, 인격적으로도 더욱 원숙될 수 있도록 이끌어 주실 것을 당부드립니다.

다시 한번 학위 취득을 축하드리고, 이 자리에 참석해 주신 모든 분들께도 감사의 인사를 드립니다.

감사합니다.

2002. 8. 23.

연원영 사장 명예 경영학 박사 학위 수여식 인사(2002. 8. 30.)

먼저, 오늘 이 자리에서 명예 경영학 박사 학위를 받으시는 한국자산관리공사 연원영 사장님께 진심으로 축하의 말씀을 드립니다.

그리고 제가 평소 마음 깊이 존경하는 이헌재 전(前) 재경부장관님과 한국금융학회장이신 김인준 서울대 교수님을 비롯한 모든 하객 여러분께도 감사드리며, 우리 대학교 방문을 진심으로 환영합니다.

잘 아시는 것처럼 대학은 학문의 수월성을 추구하고 그 실천을 통해 사회에 봉사함으로써 국가와 인류 사회의 발전에 이바지하는 것을 사명으로 하고 있습니다.

따라서, 대학이 수여하는 모든 학위에는 어느 것이나 나름대로의 학문적 가치가 내재되어 있지만, 명예박사 학위의 경우는 학문적 이론뿐만 아니라 많은 사람들이 공감하고 인정하는 사회적 경험과, 객관화된 업적을 전제로 수여한다는 면에서 더욱 큰 의미가 있을 것입니다.

오늘 명예박사 학위를 수여하시는 연원영 선생님은 우리나라 실물경제 분야에 관한 자타가 인정하는 권위자로서, 우리나라 금융산업의 발전에 많은 업적을 이룩하신 분입니다.

특히, IMF 외환위기를 겪었던 아시아 4개 국가 중에서 짧은 시간 내에 우리나라가 가장 우수하고 모범적인 형태로 위기를 극복할 수 있도록 결정적인 역할을 수행 하셨습니다.

비록 IMF 외환위기는 더 이상 반복되어서는 안 될 국가적으로 불행한 일이지만, 더 중요한 것은 이미 닥쳐진 시련을 어떻게 대처하고 슬기롭게 극복하느냐 하는 것일 것입니다. 이러한 관점에서 볼 때 연원영 선생님께서 보여 주신 위기관리 능력과 국가를 위한 헌신적인 노력, 그리고 그 성과는 우리나라 금융사에 귀감이 되는 선례로 오랫동안 남을 것입니다.

오늘 명예박사 학위를 수여하시는 연원영 선생님께서는 1973년도에 재무부 간부로 공직에 입문하셨습니다.

이후 한국자산관리공사의 CEO로 초빙되시기까지 연원영 사장님께서는 많은 선진화된 제도를 도입하고 정착시킴으로써 궁극적으로 국력을 신장하고 국민들의 부담을 경감시키는 데 크게 이바지해 오셨습니다.

우리는 이 자리를 통해 박사님께서 걸어오신 인생행로를 모두 다 살펴보고 되돌아볼 수는 없다고 하더라도 한 인간이 자신의 인생 전반을 통해 우리 사회의 발전을 위해 일관된 신념과 의지로 어떻게 임해 오셨는가를 우리 자신의 삶에 비추어 새롭게 조명해 볼 수는 있지 않을까 싶습니다.

탁월한 경영인이자 사회적 명망가로서의 면모를 고루 갖추고 계신 연원영 사장님에 대한 본교의 명예 경영학 박사 학위 수여는 오히려 늦은 감이 없지 않습니다. 이제라도 우리 대학교의 동문으로 모실 수 있게 된 것을 매우 다행스럽게 생각하는 바입니다.

오늘로써 연원영 사장님의 모교가 된 순천향대학교에 대해서 알려드리는 것도 우리 대학교를 방문해 주신 여러 귀빈에 대한 예의일 것 같아 간단히 소개하고자 합니다.

순천향대학교는 그동안 소비자가 중심이 되는 각종 정책을 개발하고 추진한 결과, 정부로부터 3년 연속 교육개혁 추진 우수 대학으로 선정되는 등 각종 외부기관의 평가와 공모에서 좋은 성과를 거두고 있습니다.

아울러, 총 3단계 전략으로 구성된 우리 대학교의 마스터플랜에 따라 금년도부터 제1단계 사업 추진에 돌입하고 있으며, 이 사업의 제3단계가 마무리되는 2020년에는 5~10개의 특성화 분야가 국내뿐 아니라 세계 무대에서도 10위권 안으로 진입함으로써 우리 대학교의 위상이 더욱 높아질 것으로 기대하고 있습니다.

연원영 선생님과 같이 경제 분야에 남다른 혜안을 가지고 계신 분들이 우리 대학교의 동문으로 함께해 주시는 것만으로도 우리는 큰 용기를 얻게 되며, 우리 대학교 미래의 자화상이라고 할 수 있는 마스터플랜에 대한 자신감과 함께, 가일층 사업추진에 박차를 가할 수 있을 것입니다.

아무쪼록 선생님의 명예 경영학 박사 학위 취득을 다시 한번 축하드리며, 앞으로도 계속해서 국가와 우리 사회의 발전을 위해 더 많은 업적을 만들어 가시길 기원합니다.

또한, 오늘 행사에 참석하시어 자리를 빛내 주신 내외 귀빈께도 다시 한번 감사의 인사를 드립니다. 감사합니다.

2002. 8. 30.

박기점 회장 명예 경영학 박사 학위 수여 식사(2002. 9. 12.)

박기점 회장님의 명예 경영학 박사 학위 수여를 진심으로 축하드립니다.

그리고 오늘 박기점 회장님의 명예박사 학위 수여를 축하해 주시기 위해 우리 대학교를 찾아 주신 비롯한 모든 분들께 순천향대학교의 전 가족을 대표하여 크게 환영하며, 감사의 말씀을 드립니다.

그러나 무엇보다도 우리나라 벤처기업의 선구자이신 박기점 회장님을 우리 대학교 동문으로 모실 수 있게 된 것을 진심으로 기쁘고 영광스럽게 생각합니다.

잘 아시는 것처럼 대학은 학문의 수월성을 추구하고 그 실천을 통해 사회에 봉사함으로써 국가와 인류 사회의 발전에 이바지하는 것을 사명으로 하고 있습니다. 따라서, 대학이 수여하는 모든 학위에는 어느 것이나 나름대로의 학문적 가치가 내재되어 있지만, 명예박사 학위의 경우는 학문적 이론뿐만 아니라 많은 사람들이 공감하고 인정하는 사회적 경험과, 객관화된 업적을 전제로 수여한다는 면에서 더욱 큰 의미가 있을 것입니다.

오늘 명예 경영학 박사 학위를 수여하시는 박기점 회장님께서는 월남 파병 도중 미국의 발달된 과학기술과 선진기술에 크게 감명을 받으시고, 당시 우리나라의 낙후되었던 과학기술과 산업의 발전에 삶의 목표를 설정하신 후 오늘에 이르기까지 초지일관해 오셨습니다.

선생께서는 당신 스스로를 우리나라의 국가산업 발전에 초석이 되고자 다짐하셨고, 자신과의 약속을 저버리지 않기 위해 휴학 중이던 서울대학교 공과대학으로 다시 돌아가는 대신에 한국과학기술연구소 입소를 택하셨습니다.

이후 13년간 방위산업계, 부품산업계 등 제조기술의 기초가공 분야 및 정밀제조부문의 기술개발과 산학연의 협동차원에서 연구, 완성품의 기업체 기술이전, 신제품 제조기술 지도, 방위산업 기계의 초기제품 제조 및 기업체로의 이관 등의 활동을 통해 자주국방의 강력한 기기제조로 국방력 향상에 기여하였습니다.

그밖에도 컬러 TV의 부품을 비롯한 각종 첨단 전자부품을 개발하여 산업체에 기술을 이전함으로써 이 분야의 수입 대체 효과는 물론, 전자부품산업의 국제경쟁력 신장에 크게 기여하였습니다.

우리는 박사님께서 걸어오신 인생행로를 모두 다 살펴보고 되돌아볼 수는 없다고 하더라도 한 인간이 자신의 인생 전반을 통해 우리 사회의 발전을 위해 일관된 신념과 의지로 어떻게 임해 오셨는가를 이 자리를 통해 새롭게 조명해 본다는 점에서 뜻이 깊다고 생각합니다.

우리 대학교에서는 인간사랑과 실사구시의 건학 이념에 부합되시는 분들을 대상으로 엄격한 심사와 검증을 통해 관련 분야의 명예박사 학위 수여하고 있습니다.

이런 면에서 볼 때, 삶의 목표를 우리나라와 우리 사회의 발전에 두고 우리 이웃들을 사랑하며 살아오신 선각자이자, 탁월한 기술 전문인이신 박기점 선생님에 대한 본교의 명예 경영학 박사 학위 수여는 당연한 귀결이며, 오히려 때늦은 감마저 없지 않습니다.

박기점 선생님께서 오늘날까지 꾸준히 일관되게 추진해 오신 기술 선진화 신념은 그동안 우리 대학교가 일찍부터 준비하고 추구해 온 정보화, 세계화 정책과도 일맥상통하고 있어 이제라도 우리 대학교의 동문으로 모실 수 있게 된 것을 매우 다행스럽게 생각하는 바입니다.

현재 우리 대학교 산학협동관에는 정부로부터 지정된 '정보통신창업지원센터', '인터넷 창업보육센터' 등을 통해 많은 벤처기업들이 보육되고 있습니다.

또한, 지역협력연구센터로 지정된 '무선부품연구센터'뿐만 아니라 '반도체설계교육센터', '소프트웨어교육센터' 등이 설립되어 활발한 활동을 하고 있어, 대통령상을 수상한 사실을 통해서도 알 수 있듯이, 벤처기업 육성에 관한한 우리 대학교가 국내에서는 선두 주자임을 감히 자부합니다.

우리 대학교는 4개 부속병원을 운영하고 있는 관계로 의과대학의 이미지가 강한 편이지만 인문, 사회, 자연, 공학 등 폭넓은 학문 분야에 약 600여 교수님께서 연구와 교육을 담당하시는 중견대학으로 성장과 발전 거듭해 왔고, 아울러 아산 신도시 개발과 함께 제2캠퍼스 조성을 통한 또 다른 도약을 준비하고 있습니다.

총 3단계 전략으로 구성된 우리 대학교의 마스터플랜에 따라 금년도부터 제1단계 사업 추진에 돌입하고 있으며, 이 사업의 제3단계가 마무리되는 2020년에는 5~10개의 특성화 분야가 국내뿐 아니라 세계 무대에서도 상위권으로 진입함으로써 우리 대학교의 위상이 더욱 높아질 것으로 기대하고 있습니다.

박기점 선생님과 같이 실사구시의 정신으로 우리나라의 기술 발전에 이바지해 오신 분들이 우리 대학교의 동문으로 함께해 주시는 것만으로도 우리는 큰 용기를 얻게 되며, 우리 대학교 미래의 자화상이라고 할 수 있는 마스터플랜에 대한 자신감과 함께, 사업 추진에 가일층 박차를 더할 수 있을 것입니다.

아무쪼록 박기점 선생님의 명예 경영학 박사 학위 취득을 다시 한번 축하드리며, 앞으로도 계속해서 국가와 우리 사회의 발전을 위해 더 많은 업적을 만들어 가시길 기원합니다.

또한, 오늘 행사에 참석하시어 자리를 빛내 주신 내외 귀빈께도 다시 한번 감사의 인사를 드립니다.

감사합니다.

2002. 9. 12.

트레이드 인큐베이터 수료식 치사(2002. 9. 16.)

먼저 우리 대학교 트레이드 인큐베이터의 모든 과정을 이수하고 오늘 수료증을 받으시는 제1기 TI 수료 학생 모두에게 축하드립니다.

그리고 트레이드 인큐베이터 사업단을 이끌어 오시고 그 안에서 학생들을 지도해 오신 김영국 산학협동본부장님을 비롯한 관련 교수님 모두에게 이 자리를 빌려 감사의 말씀을 드립니다.

우리나라처럼 부존자원보다는 인적자원에 의지하고 있는 나라에서 국제무역이야 말로 무엇보다도 중요한 국가 차원의 생존수단이 될 것입니다.

이미 모두 알고 있는 것처럼 과학기술과 정보통신의 발달로 인해 세계는 상대적으로 작아졌습니다. 이는 국가 간의 상거래 규모가 더욱 확대되고 있다는 의미와 더불어 그 경쟁 또한 더욱 치열해지고 있다는 의미도 함께 들어 있을 것입니다.

이러한 현실에 비추어 볼 때, 무역 전문인력을 양성하고, 무역 창업을 통한 고용 창출과 지역 경제를 활성화한다는 목표를 가지고 출발한 우리 대학교의 트레이드 인큐베이터 사업단의 출범은 매우 시의적절했던 것으로 생각됩니다.

그리고 오늘의 제1기 TI사업단 수료식은 그 첫 번째 결실이라는 점에서 큰 의미가 있는 것입니다.

그동안 트레이드 인큐베이터 센터는 관련 전공 2, 3학년 재학생을 대상으로 무역관련 교육과 현장 실습 등의 교육과 더불어 산학협동관과 연계하여 수출 유망 중소기업을 발굴하여 해외에 진출할 수 있도록 도와주는 사업들을 같이 추진해 오고 있는 것으로 알고 있습니다.

이러한 일련의 사업들은 우리 대학교의 경쟁력을 높여 가는 일인 동시에 이 지역의 경제 활성화나 국가의 발전에도 이바지할 수 있는 사업인 것입니다.

이러한 목표와 그간의 성과로 인해 2001년도에는 산업자원부 우수장관상을 수상하기도 하였습니다.

오늘 수료하시는 26명의 재학생 여러분들은 비록 학생 신분이지만 이 센터를 통해 그동안 다양한 무역 관련 이론과 실무교육을 이수함으로써 나름대로 급변하는 세계정서 속에서 국제무역과 관련한 전문가가 갖추어야 할 기본 소양들에 대해 어느 정도 이해하셨을 것으로 기대합니다.

그러나 이 수료식은 관련 분야에 대한 더 깊은 탐구와 학문적 접근을 위한 새로운 출발을 의미하는 것입니다.

앞으로 여러분들은 오늘의 수료식을 계기로 더욱 이 분야에 정진하시어 궁극적으로는 우리나라의 무역 관련 분야에 전문가로 성장해 나가게 되기를 기원합니다.

다시 한번 트레이드 인큐베이터 과정 수료를 축하드리며 여러분들의 앞날에 무궁한 영광이 함께하길 기원합니다.

감사합니다.

2002. 9. 16.

제6회 총장기 고등학교 교사 테니스대회사(2002. 10. 5~6.)

　고등학교 선생님들을 모시고 우리 대학교 교정에서 갖는 '순천향대학교 총장기 고등학교 교사 테니스대회'가 금년으로 어느덧 여섯 번째에 이르게 되었습니다. 아침저녁으로 제법 선선해진 기운이 느껴질 때면 마치 초등학생이 가을 운동회를 기다리는 듯한 동심을 닮은 마음으로 은근히 이 날을 기다리게 됩니다.

　오늘 이 대회 참석을 위해 우리 대학교를 방문하신 모든 선생님들을 순천향 전 가족의 이름으로 환영합니다. 아울러, 이 대회가 오늘에 이르기까지 꾸준히 발전할 수 있도록 많은 도움을 주시고, 또 바쁘신 와중에도 이 자리에 직접 참석해 주신 강복환 충청남도 교육감님과 북일고등학교의 이창구 교장선생님, 태안고등학교 송인수 교장선생님을 비롯한 각 고등학교 교장선생님들께도 진심으로 감사의 말씀을 드립니다.

　우리 대학교가 주관하는 이 행사는 대회 첫해에 36개 팀 약 220여 명의 선생님으로 구성된 선수가 참가한 것을 시작으로, 해를 거듭하면서 그 규모가 확대되어 제6회를 맞는 금년에는 무려 두 배에 가까운 62개 팀 약 500여 명의 선수가 참가하는 대회로 발전하였습니다. 그야말로 명실상부한 충남 지역 고등학교 선생님들 모두의 테니스 제전이라고 감히 말씀드릴 수 있겠습니다. 더욱이 출전하시는 모든 선생님들께서 각자 소속된 학교의 명예를 걸고 테니스 경기를 통해 자웅을 겨루는 대회는 이 대회가 전국에서 최대 규모라고 합니다.

　무엇보다도 이 행사가 출발 당시의 순수했던 동기를 고스란히 간직한 채, 국가 백년대계의 막중한 임무를 수행하고 계시는 교육동지 상호 간의 반가운 만남의 장이자 순수한 스포츠 교류의 장으로 정착되고 있다는 점을 매우 기쁘게 생각합니다.

　앞으로 우리 대학교는 진행이나 운영 면에 있어서도 본 대회의 순수한 전통을 꾸준히 계승하고 발전시켜, 참가하시는 모든 선생님께서 공감하고 마음으로부터 기다려지는 대회가 될 수 있도록 더욱 더 정성을 다하여 행사를 준비하도록 하겠습니다.

　대학은 미래 사회를 이끌어갈 젊은 인재를 양성하는 한편, 끊임없는 연구를 통해 학문적 성과를 쌓고 이를 다시 사회에 환원함으로써 국가와 인류의 발전을 추구해야 하는 곳입니다. 그리고 대학이 위치하고 있는 지역의 특성과 잘 조화된 새로운 가치와 문화를 창출시킬 수 있어야 한다고 생각합니다. 한 대학교가 보유하고 있는 지적 가치와 문화는 더 이상 그 대학 구성원들만의 몫이 아니라 지역 주민을 비롯한 그 지역사회 전체의 공유물로 발전시켜야 하는 것도 대학의 역할이라고 생각합니다.

이는 교육 선진국에서 대학과 지역 공동체가 마치 하나의 거대한 교육타운으로 발달된 사례에서도 잘 알 수 있을 것입니다. 그러한 맥락에서 순천향대학교는 우리지역과 이 사회를 향해 오직 열린 마음으로 지역 사회와 함께 성장하고 발전하고자 합니다.

오늘의 이 행사도, 한사람의 건전한 사회인을 양성하기 위해서는 일선에서 중등교육을 담당하고 계신 여러 선생님들과 대학 간에 보다 긴밀한 협조와 대화가 필요하다는 교육적인 측면과 지역 내 교육 기관 간 공감대 형성을 위한 취지에서 출발하였습니다.

선생님들께서 훌륭히 지도하신 제자들이 건전한 시민으로 거듭날 수 있도록 우리 순천향대학교에서는 인간사랑의 기본정신을 바탕으로 인성과 능력을 골고루 갖춘 차세대의 리더로 교육하고 있습니다. 특히 올해부터는 호주, 영국, 미국 등지에서 온 17명의 외국인 교환학생들과 우리 대학생들이 기숙사에서 함께 생활하고 있으며, 14분의 외국인 교수님들에게 외국어를 배워서 외국어는 물론 외국 문화 소양을 쌓아 국제화 시대에 걸맞은 인재를 양성하기 위해서 노력하고 있습니다.

이번 대회가 후진을 양성하는 교육자적 동지애를 더욱 공고히 하는 좋은 계기가 될 수 있기를 바라며, 선생님들께서 봉직하고 계시는 고등학교와 우리 순천향대학교가 앞으로 더욱 돈독한 관계로 발전할 수 있는 좋은 계기가 되었으면 합니다.

참석하신 모든 선생님들께서는 서로 정신적·육체적 소양과 기량을 마음껏 발휘하시어 좋은 성과 있기를 기대하며, 여러분의 가정과 학교에 건강한 웃음과 행운이 항상 함께하길 기원합니다.

감사합니다.

2002. 10. 5.

몽골국립의과대학 학술협약 체결 인사말(2002. 10. 7.)

멀리 몽골에서 우리 대학교를 방문해 주신 체렌쿠흐 라와그수렝 총장님, 나랑토야 부총장님, 뭉흐바트 회장님 그리고 윤동태 몽골국립의과대학 총장자문위원님 진심으로 환영합니다.

우리 대학교는 1997연도에 이미 몽골의 사립대학교인 울란바타르대학과 자매결연을 체결하였고, 매년 울란바타르대학에서 3명 정도의 학생 또는 교수 요원이 우리 대학교에서 유학을 하였거나 유학 중에 있습니다.

그래서 몽골에 대해서는 항상 다정한 이웃으로 생각하고 있습니다.

국가적으로도 몽골은 우리나라와 매우 긴밀한 관계에 있는 것으로 생각합니다.

우선 인종적으로 그리고 언어와 전통 풍속 등에도 많은 유사성을 공유하고 있습니다. 한때 여러 가지 사정으로 인하여 양국 간의 관계가 소원해졌던 때가 있었으나, 이제 국제 정세의 변화에 따라 새로이 외교 관계를 맺은 지가 10년 정도가 되었고, 몽골은 유구한 역사를 통해 우리나라와 깊은 인연을 맺어온 가까운 이웃이라고 생각합니다.

몽골은 세계에서 17번째로 큰 면적을 가지고 있는 나라이며, 아직 개발하지 않은 많은 부존자원을 가지고 있는 나라입니다.

제가 생각하기에, 몽골은 머지않은 장래에 전 세계에서 손꼽히는 부유한 나라가 될 수 있는 잠재력을 가지고 있는 나라로 알고 있습니다.

어쩌면 이번에는 경제력을 기초로 칭기즈 칸 시대의 영광을 재현하게 되지 않을까 기대합니다.

아무쪼록 오늘의 협약식이 양 대학교와 더 나아가 양 국가 간 서로에게 이익을 주는 계기로 발전하길 진심으로 바라 마지않습니다.

다시 한번 체렌쿠흐 라와그수렝 총장님, 나랑토야 부총장님 그리고 뭉흐바트 회장님), 윤동태 몽골국립의과대학 총장자문위원님의 우리 대학 방문을 환영하며 몽골국립의과대학의 무궁한 발전을 기원합니다.

감사합니다.

2002. 10. 7.

제27회 천향연묵회전 축사(2002. 10.)

국화 향기가 짙어지는 계절이면 우리 순천향대학교에 기다려지는 행사가 있습니다. 그윽한 묵향과 더불어 동향 문화의 진수를 깨우쳐 가는 서예 동아리의 '천향연묵회 전시회'가 바로 그것입니다.

금년으로 스물일곱 해를 거듭해 오는 동안 이 행사는 이제 순천향대학교의 가을 정례행사로 자리하게 되었습니다.

아시는 것처럼 서예는 단순히 글자를 글자로서만 기록하는 데 그치지 않고 아름다움을 추구하여 표현하는 글씨를 이르는 말입니다. 서여기인(書如其人)이라 하여 글씨는 곧 그 사람의 인품, 교양, 학덕 등을 의미하게 됩니다. 또한 품위와 여백의 예술인 동시에 현자들의 삶의 지혜를 깨우치고 연마하는 도의 경지라 할 수 있겠습니다. 그래서 서예를 나라에 따라서는 서도(書道)라고도 합니다.

전공과 별개로 이러한 동아리 활동은 자신의 인격 수양을 위한 또 다른 방법이 될 것이며, 이를 통해 여러분들의 인생이 더욱 풍요로워질 것으로 기대합니다.

이번 전시회가 대학인들의 긍지 높은 문화와 가을 정취가 가득 담기 예술의 장(場)이 될 것으로 기대하며, 연중행사를 기획하고 준비한 회원들과 서예를 지도하신 선생님, 그리고 동아리 지도교수님의 노고를 높이 치하합니다. 아울러 천향연묵회의 지속적인 발전을 기원합니다.

2002. 10.

제2회 건축전 축사(2002. 10. 28.)

먼저, 건축학과 4학년 학생들의 졸업 전시회를 진심으로 축하드리며 그동안 작품을 만들기 위하여 애쓴 여러분의 노력에 아낌없는 박수를 보냅니다. 이번 전시회를 통하여 여러분이 익히고 쌓아왔던 창의적 실력을 마음껏 발휘하여 순천향 건축학과의 이름을 빛내기를 기대합니다.

건축은 인간의 삶을 담는 공간을 만드는 기술이자 또한 예술이라고 합니다. 여러분은 우리의 생활과 직결되는 주거 환경을 구축하는 전문가로서 우리나라의 건축 분야를 짊어지고 나가야 할 젊은이들입니다. 여러분이 그동안 대학에서 교수님들의 애정 어린 지도 아래 지식과 전문적 자질을 양성하여 왔습니다. 이에 더하여, 여러분들의 진취적 열정과 성실한 노력이 경주된다면, 분명 여러분의 앞길은 밝게 열릴 것이며, 우리 순천향의 앞날도 더욱 견고해지리라 확신합니다.

다시 한번 학생 여러분의 노고를 치하하며 여러분을 지도하여 주신 건축학과의 교수님과 여러분의 든든한 힘이 되어 주신 학부모님들께도 감사의 말씀을 드리는 바입니다. 순천향 건축학과 모든 분들의 건강과 발전을 기원합니다.

2002. 10. 28.

2003학년도 수시 1학기 예비대학 입소식 인사말(2002. 10. 24.)

합격의 영광을 안고 이 자리에 참석하신 예비 대학생 여러분 만나서 반갑습니다. 순천향의 모든 가족을 대신하여 여러분의 합격을 진심으로 축하드립니다. 아울러, 오늘에 이르기까지 온갖 뒷바라지를 해 오시느라 고생하신 부모님과 선생님께도 깊은 감사와 존경의 인사를 드립니다.

저는 순천향대학교의 총장으로서 대학 입시의 좁은 문을 통과하여 이 자리에 선 여러분들을 부모님이나 고교 은사님 못지않게 대견하고 자랑스럽게 여겨집니다.

오는 봄부터 여러분들은 우리 순천향대학교의 한 구성원으로서 이 캠퍼스를 활보하게 될 것입니다. 또한 사회적으로도 당당한 대학생의 지위를 인정받게 됨으로써 고등학교 학창 시절의 크고 작은 각종 간섭들로부터 벗어나 큰 해방감을 느낄 수 있을 것입니다. 그러나 대학생활이란 성인으로서의 지위와 권리가 보장되는 만큼 이에 못지않게 각자의 판단과 행동에 대한 책임도 철저한 자신의 몫으로 감수해야 하는 곳입니다.

그리고 대학은 창조적 지성과 자유롭게 열린 사고를 지향하는 곳입니다. 대학은 기존의 지식을 무비판적으로 전수하는 곳이 아니라, 사색하고 토론하며 기존의 지식에 도전해서 그것을 창조적 지식으로 재구성하고, 좋은 스승이나 친구들, 그리고 선후배와의 만남을 통해 성숙한 인격체로 거듭 태어나는 곳입니다.

예비 대학생 여러분!

여러분은 이제 성인으로서의 자율이 보장되는 동시에 스스로의 미래를 준비하고 책임져야 할 시기에 서 있는 것입니다. 자신이 원하는 지식과 정보의 획득은 바로 자신의 경쟁력이 되고 이는 대학의 경쟁력으로 이어져 나갈 것입니다. 따라서 대학의 경쟁력이 국가 경쟁력의 원천인 21세기 지식 기반 시대에서 여러분의 대학생활 결과는 여러분 자신의 미래뿐 아니라 국가의 운명도 좌우할 수 있게 될 것입니다.

지금까지 여러분들이 대학 진학을 목표로 수학에 정진해 왔다면, 앞으로는 긴 안목과 진지한 사색을 통해 자신의 인생을 가장 보람되게 가꾸어 갈 수 있는 분야에 목표를 설정하고 대학생활을 이끌어 가시기 바랍니다.

이와 같이 뚜렷한 목표를 두고 학문에 심취할 때 여러분은 자신의 재능과 잠재력을 십분 발휘하여 새로운 가치를 창출해 갈 수 있을 것입니다.

여러분이 선택한 우리 순천향대학교는 각자가 이상의 나래를 활짝 펼칠 수 있도록 만반의 준비를 갖추고 여러분의 도전을 기다릴 것입니다.

또한, 앞으로도 빠르게 변화하는 지식정보화 시대에 상대적으로 단축된 지식 사이클과 외부환경에 맞추어 우리 대학교의 교육 여건을 확보하고, 교육서비스 지원 체계를 유연하고 탄력적으로 운영해 나갈 것입니다.

지금까지도 우리 순천향대학교는 학산일체형의 신교육 모델을 도입하여 학생들의 취업율도 높이고, 벤처기업도 육성하는 사업을 추진하거나, 지금까지 아무도 시도해 본 사례가 없는 '열차강의 제도'를 도입하여 등굣길 열차 안에서도 학생들이 수업을 받을 수 있도록 추진하는 일을 비롯하여, 이번 학기부터 호주, 영국, 미국 등지에서 온 외국인 교환학생들과 우리 대학생들이 함께 생활하며 외국어와 문화를 자연스럽게 익힐 수 있도록 마련한 English Village프로그램 등도, 외부 환경의 변화에 능동적이고 적극적으로 대처하고자 하는 우리 대학교의 의지가 담겨져 있는 사례라고 할 수 있겠습니다.

또한 우리 대학교는 의과대학의 4개 부속병원과 연계되어 더욱 큰 시너지 효과를 발휘하고 있는 '의료생명공학' 분야에 대한 특성화 기반이 구축되어 있습니다. 아울러, 소위 IT분야로 통칭되는 '정보통신분야'를 대학 내 산학협동시스템과 연결하여 새로운 특화사업 분야로 추진하고 있습니다.

실제로 우리 대학교는 정보통신부, 중소기업청, 산업자원부 등 정부 각 부처에서 공식적으로 지정, 운영하고 있는 의료 또는 인터넷 관련 창업보육센터나 지역협력센터 등, 산학협력에 관한 한 전국의 모든 대학 중 우리 대학교의 규모가 가장 크고 우수한 것으로 인정받고 있습니다.

학문 분야에 있어서도 앞으로 5~10개 분야에 대해 자율경쟁을 통해 특화 분야로 추가 선정하여 집중적으로 육성할 예정입니다. 따라서 우리 대학교의 장기발전계획인 '유니토피아2020' 계획이 완성되는 2020년경에는 국내뿐만 아니라 국제적으로도 순천향대학교의 위상이 한층 높아질 것으로 기대합니다.

이번의 짧은 예비 대학 기간 동안 여러분들이 대학생활 전반에 대해 폭넓게 이해할 수 있을 것으로 기대하지는 않습니다. 다만, 우리 순천향대학교가 추구하는 교육목표나 미래에 대한 확신 그리고 개인적으로는 지성인으로서의 성숙한 인격과 품성 등에 대해 개략적으로라도 접할 수 있을 것으로 기대합니다.

그리고 비록 짧은 기간이더라도 각자 인생의 목표에 대해 진지하게 숙고해 보고, 이를 위해서는 과연 어떤 모습으로 대학생활을 이끌어 가야 할지 꼼꼼하게 설계해 보는 계기가 되었으면 합니다.

다시 한번 2002학년도 수시 1학기 합격을 진심으로 축하드리며, 여러분 모두의 가슴에 푸르게 담겨져 있는 앞날을 향한 부푼 꿈들이 반드시 현실로 이루어지길 기원합니다.

감사합니다.

2002. 10. 24.

예술제 팸플릿 수록용 총장님 격려사(2002. 10. 29.~12. 5.)

2002 순천향예술제를 축하하며.

순천향대학교 교정에 가을빛이 무르익을 즈음에는 다양하게 마련되는 문화 공연과 각종 문화행사가 있어 우리들의 마음까지도 풍성해집니다. 순천향 가을문화 축제와 더불어 매년 우리 대학교 예술학부가 중심이 되어 추진하는 '순천향예술제'도 이 가을을 더욱 풍요롭게 하는 빼놓을 수 없는 문화잔치 중 하나일 것입니다.

그동안 이 예술제를 위해 밤이 깊어 가는 것도 잊은 채 작품을 준비해 온 예술학부 학생들 모두에게 아낌없는 박수를 보냅니다. 여러분들의 예술을 향한 지고지순한 열정과 노력하는 모습에서 우리 대학교 예술학부 인재들의 밝은 미래를 엿볼 수 있어 총장으로서 매우 흐뭇하고 대견스럽게 생각하는 바입니다. 그리고 혼신의 노력과 정성을 다하여 학생들을 지도해 주신 예술학부 교수님들께도 감사의 말씀을 전합니다.

우리 순천향대학교 예술학부의 연륜은 결코 길다고 할 수 없겠습니다만 매 학기마다 연극 공연을 무대에 올리고, 영화도 제작하여 상영하는가 하면, 가을마다 작품전을 개최하는 등 잠시도 쉬지 않는 여러분 모두의 부지런함과 작품을 향한 성실함이 짧은 기간임에도 불구하고 우리 대학교 예술학부가 장족의 발전을 이룩할 수 있었던 원동력이 된 것입니다.

아무쪼록 연극과 무용 공연, 영화와 애니메이션 작품 상영으로 이루어지는 이 행사가 끝까지 성공리에 마무리되고, 그 결과가 학생들의 능력 향상에 많은 도움이 될 것으로 기대하며, 이러한 여러 단계와 과정을 통해 배출된 인력들이 각 장르별 현장에서 뚜렷한 흐름을 형성하게 되기를 기원합니다.

예술제에 참가하는 모든 예술학부 학생 여러분과 학생들을 지도해 주신 모든 교수님의 노고에 다시 한번 격려와 감사의 말씀을 드립니다.

2002. 10. 29.

영어교사 워크숍 환영사(2002. 11. 9.)

순천향의 모든 가족을 대표하여 우리 대학교를 방문해 주신 충청남도 내 중·고등학교 영어 선생님 여러분을 진심으로 환영합니다. 그리고 바쁘신 중에도 이런 좋은 만남의 자리를 마련하신 지희순 충남중등영어교육연구회장님을 비롯한 임원진 선생님께 경의와 감사의 인사를 드립니다.

이미 잘 알고 계시는 것과 같이 오늘날 세계는 과학과 정보통신의 급속한 발달로 인해 지구촌 안의 사람들은 인종과 국경과 시공을 초월한 실시간 대화가 가능한 시대에 살고 있습니다.

그럼에도 불구하고 인터넷의 가상공간을 통해 접하게 되는 무수한 각종 정보들도 언어의 장벽을 넘지 못한다면 이는 더 이상 정보로서 아무런 가치가 없다는 것은 자명한 일입니다. 더불어 영어는 이제 국제 표준 언어로 통용되고 있는 것 또한 부인할 수 없는 사실입니다.

지식 정보화 시대에 있어 정보 집중 능력은 곧 개인은 물론 국가적인 경쟁력의 척도이며, 이를 위한 언어 실력을 갖추는 것 또한 경쟁력을 키우는 것 입니다.

이런 점을 감안할 때 충청남도의 중등 영어 선생님들이 주축이 되어 영어교육연구회를 만들어 활발한 연구 활동을 펼치고 영어 실력 향상을 위한 여러 가지 행사와 사업들을 추진하고 있다는 것은 참으로 시의 적절하며, 충남 지역 중등 영어 교육의 발전과 중등 과정에서 영어 실력을 갖춘 인재들을 키울 수 있다는 점에서 매우 다행스럽고 고마운 일이 아닐 수 없습니다.

충남 중등 영어교육연구회(Choongnam SETA)는 연구회지 발간과 영어로 수업을 진행하는 'CLASSROOM ENGLISH'사업, 영어교육자료 배포 등을 통해 학생들의 영어 능력을 향상시키기 위한 각종 사업을 추진함으로써 충청 지역뿐 아니라 우리나라 영어교육 발전에 크게 기여하고 있는 것으로 알고 있습니다. 그 밖에도 춘계·추계 워크숍과 원어민 워크숍 개최를 통하여 영어교사의 전문성 신장을 위하여 노력하고 있다고 들었습니다.

지난 7월에도 '영어 에세이 쓰기 대회'를 우리 대학교에서 개최한 바 있습니다. 이런 노력의 결과로 충남 중등 영어교육 연구회는 지난해 교육인적자원부로부터 우수 영어교육연구회로 지정되었으며, 올해에는 충청남도교육청으로부터 우수 교과교육연구회로 선정되었다고 합니다. 늦었지만 진심으로 축하드립니다.

우리 순천향대학교에서도 일찍부터 영어교육의 중요성을 인식하고 외국어교육원을 설립하여 총 15명의 원어민 교수님을 초빙한 가운데 재학생과 교직원들을 대상으로 회화 중심의 영어 및 외국어 교육을 실시해 왔습니다.

그리고 교육의 실효성을 높이기 위하여 영어 회화 과목을 반드시 이수하여야 하는 '교책과목'으로 지정하여 운영함으로써, 우리 대학교를 통해 배출되는 인재라면 누구라도 전공 분야에 관계없이 일정 수준 이상의 회화 능력을 갖출 수 있도록 제도화하였습니다.

또한, 이번 학기부터 호주, 영국, 미국 등지에서 온 17명의 외국인 교환학생들과 우리 대학생들이 함께 생활하며 언어와 문화를 자연스럽게 익힐 수 있도록 'English Village'를 기숙사 내에 설치하였습니다. 내년에는 우리 학교 재학생들이 50여 명의 외국인 학생들과 함께 생활하고 직접 부딪치며 자연스럽게 영어를 체득할 수 있도록 할 예정입니다.

그 밖에도 우리 대학교는 인간사랑의 건학이념을 바탕으로 일선 중등교육 과정에서 선생님들의 훌륭한 가르침을 통해 배출된 인재들이 따뜻하고 넉넉한 인성과 능력을 골고루 갖춘 차세대의 리더로 또는 건전한 시민으로 거듭날 수 있도록 지도하고 있습니다.

이번 행사가 차세대 주역들에게 보다 효과적으로 영어 학습이 이루어질 수 있도록 좋은 의견 교환의 장이자 동시에 영어 교육을 담당하시는 선생님들 간에 교육자적 동지애를 더욱 돈독하게 하는 계기가 되기를 기대합니다.

아울러 이런 계기를 통해 교육의 연장선상에서 고등교육의 한 축을 담당하고 있는 대학으로서 우리 순천향대학교가 담당해야 할 부분이 있다면 말씀해 주시면 고맙겠습니다.

이 자리에 계신 모든 선생님의 가정에 항상 밝은 웃음과 행운이 함께하길 기원합니다. 감사합니다.

2002. 11. 9.

제24회 방송제 행사 안내책자 격려사(2002. 11. 13.)

오늘, 우리 대학교 교육방송국의 아침방송을 통해 교정에 흐르는 재즈풍의 음악은 한층 깊어진 캠퍼스의 가을 색과 참 잘 어울린다는 생각을 했습니다.

그것이 계절적인 요인일 수도 있겠습니다만, 가을에 듣는 우리 대학교 교육방송은 훨씬 더 우리들의 마음에 와닿는 것 같습니다.

그동안 방송 활동을 통해 얻은 경험들을 모아 제24회 향록방송제를 열게 된 것을 진심으로 기쁘게 생각하며, 오늘 아침 유독 더 세련된 느낌을 주는 방송도 결코 이와 무관하지 않았다는 생각을 갖게 되었습니다.

금년 방송제에는 내년부터 실시 예정인 본격적인 인터넷 영상 방송 시대에 대비하여 더욱 심혈을 기울여 준비한 것으로 알고 있습니다.

본 방송제가 그동안 학업에만 정진해 온 순천향의 재학생들에게 여유로움과 함께 방송이 제작되어 스피커를 통해 우리에게 전달되기까지의 숨겨진 노력들과 기술적인 메커니즘들도 이해할 수 있는 계기가 될 것으로 기대합니다.

그동안 행사 준비를 위하여 많은 노력을 기울여 주신 SBS방송국 국원과 관계 교직원 여러분들의 노고에 감사드립니다.

2002. 11. 13.

(주)우영양해각서 체결 조인식 인사말(2002. 11. 11.)

오늘 이렇게 우리 대학교를 방문해 주신 박기점 회장님을 비롯한 주식회사 우영의 임원님 여러분께 감사드립니다.

디지털 시대로 요약되는 21세기에 대학은 학문 탐구뿐만 아니라 기업과의 인적·물적 교류를 통해 기술력을 향상시키고 이를 다시 대학의 연구 및 교육 능력을 증진시키는 에너지원으로 활용해야 할 것입니다.

이러한 유기적인 산학협력을 통해 국가 차원에서 세계적인 경쟁력 확보가 가능하며, 이를 능동적으로 추진하는 일이야말로 이 시대 대학과 산업체가 담당해야 할 중요한 사회적 책무일 것으로 생각합니다.

70년대에 전자부품회사로 설립된 주식회사 우영은 대부분 수입에 의존해 왔던 기존의 TFT-LCD 백 라이트(Back Light)를 비롯한 LCD 모니터 관련 국내시장에 진출하여 신기술 개발을 통해 국산화에 성공하신 대표적인 기업으로 잘 알려져 있습니다.

이제는 오히려 소니를 비롯한 외국의 대기업에 관련 부품을 수출하고 있을 뿐만 아니라, IMF 체제의 어려움 속에서도 꾸준한 투자를 통해 연간 2,000억 원대의 매출을 달성하는 아주 견실한 기업으로 조만간 1조 원의 매출을 달성함으로써 국내의 대기업 반열에 오를 것으로 예견되고 있습니다.

끊임없는 기술개발을 통해 오늘의 우영을 이룩하신 박기점 회장님은 개인적으로는 우리 대학교의 자랑스러운 동문이십니다.

기술력을 바탕에 둔 부단한 도전으로 일관해 오신 박기점 회장님의 삶의 내용은 곧 인간사랑과 실사구시의 정신을 지향하는 우리 순천향대학교의 교육정신과 일치하는 점이 많아 엄격한 심사 과정을 거친 후 우리 대학교에서 명예박사 학위를 취득하신 바가 있습니다.

이와 같이 우리 대학교는 실사구시를 실천하기 위한 방안으로 산학협력 사업을 적극 추진해 오고 있습니다.

현재 산학협동본부 산하에는 의료창업보육센터 정보통신부가 지정한 창업보육센터와 인터넷창업보육센터, 중소기업청 지정 창업보육센터 등에서 약 60여 벤처업체들이 보육되고 있습니다.

이는 규모 면에서 전국 대학 중 가장 큰 규모의 산학협동 보육 체계입니다.

앞으로 우리 대학교는 지금까지 추진하고 이룩해 온 산학 협동 사업의 결과를 바탕으로 보다 발전된 새로운 형태의 모델을 만들어 가고자 합니다.

　오늘 체결되는 양해각서는 궁극적으로 우리 대학교와 주식회사 우영이 산학협동을 위한 합작법인을 설립하고 공동 운영하는 데 목표를 두고 있습니다.

　빠른 시일 안에 오늘 체결되는 이 조인식의 성과가 가시화되어 우리나라 산학협동의 대표적인 성공 사례로 평가 받을 수 있게 되기를 기대합니다.

　앞으로도 주식회사 우영의 지속적인 발전을 기원하며, 박기점 회장님을 비롯한 우영 가족 모두의 건강을 기원합니다.

　감사합니다.

2002. 11. 11.

해군사관학교 상호교류 협약식 인사말(2002. 11. 12.)

우선 오늘 이 조인식을 준비해 주시고, 우리 순천향대학교 일행을 크게 환대해 주신 존경하는 서영길 학교장님을 비롯한 해군사관학교 관계관 여러분께 감사드립니다.

아울러 지난여름 우리 대학교 이순신연구소가 주관한 해상국토순례 행사에서 물심양면으로 크게 지원해 주신데 대해 이 자리를 빌려 깊은 감사의 인사를 드립니다.

해군 전략가로 알려져 있는 마한(Mahan)에 의하면 '해군력이 전쟁 승패의 결정적 요소'라고 합니다. 우리나라 국토의 3면이 바다와 접하고 있는 현실을 감안할 때 해군력과 이를 지휘하는 해군 장교를 배출하는 해관사관학교의 중요성은 매우 자명한 사실일 것입니다.

그러한 연유로 1945년 해방과 동시에 우리나라에서는 육·해·공 3군 중에서도 가장 먼저 해군이 창설되지 않았나 싶습니다.

특히, 1950년 6·25 당시 해군사관 생도였던 4, 5, 6, 7기생 전원이 해상전투에 참가하여 혁혁한 무공을 세웠던 일은 우리나라 군 역사에 길이 남을 자랑스러우면서고 가슴 뭉클한 일이 아닐 수 없습니다.

정보화와 지식 기반 시대로 일컬어지는 21세기에 대비하여 해군사관학교는 지난해에 '2001년 국방 정보화 우수부대'로 선정된 사례에서도 알 수 있듯이 강의지원, 학사관리, 훈육관리 체계 등에 있어 정보화 교육환경 구축과 시행에 큰 발전을 이룩함으로써 새로운 문명과 가치관의 변화에 대해서도 이미 적극적으로 대처해 오신 것으로 알고 있습니다.

특히, '99년도에 처음으로 50년간 금녀의 구역이었던 옥포만에 제1기 여자 사관 생도 21명을 입교시킨 일은 전국적으로 커다란 화제가 되어 온 국민의 관심을 모았던 것으로 기억합니다.

이런 면에서 고정관념의 고리를 과감하게 벗어 던지고 새로운 가치 창출을 위해 끊임없이 변화하고 발전을 이끌어 가시는 서영길 학교장님께 깊은 경의를 표하며, 이러한 해군사관학교와 우리 순천향대학교가 교류협약을 체결하게 된 점에 대해서 총장으로서 매우 기쁘고 고맙게 생각합니다.

우리 순천향대학교는 이순신 장군의 옛집이 자리하고, 영정이 모셔져 있는 현충사와 아주 인접한 곳에 위치하고 있습니다.

지난 78년도에 의과대학으로 출발한 우리 대학교는 현재 재학생 약 1만여 명이 운집하고 있는 중부권의 대표적인 종합대학으로 발전하였습니다. 그리고 아직까지도 의학 분야와 관련된 의공 및 의료정보 분야가 특성화되어 있으며, 전국적으로 4개의 종합병원을 통해 국민보건을 위한 한 축을 담당하고 있습니다.

그리고 이미 알고 계신 바와 같이 이순신 장군님에 대해 학문적인 관점뿐만 아니라 보다 포괄적이고 종합적인 연구를 위한 이순신연구소를 설치하여 운영하고 있습니다. 그러나 이순신연구소는 아직 연륜이 짧은 관계로 강한 의욕과 열의에 비해 퍽 만족스러운 단계라고 할 수는 없는 것이 사실입니다.

앞으로 해군사관학교와 이 분야에 대해서도 보다 깊이 있고 폭넓은 교류와 협조가 있게 되기를 기대하고 있습니다.

물론 이 분야뿐만 아니라 승승전략을 기초로 양 기관의 발전을 위해 다방면에서 교류가 활성화될 수 있을 것으로 생각합니다.

양 기관이 거리적으로 결코 가깝다고 할 수는 없겠으나 정보화 시대를 맞이하여 국가 차원의 정보 인프라가 잘 구축되어 있어 연구와 교류를 위한 커뮤니케이션에는 전혀 장애가 없으리라 싶습니다.

양 기관이 공통된 정서상의 네트워크만 확고하게 구축된다면 일반 국민을 상대로 국토순례 등과 같은 교육 프로그램을 개발할 경우 이는 지리적 단점을 오히려 최대한 역이용할 수도 있을 것으로 기대합니다.

아무쪼록 서영길 학교장님을 비롯한 해군사관학교 관계관님 모두의 따뜻한 환대에 다시 한번 감사드리며 해군사관학교와 그 가족 모든 분들의 무궁한 발전을 기원합니다.

끝으로 서영길 학교장님을 우리 대학교로 정중히 초대하고 싶습니다. 기회가 되신다면 우리 대학교를 방문해 주시면 영광이겠습니다.

감사합니다.

2002. 11. 12.

수원여자대학 협약 체결 인사말(2002. 11. 26.)

우선, 먼 길에도 불구하고 우리 순천향대학교를 방문해 주신 김화자 학장님을 비롯한 수원여자대학의 교수님과 교직원님께 감사드리며, 진심으로 환영합니다.

우리나라의 모든 분야가 점차로 선진국형으로 변화되면서 소비자의 욕구도 이와 비례하여 다양해지는 한편 한층 더 높은 만족도를 요구하고 있습니다.

이러한 현상은 교육계도 예외일 수가 없을 것입니다. 이를 위해서 각 대학에서는 고객 만족을 위한 교육프로그램을 다투어 개발하고 있는 실정입니다.

우리 대학교에서도 교육 수요자 중심형으로 교육체계를 개편하는 한편, Stay with Fun 전략을 수립하여 재학생들에게 만족스러운 거주 여건을 제공하고, Study is Fun 전략을 통해 즐겁게 공부할 수 있도록 교육 여건과 환경을 개선하기 위한 대규모 투자도 병행하고 있습니다.

그러나 각 대학의 개별적인 자체적인 노력만으로 소비자 욕구에 부응하기에는 그 한계가 있기 마련입니다. 이에 따라 각 대학에서는 각자가 가지고 있는 특, 장점을 상호 보완적으로 활용할 수 있도록 상호 교류 및 연계 체계를 갖추어 운영하는 방안이 바람직할 것으로 판단됩니다.

이러한 상호 교류 및 연계를 통해 개별 대학이 안고 있는 한계를 극복하는 한편 교육 수요자의 전반적인 욕구를 충족시켜 나감으로써 말 그대로 Win-Win(승승) 전략을 이뤄 나갈 수 있을 것으로 판단됩니다.

오늘 이 조인식을 통해 수원 지역에서 30여 년 이상의 교육 전통을 이어 오고 있는 명문 수원여자대학과 승승 전략을 위한 교육 파트너가 될 수 있다는 점에서 크게 환영하며, 이를 적극 추진해 주신 김화자 학장님께 깊은 존경과 감사의 인사를 드립니다.

수원여자대학과 우리 순천향대학교는 각 대학이 지향하는 바를 비롯하여 많은 부분에 유사점과 공통점이 있어 두 대학이 마치 오래된 친구이자 파트너 같다는 느낌을 받게 됩니다.

우리 대학교가 의과대학으로 개교하여 의료전문인을 양성할 때, 수원여자대학은 그 전신이라고 할 수 있는 수원간호전문대학을 통해 오래 전부터 국민건강과 관련된 분야에 인재를 육성해 왔다는 것도 그렇고, 각 대학이 소속되어 있는 지역사회의 문화 중심자 역할을 수행하는 것과 창업보육센터를 통해 대학이 가지고 있는 지식을 사회에 환원하는 사업을 적극 추진하고 있는 점에서도 마치 두 대학이 사전에 조율이라도 한 것처럼 서로가 많이 닮았다는 생각을 하게 됩니다.

우리 대학교의 의료창업보육센터와 정보통신창업지원센터, 인터넷창업보육센터, 무선부품연구센터 등이 정보통신부, 중소기업청, 과학기술부 등으로부터 지정되어 지원을 받고 있습니다만, 수원여자대학교도 중소기업청으로부터 '창업보육센터 지정' 대학으로 선정된 것으로 알고 있습니다.

오늘의 이 협약을 계기로 교육과정을 비롯한 각종 교육 프로그램을 공동으로 개발한다거나 긴밀히 연계해 나간다면 양 대학 모두에게 보다 발전적인 시너지 효과를 창출할 수 있을 것으로 기대되며, 이럴 때 비로소 교육수요자에게 더욱 만족스러운 교육프로그램을 제공할 수 있지 않을까 싶습니다.

언론 등을 통해 접하게 되는 수원여자대학은 8개 학부 28개 전공에서 6개월 이상 관련분야 현장연수를 통해 현장 중심의 맞춤형 전문인을 배출하는 대학으로 널리 알려져 있습니다.

또한 98년도와 99년도에 이미 교육인적자원부로부터 '행·재정 우수대학', '자구노력 우수대학', '정원자율화 대학', '주문식 교육 우수대학' 등으로 선정된 것으로 알고 있습니다.

성실, 박애, 봉사의 대학 이념에 기초한 전통과 더불어 내실까지 고루 갖춘 수원의 명문 수원여자대학과 교육과정 연계 협약을 체결하게 된데 대해 매우 기쁘게 생각하며, 이를 성사시켜 주신 김화자 학장님께 다시 한번 정중히 감사의 인사를 드립니다.

오늘 이 협약식을 계기로 수원여자대학과 우리 순천향대학교가 유기적으로 교류하고 협력한다면 머지않아 틀림없이 양 대학교의 학문분야 발전에 큰 성과를 이룰 수 있을 것으로 확신합니다. 오늘 이 조인식은 그 출발점일 뿐입니다. 구체적인 교류방안이나 협력사업들에 대해서는 협정서를 기초로 양 대학이 보다 적극적으로 확대시키고 꾸준히 발전시켜 나가야 할 것입니다.

아무쪼록 우리의 다정한 이웃사촌인 수원여자대학이 앞으로도 지속적으로 발전을 거듭하길 진심으로 기원합니다.

감사합니다.

2002. 11. 25.

제11회 공과대학 학술제 및 작품 전시회 축사(2002. 11. 19.)

우리 대학교 공과대학이 주관하는 학술제 및 작품 전시회가 금년으로 열한 돌을 맞이하게 된 것을 진심으로 기쁘게 생각합니다.

올 들어서만도 우리 대학교는 BIT무선부품연구센터가 정부로부터 '지역협력연구센터'로 선정되는 등 공학과 관련된 산학협동 분야에서 꾸준한 발전을 거듭해 왔습니다.

이러한 성과도 결국은, 학문적으로 터득한 이론들을 실제로 응용하여 현실에 활용할 수 있는 작품들을 만들어 보고 또 연구한 결과를 여러 사람들과 함께 공유하는 '공과대학 학술제 및 작품전시회'와 같은 기초가 충실한 학술활동에서부터 출발한 결과일 것입니다.

금년 행사도 예년과 마찬가지로 참가하는 대부분의 팀들이 학부별 또는 학술동아리에 소속된 우리 대학교 재학생로 구성되어 있으며, 출품된 내용 중에는 산업현장에서 상품으로 개발 가능한 수준 높은 작품도 있다고 들었습니다.

그러나 우리 학생들이 스스로 연구하고 개발한 결과는 상품 가능성 여부를 떠나서 매우 소중하고 가치 있는 지적 자산으로써, 이를 통해 우리나라 공학계의 밝은 미래를 엿볼 수 있다는 점에서 그 의미가 더욱 크다고 하겠습니다.

그동안 이 행사를 위해 애써 주신 학술제 준비위원회 교수님들과 공과대학 학생회 임원들의 노고를 치하하며, 작품전시회에 출품한 모든 학생들의 건승을 기원합니다. 감사합니다.

2002. 11. 19.

유완영 회장 명예 경제학 박사 학위 수여식 인사말(2002. 12. 13.)

먼저, 유완영 회장님의 명예 경제학 박사 학위 수여를 진심으로 축하드립니다.

그리고 오늘 유완영 회장님의 명예박사 학위 수여를 축하해 주시기 위해 우리 대학교를 찾아 주신 김윤기 전(前)장관님을 비롯한 라종억 박사님 그 밖에 모든 분들께 순천향대학교의 전 가족을 대표하여 크게 환영하며, 감사의 말씀을 드립니다.

대학은 학문의 수월성을 추구하고 그 실천을 통해 사회에 봉사함으로써 국가와 인류사회의 발전에 이바지하는 것을 사명으로 하고 있습니다.

그리고 대학이 수여하는 모든 학위에는 어느 것이나 나름대로의 학문적 가치가 내재되어 있지만, 명예박사 학위의 경우는 학문적 이론뿐만 아니라 많은 사람들이 공감하고 인정하는 사회적 경험과 객관화된 업적을 전제로 수여한다는 면에서 더욱 큰 의미가 있습니다.

오늘 명예 경제학 박사 학위를 수여하시는 유완영 회장께서는 소위 말하는 전후 세대임에도 불구하고 일찍부터 한반도의 평화적 통일에 대한 강한 신념과 함께 민족문화의 동질성 회복과 보존 그리고 우리 민족 문화의 세계화를 위해 많은 노력을 해 오신 분으로 잘 알려져 있습니다.

이러한 신념을 바탕으로 그동안 남북경제협력 사업을 활발하게 추진하셨고, 이 과정에서 기술 전수 방식이나 운영 방식에 있어서도 '설비투자형 임가공' 방식 등 아직까지 아무도 시도해 보지 못했던 방식을 과감하게 실행하여 성공하였습니다. 이 결과 남과 북 모두에게 보다 많은 이익이 되돌아갈 수 있는 승승전략의 기틀을 마련해 놓으셨습니다.

이는 남북 경제협력사업이 부분적, 단편적으로 이루어지는 단기사업이 아니라 궁극적으로는 한반도 평화통일의 토대를 구축하기 위해 민족적 차원에서 장기적으로 추진되어야 한다는 유완영 회장님의 평소 신념과 가치관에서 기인한 좋은 결과로 알고 있습니다.

오늘 이 짧은 자리에서 유완영 회장님의 우리 민족을 향한 정열과 그동안 남북경제협력을 추진해 오시면서 겪었던 크고 작은 어려움과 그 성과들을 모두 열거할 수는 없을 것입니다.

그러나 유완영 회장님을 통해 분단된 조국의 현실을 대하는 한 사업가의 의연하고도 큰 안목을 배우고, 우리 스스로 우리민족을 사랑해야 하는 당위성에 대해서 진지하게 돌이켜 볼 수 있을 것으로 생각합니다.

그리고 민족적 관점에서 남북경협 사업을 추진하는 남한의 젊은 사업가의 강한 신념과 의지가 남북 경제협력 전반에 어떤 영향을 미쳤는지, 앞으로 이러한 사업들을 계속 추진하면서 어떻게 임하는 것이 민족적 관점에서 볼 때 바람직한 방향인지 등에 대해서도 새롭게 조명해 본다는 점에서 뜻이 깊다고 생각합니다.

오늘 이 자리에서 이에 대한 결론을 굳이 말할 필요는 없겠으나, 우리 모두가 공감할 수 있는 분명한 사실 하나는, 유완영 회장님처럼 유능하면서도 젊으신 사업가가 이처럼 한반도의 평화 통일과 우리 민족의 현실에 대해 진지하게 고민하면서 현실적인 대안들을 찾아가고 있는 한, 한반도의 평화 유지는 물론이요, 더 이상 우리 민족이 과거의 불행을 반복하지는 않을 것이라는 확신입니다.

우리 대학교에서는 인간사랑과 실사구시의 건학이념에 부합되시는 분들을 대상으로 엄격한 심사와 검증을 통해 관련 분야의 명예 박사 학위 수여하고 있습니다.

이런 면에서 볼 때, 삶의 목표를 한반도의 평화 통일과 우리 민족의 화합에 두고 남북 경제협력 사업을 추진해 오신 유완영 회장님에 대한 본교의 명예 경제학 박사 학위 수여는 당연한 것입니다.

오늘을 계기로 유완영 회장님의 모교가 된 우리 순천향대학교에 대해서 간략하게라도 안내해 드리는 것이 오늘 우리 대학교를 처음 찾아 주신 내빈에 대한 총장으로서의 예의가 아닐까 싶습니다.

우리 대학교는 4개 부속병원을 운영하고 있는 관계로 의과대학의 이미지가 강한 편이지만 인문, 사회, 자연, 공학 등 폭넓은 학문 분야에 약 600여 교수님께서 연구와 교육을 담당하시는 중견대학으로 성장과 발전 거듭해 왔고, 아울러 아산신도시 개발과 함께 제2캠퍼스 조성을 통한 또 다른 도약을 준비하고 있습니다.

총 3단계 전략으로 구성된 우리 대학교의 마스터플랜에 따라 내년도부터 제1단계 사업 추진에 돌입할 예정이며, 이 사업의 제3단계가 마무리되는 2020년에는 5~10개의 특성화 분야가 국내뿐 아니라 세계 무대에서도 상위권으로 진입함으로써 우리 대학교의 위상이 더욱 높아질 것으로 기대하고 있습니다.

그동안 우리 대학교는 '인간사랑'의 건학이념을 실현하기 위한 일환으로 소비자 중심의 교육 서비스가 제공될 수 있도록 지속적으로 교육개혁을 추진하여 교육인적자원부로부터 교육개혁 우수대학 또는 지방대학 육성화 사업기관으로 선정되기도 하였습니다.

이와 더불어 사회봉사의 일환으로 창업보육 및 지원사업을 일관성 있게 추진해 왔습니다. 그 결과, 현재 우리 대학교 산학협동관에는 중소기업청, 정보통신부, 산업자원부, 과학기술부 등 정부로부터 지정된 '지역협력센터', '의료창업보육센터', '정보통신창업지원센터', '인터넷 창업보육센터' 등을 통해 많은 벤처기업들이 보육되고 있습니다.

유완영 회장님과 같이 남, 북을 초월하여 활동하시는 역량 있는 분들이 우리 대학교의 동문으로 함께해 주시는 것만으로도 우리는 큰 용기를 얻게 되며, 우리 대학교 미래의 자화상이라고 할 수 있는 마스터플랜에 대한 자신감과 함께, 사업 추진에 가일층 박차를 더할 수 있을 것입니다.

아무쪼록 유완영 회장님의 명예 경제학 박사 학위 취득을 다시 한번 축하드리며, 앞으로도 계속해서 국가와 우리 민족의 발전을 위해 더 많은 업적을 만들어 가시길 기원합니다.

끝으로, 오늘 행사에 참석하시어 자리를 빛내 주신 내외 귀빈께도 다시 한번 감사의 인사를 드립니다.

감사합니다.

2002. 12. 13.

나. 2003학년도 : 24건

2003년 시무식 신년사(2003. 1. 2.)

2003년 계미년 새해를 맞이하여 재학생, 동문, 교수, 교직원 등 전 순천향 가족과 학부모님 여러분 모두와 그 가정에 건강과 행운이 가득하시기를 기원합니다.

올해는 우리 순천향대학교가 원대한 꿈을 안고 신창벌에 터전을 닦은 지 사반세기가 되는, 개교 25주년을 맞이하는 해입니다. 그동안 수많은 어려움 속에서도 순천향 가족 여러분의 헌신과 노고에 힘입어 우리 순천향대학교는 이제 자타가 공인하는 우리나라 중부권의 건실한 사학으로 굳건한 자리 매김을 하게 되었습니다. 오늘의 순천향대학교가 있기까지 열과 성의를 다해 헌신해 오신 순천향의 모든 가족 여러분께 깊은 감사의 말씀을 올립니다.

다행스러우면서도 고마운 일은 정부의 관련 부처와 유관기관, 언론 그리고 지역사회의 여론 등을 통해 평가되거나 소개되는 우리 순천향대학교의 이미지가 해를 거듭할수록 더 긍정적이고 발전적인 방향으로 일신하고 있다는 점입니다.

이는 그동안 '인간사랑'의 건학 이념을 바탕으로 한눈팔지 않고 인재 양성의 정도를 걸어왔던 우리 대학교의 철학과 전통, 그리고 올곧은 교육철학과 학자적 양심으로 학생을 지도해 오신 교수님을 비롯한 우리 순천향 가족 모두의 노력들이 이제 결실을 맺고 있기 때문이라고 생각합니다.

지난해에도 우리 순천향대학교는 대학 구성원의 역량 강화와 교육 수요자의 요구를 최대한 반영할 수 있는 체제 구축을 위해 크고 작은 사업들과 개혁적 조치들을 시행해 왔습니다.

그 결과 '차세대 무선부품 BIT 연구센터'를 발족하여 숙원사업이었던 지역협력연구센터로 선정되었고, '학생 복지형 캠퍼스 구축사업'으로 교육부로부터 지방대학 육성지원기관으로 선정되기도 하였습니다. 또한 학생들의 캠퍼스 정착을 위한 다양한 사업과 교육프로그램을 실시하고 지역사회와의 유대도 꾸준히 추진하여 큰 호응을 얻고 있습니다.

이제까지 우리 대학교는 진리, 봉사, 실천의 교육이념을 실현하기 위해 많은 노력을 기울여 왔습니다. 이 과정에서 우리 학교는 투명한 대학, 깨끗한 대학, 정도를 가는 대학의 이미지를 확고하게 쌓아 왔으며, 이를 바탕으로 최근에 구성원 간의 내부 결속력과 자부심은 그 어느 때보다도 높다고 자부합니다. 이러한 바탕 위에 올해는 우리 대학교의 모든 교육 역량을 집중적으로 모으는 원년이 되어야 할 것으로 생각합니다.

최근 우리나라의 대학들은 내·외부적으로 수많은 도전에 직면하고 있습니다. 이러한 환경은 이 시대 대학의 정체성에 대한 새로운 의문을 제기하며 우리에게 대학의 새로운 변화와 체질의 개선을 요구하고 있습니다.

체질 개선의 핵심은 곧 '교육 내용의 개혁'입니다. 우리가 우수한 신입생 확보를 위해 기울이고 있는 노력 이상으로, 입학 이후 재학생에게 제공하는 교육의 내용과 대학의 역할에 대해 고민하고 이를 재정립해야 하는 까닭이 바로 여기에 있는 것입니다.

이제 우리 순천향대학교가 선택하고 집중해야 할 모토는 '교육지향'이라고 하겠습니다. 이는 우리 내부의 구호로서의 '교육지향'이 아니라, 외부에서 먼저 인정하는 '교육 중심 대학'을 지향한다는 것입니다.

교육 부문에 있어서는 다른 대학교와 확실히 다른 경쟁력을 갖추고 비교우위를 확보한 대학이 되어야 할 것입니다. 이를 위해서는 현시점의 우리 대학의 교육에 대한 철저한 자기반성과 목표의식의 재정비부터 시작해야 할 것입니다. 우리가 원하고, 시대가 요구하는 교육을 만들어 가는 데는 필연적으로 많은 변화가 동반될 것입니다. 어쩌면 시행착오도 있을 수 있습니다. 그러나 변화의 방향은 확실합니다.

교육 수요자로 하여금 다양한 지식을 이해하고 자신의 분야에 응용할 수 있는 능력을 갖추게 하고, 다양한 지식을 가진 많은 다른 사람들과 협동할 수 있는 능력을 배양하며, 전문가적인 수월성을 스스로 갖추어 나갈 수 있는 인재를 양성하는 것입니다.

이러한 변화는 탈공급자적 시각과, 탈권위적 방법으로 이루어져야 하며, 교육 또는 행정조직을 막론하고 다양하고 전사적으로 이루어져야 할 것입니다.

이미 지난해 발족된 교육발전자문위원회는 우리 대학교 학생들의 잠재능력 발굴과 향상에 필요한 주요 과제들과 해결방법들을 제시해 줄 것으로 기대합니다. 또한 이를 뒷받침해 나갈 행정의 효율화 방안 역시 지난해 말 연구가 완료되어 이미 보고서가 제출되어 있습니다. 이러한 과제들의 추진과정에서 구성원들의 의견을 모으고 조율하여 합의에 의한 해결책을 찾아가는 지혜가 필요할 것입니다. 말하자면 탈권위적, 민주적 절차와 방법에 따라 안정 속에서 변화를 추구해 나가는 것입니다. 이렇게 해서 결정된 정책들은 시간이 걸리더라도 부작용을 최소화해 가며 끈기 있고 일관되게 추진해 갈 것입니다.

고속철도 개통과 이미 부지를 선정한 아산신도시의 개발, 행정수도의 충청권 이전, 지방대학육성을 위한 활발한 논의 등 외부의 여건들도 우리 대학교에 유리하게 전개되고 있습니다. 우리 대학교의 정체성 확립을 위한 우리들의 땀과 노력은 이러한 외부환경 변화에 의해 더 큰 시너지 효과를 얻을 수 있을 것으로 기대합니다.

올해에도 우리 앞에는 무수한 도전과 기회의 가능성이 열려 있습니다.

오랜 세월 우리가 일관되게 실천해 온 '정도'와 '화합'의 기반 위에 '열정'과 '도전 정신'으로 무장하여 새로운 대학을 만들어 나가겠다는 각오로 힘차게 도약하는 순천향대학교를 우리 함께 만들어 나아갑시다.

감사합니다.

2003. 1. 1.

이태복 이사장 명예 사회복지학 박사 학위 수여식 인사말(2003. 2. 13.)

먼저, 이태복 이사장님의 명예 사회복지학 박사 학위 수여를 진심으로 축하드립니다.

그리고 오늘 이태복 이사장님의 명예박사 학위 수여를 축하해 주시기 위해 우리 대학교를 찾아주신 한국공공경제학회장 이만우 고려대 교수님과 한국정치학회장 심지연 경남대 교수님을 비롯한 모든 분들께 순천향대학교의 전 가족을 대표하여 크게 환영하며, 감사의 말씀을 드립니다.

특히, 우리 민족 불후의 명작으로 평가받고 있는 대하소설 『태백산맥』을 비롯하여, 『아리랑』, 『한강』 등을 집필하신 소설가 조정래 님께서 축사를 위해 방문해 주셨습니다. 거듭 감사의 말씀을 드립니다.

대학은 학문의 수월성을 추구하고 그 실천을 통해 사회에 봉사함으로써 국가와 인류사회의 발전에 이바지하는 것을 사명으로 하고 있습니다.

그리고 대학이 수여하는 모든 학위에는 어느 것이나 나름대로의 학문적 가치가 내재되어 있지만, 명예박사 학위의 경우는 학문적 이론뿐만 아니라 많은 사람들이 공감하고 인정하는 사회적 경험과 객관화된 업적을 전제로 수여한다는 면에서 더욱 큰 의미가 있습니다.

오늘 명예박사 학위를 받으시는 이태복 이사장께서는 우리나라가 민주국가로 발전하기까지 오랜 기간 동안 헌신해 오신 분입니다. 학창 시절 흥사단 활동을 시작으로 자기 자신보다는 이웃과 사회를 위한 각종 운동과 활동 과정에서 옥고를 겪은 적도 있었습니다.

이후, 대통령 비서실 복지노동수석 비서관과 보건복지부 장관을 역임하시는 동안 기초생활 보장제도의 정비를 비롯하여 노인복지를 위해 전국에 100여 개의 치매센터를 설립하고 경로연금 대상자 약 20만 명을 확대하는 한편, 장애인 보육비 지원, 기초생활보호대상자 급여일자의 정비, 건강보험공단의 경영합리화, 미인가 시설의 양성화 등 각종 복지정책을 수립하고 추진함으로써 우리나라의 사회보장 제도가 선진국형으로 전환될 수 있도록 획기적으로 기여해 주셨습니다.

특히, 이태복 이사장께서는 장애인과 서민 대중, 노인 계층을 중심으로 실질적인 혜택이 돌아갈 수 있도록 복지제도를 정비하거나 마련하시는 데 주력하신 것으로 정평이 나 있습니다.

오늘 이 짧은 자리에서 우리 사회 민주화와 복지 수준 향상을 위한 이태복 이사장님의 개인적 열정과 이를 실천하는 과정에서 겪을 수밖에 없었던 갖가지 어려움, 그리고 그 업적 등을 모두 열거할 수는 없을 것입니다.

그러나 이태복 이사장님의 지난 행적을 통해 오늘날 우리나라의 민주화와 사회보장 제도는 어느 날 갑자기 아무런 준비 없이 이루어진 것이 아니라, 미래에 대한 강한 신념을 기초로 자기 자신보다는 이웃을 사랑하는 뜨거운 마음과 철저한 자기 헌신을 대가로 이루어졌음을 진지하게 돌이켜 볼 수 있을 것으로 생각합니다.

우리 대학교에서는 인간사랑과 실사구시의 건학이념에 부합되시는 분들을 대상으로 엄격한 심사와 검증을 통해 관련 분야의 명예박사 학위 수여하고 있습니다.

이런 면에서 볼 때, 오직 우리나라의 민주화와 일반 대중 특히 힘없고 소외 받는 계층을 위한 복지제도 개선을 위해 헌신해 오신 이태복 이사장님 삶 그 자체가 우리 대학교가 건립 당시부터 건학이념으로 삼고 추구해 온 '인간사랑'의 정신과도 크게 부합하므로 이에 대한 본교의 명예 사회복지학 박사 학위 수여는 당연한 것으로 생각됩니다.

오늘을 계기로 이태복 이사장님의 모교가 된 우리 순천향대학교에 대해서 간략하게라도 안내해 드리는 것이 오늘 우리 대학교를 처음 찾아 주신 내빈에 대한 총장으로서의 예의가 아닐까 싶습니다.

우리 대학교는 4개 부속병원을 운영하고 있는 관계로 의과대학의 이미지가 강한 편이지만 인문, 사회, 자연, 공학 등 폭넓은 학문 분야에 약 600여 교수님께서 연구와 교육을 담당하시는 중견대학으로 성장과 발전 거듭해 왔고, 아울러 아산신도시 개발과 함께 제2캠퍼스 조성을 통한 또 다른 도약을 준비하고 있습니다.

총 3단계 전략으로 구성된 우리 대학교의 마스터플랜에 따라 내년도부터 제1단계 사업 추진에 돌입할 예정이며, 이 사업의 제3단계가 마무리되는 2020년에는 5~10개의 특성화 분야가 국내뿐 아니라 세계 무대에서도 상위권으로 진입함으로써 우리 대학교의 위상이 더욱 높아질 것으로 기대하고 있습니다.

그동안 우리 대학교는 '인간사랑'의 건학이념을 실현하기 위한 일환으로 소비자 중심의 교육서비스가 제공될 수 있도록 지속적으로 교육개혁을 추진하여 교육인적자원부로부터 교육개혁 우수대학 또는 지방대학 육성화 사업기관으로 선정되기도 하였습니다.

이와 더불어 사회봉사의 일환으로 창업보육 및 지원사업을 일관성 있게 추진해 왔습니다. 그 결과, 현재 우리 대학교 산학협동관에는 중소기업청, 정보통신부, 산업자원부, 과학기술부 등 정부로부터 지정된 '지역협력센터', '의료창업보육센터', '정보통신창업지원센터', '인터넷 창업보육센터' 등을 통해 많은 벤처기업들이 보육되고 있습니다.

이태복 이사장님과 같이 우리나라의 민주화와 사회 보장제도에 관한 남다른 혜안과 신념을 가지고 계신 분께서 우리 대학교의 동문으로 함께해 주시는 것만으로도 우리는 큰 용기를 얻게 되며, 우리 대학교 미래의 자화상이라고 할 수 있는 마스터플랜에 대한 자신감과 함께, 사업 추진에 가일층 박차를 더할 수 있을 것입니다.

아무쪼록 이태복 이사장님의 명예 사회복지학 박사 학위 취득을 다시 한번 축하드리며, 앞으로도 계속해서 국가와 우리 민족의 발전을 위해 더 많은 업적을 만들어 가시길 기원합니다.

끝으로, 오늘 행사에 참석하시어 자리를 빛내 주신 내외 귀빈께도 다시 한번 감사의 인사를 드립니다.

감사합니다.

2003. 2. 13.

산학연정책과정 제3기 수료식(2003. 2. 13.)

오늘 순천향대학교 부설 산학연정책과정에서 모든 과정을 이수하시고 영예롭게 수료하시는 여러분께 진심으로 축하의 말씀을 드립니다.

특별히 엄격한 학사 관리에도 불구하고 바쁘신 일정을 쪼개며 충실히 수업에 임하심으로써 오늘의 수료식까지 이르시게 되어 더욱 값진 결과로 생각됩니다.

우리 사회의 리더이신 여러분들께서 누구보다도 잘 아시듯이 지금 우리는 대변혁의 시기를 살아가고 있는 것으로 생각됩니다.

과거 산업사회의 대량화, 분업화, 집권화 등의 경향이 소멸되어 가면서 가치관과 생활양식의 급격한 변화가 나타나고 있으나 새로운 미래에 대한 확실한 그 무엇이 나타나지 않고 있다는 시대 인식이 전환기의 불투명성을 대변하고, 다양한 지적 담론들이 시대의 특징을 관류하고 있습니다.

바야흐로 코페르니쿠스의 혁명 이후 다시 한번 도래한 기존의 가치관과 잣대를 파괴하는 새로운 전환의 시대는 우리에게 미래에 대한 희망과 불안을 동시에 가져다주는 것 같습니다. 변화에 대한 도전과 대응이 기업과 정부 등 모든 분야의 화두가 되고 있는 전환의 시기에 우리 사회의 리더이신 여러분들이 가지셔야 할 지혜는 자명합니다.

외부의 변화가 현실이라면 이를 수용하고 우리 스스로가 또 다른 변화를 만들어 냄으로서 변화를 능동적으로 만들어 가야 하는, 다시 말해 존재를 위한 당위로서 변화를 받아들이는 것입니다.

변화를 수용하고 해명하는 통찰, 기존의 관념 틀에서 벗어난 새로운 시각을 만들어 내는 용기야말로 오늘날 우리 사회의 지식리더들에게 필요한 덕목일 것입니다.

이러한 현실 속에서 산학연 과정은 미래를 진단하고 능동적으로 기획하시는 데 필요한 문제의식과 방향을 제시하고 새로운 시대에 필요한 지식과 정보를 제공하는 데 초점을 맞추어 왔습니다.

따라서 이 과정이 오늘날 우리 사회가 어느 위치에 있으며 또 어느 방향으로 지향해야 하는가에 대해 의문을 가지고 계신 여러분들에게 우리 사회의 현주소와 미래에 대한 인식의 지평을 넓혀 드리는 기회가 되었기를 기대합니다.

또한 분야가 다른 사회 지도적 구성원 간의 친목과 인적 교류를 돈독히 함으로써 미래 지향적 산학연 협동의 기본 틀을 구축하는 토양이 되었기를 기대합니다.

이 자리에 계신 여러분들께서는 이미 우리 사회의 각 부문에서 성공하신 리더들이십니다.

그럼에도 끊임없이 미래를 준비하는 여러분들의 지적 호기심과 열정에 다시 한번 찬사를 보내면서 앞으로도 새로운 인식과 실천에 대한 관심이 계속 이어져 나가시고 지금 하시는 일과 앞으로 하실 모든 일에서 큰 업적과 성취를 이루시어 계속 우리를 이끌어 주실 것을 부탁드립니다.

다시 한번 산학연 정책 과정을 수료하신 여러분의 건강과 앞날의 무궁한 영광을 기원합니다.

2003. 2. 13.

2002학년도 전기 학위 수여식 이사장님 치사(2003. 2. 20.)

먼저 바쁘신 와중에도 우리 대학의 학위 수여식에 참석하여 주신 유백근 총동창회장님을 비롯한 내외 귀빈 여러분께 감사의 말씀을 드립니다. 그리고 특별히 오늘의 주인공인 제20회 졸업생 여러분들에게 진심으로 축하의 말씀을 드립니다.

아울러 그동안 묵묵히 뒷바라지해 오신 학부모님과 4년 동안 열과 성을 다하여, 우리의 젊은이들을 당당한 지성인으로 키워 주신 서교일 총장님을 비롯한 모든 교수님들께 이 자리를 빌려 깊은 감사의 인사를 드립니다.

졸업생 여러분!

그동안 여러분들은 학문을 통하여 학술을 연마하고 인격을 도야하며 한 시대를 이끌어 나가 지도자가 되기 위한 준비 과정을 마치고 오늘 이 자리에 섰습니다. 이제 여러분은 오늘의 졸업식과 함께 교정과 스승의 품을 떠나게 되는 것입니다.

이제 순천향인으로 거듭 태어난 여러분 한 사람, 한 사람의 모습이 이사장으로서 한없이 대견하고 자랑스럽기 그지없습니다.

졸업이란 마감의 의미보다는, 여러분들이 그동안 대학에서 연마한 지식과 잘 다듬어진 인격을 바탕으로 보다 광활한 세계를 향해 힘차게 나아가기 위한 새로운 출발을 의미합니다.

여러분들은 그동안 캠퍼스 안에서 사제 간의 정과 친구간의 우정을 나누어 왔을 것입니다. 경우에 따라서는 한 치의 양보도 없는 치열한 학문적 격론으로 젊은 열정을 불사르기도 하고, 경우에 따라서는 협조와 화합을 통해 더 큰 목표를 함께 달성하는 방법에 대해서도 익혔을 것입니다. 이제 냉엄한 사회 현실로 진입하는 과정에서 그동안의 경험들은 여러분의 미래에 커다란 자산이 될 것으로 기대합니다.

21세기에 들어서며 세계 각국은 새 시대의 주도권을 잡기 위해 치열한 경쟁을 벌이고 있습니다.

따라서 국제 무대는 창의력과 전문지식을 겸비한 지성인들의 사상 유례없는 각축장으로 변화하고 있으며 이곳에서 여러분들은 당당한 주인공으로 나서야 하는 것입니다.

인류의 역사는 항상 어려운 현실에 과감히 도전하여 승리하는 자의 몫이었습니다. 그러나 승리란 결코 결과만을 평가하는 말이 아닙니다.

항상 정직하고 성실한 태도와, 객관적이면서도 긍정적인 사고를 잃지 않는 지성인으로서의 면모를 갖춘 도전자가 되어야 할 것입니다.

어떤 위치에서 무슨 일을 하던지 그동안 이곳 순천향에서 배우고 익혀 온 마음과 자세를 끝까지 유지한다면 여러분은 틀림없이 글로벌 시대의 영원한 주인공으로 남게 될 것임을 확신합니다.

졸업생 여러분! 언제, 어디서든지 항상 깨어 있는 지식인, 정직한 지도자가 되어 뜨거운 애국심과 애교심을 가슴에 품고 살아가시기 바랍니다.

여러분의 모교로 남게 될 우리 순천향대학교는 지난 사반세기 동안 꾸준한 발전을 거듭해 온 결과 이제 중부권의 명문종합대학으로서 확고한 위치를 다지게 되었습니다. 외부로부터 이러한 인식이 객관적으로 형성되기까지는 여러분보다 한 발 앞서 사회에 진출하여 저마다 주어진 위치에서 혼신의 힘과 노력을 기울여 오신 선배님들이 있었기 때문일 것입니다.

순천향은 여러분 모두에게 언제나 여러분의 마음의 고향으로 남아 있을 것입니다. 여러분들이 일생을 살아가는 동안 가장 기쁠 때나 가장 힘들 때 모교를 찾아와 마음으로부터 평안과 위로를 찾아가시길 바랍니다.

다시 한번 영광된 학위 취득을 축하드리며, 졸업생 여러분들의 앞날에 무궁한 발전과 행운이 함께하기를 기원합니다.

감사합니다.

2003. 2. 20.

2003학년도 신입생 입학식 총장 식사(2003. 2. 26.)

사랑스러운 순천향대학교 신입생 여러분!

오늘의 입학식을 빛내기 위해 자리를 함께하신 학부모님과 내외 귀빈 여러분! 그리고 순천향대학교 재학생과 교직원 여러분!

아직은 철 이른 봄의 향기 속에 새 생명의 기운이 느껴지는 순천향 교정에서 2003학년도 새내기 신입생을 위한 입학식을 갖게 된 것을 기쁘게 생각합니다.

먼저 대학생이 되기까지 이렇게 자녀들을 훌륭하게 길러 주시고 뒷바라지해 주신 학부모님 여러분께 깊은 감사의 인사를 드리며, 오늘 이 자리에 참석하신 모든 분들을 순천향의 전 가족의 이름으로 환영하는 바입니다.

21세기 들어 세상은 빛의 속도로 변하고 있습니다. 이에 따라 세상을 인식하고 지배하는 패러다임마저 가히 혁명적인 수준으로 변하고 있습니다.

이러한 시대에는 변화의 속도와 불확실성에 철저하게 대비하면서 새로운 세상에 유연하게 적응하고 능동적으로 대처해 나가는 새로운 인간상이 요구됩니다.

시대가 요구하는 새로운 인간상을 창조하는 것이 바로 고등교육을 담당하고 있는 대학의 역할이며 소명인 것입니다.

대학생활을 시작하는 순천향의 새내기 여러분!

대학은 창조적 지성과 자유롭고 열린 사고를 지향하는 곳입니다. 대학은 기존의 지식을 무비판적으로 전수하는 곳이 아니라, 사색하고 토론하며 기존의 지식에 도전해서 그것을 창조적 지식으로 재구성하는 곳입니다.

이런 점에서 대학생활의 참다운 멋과 맛이 있는 것이며, 그렇기 때문에 많은 시간과 비용을 투자하면서 누구나 대학생활을 꿈꾸는 것입니다.

순천향을 선택하신 신입생 여러분!

여러분이 입학한 순천향대학교는 여러분들이 가지고 있는 숨은 능력을 발굴하고, 개발해 줌으로써 여러분 스스로 가치를 창조할 수 있도록 할 뿐만 아니라, 사회가 필요로 하는 바른 인성과 능력을 갖춘 인재를 양성하기 위한 교육 시스템을 갖추고 있습니다.

기본적으로 건학정신인 '인간사랑'을 바탕으로 한 인성교육과 언어소통능력 제고를 위한 토익과목, 정보처리능력 향상을 위한 전산교육 등 지식정보화 시대의 기본 소양은 필수로 학습하게 될 것입니다. 그다음으로는 여러분의 선택에 따라 다양하고 특색 있는 교육과정들이 준비되어 있습니다. 봉사에 관심이 있으시다면 봉사활동 자체를 통해서 학점을 취득하고 대학생 봉사단의 일원으로 방학 중 해외 봉사활동을 해 보셔도 좋을 것입니다. 외국어능력 향상을 위해서는 국내 최초의 외국 대학생과 함께 생활하는 기숙사인 캠퍼스 내의 English Village에 입사하여 외국인과 친구가 되어 생활해 보십시오. 더 심화된 외국어 학습을 원하시면 외국어교육원에 등록하여 심화과정을 학습하고 방학 중 단기연수를 신청하십시오. 서울에서 통학하는 학생이라면 등·하교 시 열차 안에서 '열차강의'를 들으면서 효율적으로 시간 관리를 할 수 있을 것입니다. 흥미 있는 분야를 외국에서 공부하고 싶으시면 정부가 보조하는 6개월 과정의 IT 해외연수과정이나 우리 대학 등록금만으로 외국의 자매대학에서 1년간 유학할 수 있는 장기 교환학생 프로그램을 이용해 보십시오. 창업동아리에 가입하여 교수님의 지도 아래 창업에 참여해 보실 수도 있습니다. 무엇보다 캠퍼스 생활 자체를 즐기십시오. 교수님들과의 만남을 통해 예절과 철학을 배우고 친구들과의 어울림을 통해 의사소통 능력과 자기주장 능력을 키워 가십시오.

여러분이 재학하는 4년 동안에도 우리 대학은 감동과 즐거움을 주는 대학, 젊음과 미래를 프로그래밍 하는 대학으로 계속 발전해 나갈 것입니다.

신입생 여러분! 도전하십시오. 그리하여 아름다운 성취를 이루시기 바랍니다.

순천향의 미래를 짊어질 신입생 여러분!

순천향대학교의 주인공은 이 자리에 서 있는 바로 여러분들입니다.

여러분 앞에는 지칠 줄 모르는 노력과 창의성이 요구되는 시대적 도전과 무한한 가능성의 세계가 동시에 펼쳐져 있습니다.

그 가능성을 '얼마나 실현하는가.'는 여러분들을 중심으로 여기에 계신 교육공동체내 구성원들이 한뜻으로 '얼마나 최선의 노력을 하는가.'에 달려 있다고 봅니다.

오늘 여러분의 모교가 된 순천향대학교는 여러분의 무한한 가능성을 개발하고, 아름다운 꿈을 실현시키기 위한 최상의 교육서비스를 제공할 준비가 되어 있습니다. 학부모님께서도 대학생이 된 자녀가 이곳에서 자신의 꿈을 실현할 수 있도록 과거와는 다른 차원에서 지원을 계속해 주시기를 부탁드립니다.

마지막으로, 다시 한번 신입생 여러분들의 입학을 진심으로 축하드리며 앞으로 펼쳐질 대학생활이 축복과 성공으로 가득 차길 기원합니다.

감사합니다.

2003학년도 홍보책자 총장 메시지

대학은 창조적 지성과 열린 사고를 지향하는 곳입니다. 대학은 기존의 지식을 무비판적으로 전수하는 곳이 아니라, 사색하고 토론하며 도전정신으로 기존의 지식을 창조적으로 재구성하여 궁극적으로 학문의 발전을 도모하는 곳입니다. 또한, 뜨거운 이상을 가슴에 간직하고 자유롭고 열린 마음으로 스승과 동료 그리고 선후배와의 만남을 통해 성숙한 인격체로 거듭나는 곳입니다.

지금 세계는 역사상 보기 드문 일대 전환의 시기를 맞고 있습니다. 인터넷의 발달과 과학문명의 발전으로 새로운 가치관의 정립이 요구되고 있습니다.

지식정보화와 세계화의 도도한 흐름 속에서 변화의 요구는 비단 현실영역뿐 아니라 학문의 영역에서도 새로운 화두가 되고 있습니다. 이러한 변화는 학문과 지식의 역할이 무엇인가라는 질문을 오늘날 지식인들에게 던져 주고 있습니다. 이 시대의 지성인들은 기존 관념의 틀에서 과감히 벗어나 대전환의 시대를 정확히 진단하고, 날카로운 통찰력으로 변화의 방향을 제시하여 능동적으로 미래를 기획하는 지혜가 요구되고 있습니다.

순천향대학교는 새로운 시대에 적합한 인재를 양성하기 위하여 '국제적 전문성을 추구하는 세계화 대학, 정보과학 기술의 발전을 도모하는 정보화 대학, 지역사회 발전에 선도적 역할을 담당하는 지역문화 중심 대학'을 표방하고 명문 사학으로서의 위상을 재정립해 나가고 있습니다.

순천향대학교는 '인간사랑'의 정신을 바탕으로 다양한 자기성장 프로그램과 전공분야에서 전문가적인 자질을 배양하고, 지식정보 사회에서 세계인들과 공존할 수 있는 방법을 터득하여 총체적인 변화의 새 시대를 선도하여 나갈 것입니다.

혼자서도 잘하지만 여럿이 함께 더 잘하는 따뜻한 가슴을 가진 이들이 미래를 준비하는 느낌이 좋은 대학 순천향대학교에서 만날 수 있게 되기를 기대합니다.

박태남 교수 정년퇴임식 인사말(2002. 2. 27.)

오늘 우리는 존경하는 松山 박태남 선생님의 정년퇴임식을 위해 이 자리를 같이하게 되었습니다.

사람들은 살아가면서 필연적으로 여러 종류의 만남과 이별을 경험하게 됩니다. 그러나 마음 깊이 존경하는 스승님과의 이별을 위한 자리처럼 커다란 미련과 많은 아쉬움을 느끼게 하는 자리도 드물 것입니다.

25년 전, 이미 교육계에서 명망이 높으셨던 송산 선생님은 우리 순천향대학교가 맨 처음 이곳 신창에 터를 내림과 동시에 초빙되시어 오늘에 이르기까지 우리 순천향의 역사를 함께 일구어 오신 분입니다.

방학기간을 제외하고 매 격주로 발행되고 있는 우리 대학교의 대표적인 언론매체인 '순천향대신문'의 주간교수를 역임하시면서 우리 대학교 활자언론 매체의 기틀을 마련하셨고, 도서관장과 기획처장, 대학 종합평가를 위한 자체평가 준비기획단장 등을 역임하시면서 우리 대학교 발전에 크게 기여하셨습니다.

또한 두 차례에 걸쳐 치러진 총장선출 위원회의 위원장을 수행하시면서 학내 모든 구성원들의 공감과 존경을 바탕으로 초지일관 평형을 유지한 공정한 선거를 진행하셨고, 건축위원회 위원장, 대학 20년사 편찬위원회 위원장 등의 직을 수행해 오심으로써 우리 대학교 역사의 중심에서 역사 그 자체를 일구어 오셨다고 해도 과언이 아닐 것입니다.

이러한 많은 업적에도 불구하고 정작 대부분의 사람들이 선생님을 존경하는 가장 큰 이유는 선생님의 커다란 인품과 사람들을 향한 선생님의 온화하고 따뜻한 사랑 때문일 것입니다.

송산 선생님과 짧은 시간이라도 자리를 같이한 사람이라면 누구든지 이분의 인자하심과 자상함에 매료당하곤 합니다.

그동안 선생님의 가르침과 더불어 사회에 진출한 많은 제자들은 졸업 후에도 한결같이 송산 선생님을 흠모하고 이분의 말씀을 늘 그리워하고 있습니다.

이는 그 많은 제자들 중 단 한 사람에게도 소홀함 없이 똑같은 양의 사랑을 베풀어 주실 수 있는 선생님만의 뛰어난 인품이 있기 때문일 것으로 생각합니다.

정년이라는 제도적인 틀에 의해 불가피하게 훌륭하신 선생님을 떠나보내 드려야 하는 안타까움이야말로 이루 말할 수 없을 것입니다.

다행이 대학의 안팎에는 정년 이후에도 연구와 교육을 지속할 수 있는 제도적 장치가 마련되어 있고, 송산 선생님께서도 우리 대학교의 후학들을 위해 당분간 봉사해 주시기로 약조해 주신 것으로 알고 있습니다.

후학들의 간절한 청을 수락해 주신 송산 선생님께 감사드리며 이를 통해 선생님과의 이별로 인한 아쉬움에 다소의 위안을 가질 수 있어 다행으로 생각합니다.

오늘은 송산 선생님과의 석별의 정을 함께 나누는 동시에 그동안 선생님께서 쌓아 오신 학문적인 업적과 학자적인 정신을 기리고 그 가르침을 계승하는 의미의 자리이기도 합니다.

따라서 뒤에 남은 후배와 후학들은 교수님의 인품과 업적을 계승하고 더욱 발전시키는 데 최선을 다해야 할 것입니다.

송산 선생님께서도 비록 교육의 일선에서는 떠나시지만 깊은 학식과 높은 인품의 향기를 오래도록 우리 곁에 남겨 주시기를 간절히 바라마지 않습니다.

오래오래 건강하시고, 더욱 행복하시고 빛나는 여생이 되실 것을 순천향의 모든 가족과 더불어 기원합니다.

감사합니다.

2003. 2. 27.

2003 성년의 날 인사말

금년으로 성년이 되신 약 1,900여 순천향대학교 재학생 여러분께 성년이 되신 것을 축하드립니다.

성년식을 위해 따로 시간을 내어 방문해 주신 온양 향교의 이홍복 전교님께 감사드립니다.

우리 대학교 재학생으로 금년에 성년을 맞이하는 학생은 약 1,900여 명(남 969, 여 919명)입니다.

성년의 날은 1973년도에 제정되었지만, 우리 동양의 전통적인 성년식으로는 남자의 경우 '관례', 여자의 경우 '계례'라 하여 오래 전부터 널리 행해져 왔습니다.

관례는 남자에게 상투를 틀어 갓을 씌우고 앞으로 평생 사용할 자(字)와 호(號)를 받았으며, 계례는 여자에게 쪽을 찌고 비녀를 꽂아 줌으로써 완벽한 성인으로 거듭 태어났다고 합니다.

성년이 되신 여러분들께서는 우리의 풍습대로 이제 벼슬길에 나서도 될 뿐만 아니라 마음에 드는 배필을 골라 결혼을 하셔도 되겠습니다.

그러나 아시는 것처럼 성년은 우리 사회에서 독립된 인격체로 당당히 권리를 주장할 수 있습니다만 동시에 이에 수반되는 일체의 책임도 철저하게 본인이 감수해야 하는 것을 뜻합니다.

요즘 성년식의 하이라이트는 장미 스무 송이와 향수 그리고 이성 친구와의 입맞춤이라고 들었습니다.

오늘 성년이 되신 재학생 여러분께 개별적으로 이와 같은 선물을 모두 준비하지는 못했지만, 여러분을 진심으로 사랑하고 소중하게 여기는 총장의 마음을 전하는 바입니다.

여러분 사랑합니다.

이순신연구 창간호 발간 축사(2003. 4.)

순천향대학교 이순신연구소에서 이순신에 관한 그동안의 연구 성과를 모아 학술지를 창간하게 됨을 진심으로 축하합니다.

본교는 1999년 이순신에 대한 전문적인 학술적 연구를 통하여 그 업적과 지혜를 계승하기 위해 우리나라 대학교에서는 처음으로 이순신연구소를 창립하였습니다. 이순신연구소는 이순신에 대한 과학적 연구를 토대로 21세기 미래 사회를 개척하기 위한 지혜를 모색하고 지역 사회의 문화를 선도하는 기관을 지향해 왔습니다. 그동안 이순신연구소는 4년간의 짧은 기간에도 불구하고 여러 차례의 학술 행사와 문화 행사를 개최함으로써 21세기 국제화 정보화 시대에 국난 극복의 민족 지도자 충무공 이순신의 지혜와 정신을 계승 발양시키는 역할을 충실하게 수행했습니다. 연구소의 오늘이 있기까지 이순신연구소의 창립과 발전을 위해 애써 주신 이천수 전총장님, 고 이종학 초대 소장님, 이항재 운영위원장님 이하 여러 운영위원 선생님들에게 심심한 사의를 표합니다.

주지하듯이 충무공 이순신은 임진왜란이라는 국난을 극복한 민족적 위인이며, 멸사봉공의 충효 정신을 체현한 인격자이며, 거북선을 만든 창조적 과학정신의 구현자이며, 어떤 전투이든 항상 승리를 거두는 필승의 지도자이기도 했습니다. 충무공이 자신의 삶 속에서 보여준 따뜻한 인간애와 창조적 과학정신에 바탕을 둔 탁월한 리더십은 우리에게 21세기 국제화 정보화 시대를 개척할 수 있는 지혜와 용기를 가르쳐 주고 있습니다.

순천향대학교는 충무공 이순신을 길러내고 충무공의 묘역과 그를 추모하는 현충사가 위치하고 있는 아산에 자리 잡고 있습니다. 순천향대학교는 충무공 이순신의 나라 사랑하는 마음과 창조적 과학성을 갖추어 21세기 미래 사회를 이끌어 갈 지도적 인재들을 양성하고 있습니다. 본교에서는 앞으로도 계속하여 이순신연구소가 충무공 이순신의 정신을 창조적으로 발전시키는 중심적 역할을 수행하도록 적극적으로 지원할 것입니다.

2003년 계미년은 본교가 개교 25년을 맞이하는 해입니다. 개교한 지 사반세기 만에 본교는 중부권의 명문사학으로 자리 잡게 되었습니다. 이제 우리는 '학생가치창출'이라는 순천향의 비전을 이루어 내고, 순천향의 미래인 유니토피아 2020의 목표 달성을 위해 힘차게 도약할 것입니다. 이순신연구소도 학술지 창간을 계기로 제2의 도약을 실현하여 지역 사회에 뿌리를 두면서도 세계화된 연구소로 발전할 수 있기를 기원합니다.

끝으로 《이순신연구》 창간호 발간을 위해 애쓰신 권혁태 소장님 그리고 여러 운영위원 선생님들에게 감사드립니다. 이번 《이순신연구》 창간이 이순신연구소의 발전을 위한 초석이 되기를 바랍니다. 감사합니다.

2003. 4.

제5대 총동창회장 취임식 축사(2003. 3. 28.)

순천향대학교 총동창회 이사장을 거쳐 제5대 총동창회장에 취임하시는 유백근 회장님의 취임을 모교 전 가족의 이름으로 축하드립니다.

그리고 강경산 제4대 총동창회장님을 비롯하여 순천향대학교 총동창회가 오늘날처럼 이렇게 활성화 될 수 있도록 헌신해 오신 역대 회장님과 임원님들의 노고에 깊은 경의와 감사의 인사를 드립니다.

오늘 취임하시는 유백근 회장님은 순천향대학교 의과대학을 제1회로 졸업하신 후 전문의 과정을 마치시고 일찍부터 모교가 위치하고 있는 이곳 아산에 '다나산부인과 병원'을 개업하시어 이 지역의 의료 발전에 이바지해 오신 분입니다.

따라서 지역인재 양성을 통한 지역 사회 봉사라는 대학의 책무를 실증하는 모범적인 사례이신 분이 우리 동창회의 회장이 되었다는 것이 우선 상징적인 의미가 있다고 생각됩니다. 특히 회장님 께서는 진료 일선에서 수많은 환자를 치료하시는 바쁜 일정 속에서도 학문에 대한 열정을 숨기지 않으시고 모교에서 석박사 학위를 취득하시는 한편, 아산 지역 어르신을 상대로 한 봉사활동, 지역 스포츠 활성화를 위한 활동 등 다양한 방면에서 왕성한 활동을 보여 주고 계십니다.

무엇보다도 유백근 회장님은 순천향대학교 총동창회 이사회를 이끌어 오시면서 총동창회와 모교의 발전을 위해 각별하게 헌신해 오셨습니다. 그 결과 약 2만여 순천향대학교 총동창회 회원님들의 한결같은 추대를 통해 오늘 이 자리가 마련된 것으로 알고 있습니다.

몇 해 전인가 순천향대학교 총동창회가 주관이 되어 아산 지역 주민 및 어르신들을 상대로 무료 진료를 비롯한 봉사활동을 추진한다는 내용을 언론을 통해 접한 적이 있습니다.

그 후로도 기관장님을 비롯한 여러 채널을 통해 우리 지역의 발전을 위해 순천향대학교 동문들이 기여하는 바가 크다는 내용을 자주 듣곤 합니다.

저는 모교의 총장으로서 우리 대학교를 통해 배출된 인재들이 지역에서 인정받고 지역 발전에 기여하고 있다는 소식에 참으로 고맙고 가슴 뿌듯한 보람을 느끼고 있습니다.

여러분의 모교인 순천향대학교는 금년으로 개교 25주년을 맞습니다.

최근에 모교를 방문해 보신 동문께서는 이미 알고 계시겠지만 우리 대학교는 외형적으로도 괄목 상대할 만한 발전이 있었을 뿐만 아니라, 내적인 면에서도 이제 600여 교수님께서 연구와 교육을 담당하시는 명실공히 중견 종합대학으로서의 탄탄한 입지를 구축해 가고 있습니다.

아울러 본교는 아산 신도시 지역에 제2캠퍼스를 조성하여 새로운 도약을 준비하는 한편, 개교 사 반세기에 즈음하여 금년 개교기념일에는 우리 대학교 미래의 모습을 담은 UniTopia 2020 선포식을 가질 예정입니다.

UniTopia 2020은 우리 대학교가 급변하는 교육환경 속에서 경쟁우위를 가지며, 양적인 팽창과 성장에 그치지 않고 질 높은 교육을 통해 학생의 가치를 창출하는데 초점을 맞추고 있습니다.

이 계획이 완성되는 2020년에는 5~10개의 분야가 특성화되어 상위권 대학으로 부상하고 교육부 문에서는 그 내용이나 방법에서 전국적으로 우수성이 인정받고 신뢰받는 대학교로 우리 대학교의 위상이 더욱 높아질 것으로 기대하고 있습니다.

대학뿐만 아니라 초, 중, 고교 등 졸업생을 배출한 거의 모든 학교에는 총동창회가 만들어져 있습니다.

대학에 있어 총동창회와 모교와의 관계는, 마치 하나의 축에 연결된 두 개의 양쪽 수레바퀴로 비교될 수 있을 것입니다. 훌륭한 동문을 통해 모교가 빛나고 발전하는가 하면, 모교의 성장과 발전을 통해 동문 또한 긍지와 자부심을 가지게 된다고 생각합니다. 그리고 이러한 관계는 대학의 연륜과 역사가 깊어 갈수록 더욱 밀접해질 수밖에 없을 것입니다.

여러분의 모교 순천향대학교는 2만여 동문님들의 기대에 부응하여 여러분들이 우리 사회에서 더 큰 자부심을 가질 수 있도록 끊임없이 정진하고 노력할 것입니다. 여러분께서도 지금까지와 마찬가지로 모교 발전을 위한 영원한 동반자이자 한 축으로서 변함없는 애정과 사랑을 당부드립니다.

다시 한번 유백근 제5대 총동창회장님의 취임을 축하드리며 순천향대학교 총동창회의 무궁한 발전을 기원합니다. 감사합니다.

2003. 3. 28.

최수부 회장 명예 경영학 박사 학위 수여식 인사말(2003. 4. 17.)

최수부 회장님의 명예 경영학 박사 학위 수여를 진심으로 축하드립니다.

그리고 오늘 최수부 회장님의 명예박사 학위 수여를 축하해 주시기 위해 우리 대학교를 찾아 주신 장재식 의원님과 최선길 도봉구청장님을 비롯한 모든 분들께 순천향대학교의 전 가족을 대표하여 크게 환영하며, 감사의 말씀을 드립니다. 특히, 민관식 전국회의장님께서 축사를 위해 방문해 주셨습니다. 거듭 감사의 말씀을 드립니다.

대학은 학문의 수월성을 추구하고 그 실천을 통해 사회에 봉사함으로써 국가와 인류 사회의 발전에 이바지하는 것을 사명으로 하고 있습니다.

그리고 대학이 수여하는 모든 학위에는 어느 것이나 나름대로의 학문적 가치가 내재되어 있지만, 명예박사 학위의 경우는 학문적 업적뿐 아니라 많은 사람들이 공감하고 인정하는 사회적 경험과 객관화된 업적을 전제로 수여하고 있다는 면에서 더욱 큰 의미가 있습니다.

오늘 명예박사 학위를 받으시는 최수부 회장께서는 이미 잘 알려진 것처럼 광동제약사를 통하여 민족 전통의학에 기초한 한방의약품을 대중화하는 데 기여하신 분입니다. 이제 광동제약은 명실공히 우리나라 한방제약 분야의 대표적인 브랜드로 소비자들로부터 신뢰받고 있습니다.

이 과정에서 최수부 회장께서는 한방의 과학화와 더불어 고객 만족을 위한 품질향상을 기업의 비전으로 설정하고 이를 일관성 있게 추진하는 리더십을 발휘하셨고, 그 결과 광동제약이 오늘의 기업으로 성장하게 되었습니다. 한편, 기업 경영에 있어서도 오래 전부터 남녀평등의 원칙에 입각한 합리적인 고용구조와 친환경적인 시스템을 구축하는 등 남다른 선견지명을 가지고 계셨습니다.

무엇보다도 많은 사람들이 최수부 회장님을 존경하고 흠모하는 가장 큰 이유 중 하나는 기업을 통해 창출된 이윤을 어려운 이웃들을 대상으로 기꺼이 환원함으로써 인간사랑의 기업가 정신을 몸소 실천해 오시고 있다는 것입니다.

최수부 회장님의 긴 인생 이야기를 이 자리에서 다 말씀드릴 수는 없습니다만, 소년가장 출신으로서 겪어야 했던 고난과 역경을 오히려 삶의 위대한 스승으로 삼고 극복하여 기업가로서 이룩해 놓은 많은 업적이야말로 인간승리의 대표적인 사례인 동시에, 현대를 살아가는 젊은이들에게 커다란 가르침이 될 수 있을 것입니다.

그동안 우리 대학교에서는 인간사랑과 실사구시의 건학이념에 부합되는 분들을 대상으로 엄격한 심사와 검증을 통해 관련 분야의 명예박사 학위를 수여하고 있습니다.

한방의 과학화로 실사구시를 실천하시고 어려운 이웃들을 따뜻한 마음으로 보듬어 오신 최수부 회장님의 삶은 우리 대학교의 건학이념인 '인간사랑'의 정신과도 크게 부합하므로 본교가 명예 경영학 박사 학위를 수여함은 당연한 것으로 생각됩니다.

오늘을 계기로 최수부 회장님의 모교가 된 우리 순천향대학교에 대해서 간략하게라도 안내해 드리는 것이, 이 자리에 함께하신 내외 귀빈들에 대한 예의가 아닐까 싶습니다.

순천향대학교 금년으로 개교 25주년을 맞이하게 되었습니다. 25년 전 의과대학으로 출발하였고, 현재 4개의 대학병원을 두고 있어 의과대학의 이미지가 강한 편입니다만, 인문, 사회, 자연, 공학 등 다양한 학문 분야에 약 600여 교수님께서 연구와 교육을 담당하는 중견 종합대학으로 성장하였습니다. 지난 개교기념일에는 '학생 가치 창출'이라는 비전을 실천하기 위한 장·단기 계획서 '유니토피아 2020' 선포식을 가졌으며, 이는 아산 신도시에 새로이 조성될 제2캠퍼스와 함께 본교가 새롭게 도약하는 지렛대로 작용하게 될 것입니다.

그동안 우리 대학교는 학생 중심의 질 높은 교육서비스가 제공될 수 있도록 지속적으로 교육개혁을 추진하여 교육인적자원부로부터 교육개혁 우수대학과 지방대학 육성화 사업기관으로 선정되기도 하였습니다. 현재 추진하고 있는 장·단기 발전계획 '유니토피아 2020'이 실현되게 되면 우리 대학의 5~10개 분야가 국내는 물론 세계적으로 상위권에 진입하여 명문사학으로 더욱 자리를 굳히게 될 것입니다.

최수부 회장님의 명예 경영학 박사 학위 취득을 다시 한번 축하드리며, 아울러 우리 대학교의 동문이 되신 것에 대해서도 진심으로 환영합니다.

앞으로도 계속해서 우리 사회와 민족의 발전을 위해 더 많은 업적을 만들어 가시길 기원합니다. 끝으로, 오늘 행사에 참석하시어 자리를 빛내 주신 내외 귀빈께도 다시 한번 감사의 인사를 드립니다. 감사합니다.

2003. 4. 17.

제1회 순천향대 총장배 고교 아마추어축구 대회사(2003. 5. 24~25.)

생동감 넘치는 5월에 '제1회 순천향대학교 총장배 고교 아마추어 축구대회'를 우리 대학교 대운동장에서 개최하게 된 것을 매우 기쁘게 생각합니다.

이 대회를 위해 우리 대학교를 방문해 주신 선수 및 응원단 여러분과 모든 선생님께 순천향 전 가족을 대신해서 환영의 인사를 드립니다.

아울러 이 대회가 원만히 추진될 수 있도록 그동안 많은 도움을 주시고 배려해 주신 각 고등학교 교장 선생님과 담당 선생님께 진심으로 감사의 인사를 드립니다.

잘 알고 계신 것처럼 이 대회는 '축구 경기'를 매개로 충남, 대전 지역의 고등학교 학생들이 서로 교류하고 우의를 다지는 순수한 아마추어 스포츠 행사입니다. 우리 순천향대학교는 미래를 이끌어 나갈 청소년들이 건전한 스포츠 활동을 통해 체력을 증진하고 건강한 정신을 함양하며 특히, 인근 지역 고등학교 간 서로 동료애를 키워 나갈 수 있도록 여건을 조성하고, 지역을 대표하는 고등교육기관으로서의 역할을 담당하고자 이 행사를 주관하게 되었습니다.

이 대회는 첫 대회임에도 불구하고 22개 고등학교에서 24개 팀 약 360여 명의 고교생들이 아마추어 선수로 참가함으로써 '축구'를 통한 충남, 대전 지역 고교생들의 대표적인 스포츠 제전이라고 할 수 있겠습니다.

앞으로 이 대회를 통하여 인근 지역의 고등학교와 우리 순천향대학교가 더욱 돈독한 관계로 발전할 수 있는 좋은 계기가 되었으면 합니다. 우리 대학교에서도 이 행사가 더욱 발전할 수 있도록 노력해 나갈 것입니다.

참석해 주신 선수 여러분께서는 그동안 갈고 닦았던 기량을 마음껏 발휘하여 좋은 성과를 올리시기 바라며, 여러분의 가정과 학교에 건강한 웃음과 행운이 함께하길 기원합니다. 감사합니다.

2003. 5. 24.

오션캐슬 리조트 협약 체결 조인식 인사말(2003. 6. 24.)

안면도에 올 때마다 길옆으로 보이는 아름다운 소나무 숲과 바다 풍경에 감탄하게 됩니다.

안면도는 지리적으로도 우리 대학교와 그다지 멀지 않을 뿐만 아니라 우리 대학교 해양수산연구소도 안면도 초입(태안군 남면 당암리)에 위치하고 있어 순천향대학교의 입장에서는 안면도는 우리 고장이라는 생각을 갖게 됩니다.

이처럼 빼어난 자연경관을 고스란히 간직하고 있는 안면도에 대해 우리는 자부심을 가지고 있습니다.

그리고 이와 같이 아름다운 자연 경관을 많은 사람들이 감상하고 즐길 수 있도록 좋은 시설을 마련해 주신 신상수 대표이사님을 비롯한 오션캐슬리조트에 감사드립니다.

오션캐슬리조트는 지난 2002년도에 개최되었던 국제행사인 꽃박람회의 지정시설로서, 충청남도와 안면도국제해양개발(주), 롯데건설(주)의 3자 컨소시엄 협약으로 건설된 시설로 알고 있습니다.

국민소득이 향상되고 의식 수준이 선진화되면서 레저 산업은 이제 우리나라의 산업 구조에서 빼놓을 수 없는 중요한 부분을 담당하게 되었습니다.

특히 지난해 하반기부터 도입된 주 5일 근무제와 금년부터 시범적으로 도입될 주 5일 수업제 등으로 인해 앞으로 레저산업이 갖는 의미는 한때 우리나라에서 일었던 '공업화의 붐' 못지않게 중요한 역할을 담당하게 될 것으로 기대됩니다.

이 중에서도 리조트(Resort)는 일정 규모의 지역에 레크리에이션, 스포츠, 상업, 문화·교양, 숙박 등의 시설들이 복합적으로 갖춰져 있는 4계절형 종합휴양지라는 점에서 안면도에 자리한 '오션캐슬리조트'는 이러한 자연 친화적 레저 활동과 가족 중심적 레저 행태를 수용하기에 매우 적합한 체험형 목적지라고 할 수 있을 것입니다.

오늘 협약을 계기로 우리 순천향대학교가 오션캐슬리조트의 단순한 고객 차원을 넘어 서로 협력하는 동반자 자격으로 만날 수 있게 되어 매우 기쁘게 생각합니다.

그동안 오션캐슬리조트와는 공식적으로 협약을 체결하지는 않았지만, 교수연수 등 몇 차례의 교류가 있었던 것으로 알고 있습니다. 앞으로 교류의 폭을 더욱 확대하여 서로에게 큰 도움을 줄 수 있는 관계로 발전해 가길 기대합니다.

2003. 6. 24.

의과대학 동문회 명부 발간 축사(2003. 7.)

1978년 3월, 황량했던 신창벌에는 순천향의과대학 의예과 신입생 80명을 위한 첫 입학식이 있었습니다. 불과 25년 전의 일입니다. 당시 우리나라는 인구에 비해 절대적으로 부족한 의료인과 의료시설로 인해 국민의 특정 그룹만이 의료 혜택을 받고 있는 실정이었습니다.

이러한 의료 현실에 비추어 순천향의과대학의 첫 입학식은 우리 국가와 민족을 위한 나름대로의 큰 사명감과 역사의식 그리고 원대한 미래를 향한 조용하지만 의미 있는 첫 출발이었습니다. 더욱이 순천향의료원은 우리나라 최초의 의료법인체이자 순천향의과대학 또한 의과대학 교수가 설립한 최초의 의과대학이었습니다.

진리·봉사·실천의 교육이념과 '인간사랑'을 순천향의 기본정신으로 출발한 순천향의과대학이 첫 입학식 이후 스물다섯 해를 거듭해 오면서 이제는 한반도 중부의 신수도권을 대표하는 명문 종합대학으로 성장하게 되었습니다.

특히, 지난 25년은 우리나라뿐만 아니라 국제적으로도 세계화·정보화의 거센 물결로 인해 과거 100년에 걸쳐 일어날 수 있는 변화에 버금가는 급변의 시기였습니다. 이러한 변화와 격랑의 시기를 헤쳐 오는 동안 우리 순천향 동문들은 모교를 향해 언제나 한결같은 사랑과 따뜻한 정성을 보내주셨습니다.

훌륭한 동문을 통해 모교가 빛나고 발전하는가 하면, 모교의 성장과 발전을 통해 동문 또한 긍지와 자부심을 가지게 된다고 생각합니다. 그런 면에서 오늘날 순천향대학교가 명문 사학으로 발전하기까지 여러 동문 가족들의 역할은 매우 크다고 하겠습니다.

이제 우리 순천향 출신 인사들이 우리 사회 곳곳에서 저마다의 위치를 확보하고 나름대로 맡은 바 소임을 다하는 모습을 자주 접하게 됩니다. 의료 분야에서도 이미 국내뿐만 아니라 국제적으로도 확고한 자기 세계를 구축하고 특정 분야의 전문가로서 의학 발전에 기여하고 있는 동문의 소식도 듣곤 합니다.

아울러 많은 순천향의과대학 동문들께서는 우리나라 전역에 걸쳐 의술을 통해 인간사랑을 몸소 실천하며, 국민보건 수준 향상에 크게 기여하고 있는 것이 사실입니다. 한 개인에게 있어서도 25년이라는 시간은 나름대로 자기 색을 가지고 의욕적으로 삶을 이끌어 가는 청장년의 시기일 것입니다.

이런 시기에 즈음하여 '순천향의과대학 설립 25주년 및 순천향의료원 설립 30주년'을 기념하는 동창회 명부의 발간은 참으로 뜻깊은 일이 아닐 수 없을 것입니다. 그동안 저마다 바쁘게 살아오신 모든 의과대학 동문들의 근황을 담은 명부의 발간을 계기로 순천향 가족으로서의 연대감을 다시 확인하고, 졸업 이후 느끼게 되는 선·후배간의 남다른 정도 나눌 수 있게 될 것으로 기대합니다.

그동안 명부발간 사업을 비롯하여 동창회의 발전을 위해 소중한 시간을 많이 할애하시며 헌신하시는 오경환 회장님, 김완진 총무이사님을 비롯한 동창회 임원님들의 노고에 경의를 표하며, 순천향의과대학 동창회의 무궁한 발전과 회원님 모두의 건승을 기원합니다.

2003. 7.

중소기업진흥공단 조인식 인사말(2003. 9. 30.)

오늘 존경하는 김홍경 이사장님을 모신 가운데 중소기업진흥공단과 우리 대학교가 상호교류를 위한 산학협약식을 갖게 되어 매우 기쁘게 생각합니다. 이 자리를 빌려 그동안 수고해 주신 양 기관 실무자께 감사드립니다.

중소기업은 모세혈관처럼 국민경제 전반에 걸쳐 구석구석까지 영양분을 공급하고 모든 분야가 고르게 성장할 수 있는 기반이 되는 경제단위라고 할 수 있겠습니다. 이처럼 국가경제의 주축을 담당하는 중소기업에 있어 중소기업진흥공단은 언제나 기댈 수 있는 포근하고 커다란 언덕이 아닐 수 없을 것입니다.

이를 위한 중소기업진흥공단은 중소기업의 경쟁력 제고와 당면한 애로사항을 해결해 주고 시설 및 운전자금 융자와 투자 그리고 출자, 창업 분위기 조성, 창업인프라 구축을 비롯하여 수출, 판로 지원, 임직원에 대한 연수업무에 이르기까지 중소기업과 관련한 전 분야에 걸쳐 관여하고 보살피는 종합적인 지원기관으로 알고 있습니다.

주지하시는 바와 같이 21세기를 일컬어 창의적인 아이디어와 정보기술이 주도하는 지식정보화 시대라고 합니다. 이러한 시대에는 소비자의 선호가 다양화·개성화되고 제품 주기가 급격히 짧아지는 등 새로운 경제 패러다임이 등장하는 특성을 가지고 있습니다. 따라서 단순히 기업의 규모가 크다고 해서 기업의 경쟁력과 가치가 높게 평가되는 것이 아니라, 기업의 창의성, 역동성, 혁신성이 시장에서의 경쟁 우위를 결정하게 될 것입니다.

이와 같은 새로운 환경 속에서는 중소기업이 고용 창출과 사회 안정, 산업 지식화에 기여하는 핵심주체로서 부상할 수밖에 없기 때문에, 세계의 석학들이나 미래학자들은 21세기를 중소기업의 시대라고 단언하고 있습니다.

정부에서도 중소기업정책은 '참여정부'의 역점시책인 국가균형발전, 실업해소, 중산층 기반의 유지·강화, 산업의 지식화 등 역점분야가 모두 만나는 중요한 교차점으로 인식하여, 현장성 있고 체감도 높은 정책개발을 위해 모든 노력을 다하고 있는 것으로 알고 있습니다.

금년은 우리 순천향대학교가 개교 25주년을 맞이한 해로써 마치 제2의 창학을 실현한다는 각오로 '학생 가치 창출'이라는 새로운 가치와 비전을 제시한 바 있습니다.

유니토피아 2020이라고 명명한 이 발전계획에는 '지역사회 정착(RegSOS)'사업이 커다란 한 축으로 구성되어 있는데 이 내용이 곧 우리 고장에 위치하고 있는 중소기업과 긴밀하게 연계하여 지역 사회와 우리 대학교가 함께 성장하고자 하는 의지가 담겨져 있습니다. 이를 위하여 우리 대학의 교육 과정도 '현장중심교육과 산학일체형 교육'을 강조하고 있습니다.

그밖에도 충남테크노파크로부터 2년 전부터 '중소기업연수원'을 위탁받아 운영하면서 짧은 기간이었지만 기대이상의 성과를 달성함으로써 지난 9월에 위탁기한을 연장하기 위한 재협약을 체결한 바 있습니다.

아울러 대학 기구 안에 '산학협동본부'를 설치하고 산학협동관을 건립하였습니다. 산학협동본부에서는 급변하는 환경변화에 따른 다양한 연수과정을 개발하여 관내 및 전국의 중소기업들의 인재 육성에 최선을 다하고 급변하는 지식정보화 시대에 능동적으로 대처할 수 있도록 새로운 경영기법, 생산기술 개발 등의 전문인력을 양성하는데 주력하고 있습니다.

그동안 양 기관 간에 공식적인 협약은 체결되지 않았지만, 여러 가지 형태의 산학협력 모델을 개발하고 다양한 측면에서 긴밀한 협력관계를 유지해 온 것으로 알고 있습니다.

오늘을 계기로 양 기관이 더욱 많은 인적, 물적 교류를 통해 대학은 보다 쓰임새 있는 산업 엘리트를 육성하고, 중소기업진흥공단은 우리나라 중소기업의 튼튼한 육성을 통한 국가 경쟁력의 시금석을 만들어 가는 데 서로 도움을 주고받기 바랍니다.

오늘의 이 협약식이 양 기관 간에 의미 있는 미래를 여는 소중한 계기가 되기를 진심으로 기원합니다. 감사합니다.

2003. 9. 30.

제7회 총장기 고등학교 교사 테니스대회사(2003. 10. 25~26.)

금년에는 잦은 비로 인해 여름이 유난히 길고 지루했습니다. 그러나 우기가 물러간 자리를 이제는 청명한 가을 하늘이 대신하고 있습니다. 태풍과 수해로 가을 들녘이 예전 같지는 않지만, 나름대로 황금의 물결을 보여 주고 있어 다행스럽습니다.

이제 완연한 가을빛으로 물들어 있는 저희 순천향 캠퍼스에서 예년과 마찬가지로 고등학교 선생님들을 모시고 일곱 번째 '순천향대학교 총장기 고등학교 교사 테니스대회'를 개최하게 된 것을 진심으로 기쁘게 생각합니다.

이 행사가 처음으로 열렸던 1998년도에는 36개 팀 약 220여 명의 선생님이 참가한 바 있었습니다. 이후 해를 거듭하면서 그 규모가 확대되어 제7회를 맞는 금년에는 무려 두 배에 이르는 69개 팀 약 550여 명의 선생님들이 참가하는 큰 대회로 발전하였습니다.

그야말로 명실상부한 충남 지역 고등학교 선생님들 모두의 테니스 제전이라고 감히 말씀드릴 수 있겠습니다. 더욱이 출전하시는 모든 선생님들께서 각자 소속된 학교의 명예를 걸고 테니스 경기를 통해 자웅을 겨루는 대회는 아마도 이 대회가 전국에서 가장 큰 규모일 것입니다.

무엇보다도 이 행사가 출발 당시의 순수했던 동기를 고스란히 간직한 채, 국가 백년대계의 막중한 임무를 수행하고 계시는 교육동지 상호 간의 반가운 만남의 장이자, 순수한 스포츠 교류의 장으로 정착되고 있다는 점에서 저는 매우 자랑스럽게 생각합니다.

앞으로도 저희 대학교에서는 대회 진행에 정성을 다하여 본 대회가 테니스를 사랑하는 충남 지역 모든 고등학교 선생님들이 마음으로부터 공감하고, 기다리는 전통 있는 대회가 되도록 계승, 발전시키겠습니다.

대학은 미래 사회를 이끌어 갈 젊은 인재를 양성하는 한편, 끊임없는 연구를 통해 학문적 성과를 쌓고 이를 다시 사회에 환원함으로써 국가와 인류의 발전을 추구해야 하는 곳입니다. 그리고 대학이 위치하고 있는 지역의 특성과 잘 조화된 새로운 가치와 문화의 창출은 물론 지역 사회의 산업 발전에도 크게 기여를 해야 한다고 생각합니다. 따라서 한 대학교가 보유하고 있는 인적, 물적, 정신문화적 자산은 그 대학 구성원들만의 몫이 아니라, 지역사회 전체의 자산으로 발전시켜야 할 것입니다.

또한, 한 사람의 우수한 지역 인재를 양성하기 위해서는 지역의 중등교육 기관과 고등교육기관

간에 보다 긴밀하고 짜임새 있는 의사소통과 협조가 필요합니다. 이런 관점에서 본교에서 개최하는 고교 교사 테니스 대회는 단순한 운동 경기가 아니라, 지역 인재를 양성하기 위한 지역의 중등 교육기관과 대학 간의 의사소통의 시간이자 협력의 토대를 다지는 시간입니다.

저희 순천향대학교에서는 고등학교 과정에서 선생님들이 정성스럽게 키운 예비 대학생들을 인간사랑의 기본정신을 바탕으로 인성과 능력을 골고루 갖춘 차세대의 국가 및 지역사회 리더로 양성하기 위해 전 교직원이 혼연일치가 되어 만반의 준비를 하고 기다리고 있습니다.

아무쪼록, 오늘의 이 행사가 참석하신 선생님들께서 봉직하고 계시는 고등학교와 저희 순천향대학교가 더욱 돈독한 관계로 발전할 수 있는 좋은 계기가 되었으면 합니다. 앞으로도 저희 대학교에서는 이 행사가 교육자적 동지애를 더욱 공고히 하는 좋은 계기가 될 수 있도록 지속적으로 발전시켜 나갈 것입니다.

끝으로 이 대회 참석을 위해 저희 순천향대학교를 방문해 주신 모든 선생님들을 순천향 전 가족의 이름으로 다시 한번 환영하며, 이 대회가 오늘처럼 성장할 수 있도록 격려와 성원을 아끼지 않으신 각 고등학교 교장 선생님께도 진심으로 감사의 말씀을 드립니다.

감사합니다.

2003. 10. 25.

제4회 건축전 축사(2003. 10. 28.)

금년으로 네 번째 맞이하는 건축학과 4학년 학생들의 졸업 전시회를 진심으로 축하드리며 그동안 작품을 만들기 위하여 애쓴 여러분의 노력에 아낌없는 박수를 보냅니다. 아울러 이번 전시회가 그동안 여러분이 갈고 닦아 온 학문적 이론을 토대로 한 실력과 창의력을 마음껏 발휘함으로써 우리 순천향대학교 건축학과의 이름을 한층 더 드높이는 계기가 될 것으로 기대합니다.

건축은 인간의 삶을 담는 공간을 만드는 기술이자 또한 예술이라고 합니다. 여러분은 우리의 생활과 직결되는 주거 환경을 구축하는 전문가로서 우리나라의 건축 분야를 짊어지고 나가야 할 젊은이들입니다. 여러분이 그동안 대학에서 교수님들의 애정 어린 지도 아래 지식과 전문적 자질을 양성하여 왔습니다.

이에 더하여, 여러분들의 진취적 열정과 성실한 노력이 경주된다면, 분명 여러분의 앞길은 밝게 열릴 것이며, 우리 순천향의 앞날도 더욱 견고해지리라 확신합니다.

다시 한번 학생 여러분의 노고를 치하하며 여러분을 지도하여 주신 건축학과의 교수님과 여러분의 든든한 힘이 되어 주신 학부모님들께도 감사의 말씀을 드리는 바입니다. 순천향 건축학과 모든 분들의 건강과 발전을 기원합니다.

2003. 10. 28.

제12회 공과대학 학술제 팸플릿용(2003. 10. 28~30.)

우리 대학교 공과대학이 주관하는 학술제 및 작품 전시회가 금년으로 열두 돌을 맞이하게 된 것을 진심으로 기쁘게 생각합니다.

올해도 우리 대학은 다양한 산학협동사업을 유치하여 큰 성과를 이루고 있습니다. 이러한 성과들도 결국은, 학문적으로 터득한 이론들을 실제로 응용하여 현실에 활용할 수 있는 작품들을 만들어 보고 또 연구한 결과를 여러 사람들과 함께 공유하는 '공과대학 학술제 및 작품 전시회'와 같은 기초가 충실한 학술활동에서부터 출발한 결과일 것입니다. 특히 최근에 국가에서는 지역의 대학과 산업육성을 통한 지역 균형발전이 국가 경쟁력의 원천이 된다는 사실을 인식하고 그 방법으로 지역의 대학과 산업체 및 연구소, 지방자치단체가 연대하는 실효성 있는 산학관 협동을 활성화시키려 노력하고 있습니다. 이러한 시점에서 공과대학의 기술 작품전시회는 더욱 의미가 크다고 할 수 있습니다.

금년 행사도 예년과 마찬가지로 참가하는 대부분의 팀들이 학부별 또는 학술동아리에 소속된 우리 대학교 재학생으로 구성되어 있으며, 출품된 내용 중에는 산업현장에서 상품으로 개발 가능한 수준 높은 작품도 있다고 들었습니다.

그러나 우리 학생들이 스스로 연구하고 개발한 결과는 상품 가능성 여부를 떠나서 매우 소중하고 가치 있는 지적 자산으로서, 이를 통해 우리나라 공학계의 밝은 미래를 엿볼 수 있다는 점에서 의미가 더욱 크다고 하겠습니다.

그동안 이 행사를 위해 애써 주신 학술제 준비위원회 교수님들과 공과대학 학생회 임원들의 노고를 치하하며, 작품 전시회에 출품한 모든 학생들의 건승을 기원합니다. 감사합니다.

제28회 천향연묵전 축하의 글(2003. 10.)

금년으로 어느덧 제28회를 맞는 '천향연묵전'은 우리 순천향대학교의 대표적인 가을 문화행사 중 하나입니다. 스물여덟이라는 연륜에서도 알 수 있듯이 이 행사는 이미 오래 전부터 순천향의 역사와 함께 발전해 온 전통 있는 행사이기도 합니다.

서예는 먹물과 유연한 붓으로 흰색의 평면 공간에 표현하는 예술이므로 재료만 본다면 매우 소박하고 간단하다고 하겠습니다. 그러나 이렇게 단순하고 겸손한 소재를 통해 표현되는 서예 예술의 세계야말로 그 끝을 말하기 어려울 만큼 무한한 것으로 알고 있습니다. 서예의 소재인 문자는 일점일획의 결합으로 만들어지며 그 일점일획의 예술성은 운필의 방향, 속도, 그리고 운필 중의 압력에 따라 다양하게 표현되기 때문입니다.

우리나라의 전통문화 중에는 서예와 마찬가지로 간단하고 소박한 것이 많이 있습니다. 우리의 전통의복인 흰옷이 그렇고, 고려의 청자나 조선의 백자가 이와 많이 닮아 있으며 반닫이와 옷장 등 조선 시대부터 내려오는 목기류에도 자연적인 소박미가 흐르고 있습니다. 이러한 것은 우리나라의 민족성을 나타내는 것으로서 우리 문화의 한 가지 특성이라고 할 수 있는데, 식견 있는 서양 사람들도 우리의 이러 한 문화유산에 최고의 예술미를 느끼곤 합니다. 표현이 단순하고 소박함에도 불구하고 그 내면세계가 무궁하다는 점이 서예의 중후한 멋이자 매력일 것입니다.

각자의 전공과 무관하게 대학 시절에 접하는 서예 활동은 무엇보다 훌륭한 인격 수양의 한 방법이 될 것입니다. 이를 통해 천향연묵회 회원 모두의 인생은 한층 더 풍부해질 것을 기대합니다.

그동안 서예를 지도해 주신 선생님과 동아리 지도교수님께 감사드리며, 이 행사를 기획하고 준비해 온 회원 모두의 노고를 높이 치하합니다. 앞으로도 천향연묵회의 꾸준한 발전을 기원합니다. 감사합니다.

2003. 10.

대학생활안내책자 수록용 총장 메시지

금년으로 우리 순천향대학교는 원대한 꿈을 안고 신창벌에 터전을 닦은 지 사반세기가 되는, 개교 25주년을 맞이하게 되었습니다.

그동안 '인간사랑'의 건학 이념을 바탕으로 한눈팔지 않고 인재 양성의 정도를 걸어 온 우리 대학교는 꾸준한 성장과 발전을 거듭하면서 이제 자타가 공인하는 우리나라 중부권의 건실한 사학으로 굳건한 자리 매김을 하게 되었습니다.

지난해에도 우리 순천향대학교는 교육 수요자의 요구를 최대한 반영하기 위한 방향으로 교육개혁 사업을 추진해 왔습니다. 또한, 우리 대학교 재학생들의 역량을 강화하기 위하여 교육과정을 개선하고, 취업 부서의 기능을 강화하였습니다. 동시에 캠퍼스 정착을 위한 다양한 사업과 교육프로그램을 개발해 왔습니다.

그 결과 교육인적자원부로부터 3년 연속 교육개혁 우수대학 선정에 이어 지난해에는 '학생 복지형 캠퍼스 구축사업'으로 지방우수대학 육성지원기관으로 선정되었습니다.

앞으로 우리 순천향대학교는 '교육지향'을 모토로 중지를 모으고 우리 대학교의 모든 역량을 집중해 나갈 것입니다.

이는 교육 수요자로 하여금 다양한 지식을 섭렵하여 자신의 분야에 응용할 수 있도록 하고, 다양한 지식을 가진 많은 다른 사람들과 협동할 수 있는 능력을 배양하며, 전문가적인 수월성을 스스로 갖추어 나갈 수 있는 인재를 양성하는 것입니다.

신입생 여러분께서는 본인이 선택하는 전공 분야를 통해 전문가적인 자질을 가꾸어 가시기 바랍니다. 그리고 대학에서 제공하는 각종 교육프로그램을 적극 활용하시기 바랍니다. 이와 함께 지식 정보 사회에서 세계인들과 공존할 수 있는 방법을 동시에 터득하여 변화의 시대를 선도해 나갈 수 있는 리더로 성장하여 주실 것을 당부 드립니다. 순천향대학교는 여러분의 든든한 교육적 터전이 되겠습니다.

생활관 퓨전음식 경연대회 개회식 인사말

오늘 행사는 지난해 이어 두 번째로 맞는 '생활관 퓨전음식 경연대회'인 동시에 English Village의 '핼러윈 의상 콘테스트' 행사입니다.

지난해에 퓨전음식 경연대회는, 샘마을 생활관 학생들이 제대로 된 음식을 접할 기회가 적어서 간단하면서도 푸짐하게 민생고를 해결하기 위한 방안을 강구하는 과정에서 탄생한 행사라고 들었습니다.

그래서 한편 서글픈 출발 동기를 듣고 총장으로서 안타까운 마음이 들었습니다.

그러나 이 행사는 젊은 세대의 취향과 잘 어우러지면서 하나의 '샘마을 생활관 음식문화'로 정착되어 가고 있다는 생각이 듭니다.

동시에 E/V의 할로인 의상 콘테스트 대회와 자연스럽게 조화를 이루면서, 어떤 특정 국가의 모습만을 닮지 않은 오직 '순천향대 생활관만의 독특한 행사'로 발전되는 것 같아 우리 젊고 창의적인 순천향인들의 정취를 느낄 수 있게 됩니다.

이러한 계기를 통해 집을 떠나 스스로 먹거리를 해결해야 하는 샘마을 생활관 학생을 비롯하여 자취생들과도, 라면, 김밥, 샌드위치 등 주위에서 쉽게 구할 수 있고 친숙한 요리 재료를 이용하여 영양 만점의 요리 정보도 서로 주고받는 계기가 되었으면 합니다.

이러한 행사를 공식화하고 잘 발전시켜 나간다면 우리 생활관은 단순한 숙식공간의 개념을 넘어 젊은 문화 공간으로 말 그대로 'Study with Fun'을 실천할 수 있게 될 것으로 기대합니다.

아울러 각자에게 숨겨져 있던 솜씨도 뽐내 보시고, 같은 팀원 간 협력하는 방법을 자연스럽게 몸으로 익히는 과정에서 사생 간의 정도 쌓아 보며, 동시에 대학생활에서 생기기 쉬운 긴장을 푸는 시간도 가져 보시기 바랍니다.

그동안 행사를 준비해 주신 생활관장님을 비롯한 부관장님, 그밖에 생활지원팀 선생님과 사생회 간부들의 노고에 감사드립니다.

해킹대회 시상식 축사(2003. 10. 30.)

바쁘신 가운데 이 자리를 빛내 주기 위하여 참석해 주신 박영규 시큐아이닷컴 과장님과 박정호 하우리 부사장님의 우리 대학 방문을 진심으로 환영합니다. 또한 이 자리에 참석해 주신 공과대학 박두순 학장님과 이 대회를 준비해 주신 대회 관계자에게 심심한 감사의 말씀을 드립니다.

우선 제1회 순천향대학교 총장배 해킹대회를 성공적으로 마치신 것에 대하여 축하드립니다. 이번 대회를 주관하고 있는 우리 대학 정보보호학과는 2001년에 학부과정으로는 국내 처음으로 신설된 학과로서, 앞으로 비약적으로 많은 인력 수요가 예상되는 정보보호 인력을 양성하기 위한 교육을 지난 3년 동안 실시해 왔습니다.

이번 대회는 학과 교수님의 지도하에 지난 3년 동안 갈고 닦은 실력으로 정보보호학과 학생들이 환경 구축 및 운영, 그리고 관리까지를 주관했다는 점에서 더욱 더 뜻깊은 행사였다고 하지 않을 수 없습니다. 더구나, 출제된 문제는 한국정보보호진흥원의 연구원의 자문을 통하여 그 수준을 인정받음으로써, 우리 순천향대학교 정보보호학과의 능력을 객관적으로 인정받는 계기가 되었고 서버 구축 등 여러 가지 정보보호 기술을 직접 습득할 수 있었다는 측면에서 더욱 의미가 크지 않다고 할 수 없습니다.

오늘날 정보 통신 기술의 발전과 더불어 전자민원 서비스와 인터넷 뱅킹 등의 사회의 전반적인 활동이 개방형 통신망을 통하여 수행되고 있으며, 이러한 경향은 향후 더욱 가속화될 전망입니다. 이에 따라 유통되는 정보의 도청, 변조, 위조 등의 정보에 대한 역기능이 많이 발생하게 되었고, 외부의 불법 사용자에 의한 정보시스템에 대한 해킹 행위가 빈번하게 일어나고 있어서 근본적으로 정보화의 근간을 흔드는 결과를 초래하고 있습니다.

특히, 인터넷상에서 이루어지는 수많은 불법적 침입과 정보 유출 등의 전자적 침해가 더욱 만연하고 있습니다. 정보보호 기술은 원시적 통신 수단을 사용하던 인류 태초로부터 첨단 통신 기술을 집대성하고 있는 현대 인류에 이르기까지 늘 소홀히 할 수 없는 인류의 숙제라 할 수 있겠습니다. 이와 같이 지식 기반 정보화 사회의 개막과 더불어 보편화되기 시작한 인터넷을 위한 정보보호 기술은 선택의 문제가 아니고 필수 문제가 되었으나, 이를 뒤 받침하기 위한 정보보호 기술과 정보보호 인력은 아직 미미하다고 하지 않을 수 없습니다. 지난 1·25 인터넷 침해사고는 인터넷에서의 정보보호의 중요성을 일컬어 주는 매우 중요한 사례라고 할 수 있습니다. 우리 대학 정보보호학과에서는 이러한 국가 사회적 요구에 부응하기 위하여 정보보호 인력 양성과 고급 정보보호 기술을 개발이라는 목적을 달성하기 위한 선도적인 역할을 수행하고 있고 앞으로 수행할 것으로 개대되고 있습니다.

본 대회를 통하여, 인터넷 사용자나 서버 관리자가 정보보호에 대한 중요성을 인식하고 전자적 침해 행위의 심각성을 깨닫고, 무분별한 불법 침해행위로부터 정보시스템을 지킬 수 있는 능력을 배양할 수 있고 해킹을 대응하기 위한 대응 기술을 개발하기 위한 계기가 되었기를 바랍니다.

끝으로, 다시 한번 제1회 순천향대학교 총장배 해킹대회를 성공리에 마무리된 것에 대하여 축하 드리며 이번 행사에 많은 관심을 가지고 적극 지원하여 주신 씨큐아이닷컴과 하우리 등의 후원기관 여러분과 이 대회를 준비해 주신 박두순 공과대학 학장님과 정보보호학과 행사 관계자 여러분에게 격려의 말씀을 드립니다.

감사합니다.

2003. 10. 30.

장애학생평가보고서 머리말(2003. 11. 10.)

교육인적자원부와 국립특수교육원이 공동으로 주관하고 대학장애학생 교육복지지원 평가위원회가 실시하는 대학장애학생 교육복지 지원평가를 본교가 받게 되었습니다. 이 평가를 계기로 본교는 현재 우리 대학의 대학장애학생을 위한 교육복지지원 실태를 면밀히 진단·검토하고, 여기에서 드러난 장점과 문제점을 분석하여 장애학생의 교육여건 및 학습권 보장을 위한 좋은 전환점을 마련할 수 있으리라 생각합니다.

우리 대학은 새롭게 개막되는 서해안 시대를 맞이하여, 지역사회와 국가가 필요로 하는 대학으로 성장·발전하기 위해 부단한 노력을 기울이고 있습니다. 본교는 대학종합발전계획인 '순천향 UniTopia 2020'을 수립하고, 그 비전을 '학생 가치 창출'로 설정하여 학생을 먼저 생각하는 새로운 명문사학으로 발전하기 위하여 대학의 모든 힘을 쏟고 있습니다. 또한 새로운 세기의 시대적 변화에 적응하면서 사회와 수요자인 학생들의 요구에도 부합될 수 있는 새로운 교육 프로그램을 지속적으로 개발하고 이를 실행해 오고 있습니다.

특히 우리 대학의 종합 발전 전략의 하나인 캠퍼스 사회 정착에는 다양한 학생들을 위한 학생생활 지원시스템을 개발하는 것과 학생들의 삶의 질을 향상시키려는 복지캠퍼스 구축사업이 포함되어 있습니다. 이러한 관점에서 장애학생의 교육복지지원에 대한 평가를 받는 것은 의미 있는 일이라 생각됩니다. 그러므로 본 대학은 이번 평가에서 장애학생을 위한 교육복지지원 실태를 엄정히 파악하여 장점은 살리고, 문제점에 대해서는 개선계획을 세우고 실행함으로써, 대학장애학생을 위한 교육복지여건과 환경을 새롭게 갖추는 계기로 삼고자 합니다.

우리 대학의 대학장애학생 교육복지지원에 대한 자체평가 연구보고서는 대학의 모든 관계자들이 관련 자료를 수집하고 정리한 뒤 이를 바탕으로 엄정하게 평가하려고 노력한 결과입니다. 앞으로 이 연구보고서가 평가위원회의 서면평가 및 현지방문평가 자료로 적절히 활용될 뿐만 아니라, 나아가서는 대학장애학생을 위한 교육·학습환경을 조성하고 그들의 학습권을 보장하는 데 크게 기여할 수 있게 되기를 희망합니다.

끝으로 본 대학의 대학장애학생 교육복지지원 평가를 위해 애쓰시는 교육인적자원부, 국립특수교육원, 그리고 대학장애학생 교육복지지원 평가위원회의 평가위원 여러분께 깊은 감사를 드립니다. 또한 그동안 자체평가 준비를 위해 노력하신 우리 대학 자체평가 기획위원들과 연구위원들, 그리고 여러 관계자 분들의 헌신적인 노고에 치하의 말씀을 드립니다. 아울러 이 평가를 통해 제시된 여러 구상들이 충실히 수행되어 장애학생을 위한 알찬 교육적 결실로 나타날 수 있도록 앞으로도 지속적인 노력을 기울여 주실 것을 간곡히 당부합니다.

2003. 11. 10.

다. 2004학년도 : 21건

2004년 신년사(2004. 1. 5.)

갑신년 새해가 밝았습니다. 교수님을 비롯하여 교직원 선생님, 학생 여러분 모두 새해 복 많이 받으시기 바랍니다.

역사적으로 갑신년은 변화와 역동의 한 해로 기록되고 있습니다. 올 한 해 역시 국가적으로도 커다란 변화의 물결이 출렁일 것으로 생각되며, 우리 대학 역시 성장과 발전의 용트림을 하는 한 해가 될 것으로 기대합니다.

갑신년 새해는 작년에 선포한 '유니토피아 2020'에 담겨진 대학 발전의 이상을 구체적으로 그려내고, 실천하는 해가 되어야 합니다. 아울러, 대학 구성원 모두가 지혜와 역량을 모아 정부가 강력하게 추진하고 있는 지역혁신체제(Risional Innovation System)사업에서 우리 대학이 중요한 역할을 하는 해가 되어야 합니다.

그동안 대학을 둘러싸고 있는 환경이 상대적으로 열악해져 왔음에도 불구하고 우리 대학은 교육공동체 구성원들의 헌신적인 노력과 협력으로 중부권 명문사학으로 거듭 발전해 오고 있습니다. 지난해 교육인적자원부로부터 '지방대육성재정지원사업' 대상 대학으로 선정된 것이나 2004년 수시 및 정시 신입생 모집에서 지원율이 인근의 타 대학교에 비해 상대적으로 높았던 것이 이를 증명해 주고 있는 것입니다. 이로 인해 우리 순천향대학교는 정부의 관련 부처나 기업체, 지역사회로부터 해를 거듭할수록 좋은 평가를 받고 있습니다.

갑신년 새해에도 우리 순천향대학교의 교육공동체 구성원 모두가 합심한다면 중단 없는 성장과 발전의 한 해가 될 것으로 확신합니다. 이를 위해 총장으로서 갑신년 한 해 동안 다음과 같은 노력을 기울이고자 합니다.

첫째, 진정한 의미에서 대학의 발전은 교육의 질 제고를 통한 학생들의 업그레이드, 즉 學生價値 創出입니다. 우리는 지난해 개교 25주년을 맞이하여 '교육중심대학'으로 이미 선포한 바 있습니다. 금년에는 특성 있는 교육중심대학으로 면모를 갖추는 데 집중적인 노력을 기울일 것입니다. 학생들에게 보다 의미 있고, 재미있는 수업 제공, 학과별 특성화된 다양한 우수교육활동 실시 등을 통해 학생가치창출에 한 발 다가서고자 합니다.

둘째, 우리 대학의 교육공동체 구성원 모두가 '대학의 발전이 자신의 발전'이라는 인식을 공유할수 있는 시스템을 구축하고자 합니다. 모든 조직이 그러하듯이 대학 발전 역시 구성원의 헌신적인노력과 협력에 의해서만 가능합니다. 구성원들이 자발적으로 대학 발전에 동참하고 기여하는 '동기유발시스템'을 구축하고자 합니다.

셋째, 학생들이 보다 쾌적하고 안락한 환경에서 수업 및 학교생활을 할 수 있도록 교육기자재 및시설의 현대화, 첨단화를 지속적으로 추진하고자 합니다.

특히, 갑신년에는 경부고속전철의 역사적 개통과 함께, 신행정수도의 충청권 이전 사업이 가시화되어 우리 대학으로서는 더없는 발전의 전기를 맞이하게 될 것입니다. 순천향 가족 모두는 이 기회를 적극 활용하는 데 지혜를 모아 주기를 당부합니다.

갑신년 새해가 순천향 가족 모두에게 발전과 축복을 가져다주는 한 해가 되기를 진심으로 기원합니다.

2004. 1. 5.

2003학년도 전기 학위 수여식 이사장님 치사

먼저 바쁘신 와중에도 우리 대학의 학위 수여식에 참석하여 주신 유백근 총동창회장님을 비롯한 내외 귀빈 여러분께 감사의 말씀을 드립니다. 그리고 특별히 오늘의 주인공인 제21회 졸업생 여러분들에게 진심으로 축하의 말씀을 드립니다.

아울러 그동안 묵묵히 뒷바라지해 오신 학부모님과 4년 동안 열과 성을 다하여, 우리의 젊은이들을 당당한 지성인으로 키워 주신 서교일 총장님을 비롯한 모든 교수님들께 이 자리를 빌려 깊은 감사의 인사를 드립니다.

졸업생 여러분!

그동안 여러분들은 다양한 경험을 통하여 지식을 습득하고 인격을 도야함으로써 국가사회가 요구하는 지도자가 되기 위한 준비과정을 마치고 오늘 이 자리에 섰습니다. 이제 여러분은 오늘의 졸업식과 함께 사회의 지성인으로서 막중한 역할과 사명을 지니게 되며, 아울러, 정들었던 교정과 스승의 품을 떠나게 됩니다.

인간사랑의 건학정신과 진리, 봉사, 실천의 교육이념으로 설립된 학교법인 동은학원의 순천향대학교에서 국가 사회가 요구하는 중추 인력으로 우뚝 성장한 여러분 한 사람, 한 사람의 모습이 이사장으로서 한없이 대견하고 자랑스럽기 그지없습니다.

졸업이란 마감의 의미보다는, 여러분들이 그동안 대학에서 연마한 지식과 잘 다듬은 인격을 바탕으로 보다 광활한 세계를 향해 힘차게 나아가기 위한 새로운 출발을 의미합니다.

여러분들은 그동안 캠퍼스 안에서 사제 간의 정과 친구 간의 우정을 나누어 왔을 것입니다. 경우에 따라서는 한 치의 양보도 없는 치열한 학문적 격론으로 젊은 열정을 불사르기도 하였을 것이며, 경우에 따라서는 협조와 화합을 통해 더 큰 목표를 함께 달성하는 방법도 익혔을 것입니다. 이러한 넓고 깊은 풍부한 경험은 냉엄한 사회 현실로 진입하는 여러분들의 미래에 커다란 자산이 될 것으로 기대합니다.

21세기에 접어들면서 세계 각국은 새 시대의 주도권을 잡기 위해 치열한 경쟁을 벌이고 있습니다. 그리하여 국제 무대는 창의력과 전문지식을 겸비한 지성인들의 사상 유례없는 각축장으로 변하고 있습니다. 여러분들은 이러한 국제적 환경 속에서 당당히 적응하고, 성장해 나가야 하는 운명적 존재이기도 합니다.

인류의 역사는 항상 어려운 현실에 과감히 도전하여 승리하는 자의 편에 더 가까이 있어 왔음을 기억하기 바랍니다. 그렇다고 승리하는 결과만을 위해 수단과 방법을 가리지 말라는 것은 아닙니다. 인생의 모든 경쟁에서 승리를 추구하되 항상 높은 도덕성과 성실한 태도, 그리고 적극적이고 객관적인 사고를 지닌 올곧은 도전자가 되어야 할 것입니다.

졸업 후 여러분들이 어떤 위치에서 무슨 일을 하든지 이곳 순천향에서 배우고 익힌 마음과 자세를 끝까지 유지한다면 틀림없이 글로벌 시대의 당당한 주인공으로 남게 될 것임을 확신합니다.

졸업생 여러분!

여러분의 모교로 남게 될 우리 순천향대학교는 지난 사반세기 동안 꾸준한 발전을 거듭해 온 결과 이제 중부권의 명문종합대학으로서 확고한 위치를 다지고 있습니다. 오늘의 순천향이 있기까지는 여러분들을 정성껏 지도하신 교수님과 더불어 여러분보다 한 발 앞서 사회에 진출하여 저마다 주어진 위치에서 혼신의 힘과 노력을 기울여 오신 선배님들이 있기 때문입니다. 학교법인 동은학원은 앞으로도 우리 순천향대학교가 명문대학으로 거듭나도록 적극적인 지원을 아끼지 않을 것입니다.

다시 한번 영광된 학위 취득을 축하드리며, 졸업생 여러분들의 앞날에 무궁한 발전과 행운이 함께하기를 기원합니다. 감사합니다.

2004. 2. 19.

2004 신입생 오리엔테이션 책자 수록용 인사말

21세기 들어 세상은 빛의 속도로 변하고 있습니다. 이에 따라 세상을 인식하고 지배하는 패러다임마저 가히 혁명적인 수준으로 변하고 있습니다.

이러한 시대에는 변화의 속도와 불확실성에 철저하게 대비하면서 새로운 세상에 유연하게 적응하고 능동적으로 대처해 나가는 새로운 인간상이 요구됩니다.

시대가 요구하는 새로운 인간상을 창조하는 것이 바로 고등교육을 담당하고 있는 대학의 역할이며 소명인 것입니다.

대학생활을 시작하는 순천향의 새내기 여러분!

대학은 창조적 지성과 자유롭고 열린 사고를 지향하는 곳입니다. 대학은 기존의 지식을 무비판적으로 전수하는 곳이 아니라, 사색하고 토론하며 기존의 지식에 도전해서 그것을 창조적 지식으로 재구성하는 곳입니다. 이런 점에서 대학생활의 참다운 멋과 맛이 있는 것이며, 그렇기 때문에 많은 시간과 비용을 투자하면서 누구나 대학생활을 꿈꾸는 것입니다.

여러분이 입학한 순천향대학교는 여러분들이 가지고 있는 숨은 능력을 발굴하고, 개발해 줌으로써 여러분 스스로 가치를 창조할 수 있도록 할 뿐만 아니라, 사회가 필요로 하는 바른 인성과 능력을 갖춘 인재를 양성하기 위한 교육시스템을 갖추고 있습니다.

여러분이 재학하는 4년 동안에도 우리 대학은 감동과 즐거움을 주는 대학, 젊음과 미래를 프로그래밍하는 대학으로 계속 발전해 나갈 것입니다.

신입생 여러분! 도전하십시오. 그리고 순천향을 통해 아름다운 성취를 이루시기 바랍니다. 감사합니다.

2004. 2.

건강과학CEO과정 제2기 수료식 인사말(2004. 2. 20.)

오늘 6개월 동안의 어려운 학사일정을 무사히 마치시고 본 과정을 수료하시는 여러 CEO님들께 진심 어린 축하의 인사를 드립니다. 또한, 바쁘신 가운데 이 자리를 축하해 주기 위해서 참석해 주신 내빈 여러분들께도 감사의 말씀을 드리는 바입니다.

본 과정에 입문하신 여러분들은 우리 사회 안에서 자타가 인정하는 CEO님들로서 분야별로 일정 수준 이상의 확고한 자기 세계도 완성하셨고, 어떤 형태로든 우리 사회 발전에 기여하고 있는 리더 그룹에 계신 분들입니다.

시간적으로도 그리 넉넉한 입장도 아닐뿐더러 정해진 학사일정에 쫓기며 피교육자 역할을 자청하지 않더라도 얼마든지 해야 할 일이 따로 있고, 마음먹기에 따라서는 더욱 편안하게 현실에 안주할 수도 있는 위치의 분들입니다.

그럼에도 불구하고 여러분들께서는 매 시간마다 뜨거운 학구열로 수업에 몰두하시고, 바쁠수록 더욱 적극적으로 본 과정에 임하신다는 말씀을 종종 전해 들었습니다. 크고 작음을 떠나 본인이 선택한 일에 대해서는 최선을 다하시는 성실함이 곧 성공한 CEO의 남다른 비결이 아닐까 생각해 보았습니다.

이미 알고 계신 것처럼 본 과정은 시작한 지 겨우 1년이 되었습니다. 약 30여 년간 우리 대학교와 의료법인을 통해 구축해 온 의료 인프라를 단순히 질병을 고치고 예방하는 수준으로 유지하기보다는 뭔가 우리 사회에 유용한 형태로 재구성하여 활용할 필요가 있었습니다.

이 과정에서 주위 인사들의 많은 고견과 충고를 모아 그동안 국가와 사회 발전에 견인차 역할을 담당하시면서도 늘 시간에 쫓기어 자신의 건강관리에 소홀하기 쉬운 리더그룹을 대상으로 의료정보와 서비스를 제공하는 새로운 형태의 평생교육프로그램을 만들게 되었습니다.

그래서 본 과정은 우리 사회에서 나름대로 명의로 정평이 있는 분들을 중심으로 강사진을 구성함으로써 수강하시는 CEO님들의 눈높이에 맞추고자 하였습니다.

동시에 CEO를 위한 건강정보와 상식을 중심으로 교과과정을 운영하는 한편, 부부 무료 종합 건강검진 등의 의료서비스와, 우리 병원에 봉직하고 계신 교수님들과 개인별로 주치의의 인연을 맺으실 수 있도록 유도하고 있습니다.

현재 이 과정을 맡아 운영하고 계신 이항재 원장님을 비롯한 관계 교직원들의 한결 같은 의지도 우리나라에서 최초로 선보인 CEO 건강관리 프로그램인 만큼 자타가 인정하는 최고의 평생교육과 정으로 발전시키고자 하는 데 있습니다.

아직 1년에 불과한 짧은 경험으로 말미암아 의욕이나 의지에 비해 미흡한 부분도 없지 않아 있었 을 것으로 생각됩니다만, 강의에 대한 부족한 점이나 건강검진, 혹은 병원 이용 시 불편한 점이나 개선 사항이 있으셨다면 언제든지 지적해 주시기 바랍니다. 본 과정이 CEO를 위한 건강관리 프로 그램으로서 우리나라를 대표하는 과정으로 자리 잡을 수 있도록 여러분들의 말씀 하나하나를 소중 히 여기고 적극적으로 수정, 보완해 나아갈 것입니다.

이 자리에 계신 여러분들은 우리 사회와 조직 안에서 올바른 정책 결정을 유도하고 미래를 위한 확고한 비전을 제시함으로써 개인의 발전은 물론, 궁극적으로 우리 사회와 국가의 발전을 이끌어 나가시는 분들이십니다.

비록 짧은 시간에 충분한 양의 건강지식을 전달해 드릴 수는 없었지만, 본 과정에서 습득하신 건 강 관련 지식들이 여러분들의 건강관리와 사회 활동에 든든한 밑거름으로 작용하여 작으나마 이를 바탕으로 우리 경제 발전의 중추적인 선봉이 되시기를 기대합니다.

이제, 오늘 이 자리를 빌려서 여러분들은 명실공이 순천향의 동문이 되시었습니다. 사회 각계각 층에서 훌륭한 리더로서 활동하고 계신 여러분들을 저희 동문으로 모실 수 있게 되어 대단히 기쁘 게 생각하오며, 앞으로도 자랑스러운 우리 순천향의 동문으로서 우리 대학 및 병원과 긴밀한 유대 관계를 맺어 가기를 희망합니다.

지난해 8월, 여기 계신 이상달 회장님을 비롯한 50여 분의 CEO님들이 여러분들의 선배로서 본 과정을 수료하시었습니다. 여러분들께서 1기 선배님들의 훌륭하신 전통을 잘 이어 주시었기에 본 과정은 이제 더욱 안정적인 발전을 꾀할 수 있는 발판을 확고히 다질 수 있게 되었습니다. 이점 여 러분들께 다시 한번 진심으로 감사드리는 바입니다. 그리고 본 과정의 시작 단계에서부터 열과 성 을 다하여 주신 이항재 원장님을 비롯한 관계 교직원 여러분의 노고에 대해서도 이 자리를 빌려 감 사의 인사를 드립니다.

다시 한번 건강과학CEO과정 제2기생들의 수료를 축하드리며, 여러분들의 앞날에 무궁한 발전 과 영광이 함께하시길 기원합니다.

감사합니다.

대학원 학위 수여식 총장 축사(2004. 2. 19.)

먼저, 대학원의 전 과정을 성공적으로 마치고, 영예로운 학위를 받으시는 '200여(석사 192명, 박사 17명) 석·박사과정 여러분들의 졸업을 진심으로 축하드립니다.

아울러, 오늘의 이 영광된 자리가 있기까지 무한한 애정과 격려로 졸업생들을 뒷받침해 주신 가족 친지와 교수님들께도 그동안의 노고에 깊은 감사와 축하의 인사를 드립니다. 그리고 이 행사를 축하해 주시기 위해 자리를 함께해 주신 내외 귀빈 여러분께도 감사의 인사를 드립니다.

학문의 길은 멀고 험하다고 합니다. 학위 취득에 이르기까지 여러분들께서는 선택한 분야의 학문 연구를 위해 적지 않은 시련을 감수해 오셨을 것입니다. 무엇보다도 하루가 멀다 하고 쏟아져 나오는 각종 새로운 지식과 정보들을 습득하고, 이해하는 과정에서 많은 시련이 함께했을 것입니다. 특히, 대부분의 학위 수여자들이 직장과 학업을 병행하였기 때문에 더욱 많은 어려움이 있었을 것입니다.

오늘의 학위 수여식은 바로 험준한 고난의 길을 인내로 극복하고 학문과 인생에서 또 하나의 결실을 맺고, 이를 기념하는 날이기 때문에 더욱 뜻이 깊다고 하겠습니다.

21세기는 지식경제의 시대입니다. 그 어느 세기보다 창의력과 첨단 기술이 개인이나 국가 발전을 좌우합니다. 동시에 21세기는 치열한 경쟁과 무한한 가능성이 공존하는 시대이기도 합니다. 이러한 시대적 상황에서 개인이 경쟁력을 갖추기 위해서는 끊임없는 탐구와 배움이 필요합니다. 국가 또한 탐구와 배움에 열정을 갖는 인적자원을 확보해야 합니다.

여러분들은 치열한 경쟁을 극복하기 위해서, 그리고 새로운 가능성을 발견하기 위해서 학문의 길을 선택했습니다. 그런데, 탐구와 배움을 본질로 하는 학문의 길에서 끝이란 존재하지 않습니다. 그렇기 때문에 오늘의 졸업식은 새로운 탐구와 배움에로의 입학식인 것입니다.

친애하는 졸업생 여러분!

여러분들께서는 나름대로 저마다의 학문 분야에서 시대와 사회가 요구하는 최첨단의 새로운 전문지식을 습득하였습니다. 이제 여러분들께서는 그동안 갈고 닦은 지식을 바탕으로 자기 자신은 물론, 지역사회와 국가 발전을 위해 이를 십분 활용하는 건강한 지성인으로서 역할과 사명을 다해야 할 책임이 있습니다.

그러나, 여러분들이 시대의 건강한 지성인으로 그 역할과 사명을 다하기 위해서는 앞서 언급한 전문적인 지식 외에 '균형감각'이 요구됩니다. 편협한 가치나 지식에 매몰되어서는 건강한 지성인이 될 수 없습니다. 오늘날 우리 사회에서 고학력의 두뇌집단이 사회 문제의 핵심에 놓이게 되거나, 그들이 지나치게 자기중심적 분파주의에 빠짐은 모두 균형감각을 상실하고 있기 때문입니다. 우리 순천향대학교가 대학 발전의 비전인 '학생가치 창출'과 더불어 '인간사랑'을 일관되게 강조하고 있는 까닭이 바로 여기에 있습니다.

졸업생 여러분!

여러분들은 오늘 졸업식과 함께 순천향을 떠나지만, 향후 여러분들의 행적 하나하나는 순천향의 명예와 발전에 결정적인 영향을 미치게 될 것입니다. 여러분 모두가 자랑스럽고, 영예로운 순천향 동문이 되어 주시기를 당부 드립니다.

여러분이 떠난 순천향은 이 자리에서 영원히 변함없이 또 다른 여러분들을 맞이하고 배출하게 될 것입니다. 여러분의 모교가 되는 순천향대학교 또한 여러분들이 '순천향인'임을 자랑스럽게 여길 수 있도록 발전을 위해 혼신의 노력을 기울여 나갈 것입니다.

다시 한번, 여러분들의 학위 취득을 진심으로 축하하면서, 여러분의 앞날에 행운과 성취가 함께하기를 기원합니다.

감사합니다.

2004. 2. 19.

박을수 교수 정년식 인사말(2004. 2. 26.)

오늘 우리는 존경하는 평주 박을수 선생님의 정년식을 축하해 드리기 위해 이 자리를 같이하게 되었습니다.

선생님! 그동안 정말 수고 많으셨습니다.

우리는 일생을 살면서 수많은 만남과 이별을 경험하게 됩니다. 그 가운데 마음 깊이 존경하는 분과의 이별을 위한 자리만큼 커다란 미련과 아쉬움을 남는 자리는 없을 것입니다. 건강하신 몸으로 정년을 맞이하신 것 자체가 축하드려 마땅한 일이지만, 한편으로는 학생교육이나 대학 발전에 꼭 필요하신 분을 떠나보내게 되어 아쉬움 마음 금할 수 없습니다.

1984년 이미 교육계에서 오랜 경륜을 쌓으셨던 평주 박을수 선생님은 우리 순천향대학교와 인연을 맺은 이후 오늘에 이르기까지 21년간 학자로서, 교육자로서, 그리고 대학의 행정가로서 커다란 역할을 해 오셨습니다.

학자로서는 우리나라 시조 연구에 기여하신 공로로 '제10회 육당시조문학상'을 수상하셨습니다. 교육자로서는 요즘 젊은이들이 딱딱하고 어렵게 생각하는 시조를 시대감각에 맞추어 재미있게 가르치신 것으로 잘 알려져 있습니다. 그러한 공로로 1995년에 대통령 표창을 수상하신 바 있습니다.

그런가 하면, 대학의 행정가로서도 대학 발전에 수많은 기여를 하셨습니다. 학생처장을 비롯하여 교무처장, 인문과학대학장, 교육대학원장, 산업정보대학원장 등 대학의 주요 보직을 두루 역임하면서 우리 대학이 이만큼 성장하는 데 크게 공헌하셨습니다. 특히, 초대 교육대학원장을 역임하시면서 오늘날 우리 대학교의 교육대학원이 인근 다른 교육대학원보다 성큼 앞서 갈 수 있도록 발전의 초석을 다지셨습니다.

이처럼 평주 선생님께서 재직하시면서 일군 업적도 지대하지만, 정작 대학의 많은 교직원들이 선생님을 존경하는 가장 큰 이유는 선생님의 고매한 인품과 인자하심 때문일 것입니다. 특히, 감수성이 풍부하셔서 자그마한 일에도 감동받고 눈물지시는 모습, 항상 만면에 웃음을 잃지 않으시며 만나는 사람마다 반갑게 인사하시던 모습은 우리들의 머릿속에 영원히 기억될 것입니다.

선생님을 떠나보내 드리면서 안타까운 것은 선생님께서 평생을 갈고 닦으신 고전문학을 비롯한 인문학이 정보화, 세계화, 실용화라는 시대의 추세로 인해 과거보다 다소 학생들이나 국가 정책으로부터 소외받고 있다는 점입니다. 그러나 시대와 세상이 급변하면 할수록 더욱 중요해지는 것은 사람살이의 올바른 방향을 제시하는 것이며 그를 위해 인간의 품성과 도덕성의 기초를 튼튼히 다지는 일입니다. 그리고 그러한 인성교육의 근간이 되는 것이 바로 인문학임은 두말할 나위 없는 일입니다.

최근에는 일부 깨어 있는 지식인들이 이러한 자각을 새롭게 하여, 효율 우선, 물질 만능의 시대 풍조를 비판하고, 반성하면서 인문학의 새로운 방향을 모색하고 있어 그 점을 꽤 다행스럽게 생각합니다. 선생님께서도 지금까지 쌓아 오신 업적을 바탕으로 앞으로 우리나라의 인문학 발전에 더욱 크게 기여해 주실 것을 믿어 의심치 않습니다.

오늘은 평주 박을수 선생님과 석별의 정을 함께 나누는 동시에 그동안 선생님께서 쌓아 오신 학문적인 업적과 교육자적인 인품을 기리고, 계승하는 자리이기도 합니다. 그러므로 남은 우리 후학들은 선생님처럼 학생을 사랑하고, 가르치는 일에 큰 즐거움을 느끼면서 우리 순천향대학교가 명실공히 학생 가치를 창출하는 명문사학으로 거듭 날 수 있도록 노력해 가겠습니다. 그리하여 선생님이 인문대학 교정 앞 기념비에 남기신 글귀처럼 '누가 조국의 미래를 묻거든 눈을 들어 순천향을 바라보게' 할 수 있도록 앞으로 순천향 가족 모두가 힘을 합쳐 최선의 노력을 다해 가겠습니다.

정년이라는 제도적인 틀 때문에 공식적으로 학교를 떠나서야 하지만, 이후에도 평주 선생님께서는 우리 대학의 발전을 위해 여러 측면에서 조언과 자문을 해 주실 것으로 믿습니다.

부디 오래오래 건강하시고, 더욱 행복하시고 빛나는 여생이 되실 것을 순천향의 모든 가족과 더불어 기원합니다.

감사합니다.

2004. 2. 26.

장성근 교수 회갑기념 국제 미니심포지엄 축사

아직은 간간히 남아 있는 늦겨울 기운에도 아랑곳하지 않고 우리 순천향대학교 교정은 활기와 젊음의 열기가 가득합니다. 2004학년도 새내기 식구들과 함께 맞이한 신학기 3월의 개강은 9월의 그것과 비교되는 풋풋한 신선함과 새로움에 대한 기대가 있어 더욱 좋은 것 같습니다.

금년으로 우리 대학교는 설립 스무 여섯 해를 맞이하였습니다.

설립 직후, 채 불혹의 나이를 넘기지 않으시고 우리 대학교에 부임하시어, 오늘날 우리 대학이 중부권을 대표하는 고등교육기관으로 성장하기까지, 대학과 함께 고락을 함께해 오신 장성근 교수님께서 어느덧 회갑을 맞이하셨다는 소식에 새삼 세월의 속도를 실감하게 됩니다.

장 교수님께서 몸담고 계신 자연과학대학 응용과학부는 1980년도 당시 화학과 제1회 신입생 40명을 선발하면서 출발하였습니다. 학과개설이후 금년에 이르기까지 거의 1천여 명에 가까운 우수한 인재들을 배출하였으며, 대부분 공직을 포함한 관련 분야 연구소, 대학교, 기업 등 여러 분야 진출하였고 맡은 바 자기 분야에서 나름대로 인정받고 있는 인재로 성장해 가고 있는 것으로 듣고 있습니다. 이 점 본 대학교의 총장으로서 매우 기쁘고 고맙게 생각합니다.

이와 같은 결실을 맺기까지 진실과 신뢰를 중시한 인간사랑을 기초로 학문을 가르치고 인품을 전수해 주시는 장성근 교수님을 비롯한 우리 대학교의 많은 훌륭한 교수님들의 보이지 않는 노력이 있었다는 점을 잘 알고 있습니다.

교육에 종사하면서 가장 보람된 일 중의 하나는, 어느덧 장성한 제자들과 한 자리에 다시 모여 옛정도 회고하고, 같은 분야의 학문에 대해 그동안 연구해 온 나름대로의 결실을 기초로 서로 논할 수 있을 때가 아닌가 싶습니다.

특히, 고등학교를 갓 졸업한 새내기 대학생 시절에 처음 스승과 제자의 인연을 맺은 이후 멀리에서 가끔 소식이나 주고받던 제자들이 이제는 학문적 동료이자 후배의 반열에서 다시 상봉할 수 있는 것도 스승의 위치에서만 느낄 수 있는 특별한 즐거움일 것입니다.

장성근 교수님은 자연의 섭리에 거슬리지 않으면서도 이를 관조하고 즐길 줄 아는 분으로서 우리나라 옛 선비의 유유자적함과 곧은 정신, 그리고 학풍을 그대로 이어오시는 분으로 이해하고 있습니다.

장 교수님께서 우리 대학교에 오신 이후, 척박한 토양을 정성으로 일구는 농부의 심정으로 생화학연구실을 만들고, 정성을 다하여 많은 제자들을 훌륭히 가르치고, 그러한 제자들과 끊임없는 연구 활동을 하는 시간 속에서 회갑을 맞이하신 것에 대하여 진심으로 축하드립니다.

또한, 회갑을 맞이하여 생화학연구실의 제자들과 더불어 개최하는 국제 생화학 미니 심포지엄은 장성근 교수님의 학문에 대한 열정, 책임감과 실천을 몸소 보임으로서 후학에 대한 귀감이 아닐 수 없을 것입니다.

다시 한번 장 교수님의 회갑을 진심으로 축하드리며 앞으로도 건강하신 모습으로 더욱더 전공 분야에 대한 큰 업적을 이루어 나가실 것을 기원합니다.

2004. 3. 11.

건강과학CEO과정 제3기 입학식 인사말(2004. 3. 4.)

오늘 순천향대학교 건강과학CEO과정에 제3기로 입학하시는 여러분들을 진심으로 환영하며, 축하의 인사 말씀을 드립니다. 아울러 이 자리를 축하해 주시기 위해 바쁜 일정에도 불구하고 참석해 주신 이상달 회장님, 강동규 회장님, 그리고 얼마 전 수료하신 2기 박인교 회장님을 비롯한 동창회 임원 여러분들께도 감사의 말씀을 드립니다.

이 자리에 계신 CEO님들께서도 그동안 본 과정을 마치신 선배님들과 마찬가지로 막중한 사회활동을 비롯한 여러 바쁜 일정상 이 자리에 오기까지가 결코 쉽지는 않으셨을 줄로 압니다. 그럼에도 불구하고 용기 있는 결단으로 새로운 세계에 과감히 도전하시는 CEO님들께 큰 존경의 인사를 드립니다.

'건강'은 기업경영에 있어서 제4의 경영자원이라 일컬어질 만큼 중요한 요소입니다. 엄밀히 말하자면 모든 경영자원의 선행요건이 되어야할 제1의 자원이 아닐까 하는 생각이 듭니다. 기업 경영환경이 글로벌화되면서, 일명 전쟁터로 일컬어지기까지 하는 경영환경 속에서 살아남고 나아가 발전하기 위해서는 기업이 가야하는 올바른 방향을 제시하고 구성원들이 일관된 방향으로 움직이도록 리드하는 것이 곧 CEO의 역할이라고 생각합니다. 즉, 변화와 개혁의 주체로서의 새 패러다임에 걸맞은 CEO의 역량이 무엇보다 중요할 것입니다. 또한 그러한 역량 강화를 위해서는 CEO의 건강이 선행되어야만 하는 것은 자명한 것입니다.

우리 순천향대학교는 지난해 2003년 우리 대학만이 가지고 있는 우수한 의료 인프라를 기초로 우리나라 경제계를 이끌어 가시는 CEO를 위한 평생교육프로그램으로 '건강과학CEO과정'을 개설하게 되었습니다.

본 건강과학 CEO과정은 국내의 저명하신 훌륭한 교수님들을 통하여 체계적이고 다양한 건강정보를 제공해 드리는 한편, 우리 대학교 부속병원의 의료진과 개인별로 연결된 주치의 제도를 도입하여 여러분과 여러분 가족 전체의 건강관리에 실질적인 도움을 드리고자 합니다.

또한, 교육기간 중 건강검진 특진을 실시함으로써 평소 시간에 쫓기시어 건강관리에 소홀하셨던 여러 CEO님들에게 작지만 실속 있는 혜택을 드리고자 합니다.

아울러, 본 과정을 통해 여러분께서는 급변하는 국내외 경제, 경영 및 건강과 환경에 대한 다양한 정보를 제공받으실 수 있도록 최신 경영이론 및 기법과 최고 경영자가 갖추어야 할 기본 소양

등에 대해 접하실 수 있을 것으로 기대합니다.

이를 통해 본 과정에 계신 CEO님들께서 가일층 새로운 시대의 변혁적 리더로서의 역량을 갖추는 데 도움이 될 수 있을 것으로 기대합니다.

지난 1년 동안 걸어온 발걸음이 조심스럽고 걱정스럽기도 하였습니다만, 앞에 계신 1, 2기 선배 원우님들의 적극적인 협조로, 이제 본 과정은 명실공이 대한민국 최고의 CEO건강관리 프로그램으로 우뚝 설 수 있는 전기를 마련하였습니다. 앞으로도 배전의 노력을 기울여 여러분들의 기대에 부응할 것을 약속드리는 바입니다.

비록, 6개월이라는 기간이 충분한 양의 건강정보와 상식을 제공해 드리기에는 넉넉한 시간이 될 수는 없을 것입니다. 그러나, 여러분들이 이 사회와 조직 안에서 올바른 정책 결정을 유도하고 미래를 위한 확고한 비전을 제시함으로써 개인의 발전은 물론, 궁극적으로 우리 사회와 국가의 발전에 이바지 하실 수 있는데 도움이 될 수 있는 시간이 되었으면 합니다.

이 자리에 계신 여러분들은 이미 최고 경영자로서의 필요조건을 충분히 갖추고 계신 분들이십니다. 그동안 쌓아 오신 노하우와 공적을 바탕으로 끊임없는 자기 발전을 이루시고, 보다 나은 기업 가치를 창출하고 미래 시장을 읽는 경영안목을 높이시어 국내에서는 물론, 전 세계적으로도 경쟁력 있는 초일류 경영자가 되실 것을 기대합니다.

다시 한번 건강과학 CEO과정 제3기 여러분들의 입학을 축하드리며, 여러분들의 앞날에 무궁한 영광이 함께하시길 기원합니다.

감사합니다.

2004. 3. 4.

신진기 이사장 명예 교육학 박사 학위 수여식 인사말(2004. 3. 18.)

먼저, 신진기 이사장님의 명예 교육학 박사 학위 수여를 진심으로 축하드립니다. 아울러, 신 이사장님의 명예박사 학위 수여를 축하하기 위하여 이 자리를 함께해 주신 내외 귀빈 여러분들께 감사드립니다.

우리는 오늘 따사로운 봄볕을 받으며 평생 동안 우리나라 교육 발전에 기여하신 공로로 신진기 이사장님께 영광스런 명예박사 학위를 드리고 있습니다. 모름지기 대학은 교육과 연구를 통해 국가나 사회에 필요한 지식 창출과 함께 유능한 인재를 양성하는 것을 그 사명으로 하고 있습니다. 그러므로, 대학에서 수여하는 모든 학위는 학문적으로나 사회적으로 커다란 의미를 지니게 됩니다.

그 가운데 오늘 신진기 이사장께서 받으시는 명예박사 학위는 특정 분야에서 많은 사람들이 공감하고 인정할 만큼 이룬 업적이나 성취를 전제로 수여하고 있기 때문에 더욱 의미 있고, 값지다고 생각합니다.

앞의 약력 소개에서 드러났듯이, 명예 교육학 박사 학위를 받으시는 신진기 이사장님은 1968년 국가 공무원으로 입직하여 약 30년 동안 공직 생활을 하였습니다. 특히, 1985년부터 2000년 2월까지 약 15년 동안 교육인적자원부 고등교육실장, 한국교과서연구원장, 한국교원단체총연합회 사무총장직 등 교육 분야 주요 보직을 역임하시면서 우리나라 교육 발전에 커다란 기여를 하셨습니다. 무엇보다도 교육부 교육방송관리관으로 재직하시면서 오늘날 국민의 평생교육에 기여하고 있는 한국교육방송원(EBS)의 탄생에 중추적 역할을 수행하였으며, 교육기획정책관 재임 시에는 국가자격과 함께 민간자격제도의 활성화 기틀을 다지기도 하였습니다.

흔히들 교육을 국가의 백년대계라고 말합니다. 이는 국가의 현재 교육은 국가의 미래 경쟁력임을 뜻하는 것입니다. 지금처럼 국가 간 경쟁이 치열하고, 경쟁의 원천이 지식과 정보에 있는 지식 정보 사회에서는 더더욱 국가 발전에서 교육이 차지하는 비중이 늘어날 수밖에 없습니다.

우리나라는 전 세계에서 국민의 교육열이 가장 높은 나라이지만, 국가 경쟁력은 그에 미치지 못하고 있습니다. 이는 국민의 강한 교육열을 바람직한 방향으로 유도하는 효율적인 교육체제를 갖추지 못했기 때문입니다. 다시 말해, 국민 누구나가 언제 어디서나 원하는 교육을 쉽게 배울 수 있는 평생교육체제가 제대로 정착되지 않았기 때문입니다. 신진기 이사장님께서는 바로 우리 교육의 이러한 점에 착안하여 공직에서 퇴직하신 후 '한국평생교육평가원'을 설립하여 국가의 평생교육 체제 구축 및 활성화를 위해 노력하고 계십니다. 21세기 모든 국가의 소망이자 목표라 할 수 있는 '평생교육 체제 구축'에 신 이사장님의 아이디어와 노력은 좋은 결실을 맺을 것으로 확신합니다. 우리 순천향대학교에서 신진기 이상장님에게 명예교육학박사학위를 수여함은 남은 여생 동안 계속해서 국가의 평생학습사회 실현에 더 기여해 주십사하는 국가사회적 부탁의 의미도 담고 있습니다.

저는 대학의 총장으로서 오늘 처음 순천향대학교를 방문하신 분들을 위해 본교를 간략히 소개해 드리지 않을 수 없습니다. 본교는 25년 전 의과대학으로 출발하여 현재는 3개 대학원, 5개 단과대학에 1만 여명의 학생과 약 600여 교수님께서 연구와 교육을 담당하는 중부권의 중견 종합대학으로 성장하였습니다. 최근에는 대학의 인적 물적 자원을 지역사회를 위해 개방한다는 관점에서 다양한 평생교육 프로그램을 운영하고 있습니다. 산업현장의 CEO를 위한 '건강과학CEO과정'은 우리 대학이 중점을 두고 운영하고 있는 대표적인 평생교육 프로그램입니다. CEO의 건강이 기업의 경쟁력이고, 국가의 경쟁력이라는 관점에서 그들에게 정확하고 풍부한 건강 관련 지식과 정보를 체계적으로 제공하는 것이 건강과학CEO과정의 목표이자 내용입니다. 앞으로도 우리 순천향대학교는 평생학습사회 실현을 위해 대학의 모든 역량을 기울이고자 합니다. 이 자리의 주인공이신 신진기 이사장님을 비롯한 여러분들의 아낌없는 애정과 격려 부탁드립니다.

신진기 이사장님의 명예 교육학 박사 학위 취득을 다시 한번 축하드리며, 앞으로도 계속해서 우리 교육 발전을 위해 더 많은 업적을 이루시기 바랍니다. 참석하신 내외 귀빈 모든 분들의 건강과 행운을 기원합니다.

2004. 3. 18.

김순진 회장 명예 경영학 박사 학위 수여식 인사말(2004. 3. 25.)

먼저, 김순진 회장님의 명예 경영학 박사 학위 수여를 진심으로 축하드립니다. 아울러, 김순진 회장님의 명예박사 학위 수여를 축하해 드리기 위하여 찾아주신 내외 귀빈 여러분들께 대학 구성원을 대표하여 감사드립니다. 특히, 먼 길을 오신 민족종교협의회 한양원 회장님과, 축사를 맡아주신 국립암센터 박재갑 원장님께 깊이 감사드립니다.

대학은 빛과 자유와 학습의 전당이라고 합니다. 빛은 곧 진리요 자유는 학문적 진리를 추구해 나가는 데 있어 간섭받지 않고 소신을 지켜 나갈 수 있는 자유입니다. 학습은 교수와 학생이 동반자적 입장에서 열린 태도로 지식을 창출하는 과정입니다. 그러나 다른 기관과 마찬가지로 대학도 사회에 대한 책무로부터 자유롭지 않습니다. 특히 오늘날의 대학들은 자유롭게 학문적 진리를 학습하되 반드시 사회에 필요한 지식을 만들어 달라는 사회로부터의 무언의 압력을 받고 있습니다. 이렇게 본다면 대학에서 수여하는 학위 중에서 우리 사회에서 필요한 지식을 창출해 내고 그것으로부터 많은 사람이 공감하는 업적을 쌓으신 분께 수여하는 명예박사 학위야말로 그야말로 가장 명예스럽고 의미 있는 학위로 생각합니다.

대학원장님의 추천사에서 드러났듯이, 김순진 회장님은 21세기 지식정보 사회의 핵심적 요구를 먼저 파악하고 능률적으로 대처해 오신 분입니다. 패스트푸드를 중심으로 급속하게 성장하던 우리나라의 외식산업 분야에 한식 전문 프랜차이즈 기업을 창업함으로써, 표준화하기 어려운 한식의 체계화와 기업화, 그리고 전문화에 기여하였습니다.

무엇보다도 김 회장님의 명예 경영학 박사 학위는 생활 속에서 몸소 배움을 실천한 '실천적 지식인'이라는 점에서 더욱 의미가 있습니다. 김 회장님은 한식 전문 프랜차이즈인 (주)놀부를 창업하신 이후 기업 경영자로서 결코 시간적 여유가 없으심에도 불구하고 지속적으로 배움의 끈을 놓지 않았습니다. 35세라는 적지 않은 나이에 대입검정고시에 도전하여, 합격하였으며, 그 이후에도 대학 및 대학원에서 수학하셨습니다. 또한 정규과정 외에도 조리와 외식에 관련된 국내·국외의 여러 과정들을 수학하셨습니다. 새로운 지식을 끊임없이 갈구하고 충전시켜 나가는 이러한 자세가 김 회장님을 우리나라 최고의 여성 CEO로 우뚝 서는 원동력이 되었다고 보며, 아울러 진정한 평생학습자, 신지식인의 모습이 아닌가 생각하게 됩니다.

제가 알기로 김 회장님은 남을 돕고 봉사하는 일에 누구보다 앞장서 오신 것으로 알고 있습니다.

한국상록회 총재, 한국시민자원봉사회 운영위원을 맡으셔서 현재로 많은 일을 하고 계십니다. 김 회장님의 이러한 사랑의 실천은 우리 학교의 교시인 '인간사랑' 교육이념인 진리, 봉사, 실천과 우연히도 정확히 맞아 떨어집니다. 이러한 점으로 보면 우리 순천향대학교가 김 회장님을 동문으로 맞는 것도 필연적인 것 같습니다.

흔히들 우리는 현재 문명사적 대전환의 시기를 살아가고 있다고 말합니다. 낡고 버려야 할 것들은 보이는데 새로운 것들은 잡히지 않는 불확실성의 시대 인식과 미래에 대한 다양한 지적 담론들이 전환기의 불투명성을 관류하고 있습니다. 이러한 시대에 김순진 회장님의 성공 사례는 미래 지향적 지식 근로자들이 지향해 나가야 할 자세와 방향에 대해 적지 않은 시사점을 제시하고 있습니다. 도도한 변화의 흐름 속에서 변화의 방향을 예측하고 능동적으로 변화를 주도할 때 그야말로 앨빈 토플러가 말한 '제3의 물결'을 주도해 나갈 수 있다는 사실이 그것입니다.

우리 순천향대학교에서 오늘 김순진 회장님께 명예 경영학 박사 학위를 수여함은 그동안 국가와 사회에 기여한 공로에 대한 보상적 측면도 있지만, 다른 한편으로 앞으로 우리 사회에 대해 더 많은 기여를 해 주십사 하는 부탁의 의미도 담고 있습니다. 아무쪼록 김 회장님의 열정과 사랑이 국가와 사회에 기여하는 지혜와 노력으로 결실 맺기를 기원합니다.

본교는 26년 전 의과대학으로 출발하여 현재는 3개 대학원, 5개 단과대학에 1만여 명의 학생과 약 600여 교수님께서 연구와 교육을 담당하는 중부권의 중견 종합대학으로 성장하였습니다. 작년에는 개교 25주년을 맞이하여 '학생가치창출'이라는 새로운 비전을 선포하고, 전교직원이 학생들을 한 단계 업그레이드 시키는 데 모든 역량을 기울이고 있습니다. 학생들이 교과서적인 지식 습득보다는 개인의 삶과 산업현장에서 필요로 하는 실용적인 지식과 지혜를 습득하도록 지원하는 것이 우리 대학의 교육이념이자 목표입니다. 이런 점에서 실사구시를 몸소 실천하신 김순진 회장님의 삶은 우리 대학교의 재학생들에게 많은 귀감이 될 것으로 생각됩니다. 언젠가 시간이 허락되신다면 우리 학생들을 위해 특강을 부탁드리고 싶습니다.

김순진 회장님의 명예 경영학 박사 학위 취득을 다시 한번 축하드리며, 우리 대학교의 동문이 되신 것을 자랑스럽게 생각합니다. 앞으로도 우리나라 최고의 여성 CEO로서 국가와 사회를 위해 많은 업적 이루시길 기원합니다. 참석하신 내외 귀빈 모든 분들의 건강과 행운을 빕니다. 감사합니다.

2004. 3. 25.

천안죽전원 설립 10주년 축사(2004. 3.)

천안죽전원의 설립 10주년을 진심으로 축하합니다. 천안죽전원은 지난 10년 동안 지체부자유 및 정신지체 장애인의 꿈을 실현하는 사랑의 보금자리로 장애인의 재활시설과 주간보호센터 운영 및 교육기회의 확대에 크게 기여하였다고 생각합니다.

우리나라의 경우 아직도 특수교육에 대한 사회적 인식과 관심이 낮다는 사실을 감안할 때, 천안죽전원과 같이 장애인의 재활과 생활보호를 위한 의료, 교육, 사회적응, 직업재활프로그램을 구비한 장애인종합복지기관이 존재한다는 사실은 큰 축복이 아닐 수 없습니다.

설립자 故 죽전(竹田) 이한교 선생님은 언행일치를 생활의 신조로 삼고 신용거래와 책임완수 등을 실천하는 사업가로서 인정받았으며, 지역사회 복지사업에 노력하는 등 각 종 사회단체로부터 50여회의 공로표창 또는 감사패를 받았다고 합니다. 현재 이사장인 정일순 여사와의 사이에 2명의 장애 자녀를 두었으며, 이들을 양육하고 재활시키는 과정 중에 더 많은 소외된 장애인들을 위한 재활시설의 필요성을 느끼고 장애인 시설을 설립하는 등 다양한 재활사업을 수행함을 깊은 감사와 경의를 드립니다.

저는 작년 12월 순천향대학교 천안병원 자원의료봉사단과 함께 의료봉사활동으로 천안죽전원을 방문한 적이 있습니다. 내과를 비롯하여 임상교수, 약사, 간호사, 의료기사, 순천향의 대학생 등 의료봉사자들이 참여하여 지체부자유 장애인들, 인근 주민들을 대상으로 무료진료 활동을 벌였습니다. 아직도 우리 사회에는 장애인에 대한 편견과 선입견이 너무나 많이 있으며 이러한 잘못된 인식을 바로잡는 일 또한 중요하다고 생각합니다. 일상생활의 작은 관심과 배려가 많은 장애인을 행복하게 만들 수 있다는 경험을 하게 되었습니다. 우리 사회에는 몸은 불편하지만 자신의 분야에서 꿈을 이루고 다른 장애인에게 용기와 희망을 주는 분들도 많이 계십니다. 정부도 '더불어 사는 균형발전 사회'를 국정 과제로 삼고 장애인을 위한 제도 개선에 최선을 다하고 있는 지금, 장애인의 복지 사회 실현에 끊임없이 노력하여야 하겠습니다. 다시 한번 천안죽전원의 10주년을 축하하며, 앞날에 무궁한 발전과 영광이 함께하기를 기원합니다. 감사합니다.

2004. 3.

개교 제26주년 기념식 식사(2004. 4. 1.)

오늘 우리는 상큼한 봄기운과 더불어 스물여섯 번째 개교기념일을 맞이하게 되었습니다. 지난 26년 동안 전 구성원이 혼연일체로 노력한 결과 우리 순천향대학교는 명실상부하게 중부권의 명문사학으로 굳건하게 자리를 잡았습니다. 이 자리를 빌려 대학 발전에 동참해 오신 모든 순천향 가족 여러분께 감사드립니다. 특별히, 오늘 장기근속으로 표창 받는 교수님과 직원 선생님께 감사와 더불어 축하드립니다.

오늘의 개교 26주년 기념식은 여느 기념식과는 다른 의미를 지닙니다. 여러분들이 다 아시다시피 교직원, 학생, 동문 등 순천향 전 가족의 자발적인 정성으로 설립자이신 고 서석조 박사님의 흉상이 안치되는 날입니다. 설립자의 흉상 건립은 26년 전 설립자께서 제시한 건학정신과 교육이념, 그리고 원대한 대학 발전의 꿈을 다시 한번 되새겨 보고, 이를 바르게 계승, 발전시킬 것을 다짐하는 계기가 되어야 할 것입니다.

우리는 지난해 개교 25주년을 맞이하여 '학생가치창출'이라는 새로운 비전을 설정하였고, 이를 실현하기 위한 '유니토피아 2020'을 선포한 바 있습니다. 우리 대학의 비전인 '학생가치창출'은 총장인 저로부터 식당 아주머니에 이르기까지 대학 구성원 모두가 학생의 능력을 한 단계 업그레이드시키기 위해 존재해야 함을 뜻합니다. 다시 말해 대학이나 교직원을 위해 학생이 존재하는 것이 아니라, 학생을 위해 교직원과 대학이 존재해야 함을 선언한 것입니다.

우리 대학은 지난 1년간 학생가치창출을 위해 다양한 노력을 기울였습니다. 먼저, 교수의 수업 능력 개발과 학생들의 효율적인 학습방법을 지원하는 '교수학습센터'를 설립하였으며, 교양교육과 전공교육의 내실화를 위해 교육과정을 혁신적으로 개편하였습니다. 특히, 4학년 학생들의 취업을 촉진하기 위해 인턴학점제를 도입하였습니다.

둘째, 새로운 시대와 사회가 요구하는 인재를 탄력성 있게 양성하기 위해 '프로그램 전공제'를 운영하고 있습니다. 현재 순천향 엘리트 양성과정이라 할 수 있는 국제전문가과정을 비롯하여 열 개의 프로그램 전공이 운영되고 있습니다.

셋째는 중소기업이 요구하는 현장 적응력 높은 인력을 양성하기 위해 중소기업학부를 설치하여 중소기업연수원과 공동으로 '3+1제도'를 시행하고 있습니다. 3년은 대학에서 정규 과정을 이수하고, 1년간은 중소기업 현장에서 필요로 하는 능력과 태도를 집중적으로 함양하는 과정입니다.

넷째는 각 학과나 전공이 창의적인 교육프로그램으로 학생가치창출을 실현하도록 '우수교육활동'을 지원하고 있습니다. 학생 취업활동을 돕는 프로그램에서부터 해외로 나가 직접 도전 정신과 문제 해결력을 함양하는 프로그램에 이르기까지 다양한 교육 활동이 실천되고 있습니다.

다섯째는 학생들로 하여금 해외에서의 다양한 문화 체험을 통해 국제적 감각을 익히고, 자기개발의 동기화가 가능하도록 '해외문화체험 장학금제도'를 시행하였습니다.

여섯째로는 세계화 시대의 가장 큰 과제인 어학 실력 및 국제화 마인드 형성을 위해 캠퍼 내에 기존의 잉글리쉬 빌리지 외에 차이나 빌리지를 추가로 설치하였습니다.

학생가치창출을 통한 명문 사학으로의 발걸음은 금년 한 해에도 결코 중단될 수 없습니다. 특히나 오늘은 경부고속철도가 개통되는 날입니다. 고속철도 개통이나 신행정수도의 충청권 이전, 아산 신도시 개발 등은 우리 대학이 주체적으로 만든 환경은 아니지만, 앞으로 우리 순천향대학교의 발전에 커다란 보탬이 되리라 확신합니다. 저는 총장으로서, 이러한 외부의 긍정적 환경 변화와 더불어 우리 대학의 코드라 할 수 있는 구성원 간의 따뜻한 화합 정신을 토대로 다음과 같은 일에 중점을 두고자 합니다.

첫째, 신정부가 지방 대학 활성화 및 구조조정 차원에서 강력하게 추진하고 있는 지역혁신사업에 적극 참여하여 대학 발전의 전기로 활용하고자 합니다. 우선, 현재 사업단이 구성되어 준비하고 있는 교육인적자원부의 NURI사업에서 우리 대학이 목표하는 바를 성취하도록 저를 비롯해 모든 대학 구성원이 지혜와 역량을 모아야 할 것입니다.

둘째, 대학 교육의 질은 졸업하는 학생들이 어느 정도 성장했는가와 그들이 사회에서 얼마나 유용하게 활용되고 있는가에 의해 결정된다고 봅니다. 그 가운데 졸업생 취업률은 예비 대학생이나 사회가 대학을 평가하는 핵심적인 지표이므로 졸업생 취업률 신장에 중점을 두고자 합니다. 우리 대학은 이를 위해 학생상담센터를 '학생진로상담센터'로 확대 개편하였습니다.

셋째, 우리 대학의 교육 공동체 구성원 모두가 '대학의 발전이 자신의 발전'이라는 인식을 공유할 수 있는 시스템을 만들고자 합니다. 모든 조직이 그러하듯이 대학 발전 역시 구성원의 헌신적인 노력과 협력에 의해서만 가능합니다. 대학 발전에 헌신하는 구성원들에게 보다 많은 혜택이 주어지는 '교직원 동기유발시스템'을 구축하고자 합니다.

넷째, 우리 순천향대학교의 모체라 할 수 있는 의과대학의 의학과를 '의학전문대학원'으로 전환하여 전국 최고의 의학교육기관으로 새로운 발전을 이룩하고자 합니다. 의학전문대학원으로 전환됨에 따라 불가피한 일부 학사조직의 개편은 학내 구성원들의 중지를 모아 수행하고자 합니다.

다섯째, 학생들이 보다 쾌적하고 안락한 환경에서 수업 및 학교생활을 할 수 있도록 교육기자재 및 시설의 현대화, 첨단화를 지속적으로 추진하고자 합니다. 특히, 학생들의 오랜 숙원이었던 학생회관 리모델링과 기숙사 증축사업을 통해 학생들의 안락한 캠퍼스 정착을 유도하고자 합니다.

지금까지 늘 그랬던 것처럼 대학 구성원 모두가 신뢰와 화합을 바탕으로 우리의 목표인 '학생 가치 창출'과 '신수도권 1위 대학'을 달성할 수 있도록 다함께 매진해 주시기를 당부 드립니다. 다시 한번 개교 26주년을 모든 순천향 가족과 함께 자축하며, 순천향의 앞날에 무궁한 발전이 있기를 축원합니다.

감사합니다.

2004. 4. 1.

한국식품개발연구원 협약 조인식 인사말(2004. 4. 6.)

한국식품개발연구원장님이신 강수기 박사님을 비롯한 관계관님의 방문을 진심으로 환영합니다.

한국식품개발 연구원은 농산물, 임산물, 축산물 및 수산물의 처리·저장·가공기술을 개발·보급하여 식품 산업의 기술기반을 향상시킴으로써 농림수산물의 부가가치 제고를 통한 농어민의 소득증대에 크게 기여하고 있는 것으로 알고 있습니다.

WTO 출범 이후 전 세계 농수축산물 교역의 자유화로 국내 식품시장도 개방화, 국제화 조류에 따라 국경 없는 무한 경쟁 시대에 돌입하였고, 이러한 환경 변화에 따라 한국식품개발연구원은 단순히 농수산물 가공 기술의 개발과 보급 차원을 넘어서 식품 산업의 글로벌 경쟁력 강화, 국민 식생활의 건강성과 안전성 향상, 농림수산물의 고부가가치화, 식품기술의 선진국 진입에 연구개발 기능을 확대, 강화하고 있다고 들었습니다.

특히, 지난 4월 1일을 계기로 공식 발효된 한·칠레 자유무역협정에 따라 칠레산 농·수산물의 수입이 증가될 것으로 예상됨에 따라 농·어민을 비롯한 국민 대다수가 한국식품개발연구원에 거는 기대는 그 어느 때보다도 크다고 할 수 있겠습니다.

오늘날 대학도 국제적인 마인드와 경쟁력으로 스스로 무장하지 않으면 더 이상 생존에 대한 보장이 없는 무한 경쟁 시대를 살아가고 있습니다.

최근 들어 정부에서는 지역에 위치하고 있는 대학의 경쟁력 확보를 위해 국가차원에서 지역혁신체계를 구축해 나가고 있습니다.

교육인적자원부에서는 지역혁신체계 구축을 위해 'NURI'라고 이름 붙여져 있는 '지방대학 혁신역량 강화사업'을 현재 추진하고 있으며, 우리 대학교에서도 NURI사업에 선정되고자 전공(학부)단위로 사업단을 만들어서 사업계획서를 작성하고 있습니다.

NURI사업은 자립형 지방화 실현을 통한 국가균형발전을 도모하기 위하여 지방 대학 특성화 발전, 우수한 지역인재 육성, 지역혁신체계구축 토대 마련 등을 주요 내용으로 추진되고 있습니다.

오늘의 조인식을 계기로 한국식품개발연구원은 우리 대학교와 NURI 사업의 새로운 파트너가 되어 주실 것을 기대합니다.

특히, 오늘 체결되는 협약 조인식을 계기로 우리 대학교 재학생들에게 인턴십 기회를 제공해 주시기로 한 점에 대해서 총장으로서 깊은 감사의 인사를 드립니다.

그밖에도 협약서 내용에 포함되어 있는 학술 및 기술정보의 교류를 비롯한 공동연구 사업 등을 기회가 닿는 대로 적극 추진함으로써 양 기관이 공동으로 발전할 수 있게 되기를 기대합니다.

아무쪼록 먼 길에 우리 대학을 방문해 주신 강수기 원장님과 한국식품개발연구원의 관계관 여러분께 다시 한번 감사의 인사를 드리며, 원장님과 한국식품개발연구원의 무궁한 발전을 기원합니다.

감사합니다.

2004. 4. 6.

제3기 건강과학CEO과정 주치의 결연식 인사말(2004. 4. 12.)

순천향대학교 건강과학CEO과정에 입학하시어 여러 가지 공무에 바쁘신 중에도 시간을 할애하시어 수업을 들으시느라 여념이 없으신 여러 CEO님들에게 진심으로 존경과 감사의 말씀을 드립니다.

본 과정은 여러분들이 잘 아시는 것처럼 현대 사회에서 가장 중요한 경영자원으로 여겨지고 있는 CEO의 건강관리를 위한 전문 프로그램입니다. 30년 동안의 우수한 의료 인적 자원과 전문지식을 축적하고 최신 의료 장비를 갖추고 있는 우리 순천향대학교가 우리만이 가지고 있는 양질의 의료 인프라를 기반으로 국가사회 발전에 지대한 공로가 있으신 CEO님들에게 조금이나마 도움을 드리고자 지난해 3월에 첫발을 내딛게 되었습니다.

그동안 입학하시고 한 달여 동안 수업을 받으시면서 만족스럽게 강의가 진행되고 있는지 모르겠습니다. 저희 나름대로 최상의 커리큘럼과 서비스로 여러분들에게 보다 알찬 양질의 건강지식을 전해 드리려 저를 비롯한 관계 교직원 모두가 열과 성을 다하여 열심히 노력하고 있습니다만, 다소 부족함을 느끼셨을지도 모르겠습니다. 앞으로 더욱더 알찬 내용의 수업이 이루어질 수 있도록 최선의 노력을 다하여 나가겠습니다.

다행히, 여러분들께서 1, 2기 선배님들 못지않은 뜨거운 학구열로 2시간의 강의 시간을 후끈 달아오르게 한다는 말씀을 전해 듣고 조금이나마 안심이 되고 있습니다.

본 과정을 수강하시는 동안 여러분들은 여타의 최고위 과정에서 보실 수 없었던 것들을 경험하게 되실 것입니다.

저희 병원이 가지고 있는 훌륭한 의료시설과 최상의 의료 서비스로 부부무료 종합건강 검진을 받으실 것이며, 1 대 1로 연결된 주치의 교수님들과 한 차원 높은 각종 의료상담을 받으실 수 있을 것입니다. 그럼으로써 평소 과중한 업무와 시간에 쫓기시어 소홀히 했던 건강관리에 대한 실질적인 혜택을 누리실 수 있을 것입니다.

오늘 이 자리는 바로 앞으로 여러분들의 건강을 책임지고 돌봐주실 주치의 교수님들을 처음 만나시는 자리입니다.

이제 오늘 만나시는 우리 대학의 훌륭하신 교수님들에게 여러분들의 건강을 맡기시고, 여러분들은 마음 놓고 기업경영에 매진하시어 변화와 혁신을 통해 국내에서는 물론이고 전 세계적으로 경쟁력 있는 초일류 경영자가 되실 것을 기대합니다.

또한, 옆에 계신 주치의 교수님들께서도 우리 CEO님들이 마음 놓고 국가 경제 발전에 이바지하실 수 있도록 안에서 내조자의 역할을 훌륭히 해내 주실 것을 기대합니다.

여러분들의 선배이신 1, 2기 원우님들도 여러분들과 똑같이 오늘 이 자리를 통해 주치의 교수님들을 만나셨습니다. 처음은 물론 서먹서먹하여 선뜻 다가가기가 쉽지 않았습니다만 지금은 한 가족처럼 서로 친밀한 유대관계를 쌓아 나가고 계신 것을 보며 흐뭇한 마음과 함께 저도 그 자리에 서고 싶다는 욕심이 들었습니다.

여러분들께서도 오늘 이 자리를 계기로 훌륭하신 주치의 교수님들과 단순히 의사 대 환자가 아닌 때론 동료처럼, 친구처럼, 때론 선배처럼, 더 나아가 한 가족처럼 돈독한 유대관계를 만들어 가게 될 것으로 기대합니다.

앞으로 많은 교육 일정이 남아 있습니다. 과중한 업무와 대외 활동으로 바쁘시겠지만, 입학하시고 지금까지 보여 주셨던 학구열과 열정을 남은 교육 기간 동안에도 보여 주시길 기대합니다.

또한, 본 과정이 짧은 시간에 충분한 양의 건강지식을 전달해 드릴 수는 없겠지만, 본 과정에서 습득하신 건강 관련 지식들이 여러분들의 건강관리와 사회 활동에 든든한 밑거름으로 작용하여 작으나마 이를 바탕으로 우리 경제 발전의 중추적인 선봉이 되실 수 있으시기를 기대합니다.

끝으로 여러분들의 앞날에 무궁한 발전과 영광이 함께하시길 기원하며, 이것으로 저의 인사말을 갈음하고자 합니다.

감사합니다.

2004. 4. 12.

노인복지회관 개관 기념 축사(2004. 5. 7.)

존경하는 어르신 여러분,

그리고, 이 자리에 참석하신 강희복 시장님 이하 모든 관계자 여러분, 초록이 우거져가고 있는 이때, 제32회 어버이날 기념 및 노인종합복지회관 개관 1주년 행사를 개최하게 된 것을 진심으로 축하드립니다.

오랫동안 우리 사회를 이끌어 오시고, 지금도 가정과 사회의 정신적 기둥이 되어 주시는 여러 어르신들의 건강한 모습을 뵈오니 참으로 고맙고 반가울 따름입니다.

오늘 행사는 지금과 같은 풍요로운 세상의 밑거름이신 어르신들에 조금이나마 보답하고, 또한 웃어른을 공경하는 우리의 전통적 미풍양속인 효 사상을 기리고자 마련된 줄 알고 있습니다.

오늘 행사를 통해 평소 주민 화합과 지역사회 발전을 위해 아낌없는 관심과 애정을 보내 주신 어르신들의 노고에 깊은 감사의 마음을 전하고, 조금이나마 보답할 수 있게 되기를 바랍니다.

아산시에서 건립하고 순천향대학교에서 위탁 운영하는 우리 노인종합복지회관은 지난 1년 동안 다양한 프로그램을 운영하여 아산시 어르신들의 건강하고 행복한 노후생활에 크게 일조하였다고 생각합니다. 앞으로도 어르신들의 적극적인 참여와 성원을 부탁드리며, 노인종합복지회관이 복지 아산을 구현하는 공간으로서 훌륭한 역할을 수행해 주길 기대합니다.

어르신들의 건강과 평안을 기원하는 많은 분들의 마음과 정성을 기쁘게 받아 주시고, 나아가 주민 간의 친목과 화합을 도모하는 즐거운 시간이 되기를 바랍니다.

다시 한번 어버이날 및 아산시노인종합복지회관 개관 1주년을 축하드리며, 오늘 이렇게 뜻깊은 자리를 마련해 주신 강희복 시장님, 허 선 관장님 이하 모든 관계자 여러분의 노고에 진심으로 감사드립니다.

어르신들 모두 오래오래 건강하시기를 바라며 이 자리에 함께하신 모든 분들의 가정에 항상 평안과 행복이 가득하기를 기원합니다.

2004. 5. 7.

제3기 건강과학CEO과정 모교 방문 환영사(2004. 5. 21.)

제3기 건강과학CEO과정 원우님들을 이렇게 우리 학교 교정에 모실 수 있게 되어 큰 영광으로 생각합니다. 이 자리에 함께하신 CEO님들께서는 평소에도 하루를 열흘처럼 나누어 사용하실 만큼 바쁘시다는 것도 잘 알고 있습니다. 그럼에도 불구하고 본 대학교 방문을 위해 귀한 시간을 할애해 주신 점에 대해 깊은 감사의 인사를 드립니다.

입학식과 주치의 결연식을 통하여 서울에서 여러분들을 뵐 기회가 있었지만, 이곳 모교의 캠퍼스에서 여러분들을 뵙게 되니 그때와는 사뭇 감회가 새로운 것 같습니다.

정해진 일정상 여러분께서는 방금 전까지 대학 교정을 둘러보셨을 것으로 알고 있습니다. 마침 우리 대학교는 3일간의 일정으로 진행된 재학생들의 축제가 어제 막 막을 내렸습니다. 그래서 교정에는 아직까지 들떠 있던 축제의 흔적이 곳곳에 남아 있었을 것으로 짐작됩니다.

대학에 몸담고 있으면서 학문에 종사한다는 것이 개인적으로 여러 가지 좋은 점이 있겠지만 그 중의 하나는 늘 젊은 세대와 가까이하면서 그들의 순수함과 열정을 함께 호흡하고 느낄 수 있다는 것입니다.

고교생의 티를 유지한 채 입학한지 불과 4년 만에 당당하고 미더운 사회인으로 성장하는 모습을 지켜보고 있노라면 한편 경이롭고 다른 한편으로는 총장으로서 두려운 책임의식마저 느끼게 됩니다.

젊은이들의 열정이 가끔은 무모하다 싶을 때도 없지 않아 있습니다만, 자신보다 힘든 이웃을 위해 때로는 아무 조건 없이 봉사하고 희생하는, 이슬처럼 순수한 그들의 마음을 진심으로 이해하게 될 때 가슴 뭉클한 감동을 느끼곤 합니다.

입학 이후 처음으로 방문하신 모교의 교정에서 비록 하루에 불과하지만 잠시 옛날의 젊은 시절로 돌아가서서 과거도 회상해 보시고 낭만도 음미해 보실 수 있는 시간이 되었으면 하는 바람입니다.

우리 대학교의 모태가 된 순천향병원은 금년으로 개원 30주년을 맞이하였고, 우리 순천향대학교는 개원 후 4년째가 되던 해 이곳 신창벌에 '인간사랑'의 숭고한 뜻을 품고 터를 잡았습니다.

개교 사반세기를 지내오면서 우리 대학교는 자타가 인정하는 중부권의 명문 사학으로 발전을 거듭해 왔습니다. 그러나 순천향의 모든 가족들은 현실에 안주하기보다는 세계적인 변화와 개혁의 거센 물결에 유연하게 적응하고, 더 나아가 이를 새로운 발전의 계기로 활용하기 위하여 중지를 모았습니다.

이에 우리 대학은 개교 25주년이 되던 지난해에 '학생가치창출'이라는 새로운 비전을 선포하였고, 이를 실현하기 위한 구체적인 장단기 발전계획 'Unitopia 2020'을 마련하여 차근차근 그 꿈을 실현해 나가고 있습니다.

이 종합계획에는 캠퍼스 사회 정착, 지역 사회 정착, 지원 체계 혁신 등 총 22가지의 실행과제와 109개의 하위 실행과제들이 구체적으로 제시되고 있습니다.

본 종합발전계획이 마무리되는 2020년도에 순천향대학교는 충남 제1위 대학으로 발전함은 물론, 최소한 7개의 특성화 분야가 국내 10위권 안으로 진입하게 될 것이며, 이 중 2개 분야는 세계 100위권으로 진입하는 부푼 꿈과 함께 대학의 총체적 발전을 도모할 수 있을 것으로 기대하고 있습니다.

우리나라 각계의 최고리더로 활동하고 계시는 여러분들께서 우리 순천향대학교가 이와 같은 원대한 포부를 토대로 이 사회가 꼭 필요로 하는 인재를 양성하는 명문대학으로 발전할 수 있도록 관심과 애정을 가져 주신다면 더할 수 없는 큰 힘이 될 것입니다.

오늘 이렇게 저희 대학을 방문해 주시는 것만으로도 저희로서는 더없는 영광으로 생각하고 있는 터에 아주 귀중한 선물까지 준비해 주신 것에 대해 감사드립니다. 교육 여건 개선과 학생복지 확충, 그리고 장학 혜택을 늘리려 저희도 많은 노력을 기울이고 있습니다. 이에, 여러분들께서 대형 프로젝션 TV와 홈씨어터 등의 교육기자재와 우수한 후배 양성을 위해 소정의 장학금을 기부해 주신 것에 대해 학교를 대표하여 감사드립니다.

다시 한번 여러분들의 모교 방문에 대하여 환영과 감사의 말씀을 드리며 여러분 모두의 무궁한 발전과 행운을 기원합니다. 감사합니다.

2004. 5. 21.

온양신문 창간 15주년 축사(2004. 5. 21.)

　지방자치 시대를 맞아 우리 고장 아산에서 지역 언론의 선도적 역할을 담당해 온 온양신문의 창간 15주년을 모든 순천향 가족과 함께 진심으로 축하합니다.

　한 지역 사회가 살기 좋은 고장이 되기 위해서는 우수한 교육시설과 좋은 의료시스템, 편리한 교통, 깨끗한 환경, 튼튼한 지역 경제 등 여러 조건들이 고루 마련되어야 할 것입니다. 그러나 이러한 조건들이 갖추어지기 위해 반드시 필요한 것이 바로 지역 언론입니다.

　지역 언론이란, 이미 널리 알려져 있는 것처럼 발행 부수가 많고 규모가 큰 종합일간지 등 주류 언론에 대항하는 새로운 개념의 언론이라고 할 수 있겠습니다. 따라서 보통 권력과 자본으로부터 독립되어 있으며, 사회적 소수자의 편에 서고, 개방과 공유를 지향하며, 조직·단체 등 일체의 수직적 지배 구조를 반대하는 특징을 가지고 있지만, 기존의 것을 무조건 반대하지는 않으면서 지역별 특성이 고려된 새로운 대안을 제시하는 언론이 곧 지역 언론이라고 하겠습니다.

　온양신문사는 창간 이후 15년 동안 오페라 〈이순신〉의 아산 공연을 주관하거나 영인 향토지를 제작하고, 일곱 차례에 걸쳐 직장인 축구대회를 개최하는 등 각종 지역 문화행사를 꾸준히 기획하고 추진해 왔습니다.

　그 밖에도 도시 장기발전계획 토론회를 주관하거나 결식아동을 돕기 위한 초청공연을 개최해 왔고, 일요화가회 창작작품 전시회나 지역인사의 인생 에세이 출판기념회 행사 등을 추진함으로써 중앙일간지에서는 다루기 힘들지만 지역 주민들에게는 충분히 공감대 형성이 가능한, 현안 문제와 정보들을 잔잔한 감동과 함께 전달해 왔습니다.

　이제 온양신문사는 우리 고장을 대표하는 지역 언론이라는 점에서는 이견이 없을 뿐만 아니라 우리나라에서 지역 언론사가 추구해야 할 방향을 제시하고 있는 모범적인 선례를 만들어 왔다고 할 수 있겠습니다.

　앞으로도 온양신문사는 우리 지역을 대표하는 지역 언론으로서 창간 15주년을 계기로 더욱 성숙된 모습으로 우리 지역 발전을 위해 노력해 줄 것으로 기대합니다.

　다시 한번 온양신문사의 창간 15주년을 진심으로 축하드립니다. 감사합니다.

2004. 5. 21.

대동제 공연 축사 요지

저도 젊은 편이지만 이 자리에서 느껴지는 여러분들의 뜨거운 열정과 젊음은 보는 사람까지도 덩달아 신나고 젊어지는 느낌입니다.

지난 월요일은 성인의 날이었습니다. 우리 대학교 재학생 약 1만여 명 가운데 이날 성년을 맞은 사람은 약 1,900(1,864명)명인 것으로 확인되었습니다. 이 자리를 빌려 성년을 맞은 모든 재학생들에게 축하의 인사를 드립니다.

대학인들이 만드는 축제는 단순히 즐기는 차원을 넘어 우리들의 공통된 가치와 이상이 담겨져 있어야 할 것입니다.

'발칙한 발상! 신선한 충격!'의 제20대 총학생회가 주축이 되어 여러분 스스로가 기획하고 꾸민 대부분의 프로그램에서 '함께하면 더 잘할 수 있는' 공동체 의식을 엿볼 수 있어 총장으로서 매우 만족스럽고, 여러분 모두가 대견하게 느껴집니다.

이 행사의 주인공은 바로 여러분입니다. 여러분이 곧 히어로인 것입니다. 마음껏 오늘의 젊음을 즐기시기 바랍니다.

총장은 여러분을 사랑합니다. 감사합니다.

제2회 순천향대 총장배 고교 아마추어 축구대회사

금년으로 두 번째 맞이하는 '순천향대학교 총장배 고교 아마추어 축구대회'에 참석해 주신 선수 및 응원단 여러분과 모든 선생님께 순천향 전 가족을 대신해서 환영의 인사를 드립니다.

아울러 이 대회가 원만히 추진될 수 있도록 그동안 많은 도움을 주시고 배려해 주신 각 고등학교 교장선생님과 담당 선생님께 진심으로 감사의 인사를 드립니다.

금년에는 지난해의 첫 번째 대회 경험을 통해 체득하게 된 몇 가지 사항들을 보완하여 보다 알찬 대회가 될 수 있도록 준비하였습니다. 참가 범위도 충남 지역에서 경인지역으로 확대함으로써 이 행사가 보다 많은 고등학교에서 자유롭게 참여할 수 있도록 하였습니다.

순천향대학교는 이 행사가 인근 지역 고등학교 간 서로 돈독한 관계를 키워 나가고, '축구 경기'를 매개로 고등학교 학생들이 서로 교류하며 우의를 다지는 순수한 아마추어 스포츠 행사로 발전해 가도록 최선의 노력을 기울일 것입니다.

나름대로 성심을 다해 준비했습니다만, 참가하시는 입장에서는 아직까지도 기대에 미치지 못하는 부분도 없지 않아 있을 것으로 생각됩니다. 진행 과정에서 조금이라도 불편하시거나 부족한 부분에 대해서는 언제든지 기탄없는 질책과 건의를 당부 드립니다.

이 대회를 통해 인근 지역의 고등학교와 우리 순천향대학교가 더욱 돈독한 관계로 발전할 수 있기를 기대하며, 참가하시는 선수 학생과 선생님께서도, 비록 이틀에 불과하지만, 이 대회 기간만큼은 입시 준비의 중압감에서 벗어나 심신을 단련시킬 수 있는 교육의 과정으로 활용하시고 재충전할 수 있는 기회가 될 수 있기를 바랍니다.

참석해 주신 선수 여러분께서는 그동안 갈고 닦았던 기량을 마음껏 발휘하여 좋은 성과를 올리시기 바라며, 여러분의 가정과 학교에 건강한 웃음과 행운이 함께하길 기원합니다. 감사합니다.

2004. 5. 1.

멀티미디어학회 총장 환영사(2004. 5. 21.)

먼저, 한국멀티미디어학회 2004학년도 춘계학술대회를 진심으로 축하드립니다. 특히, 금번 학회가 우리 순천향대학교에서 개최되도록 배려해 주신 최윤철 학회장님을 비롯한 학회 임원 여러분들께 감사드리며, 본교 전 교직원과 더불어 환영하는 바입니다. 그리고, 특별 강연을 위해 본교를 방문해 주신 양승택 동명정보대학교 총장님과 축사를 위해 찾아주신 강희복 아산시장님께도 감사드립니다.

인류는 지금 지식정보화라는 변화와 도전의 시대에 직면해 있습니다. 세계 각국은 이러한 지식정보화 시대를 선도하기 위해 벌써부터 다양한 준비와 노력을 기울이고 있습니다. 우리나라 역시 21세기의 지식정보화 시대에 적극 대처하기 위해 국가적인 차원에서 다양한 정책적 노력을 경주하고 있습니다. 그 가운데 하나가 바로 사회 각 부문의 정보화와 디지털산업의 육성입니다. 이미 정부에서도 미래 성장 동력 산업의 하나로 IT 및 디지털산업을 선정하여 많은 예산과 인력을 투자하고 있습니다.

제가 알기로 한국멀티미디어학회는 첨단 멀티미디어 관련 이론을 연구, 개발하여 IT 및 디지털 산업 발전에 대한 국가·사회적 요구를 충족하기 위해 탄생된 학회라고 봅니다. 학회 회원 수로 보나 학술대회에서 발표되는 논문의 양이나 질 모든 측면에서 볼 때, 지금도 그렇지만 앞으로 국가 산업 발전에 중추적인 역할을 하리라 확신합니다.

저희 순천향대학교에서도 이러한 시대적 흐름에 부응하고 국가 산업발전 정책에 보다 능동적으로 참여하기 위해 IT 분야 연구 및 인력 양성에 남다른 노력을 기울이고 있습니다. 시대의 감각에 맞는 새로운 프로그램 전공 설치 및 적합한 교과과정의 개발, 첨단 교수학습 시설의 설치, 그리고 우수 교수진의 확보 등이 그 예라 할 수 있습니다. 특히, 3년 전부터 시행하고 있는 학내 가상 강의는 바로 멀티미디어 기술을 이용한 교육 시스템으로서 매년 질적으로 업그레이드되고 있을 뿐 아니라, 학생들에게 강좌 선택과 이수의 기회를 넓혀 준다는 측면에서 커다란 호응을 받고 있습니다.

갈수록 심해져 가고 있는 국제 경쟁력, 우리나라 청소년들의 이공계 기피현상 심화, 그리고 국내 외적으로 어려워지고 있는 한국 경제의 여건 등을 고려할 때, 미래의 성장 산업인 IT 및 디지털 산업 분야를 전문적으로 연구하고 개발하는 한국멀티미디어학회의 역할은 그 어느 때보다도 크다고 봅니다. 아무쪼록 오늘의 학술대회가 멀티미디어학회에 대한 시대적, 사회적, 그리고 학문적 요구를 충족시켜 주는 좋은 기회가 되기를 바랍니다.

여느 학회와는 달리 오늘 학술대회에서 많은 논문 발표와 포스터 발표가 있는 것으로 알고 있습니다. 참신한 발표와 열정적인 토론을 통해 우리나라 멀티미디어 관련 지식과 기술이 한층 성장하는 데 기여하기를 바랍니다.

다시 한번 바쁘신 가운데서도 이곳 순천향대학교까지 특별 강연을 위해 찾아주신 양승택 총장님께 깊이 감사드립니다. 축사를 맡아 주신 강희복 시장님, 발표와 토론을 맡아주신 학회 회원님들, 그리고 오늘의 학술대회 준비를 위해 수고를 아끼지 않으신 학회 임원 여러분들께도 감사드리며, 학술대회의 성공을 진심으로 기원합니다.

2004. 5. 21.

지역정보화 협력 자매결연 조인식 인사말(2004. 6. 28.)

먼저 강희복 아산시장님을 비롯하여 이응권 아산시의원님, 윤용남 송악면장님을 비롯한 송악스머프 마을 주민 어르신들의 우리 순천향대학교 방문을 진심으로 환영합니다.

송악면은 우리 대학교와 거리적으로 비교적 매우 가까운 곳에 있습니다. 그러나 주민 어르신께서는 일반 관공서와 달리 방문하실 기회가 많지는 않았을 것으로 생각됩니다.

그런데 오늘 컴퓨터 교육과 뜻깊은 지역정보화 협력 자매결연 조인식을 계기로 이렇게 한자리에서 뵙게 되어 매우 반갑습니다.

오늘 조인식을 통해 추진되는 지역정보화사업은 우리 대학교에서 4일간의 교육과 더불어 앞으로 1년 동안 긴밀한 관계를 유지하면서 이루어질 예정인 것으로 알고 있습니다.

따라서 이 자리에 계신 주민 여러분을 비롯한 송악스머프 마을 어르신들께서는 직·간접적으로 우리 대학교와 앞으로 1년간 인연을 쌓아 가시게 되었습니다.

그동안 우리 순천향 가족들은, '순천향대학교가 우리 지역에 있어 자랑스럽다.'라는 인식이 지역으로부터 우러나올 수 있도록 꾸준히 지역사회와 연계할 수 있는 프로그램을 개발해 왔습니다.

저 역시 한 번도 거르지 않고 참여하고 있는 지역 어르신을 위한 무료의료봉사활동을 비롯하여, 불우이웃을 위한 벚꽃 축제와 가을의 지역 주민 초청 문화행사 등이 이제는 정례화된 지역 사회 공동 행사라고 할 수 있겠습니다.

그런데 이번처럼 1년 동안 지속적으로 사업이 추진되는 경우는 비교적 흔한 예가 아닌 것 같습니다.

본 사업에 따른 교육프로그램이 진행되는 1년 동안, 저를 비롯한 모든 교직원들은 주민 여러분들을 우리 대학교의 재학생이라는 생각으로 한 가족처럼 여기고자 합니다.

마침 우리 대학교 향설도서관에서는 우리 지역에 거주하시는 주민들께 도서 대출을 위한 열람증을 발급해 드림으로써, 우리 대학교가 소장하고 있는 각종 자료와 정보들을 지역 주민 어르신들과 함께 공유하는 제도를 시행하고 있습니다.

이번 기회에 이런 제도도 적극 활용하시기 바라며, 본 사업이 진행되는 기간은 물론이요, 그 이후까지도 우리 대학교와의 인연을 오랫동안 소중하게 간직해 주시면 고맙겠습니다.

아무튼 지역 어르신들과 함께 이런 뜻깊은 사업을 추진하게 된 점에 대해 총장으로서 매우 기쁘게 생각하며, 본 사업을 통해 어르신들이 인터넷을 이해하고 사용할 줄 아는 단계에서 그치지 않고, 지역 어르신들의 생활의 질 향상과 소득의 증대에도 기여하게 될 수 있기를 기대합니다.

우리나라가 세계적으로 인정받고 있는 인터넷 강대국이라는 점을 감안한다면 충분히 현실적이고 사업성도 있을 것으로 생각합니다.

다시 한번, 우리 대학교를 본 사업의 파트너로 선택하신 강희복 아산시장님과 주민 어르신들의 현명한 판단에 경의를 표하며 함께해 주신 모든 분들께 감사의 인사를 드립니다.

감사합니다.

2004. 6. 28.

라. 2009년도 이후 : 26건

2008학년도 전기 학위 수여식 이사장님 치사(2009. 2. 19.)

먼저 바쁘신 와중에도 우리 대학의 학위수여식에 참석하여 주신 박현서 총동창회장님을 비롯한 내외 귀빈 여러분 고맙습니다. 그리고 무엇보다도 오늘의 주인공인 제26회 졸업생 여러분들에게 진심으로 축하의 말씀을 드립니다.

아울러 그동안 묵묵히 뒷바라지해 오신 학부모님과 4년 동안 열과 성을 다하여, 우리의 젊은이들을 당당한 지성인으로 키워 주신 서교일 총장님을 비롯한 모든 교수님들께 이 자리를 빌려 깊은 감사의 인사를 드립니다.

졸업생 여러분!

그동안 여러분들은 전공공부와 더불어 교양도 쌓고 인격적으로도 한층 원숙한 모습으로 한 시대를 이끌어 나갈 지도자가 되기 위한 준비 과정을 마치고 오늘 이 자리에 섰습니다. 이제 여러분은 오늘의 졸업식과 함께 교정과 스승의 품을 떠나게 되는 것입니다.

이제 순천향인으로 거듭 태어난 여러분 한 사람, 한 사람의 모습이 이사장으로서 한없이 대견하고 자랑스럽기 그지없습니다.

졸업이란 마감의 의미보다는, 이곳 순천향에서 여러분들이 연마한 지식과 잘 다듬어진 인격을 바탕으로 보다 광활한 세계를 향해 힘차게 나아가기 위한 새로운 출발을 의미합니다.

여러분들은 그동안 캠퍼스 안에서 사제 간의 정과 친구와의 우정을 나누어 왔을 것입니다. 경우에 따라서는 한 치 양보도 없는 치열한 학문적 격론으로 젊은 열정을 불사르기도 하고, 경우에 따라서는 협조와 화합을 통해 더 큰 목표를 함께 달성하는 방법에 대해서도 익혔을 것입니다. 이제 냉엄한 사회 현실로 진입하는 과정에서 그동안의 경험들은 여러분의 미래에 커다란 자산이 될 것으로 기대합니다.

그럼에도 불구하고 주위의 환경은 늘 젊은이들에게 우호적인 것만은 아닙니다. 더욱이 급락하고 있는 나라 안팎의 사정은 우리들에게 가혹하리만큼 치열한 경쟁력을 요구하고 있습니다.

그러나 인류의 역사는 항상 어려운 현실에 과감히 도전하여 승리하는 자의 몫이었습니다.

그리고 승리란 결코 결과만을 평가하는 말이 아닙니다.

항상 정직하고 성실한 태도와, 객관적이면서도 긍정적인 사고를 잃지 않는 지성인으로서의 면모를 갖춘 도전자가 되어야 할 것입니다.

어떤 위치에서 무슨 일을 하던지 그동안 이곳 순천향에서 배우고 익혀 온 마음과 자세를 끝까지 유지한다면 여러분은 틀림없이 글로벌 시대의 영원한 주인공으로 남게 될 것임을 확신합니다.

졸업생 여러분! 언제, 어디서든지 항상 깨어 있는 지식인, 정직한 지도자가 되어 뜨거운 애국심과 애교심을 가슴에 품고 살아가시기 바랍니다.

여러분의 모교로 남게 될 우리 순천향대학교는 지난 30년간 꾸준한 발전을 거듭해 온 결과 이제 중부권의 명문종합대학으로서 확고한 위치를 다지게 되었습니다.

익히 알려져 있는 것처럼 건학 30주년이 2008년도에 국내 유수 언론기관 평가에서 전국 24위로 평가받았습니다. 이와 같은 결과는 한두 해만의 노력으로 나타나는 결과일 수는 없습니다. 그동안 순천향대학교는 대교협 평가 종합 우수대학을 비롯하여, 중소기업기술혁신대전 대통령상 수상, 교육과학기술부를 비롯한 노동부, 행정안전지원부, 지식경제부, 충남교육청 등 정부부처와 지자체로부터 각종 사업추진 파트너로 선정되거나 평가인증을 받는 등의 실적이 꾸준히 누적되어 왔던 것입니다.

외부로부터 이러한 인식이 객관적으로 형성되기까지 여러분보다 한 발 앞서 사회에 진출한 선배님들이 저마다 주어진 위치에서 혼신의 힘과 노력을 기울여 오신 결과라고 할 수 있을 것입니다.

순천향은 여러분 모두에게 언제나 마음의 고향으로 남아 있을 것입니다. 여러분들이 일생을 살아가는 동안 가장 기쁠 때나 가장 힘들 때 모교를 찾아와 마음으로부터 평안과 위로를 찾아가시길 바랍니다.

다시 한번 영광된 학위 취득을 축하드리며, 졸업생 여러분들의 앞날에 무궁한 발전과 행운이 함께하기를 기원합니다.

감사합니다.

2009. 2. 19.

건학 31주년 기념식 격려사(2009. 4. 1.)

사랑하는 순천향대학교 교수님, 직원 선생님 그리고 재학생 여러분 안녕하십니까?

이 자리에 서고 보니 불과 한 달여 전과 비교해서 달라진 점이 하나 있고 또 여전히 같은 점 하나가 있다는 생각이 듭니다.

먼저 달라진 점은, 인사드리는 순서에서 '이사장격려사'라는 이름으로 우리 총장님보다 제가 나중에 인사드리게 되는 점이고, 같은 점은, 앞에 앉아 계신 교수님을 비롯한 사랑하는 모든 순천향 가족을 향한 변함없는 저의 마음이 아닐까 싶습니다.

지난 30여 년 동안 우리 구성원 모두는 혼연일체가 되어 대학 발전을 위해 노력해 왔고, 그 결과 우리 순천향대학교는 신수도권에서 가장 우수한 대학임을 객관적으로 입증받은 바 있습니다.

그리고 오늘 싱그러운 봄기운과 함께 우리 캠퍼스에서 느껴지는 첫 인상은 제6대 총장님의 출범과 더불어 우리 대학교 분위기가 더욱 활기차게 변화하고 있다는 것입니다. 이 자리를 빌려 대학 발전에 솔선수범해 주신 모든 순천향 가족 분들께 깊은 감사의 인사를 드립니다.

특히, 지난해에 개교 30주년을 맞아 천안과 구미병원을 학교법인으로 통합하기로 결단을 내렸던 일은 여러 번 생각해 보아도 참 잘했다는 생각이 듭니다.

이는 향설 서석조 박사님께서 맨 처음 우리 법인을 설립하실 당시에 주창하셨던 '인재양성'과 '국민보건 향상'이라는 당시의 소명과도 잘 부합할 뿐만 아니라 '제2의 건학'을 도모하는 입장에서 향설 박사님의 유지에 해당하는 '인간사랑'의 정신을 사심 없이 실천했다는 점에서도 향설 박사님 앞에 자부심을 갖게 되기 때문입니다.

저도 마찬가지입니다만, 이 자리에 함께하고 있는 모든 순천향 가족들에게 오늘의 기념식은 예년과는 또 다른 감회가 있을 것으로 생각됩니다.

서른이라는 성년의 고개를 넘어 첫 번째 맞이하는 대학의 생일이라는 점에서도 그렇고, 제6대 손풍삼 총장님께서 의욕적으로 출범하시면서 맞는 첫해의 기념식이라는 점에서도 그럴 것입니다.

그리고 우리 사회와 대학 주변의 환경이 더욱 치열해지고 있는 가운데 맞는 건학기념일이라는 점에서는 비상한 각오도 함께 느끼게 됩니다.

대학가에 일고 있는 변화의 바람은 더 빠르고 더 정확한 속도전의 양상으로 변해 있습니다. 동시에 어떠한 기득권도 인정되지 않는 격변기로 들어서고 있습니다.

이런 시기일수록 리더의 역할이 더욱 중요하기 때문에 우리는 기꺼이 손풍삼 박사님을 제6대 총장으로 모셨습니다. 이제 손풍삼 총장님을 중심축으로 대학 구성원의 노력과 의지를 한 방향으로 모아감으로써 대학 발전을 위한 더 큰 추진력을 발휘해 주실 것으로 기대합니다.

우리 법인에서도 대학의 발전이 곧 순천향 법인 전체의 발전이라는 인식하에 이사장으로서 제가 할 수 있는 모든 견마지로(犬馬之勞)를 다 할 생각입니다.

알고 계신 것처럼 설립자 향설 박사님께서는, 70년대 초반에 척박했던 의료 볼모지에서 '생명존중'과 '인간사랑'의 씨앗 하나를 소중하게 가꾸심으로써 우리나라 보건의료 향상의 획기적 전기를 이루신 바 있습니다.

당시의 '순천향 신화와 명성'을 우리 사회 안에서 다시 회복하고, 21세기형으로 업그레이드하여 새롭게 재창출하는 것이 오늘 우리에게 주어진 과제라고 생각합니다. 이는 모든 순천향 가족 여러분의 변함없는 애정과 자발적인 참여를 통해 비로소 그 결실을 맺게 될 것입니다.

아무쪼록 다시 한번 건학 31주년을 모든 순천향 가족과 함께 자축하며, 오늘 수상하시는 모든 분들께도 축하의 인사를 드립니다.

아울러, 여러분 모두에게 무궁한 발전이 있기를 축원합니다. 감사합니다.

2009. 4. 1.

보직자 초청 만찬 인사말(2009. 4. 14.)

먼 길 오시느라 수고 많이 하셨습니다.

학교법인 동은학원 제4대 이사장 취임이후 몇몇 분들로부터 취임식에 대한 말씀이 있으셨습니다만 우리 가족끼리 저녁 식사나 함께하는 것으로 갈음하고자 하니 양해하여 주시기 바랍니다.

약 한 달 보름간 이사장직을 수행하면서 또 다른 시각에서 우리 순천향 가족에 대한 책임감을 느끼게 되었습니다.

동시에 손풍삼 총장님을 비롯한 변박장 중앙의료원장님 그리고 각 병원장님과 보직자님들께서 각자의 위치에서 최선을 다해 주시고 계신 점을 이 자리를 빌려 감사인사를 전합니다.

대학의 경우 정부지원 국책 사업 선정을 위한 노력, 대학 자체평가제도의 확립, 지자체와의 동반 발전을 위한 협력, 신도시 캠퍼스 추진을 위한 준비 등 매일같이 분주하신 총장님이 동시다발적으로 이루어지면서 구성원들도 더욱 바빠지고 어깨가 무거워지고 있습니다. 그러나 무엇보다고 감사하고 기쁜 것은 이렇게 힘든 가운데에서도 화합의 가치를 가장 소중하게 여기는 우리 학교의 전통을 이어 가면서 학생을 사랑하고 열심히 가르치는 교수님, 교수님을 존경하고 열심히 공부하는 학생, 그리고 교수님과 학생들이 본연의 책무를 다할 수 있도록 완벽하게 support해 주시는 교직원 선생님들이 혼연일체가 되어 우리 순천향의 발전을 견인하고 계시다는 것입니다. 모든 것이 변하고 있지만 '인간사랑'과 화합을 기반으로 학생 가치를 창출해 나가는 순천향의 정신은 앞으로도 영원히 변치 않을 것으로 생각합니다.

알고 계신 것처럼 설립자 향설 박사님께서는, 70년대 초반에 척박했던 의료 볼모지에서 병원을 세우고 대학을 설립하시면서 인간사랑의 따뜻함과 실천적 봉사정신을 강조하셨습니다.

이제 신수도권 선도대학의 면모를 갖춘 순천향대학교의 과제는 이러한 설립 정신을 21세기형으로 업그레이드 하여 새롭게 재창출하는 것이라고 생각합니다. 이는 모든 순천향 가족 여러분의 변함없는 애정과 자발적인 참여를 통해 비로소 그 결실을 맺게 될 것입니다.

아무쪼록 다시 한번 건학 31주년을 모든 순천향 가족과 함께 자축하며, 오늘 수상하시는 모든 분들께도 축하의 인사를 드립니다.

아울러, 여러분 모두에게 무궁한 발전이 있기를 축원합니다. 감사합니다.

2004. 4. 1.

건강과학CEO 제13기 수료식 축사(2009. 8. 14.)

먼저 오늘 졸업하시는 60분의 CEO 동문님들, 축하드립니다. 물론 6개월이면 짧다고 할 수도 있지만, 양적으로 또 질적으로 보통 사람들의 수십 배, 아니 수백 배의 일을 하셔야 하는 CEO님들 아니십니까? 그러니 엄청나게 긴 시간이었을 겁니다.

바라기는 졸업하시는 이 시점에서 모든 CEO님들이 그 긴 시간을 투자한 게 전혀 아깝지 않다고 생각하셨으면 하는 겁니다.

사실 7년째 운영하는 프로그램이므로 충분히 노하우가 쌓여 자신감을 가질 법도 합니다. 남들도 부러워하면서 그렇게들 얘기하고요. 하지만 저희 입장은 다릅니다. 늘 너무나 귀한 분들, 바쁜 분들 모셔 놓고 행여 내용이 부실해서 시간 낭비를 시켜드리지 않을까 노심초사 걱정을 합니다.

물론 가장 애쓰시는 건 뭐니 뭐니 해도 이항재 부총장님이시겠고, 또 든든히 받쳐주시는 손풍삼 총장님이시겠지만, 저도 총장으로서 8년간 그렇게 노심초사하는 입장이었기에 지금 이사장으로서도 남다른 관심과 애정을 가지고 있다 하겠습니다.

사실 이 프로그램을 처음 만들 때만 해도 반신반의했습니다. CEO는 사회적으로 또 국가적으로 많은 것을 책임져야 하는 분들이고 그러니 그들의 건강을 관리하는 일은 국가 사회적으로 대단히 중요하다는 데에는 이견이 없겠으나 과연 현실적으로 건강과 CEO를 결합한 최고위 과정이 성립할 수 있겠는지 확신이 없었습니다.

그러나 다행히도 강의가 진행되면서 건강에 대한 이해가 깊어지고, 당장 일에 쫓겨 늘 자신의 건강을 뒤로 미루던 CEO들이 프로그램에 따라 자신의 건강을 체크하게 되고, 주치의님들과 인간적인 사귐이 이루어지면서 자신과 식구들, 또 직원들의 건강까지 체계적으로 신경 쓰게 되는 것을 확인하였습니다.

물론 부족한 부분도 있었고 방향이 틀렸던 경우도 있었습니다. 그러나 처음부터 잘 형성된 관계가 있었기에, 또한 그로 인한 상호 믿음이 있었기에, 그래서 기꺼이 의견을 제시하며 충고해 주시는 CEO님들이 많이 계셨기에, 계속 프로그램을 수정 보완할 수 있었고, 이제는 상당히 믿을 만한 프로그램이 되었습니다.

그러다 보니 이번 13기까지 우리 순천향 건강과학 CEO 과정을 졸업하고 동문이 되신 CEO님들이 벌써 780여 분에 이릅니다. 물론 숫자만 가지고 자랑할 수는 없겠지만 세월의 힘은 분명 대단해서 그 시간을 견뎌낸 것만으로도 크게 의미를 부여할 만하다고 생각합니다.

그 시간을 지내는 동안 많은 분들의 노고가 있었습니다. 앞서 말씀드렸지만 처음 프로그램을 기획하셨고 또 실행에 옮기시고 계속 수정 보완하시면서 한 기 한 기 원우들의 입학부터 졸업까지 모두 신경 쓰시느라 여전히 고생이 많으신 우리 이항재 부총장님, 또 손풍삼 총장님. 무한한 사랑으로 우리 순천향과 CEO 과정 동창회를 이끌어 주신, 그러나 안타깝게도 이 자리에 안 계신 고 이상달 회장님, 또 그 뒤를 이어 총동창회장의 중책을 맡아 애쓰시는 박인교 회장님과 총동창회 전현직 임원님들, 또 각 기별 회장님과 임원님들, 그리고 무엇보다도 한 번 맺은 인연을 영원히 가져가시는 1기부터 13기에 이르는 우리 CEO 과정의 모든 동문 여러분.

이제 저는 이사장으로서 이 모든 분들께 감사드립니다. 앞으로 우리 CEO 과정이 순천향이라는 이름과 함께 영원히 함께 빛날 것을 믿어 마지않으면서, 다시 한번 오늘 졸업과 함께 우리 순천향의 동문이 되시는 00분의 13기 CEO님들께 진심으로 축하 말씀 드립니다.

여러분, 축하합니다.

감사합니다.

2009. 8. 14.

평통 충남지역회의 청년자문위원 워크숍 격려사(2009. 9. 19.)

안녕하십니까?

휴일에도 불구하고 바쁜 일정을 할애하셔서 행사에 참석해 주신 존경하는 이완구 충남도지사님과 김종성 교육감님 감사드립니다.

요즘 신종플루로 인해 걱정을 많이 하는데 발열감지기와 세척도구 등을 준비하는 등 행사 준비 과정에서 여러 가지로 적극 협조해 주신 손풍삼 총장님께도 감사드립니다.

청년위원회는 민주평통 내에서 꾸준히 활동이 이루어져 왔지만 지난 6월 달에서야 '민주평화통일자문회의법'에 의해 그 설치 근거가 마련되고 또 관련 운영규정도 만들어졌다고 들었습니다. 따라서 금년부터 명실공히 법적인 근거에 의해 설치, 운영되고 있는 공식적인 단체인 청년위원회에 참여하신 여러분들께 축하의 말씀을 드립니다.

청년위원회 운영규정에서 명시하고 있는 사업들은 '지역사회에서의 청년 통일운동 활성화'를 비롯하여 여러 가지가 나열되어 있습니다.

저는 무엇보다도, 이른바 '전후세대'라고 일컫는 청·장년층이 경제, 정치계는 물론 각종 전문가 그룹으로 우리 사회 곳곳에서 실질적인 주역으로 등장한 상태에서 이제 '통일' 분야까지 그 영역이 확대되고 있다는 사실이 의미 있는 일로 생각합니다.

청년 그룹은 우리 사회의 주역인 동시에 우리 국가의 미래이기도 합니다.

우리 민족의 입장에서 '통일' 문제는 나라의 세계화, 국제화, 경제력에 버금가는 중차대한 국가 과제 중 하나입니다. 이처럼 중대한 이슈인 '통일' 문제를 청년 그룹이 진지하게 고민하고 깊이 있게 받아들여야 하는 것은 지극히 당연한 일일 것입니다.

다행히도 통일 문제에 관심을 가지시고 이렇게 훌륭하신 많은 분들이 청년위원으로 참석해 주신 것을 보면 통일 문제의 중요성을 청년 세대에서도 깊이 인지하고 있는 것 같아 참으로 다행스럽게 생각합니다. 앞으로 이전 세대와는 통일에 대한 관점과 개념이 다를 수 있는 청년 세대에서 다양한 통일담론들이 토론된다면 민주적인 한반도 통일에 대한 미래 지향적인 방법들이 새롭게 정립되어 질 수 있지 않을까 생각합니다.

돌이켜 보면, 과거 통일에 대한 논의를 특정 소수인들이 독점하면서 지나치게 냉전적인 이데올로기로 접근하거나 반대로 지나치게 민족주의나 감상주의적으로 접근하여 통일 문제에 대한 본질적 이해나 공감대가 국민들 사이에 부족한 것도 사실인 것 같습니다.

그렇지만 얼마 전 6명의 무고한 시민이 졸지 간에 목숨을 잃어버린 '황강댐 방류' 사고 등을 통해서 알 수 있듯이 이 문제는 우리 주위에서 늘 상존하고 있는 현실의 문제라는 것입니다.

이제 우리는 보다 객관적이면서도 성숙된 눈으로 우리나라의 분단 상황을 정확하게 인식하고, 정말 지혜롭고 슬기롭게 이 문제를 대해야 한다고 생각합니다.

오늘 워크숍에는 사무처의 유일엽 중부지역과장님께서 '제14기 청년위원 활동 방향'에 대한 말씀과, 황인수 박사님의 '최근의 국제정세와 남북 관계'에 관한 특강 등이 마련되어 있는 것으로 알고 있습니다.

아울러 분임토의 주제도 '국민통합을 위한 청년활동 실천방안' 등 진지한 내용들로 준비되어 있고, 전체 토론을 통해서는 '청년자문위원 선언문' 초안도 마련될 예정이라고 들었습니다.

당초 2일 일정의 워크숍이 신종플루라는 특별한 사정에 의해 하루로 축소된 점이 다소 아쉽기는 합니다만, 여러 면에서 오늘 워크숍은 의미 있고 알찬 자리가 될 것으로 기대합니다.

혹 진행 과정에서 작은 불편사항이라도 있으면 기탄없이 말씀해 주시면 힘껏 지원해 드리겠습니다.

의욕적으로 워크숍 행사를 준비해주신 이석용 청년위원장님과 관계자 여러분의 노고에 깊이 감사드리며, 아무쪼록 오늘 워크숍을 계기로 더욱 발전하는 '충남지역회의 청년자문위원회'가 될 것으로 기대합니다.

감사합니다.

2009. 9. 19.

제2차 평통포럼 개회사(2009. 10. 27.)

충남평화통일포럼에 참석해 주신 포럼 회원님 모두 반갑습니다. 그리고 바쁘신 와중에도 일부러 시간 내어 참석해 주셔서 고맙습니다.

오늘 포럼에서 발제를 맡아 주신 허태회 교수님 감사합니다. 아울러 오늘 포럼행사를 준비해 주신 이희경 총무간사님, 김학성 연구간사님, 이연수 홍보간사님을 비롯한 모든 관계자님께도 감사 인사드립니다.

오늘 포럼의 주제가 '북한 핵실험 문제와 다자적 해법'에 대한 '문제와 대안의 모색'입니다. 이 분야 전문가이신 허태회 교수님께서 발제 과정에서 충분한 설명과 동시에 함께하신 회원님들의 고견도 모아질 것으로 기대합니다.

다행스러운 것은 최근 들어 이산가족 상봉을 비롯하여 남·북 대화의 물꼬가 조금씩 열리고 있고, 6자회담에 대한 북한의 태도도 긍정적인 방향으로 변화하는 것으로 보여진다는 것입니다.

잘 알고 계신 것처럼, 민주평통은 국내외 다양한 계층의 목소리를 현장에서 확인하고 이를 대통령에게 직접 건의 또는 자문할 수 있는 헌법기관입니다.

이는 북한과의 대립적 시각에서 판단하고 의견을 수렴하는 것이 아니라, 우리 민족 전체의 이익을 대변하고 더 큰 경지의 국익을 전제로 운영되어야 할 것입니다.

이 과정에 있어 실질적인 역할은 바로 오늘 이 자리에 함께하신 포럼회원님들을 비롯한 우리 모두의 몫이 아닌가 싶습니다.

이런 자리를 통해서 우리 사회 각계의 목소리를 폭넓게 수용하여 적어도 통일에 관한한 사회적, 국민적으로 넓은 공감대가 형성될 수 있도록 그 촉매제 역할을 해야 할 것으로 생각합니다.

우리 국민들의 남북관계에 대한 인식 수준이 높아지면 높아질수록 그만큼 민주평화통일의 전망이 밝아질 수 있을 것입니다.

바쁜 시간 틈 내어 참석해 주신 회원님들께 다시 한번 감사의 인사를 드리며 더욱 건강하시고, 개인적으로도 더 큰 발전이 있기를 기원합니다. 감사합니다.

2009. 10. 27.

제3차 충남평화통일포럼 개회사(2009. 11. 12.)

먼저 통일 문제에 관심을 가지시고 바쁘신 시간을 할애하여 충남평화통일포럼에 참석해 주신 포럼 회원님께 존경과 감사의 인사 올립니다. 또한 충남 지역 민주평통산하 시·군협의회 회장님들께서 많이 참석해 주셔서 반가운 인사의 말씀 올립니다.

특히, 오늘 포럼에서 발제를 맡아 주시기 위해 멀리까지 와 주신 중앙대학교 조윤영 교수님 감사합니다.

좋은 장소를 제공해 주시고 오늘 축사의 말씀도 주실 충남대 박재정 평화안보대학원장님과 매끄럽게 포럼을 준비하고 진행해 주시는 김학성 연구간사님, 언제나 빈틈없이 포럼 행사를 준비해 주시는 이희경 총무간사님과 이연우 홍보간사님을 비롯한 모든 관계자 여러분께도 감사드립니다.

오늘 포럼의 주제는 '이명박 정부의 대북정책 방향과 과제'입니다.

엊그제 서해상에서는 다시 남북 간의 무력 충돌이 일어났습니다. 최근 북한의 대남유화공세가 한동안 지속되고 북미간의 대화국면이 조성되는 가운데 또다시 일어난 서해교전 소식은 대북정책이 얼마나 어려운 일인가를 새삼 실감하게 합니다. 특히 최근 미국과 일본의 새로운 정부 출범과 함께 미·중 관계, 미·일 관계의 새로운 변화들이 감지되는 그야말로 급변하는 국제 정세 속에서 북한의 의도를 올바르게 파악하고 지혜롭게 대처하는 일은 남북문제를 떠나 우리나라와 민족의 생존에 중차대한 일이 아닐 수 없습니다. 이러한 점에서 오늘의 주제는 매우 시의적절하고 중요한 문제로서 토론자들은 물론이고 플로어의 회원님께서도 적극적인 의견 개진과 토론이 있을 것이 기대됩니다. 또한 지난주 민주평통이 주관한 남북관계 대토론회에서 보았듯이 전문가들의 의견도 다양하게 나뉘어지는 이 문제에 대해 이곳에서는 어느 정도 의견 수렴이 될 수 있는지도 흥미롭습니다.

오늘 회원님들의 토론을 통해 모아진 의견은 정리되어 민주평통 의장이신 대통령님께도 전달될 것입니다.

지난 10월 27일 순천향대학교에서 열렸던 제2차 포름에서도 발제하신 분, 토론자로 참여하신 분뿐만 아니라 플로어에 계신 회원님들의 토론 열기가 매우 높아서 제한된 시간이 아쉽다는 생각이 들 정도였습니다.

오늘도 계획된 시간 안에서 최대한 알찬 담론의 장이 될 것과 동시에 바람직한 토론 결과도 만들어 주실 것으로 기대합니다.

바쁜 시간 틈 내어 참석해 주신 회원님들께 다시 한번 감사의 인사를 드리며 더욱 건강하시고, 충남평통포럼과 더불어 개인적으로도 더욱 발전하시기를 기원합니다. 감사합니다.

2009. 11. 12.

평통청년위원 통일강연회 개회사(2009. 11. 24.)

천안여자고등학교 재학생 여러분 만나서 반갑습니다. 아울러 좋은 시설도 제공해주신 안병옥 교장 선생님을 비롯한 모든 선생님께 감사드립니다.

그리고 오늘 행사를 준비해 주신 이석용 평통청년위원장님을 비롯한 관계자님의 노고에 깊이 감사드립니다.

특히, 바쁘신 와중에도 기꺼이 오늘 강연을 허락해 주신 백승주 박사님과 주혜경님께 감사드립니다.

오늘 이렇게 우리 고장을 대표하는 명문여고인 천안여자고등학교에서 강연회 행사를 갖게 되어 특히 반가운 마음이 듭니다.

저는 지금은 순천향대학교의 이사장직을 수행하고 있지만 지난 2월까지도 순천향대학교 총장이었습니다. 그래서 고등학교 학생들에게는 남다른 애정을 갖게 됩니다. 누구보다 우리나라 고등학생들이 겪고 있는 시험에 대한 스트레스와 정신적 중압감을 잘 알고 있기 때문이 아닌가 싶습니다.

이 자리에 참석하고 있는 학생 대부분이 금년에 수능 시험을 치른 고3 학생들이라고 들었습니다. 수능의 관문을 지났다는 점에서는 다소 홀가분할 수도 있겠습니다만, 지금도 여전히 수시 2차에 이어 정시모집 등을 통해 내 적성과 성적에 맞는 대학을 찾기 위한 새로운 인생의 터널을 통과 중에 있을 것입니다.

그래서 '통일문제이니', '한반도 정세이니' 하는 말들은 당장 내 일이 아닌 다른 사람 특히, 어른들이 알아서 할 일로 여기고 있을 수도 있을 것입니다.

그렇지만 여러분들은 지금 이 겨울만 지나면 다가오는 봄부터는 고등학교 학창 시절의 크고 작은 각종 간섭들로부터 벗어나 어엿한 성인이자 사회 구성원으로 서 있게 될 것입니다.

이는 성인으로서의 지위와 권리가 보장된다는 의미에서 큰 해방감을 갖게 될 것입니다. 동시에 자신의 판단과 행동에 대한 책임도 철저하게 자신이 감수해야 한다는 뜻이기도 합니다.

이와 같은 환경의 변화를 통해서 여러분 개인별 사고의 폭도 넓어지게 될 것입니다. 그러면 통일이니 한반도 정세니 하는 용어들도 지금보다는 변화된 입장과 시각에서 이해하게 되지 않을까 싶습니다.

그런 의미에서 목숨을 걸고 북한을 탈출하신 주혜경 님과의 오늘 대화나, 백승주 박사님을 통해 들게 될 '최근 한반도 정세와 통일 비전'에 관한 이야기는 이 분야에 대한 여러분의 가치 기준이나 시각을 정립하는 데 많은 도움이 될 것으로 기대합니다.

지금까지 여러분이 수능을 향해 정진해 왔다면, 앞으로는 긴 안목과 진지한 사색을 통해, 자신의 인생을 가장 보람되게 가꾸어 갈 수 있는 분야에 목표를 설정하고 자기 스스로 생활을 주도해 가시기 바랍니다.

이와 같이 뚜렷한 목표를 두고 뭔가에 심취할 때 여러분은 자신의 재능과 잠재력을 십분 발휘하여 새로운 가치를 창출해 갈 수 있을 것입니다.

내년에는 여러분 모두가 각자 희망하는 위치에서 여러분의 미래를 열심히 개척해 가고 있기를 진심으로 기원합니다. 그곳이 대학의 캠퍼스라도 좋고, 우리 사회의 어떤 한 분야라도 좋고, 국제적인 무대라도 좋을 것입니다.

여러분의 경쟁력이 곧 우리 민족, 우리나라의 경쟁력이 되기 때문입니다.

다시 한번 '참되고, 착하고, 아름답게(천안여고 교훈)' 60여 년 전통을 이어 가고 있는 명문 천안여고 학생들을 한 자리에서 만나게 된 점 감사드리고, 존경하는 안병옥 교장선생님을 비롯한 모든 교직원 선생님께도 감사드립니다.

2009. 11. 14.

민주평통 신규 자문위원 연찬회 인사말(2009. 11. 25.)

신규 자문위원으로 위촉되신 자문위원 여러분 안녕하십니까?

오늘 14기 신규자문위원 연찬회가 개최되게 된 것을 매우 기쁘게 생각하고 다시 한번 신규 위촉을 진심으로 축하드리고 또 환영합니다.

지난달에 신규 위원님들을 모시고 자리를 함께할 계획이었습니다만. 아시는 것처럼 신종플루 사태로 인해 이제야 뵙게 되었습니다. 널리 양해해 주시면 고맙겠습니다.

오늘 행사를 준비해 주신 이희경 간사회장님을 비롯한 각 시·군협의회장님의 노고에 깊이 감사드립니다. 아울러 강연을 허락해 주신 청주대학교 양병기 교수님께 감사드립니다.

국민통일운동 중심체로 제2 창립을 선언하며 새롭게 구성된 제14기 민주평통이 지난 7월 출범한 지도 벌써 5개월여가 흘렀습니다. 이후 우리 충남지역회의는 16개 시, 군 협의회 회장님들과 더불어 활발하게 사업을 추진해 오고 있습니다.

출범 직후에 회장단 워크샵을 시작으로 각 시·군별 발대식과 두 차례에 걸친 평통포럼을 개최하였고, 통일무지개운동도 성공적으로 진행되고 있으며 청년위원회에서는 자문위원 워크샵과 더불어 바로 어제 천안에서 강연회도 마쳤습니다.

이와 같은 민주평통 차원의 사업을 통해 통일에 관한 우리 사회 여러 계층의 다양한 목소리를 논의함으로써 사회적, 국민적인 공감대가 널리 형성될 수 있을 것으로 기대합니다. 그리고 우리 국민들의 남북 관계에 대한 인식 수준이 높아지면 높아질수록 민주 평화 통일의 전망이 밝아질 수 있을 것으로 생각합니다.

올해 독일 통일 20주년을 맞이하여 각종 행사가 열리는 것을 바라보면서 지구상에 마지막 남은 분단국가인 우리의 현실을 다시 한번 자각할 수 있었습니다. 그러나 다소 늦었지만 늦은 만큼 더 철저한 준비를 한다면 통일 후의 대한민국은 보다 더 완벽하고 발전하는 나라가 될 수 있을 것이란 생각을 해 봅니다.

그 구체적인 필요성을 일일이 다 거론하지 않더라도 한반도에서 통일은 무엇보다 우선적으로 검토되고 또 반드시 이뤄 내야 할 민족적 대과업이 아닐 수 없습니다. 그럼에도 불구하고 통일은 막연한 환상이나 감상주의에 기대어 추진할 수 없는 지극히 현실적이고도 선결해야 할 수많은 과제를 동시에 안고 있는 복잡다난한 사안임에 틀림없습니다.

얼마 전까지만 해도 '북미대화 재개', '6자회담 복귀 가능 시사' 등 북한이 국제무대에 시선을 돌리는 듯하면서 해빙 모드로 전환되던 남북 관계가, 최근에 다시 서해교전 사태가 발생하자마자 초긴장 분위기로 급격하게 선회하는 것을 보았습니다.

이처럼 반복되는 긴장 고조와 대치국면으로 인한 경제 가치의 손실 규모는 군사적 부담뿐만 아니라 사회적, 경제적으로도 천문학적인 수준이라고 전문가들은 말하고 있습니다.

이산가족 문제만 하더라도, 더 늦기 전에 뭔가 속 시원하게 추진되어야 하지 않나하는 조급한 마음도 들곤 합니다. 당사자들의 나이를 고려할 때 이미 차분히 앉아서 기다릴 만한 여유가 없기 때문입니다.

성공적인 통일을 위해 오늘 우리가 가장 먼저 해야 할 일은 북한 주민의 생각과 실상을 제대로 알고 이해하는 것과 이를 바탕으로 올바른 통일 방향과 방법에 대한 국민적인 합의를 만드는 일일 것입니다.

어쩌면 이러한 합의가 가장 어려운 일일수도 있습니다. 민주 사회에서 합의는 다양한 생각을 가진 사람들이 모여서 오랫동안의 토론을 통하여 각자의 의견들을 융해 시키고 공통분모를 도출하는 작업을 통해서 이루어진다고 생각합니다.

이와 같은 국민적 합의를 위해서는 신규 자문위원님들의 역할이 무엇보다 중요하다고 생각합니다.

아무쪼록 오늘 이 자리를 통해 민주평통과 또 평통자문위원님들의 올바른 역할과 바람직한 활동 방향에 대한 깊은 이해와 더불어 평화 통일에 대한 자문위원님을 각오도 새롭게 할 수 있는 기회가 되기를 기대합니다. 감사합니다.

2009. 11. 25.

제4차 충남평화통일포럼 개회사(2009. 12. 3.)

우리 제14기 충남평화통일 포럼이 순천향대학교(10·27)와 충남대학교(11·12)에 이어 이곳 한서대학교에서 어느덧 3번째 토론회를 갖게 되었습니다.

무엇보다 이렇게 훌륭한 국제회의장 시설을 제공해주시고 저희 포럼 회원들을 따뜻하게 환대해 주신 존경하는 함기선 총장님을 비롯한 교직원님께 감사드립니다.

금년 하반기 들어 충남평통 관련 행사가 부쩍 많았습니다. 1개월 단위로 진행되고 있는 포럼행사 외에도 두 차례의 도민초청 통일강연회와 신규 자문위원 연찬회 등 각 지역별 회장님들의 소신과 사명감이 없이는 진행이 어려운 큰 행사들이 많았습니다.

그럼에도 불구하고 지금까지 충남평통 행사는 매번 성황리에 이뤄졌고 동시에 소기에 성과도 계속 이뤄 내고 있습니다. 전적으로 각 지역별 회장님과 임원님들의 우리 사회와 나라 사랑을 위한 순수한 열정으로 인한 결과임을 잘 알고 있습니다. 그런 점에서 부의장으로서 다시 한번 깊은 감사의 인사를 드립니다.

오늘 포럼 주제는 '남북관계와 동북아 정세'입니다. 이 주제에 대해서 충북대학교 정치외교학과 김도태 교수님께서 강연을 통해 발표해 주시기로 하였습니다. 바쁘신 와중에도 우리 포럼을 위해 강연을 맡아 주신 김도태 교수님께 깊이 감사드립니다.

김도태 교수님은 현재 외교통상부 정책자문위원이시면서 또 한국협상학회 회장님이십니다. '민족공동체 개념을 통해 본 대북포용정책 보완 방안' 등 많은 남북 및 통일 정책 관련 연구논문을 발표하시는 등 왕성한 연구 활동을 하고 계신 분으로 알고 있습니다. 오늘 강연을 통해, 우리 충남평통포럼 회원님들에게 도움이 될 수 있는 여러 가지 귀중한 말씀을 전해 주실 것으로 기대합니다.

이곳에서 그리 멀지 않은 곳에 안흥항이 있습니다. 안흥항에는 "새벽에 중국에서 닭 우는 소리가 들린다."는 말이 있다고 합니다. 실제 들리는지 여부야 알 수 없지만 지형적으로 한반도에서 중국과 가장 가까운 곳에 위치하고 있다는 것을 비유적으로 표현한 말이라고 합니다.

오늘날 동북아 정세를 이야기하면서 중국을 제외하고는 논하기 어려운 것이 사실입니다.

경제적인 면이나 정치적인 면이나 동북아 국제 정세상 중국의 역할을 더욱 증대될 것은 누구라도 쉽게 예측할 수 있을 것입니다.

그런 면에서 제4차 충남평통포럼을, 지형적으로 중국과 지근거리에 있는 이곳 한서대학교에서 '동북아 정세'를 주제로 토론하는 것도 매우 의미 있는 일이 아닐까 싶습니다.

오늘 강연을 통해 중국, 일본, 러시아의 입장을 포함한 동북아 국제 정세 그리고 최근 한·중·일 정상회담, 아울러 김정일 와병설과 후계자 문제 등에 관한 최신 정보도 확인해 볼 수 있지 않을까 싶습니다.

아무쪼록 오늘 포럼이 금년도 마지막 포럼 모임인 만큼, 주어진 시간 범위 안에서, 그동안 보여 주셨던 뜨거운 토론의 열기를 계속 유지해 주시면 좋겠습니다. 동시에 이를 통해 민주 평화 통일을 위한 바람직한 토론 성과도 만들어 낼 수 있을 것으로 기대합니다.

바쁜 시간 틈내어 참석해 주신 포럼 회원님들께 다시 한번 감사의 인사를 드리며, 계속해서 내년에 충남평화통일 포럼 장에서 건강한 모습으로 다시 뵙게 되길 기원합니다. 감사합니다.

2009. 12. 3.

제2차 도민초청 통일강연회 개회사(2009. 12. 8.)

민주평통 자문위원 여러분, 그리고 통일무지개 회원님을 비롯한 도민 여러분 안녕하십니까? 오늘은 지난달 17일 아산 강연회에 이어, 저희 충남지역 민주평통에서 주관하는 두 번째 통일 강연회 자리입니다.

바쁜 시간을 할애해 참석해 주신 모든 분께 감사의 말씀을 드립니다. 특히 좋은 시설을 기꺼이 협조해 주시고 오늘 환영의 말씀까지 해 주시는 임성규 논산시장님 감사의 인사드립니다.

제14기 민주평통이 지난 7월 출범한 이후 시, 군별 발대식이나 통일무지개운동의 시작, 매월 1회씩 개최한 평통포럼, 청년위원회의 워크샵, 신규자문위원 연찬회, 도민초청 통일 강연회 등 크고 작은 행사들로 하반기 동안 분주하게 달려온 것 같습니다.

그러다 보니 어느덧 12월이고 오늘 강연회가 금년의 대미를 장식하는 행사가 된 것 같습니다. 그동안 개인일정을 대부분 희생하시면서 평통사업에 전념해 오신 이희경 간사회장님을 비롯한, 평통 관계자님과 각 협의회장님의 노고에 감사드립니다.

아시다시피 통일은 먼 미래의 일이거나 나와 상관없는 일이 아닙니다. 통일은 우리가 인지하지 못하는 때 불쑥 나타날 수도 있고 또 우리나라 모든 국민의 삶에 직접적 영향을 미칠 것입니다.

이미 오래전에 통일을 완성한 독일에서는 올해 통일 20주년을 맞이해서 갖가지 기념행사가 개최되어 통일의 의미를 되새기고 있습니다. 아직도 통일을 향한 먼 여정을 앞두고 있는 우리로서는 부럽기도 하고 착잡하기도 하지만 그들이 아직까지도 해결하지 못하고 있는 통일 후의 여러 문제들을 보면서, 우리가 통일의 시기는 늦었지만 미리미리 대비하고 치밀한 준비를 해 나아간다면 통일 후의 대한민국은 보다 더 완벽하고 발전하는 나라가 될 수 있을 것이란 생각을 해 봅니다.

이를 위해 가장 먼저 해야 할 일이 북한 주민의 생각과 실상을 제대로 알고 이해하는 것과 이를 바탕으로 올바른 통일 방향과 방법에 대한 국민적인 합의를 만드는 일일 것입니다.

어쩌면 이러한 합의가 가장 어려운 일일수도 있습니다. 민주사회에서 합의는 다양한 생각을 가진 사람들이 모여서 오랫동안의 토론을 통하여 각자의 의견들을 융해시키고 공통분모를 도출하는 작업을 통해서 이루어진다고 생각합니다.

이미 최근에 있었던 통일포럼에서도 통일 관련 정책이나 한반도 주변의 국제 정세 변화에 대한 깊이 있는 논의와 함께 다양한 의견들이 개진된 바 있습니다. 특히 오늘은 남북문제와 통일에 관심이 많은 여러분들이 모이신 자리인 만큼 전문가의 강연과 문제 제기에 대해 많은 의견들이 토론되고 미래 지향적인 논의가 있을 것으로 기대됩니다.

오늘 강연을 해 주실 박승춘 장군께서는 육사 출신으로 대학원에서는 '북한 정책'을 전공하셨고, 영국국방 전략연구소에서도 근무하시고, 특히, 국방정보본부의 '북한정보부'에서 대령부터 중장까지 진급하신 말 그대로 북한정보 전문가입니다.

김성욱 기자님은 현장에서 직접 목격한 사실들을 생생하게 보도하고 또 다양한 경험을 토대로 북한과 우리 사회의 실상에 대한 여러 권의 책도 쓰셨습니다.

아무쪼록 우리 평통사업을 통해 우리 사회 각계의 통일을 향한 다양한 목소리도 확인하고 또 통일에 관한 국민적 공감대가 널리 형성될 수 있을 것으로 기대합니다.

특히 오늘 이 자리가 북한의 현실을 좀 더 정확히 파악함으로써 통일을 향한 올바른 방향 설정이 이뤄지고 또 이를 통해 많은 사람들이 공감하고 지지하는 바람직한 통일 모델이 제시될 수 있다면 참 좋을 것 같습니다.

지난 1차 강연회에 이어 두 번째로 바쁘신 가운데도 강연을 맡아 주신 박승춘, 김성욱 두 분 강사님께 감사드리고, 참석하신 모든 분들께도 깊은 감사의 인사드립니다. 고맙습니다.

2009. 12. 8.

평통 의장표창 전수 및 미술공모전 시상식 인사말(2009. 12. 29.)

영예로운 상을 받으신 수상자와 가족 여러분! 우선 축하드립니다.

영하의 매서운 날씨와 고르지 못한 일기에도 불구하고 오늘 시상식을 위해 참석해 주신 수상자와 가족 여러분께 감사드립니다. 그리고 오늘 행사를 준비해 주신 이희경 간사협의회장을 비롯한 지역회의 사무주임님 등 관계자님들께도 감사의 인사를 드립니다.

우리 제14기 민주평통은 지난 7월 출범한 이후 시, 군별 발대식이나 통일무지개운동의 시작, 매월 1회씩 개최한 평통포럼, 청년위원회의 워크샵, 신규자문위원 연찬회, 도민초청 통일 강연회 등 크고 작은 행사들을 바쁜 가운데서도 매우 성공적으로 완수하였습니다.

이는 오늘 수상자를 비롯한 모든 민주평통 가족 여러분의 적극적이고 헌신적인 참여에 힘입어 이룬 성과입니다. 따라서 저 개인적으로는 민주평통 충남지역회의를 대표하는 부의장으로서 우리 지역회의 소속의 더 많은 평통 가족분들에게 수상의 영예를 드렸으면 좋겠다는 바람을 가지고 있었습니다.

다행스러운 것은 제한된 추천 인원 31명 중 총 22분이 수상하게 되어 수상률이 약 71%였습니다. 그럼에도 불구하고 추천자 전원이 수상의 기쁨을 함께하지 못하는 아쉬움이 있긴 합니다만, 지난해에 비해 수상률이 15% 이상 높아졌다는 점에서 위안을 갖게 됩니다.

이는 다른 시각에서 본다면 이는 우리 충남지역회의에 소속하고 계신 평통자문위원님들께서 금년 한 해 동안 매우 열심히 평통 사업에 참여하고 괄목할 만한 성과를 이루셨다는 객관적인 지표가 될 수 있을 것입니다. 다시 한번 수상자를 비롯한 평통 가족 모든 분의 노고에 감사드립니다.

아시는 것처럼 오늘 시상식에는 '2009 충남 평화통일 미술공모전'에 따른 시상식도 함께 진행되었습니다.

오늘 직접 상을 받은 사람은 초, 중, 고등학교 재학생 18명과 3개 단체만 자리를 함께하고 있습니다만, 이번 미술공모전에는 총 831점의 작품이 응모하였습니다.

모든 작품 하나하나에 대해, 이 분야를 전공하신 교수님을 비롯한 전문가들로 심사위원회를 구성하여 엄정한 심사 과정을 거쳐 최종 수상작을 결정하였습니다.

무엇보다도 일부 군을 제외한 충청남도 전역에서 많은 학생들이 골고루 이 공모전에 출품했다는 것입니다.

따라서 이 공모전은 그 권위 면에서 명실공히 충청남도를 대표하는 도대회라는 점과 이를 통해 수상자와 가족분들께 자부심을 드릴 수 있어 매우 기쁘게 생각합니다.

이와 같은 공모전을 통해 우리나라의 미래를 책임질 청소년들이 통일에 대한 올바른 시각을 갖게 되고 나아가 바람직한 통일의 주역으로 성장하게 되길 바라마지 않습니다.

동시에 청소년기의 미술에 대한 개인적인 재능을 잘 유지하고 더욱 발전시킴으로써 성인이 되어서는 본인이 희망하는 분야에 일가를 이루게 되기를 진심으로 기원합니다.

아무쪼록 오늘 수상하시는 모든 분들께 다시 한번 기쁜 마음으로 축하드립니다. 아울러 내년 2010년 경인년 호랑이해를 맞아 수상자를 비롯하여 이 자리에 함께하고 계신 모든 분들이 호랑이 같은 기상으로 더욱 건강하시고 개인적으로도 큰 발전이 있기를 기원합니다. 감사합니다.

2009. 12. 29.

2010 신년 교례회 이사장님 격려사(2010. 1. 4.)

교수님과 교직원 선생님! 경인년 새해에 뜻하시는 모든 일 꼭 이루시기 바랍니다. 그리고 호랑이 같은 기상으로 항상 건강하시기 바랍니다.

우선 신년을 맞아 대학 가족 모두가 한자리에서 모여 서로 덕담하고 안부도 확인하는 뜻깊은 자리에 이렇게 초대해 주신 총장님께 감사드립니다.

돌이켜 보면 2009년이 우리에게는 정말 빠르게 보낸 한 해였던 것 같습니다. 동시에 매우 의미 있는 한 해였다고 생각합니다.

몇 년째 계속되고 있는 중앙일보 평가와 지난해부터 시작된 조선일보 등 국내 유력 언론사의 평가를 통해 우리 대학교는 전국 상위 20위권 내지는 최소한 30위 이내라는 것이 기정사실화되었습니다. [중앙일보 24위(2008), 30위(2009), 조선일보(2009) 국내 27위, 아시아권 135위]

이와 같은 결과는 금년도 입시에도 그대로 반영되어 수시 1차와 수시 2차에 이은 정시모집 결과에서도 확고부동한 중부권 1위 자리를 지킬 수 있었습니다.

지난해를 돌이키면서 가장 먼저 떠오르는 것 중 하나로 'SCH의약바이오인재양성센터'의 설립을 빼놓을 수 없을 것입니다. 5년 동안 약 250억 원을 지원받는 이 사업으로 우리 대학은 이제 명실상부한 의약바이오의 메카로 부상하였습니다. 이미 2007년에 특성화의 새로운 길을 열었던 의료과학대학의 신설과 더불어 이 센터의 설립으로 우리 학교의 미래는 한층 더 밝아지고 있습니다. 금년에는 벌써 추가 인센티브 5억 원도 받았습니다.

그리고 교과부가 주관하는 '교육역량강화사업비' 40억 8백만 원을 유치한 것도 빼놓을 수 없는 성과입니다. 이는 무엇보다도 각 대학별로 공개된 지표를 기초로, 엄정하고 객관적인 평가를 통해 만들어진 결과로, 우리 대학의 내실을 정부가 인정했다는 점에서도 큰 의미가 있다고 생각합니다. 지원 규모로는 전국 200여 개 4년제 대학 중에서 18위를 차지하는 금액이었습니다.

이와 같은 우리 대학의 전국적인 위상에 걸맞은 교육시설의 확충에도 많은 진전이 있었습니다.

이번 학기부터 1,050명의 우리 재학생들이 사용하게 될 기숙사 '해맞이관'과 이미 착공에 들어간 교육관 시설 '유니토피아관'을 통해 좀 더 여유 있는 교육공간이 확보될 것으로 기대합니다.

아울러 천안 의대에 약 1,200평 규모의 '향설 의학관'을 증축하였고, 천안에서 수학하는 의과대학 학생들을 위한 숙소 용도의 건물도 마련하였습니다. 그 외에도 학군단 건물을 2층에서 3층으로 증

축하였고, 보행자의 안전을 도모한 서문 일대와 본관 주변의 공사와 '유-힐스U-Hills'로 명명한, 향설기념중앙도서관 앞 주변 조경사업도 마무리하였습니다.

아울러 우리 순천향대학교는 더 높은 수준의 교육 내실화 달성을 위한 노력과 투자도 병행하고 있습니다.

2009학년도에 임상교수님 41분과 외국인 교수님 36분을 포함하여 총 91분의 전임교수님과 18분의 비전임 교수님을 새로 모셨습니다. 최근에도 전임교수님 8분과 비전임 교수님 10분을 초빙하여 이번 학기부터 순천향 가족이 되었습니다. 아울러 아직 결과를 기다리는 상태입니다만, 약대 신설을 위해 총장님을 비롯한 많은 분들이 전력투구해 왔습니다. 장기적인 과제이지만 아산 신도시 캠퍼스 부지 약 7만 평 조성 계획도 꾸준히 추진해 갈 계획입니다.

이 많은 성과를 1년 만에 거둘 수 있도록 오랜 기간 준비하고 노력해 주신 총장님을 비롯한 모든 순천향 가족의 성원에 다시 한번 깊은 감사의 말씀을 드립니다.

오늘은 사실 좋은 덕담과 함께 한 해를 시작하는 날인데 자랑거리가 너무 많았던 것은 아닌가 모르겠습니다. 그렇지만 이 모든 것들이 이 자리에 함께하고 계신 모든 순천향 구성원 서로가 서로에게 감사하는 마음으로 건넬 수 있는 새해 덕담이 될 수 있지 않을까 싶습니다.

아무쪼록 새해에도 소망하시는 모든 것을 이루시고 더욱 건강한 한 해가 되길 기원합니다. 감사합니다.

2010. 1. 4.

법인 산하기관 보직자 대회 인사말(2010. 1. 30.)

2010년 새해를 시작하는 1월이 채 가기 전에 우리법인 산하 각 기관장님을 비롯한 보직자님을 한자리에서 뵙게 되어 대단히 반갑습니다.

얼마 전까지 우리 법인 산하 대학과 병원이 한 가족임에도 불구하고 상호 '소통할 기회가 많지 않다.'라는 의견을 듣곤 했습니다.

그래서 매 연초에 각 기관을 이끌어가고 계신 기관장님을 비롯한 주요 보직자님부터 한자리에서 교류하는 기회를 갖고자 하였습니다.

동시에 이 자리를 통해, 우리 법인의 기본정신인 '인간사랑'의 정신을 다시 확인하고, 혹시 우리들이 아직까지 설립 당시의 그 깊은 의미를 옳게 이해하지 못한 부분이 있거나 재해석이 필요한 부분이 있다면, 이를 발견하고 더욱 발전시키는 계기로 활용하는 것도 의미가 있을 것으로 생각됩니다.

금년에는 대학이 주최하면서, '순천향 바로 알기' 영상물을 총장님께서 준비해 주셨다고 들었습니다. 덕분에 오늘의 보직자 대회 의미가 한층 돋보이게 되었습니다. 이 점 감사드립니다.

학교법인 동은학원의 모태가 된 순천향의료재단은 잘 알고 계신 것처럼 국내의 의료 인프라가 거의 전무하다시피 한 1973년도에 작금의 국가적 시련을 딛고 일어서고자 하는 큰 뜻으로 출발하였습니다.

우리 법인 설립 이후 37년 동안 우리나라의 의료수준은 놀랄 만한 발전이 있었습니다. 이 과정에서 우리 법인은 선진의료기술의 도입과 의료인재 양성 및 배출 등을 비롯한 의료 선진화의 단초를 제공하는 등 직·간접적으로 많은 역할을 수행해 왔습니다. 이 점에 대해 저를 비롯한 우리 모든 순천향 가족은 자부심과 자긍심을 가지고 있습니다.

아울러 의과대학으로 출발한 순천향대학교도 이제는 종합대학으로서 각종 외부 평가를 통해 국내 4년제 대학 중 20~30위권으로 평가받고 있습니다.

이제 우리는 과거 35년간 확고하게 구축해 온 '순천향 문화와 정신'을 기반으로 더욱 크게 도약해야 할 시기에 서 있다고 봅니다.

아시는 것처럼 오늘 날에는 사회 전반에 걸쳐 금기처럼 여겨 왔던 영역들이 하루가 다르게 허물어지고 있고, 전혀 어울릴 것 같지 않은 영역 간 통합이나 융합을 통해 예기치 못했던 새로운 분야가 탄생하기도 하는 상황입니다.

우리 법인이 그동안 각 기관별로 자율성을 가지고 각자가 최선을 다해 맡은 바 임무를 중심으로 발전을 추구해 왔다면, 이제부터는 서로 긴밀히 교류하고 긍정적인 독려를 통해 더 큰 경쟁력을 만들어 가야 할 때라고 생각합니다. 오늘의 이 보직자 대회도 이의 일환이라 하겠습니다.

아울러 금년부터 추진하기로 확정한 바 있는 '법인 산하 기관 상호 업무효율성 점검'사업을 비롯한 '순천향 인간사랑 봉사회' 추진 사업 등도 각 기관의 적극적인 협조를 기반으로 예정에 따라 실효성 있게 추진해 주실 것을 당부드립니다.

그 밖에 공동구매를 비롯하여 수시로 발생하게 되는 법인 산하 각종 현안들도 이미 구성된 '법인 사업추진 실무 협의회(사무처장 등)'를 통해 긴밀히 협의해 주시면 좋을 것 같습니다.

오늘 행사에는 영상물 상영 외에 'SCH 브랜드 이미지 향상계획 보고'와 '각 기관별 우수사례 발표' 등이 계획되어 있는 것으로 알고 있습니다.

첫 행사인 만큼 준비하시는 과정에서 크고 작은 어려움도 많았을 것으로 생각합니다. 그렇지만 예상하건대, 이 대회는 우리 법인 전체 차원에서 매우 의미 있고 유용한 행사로 자리 잡아 갈 것으로 확신합니다.

당초 계획에 따라, 매년 각 기관별로 돌아가면서 준비하는 과정에서 우리 순천향 가족 모두가 더욱 돈독한 관계로 발전되고, 구성원 상호 간 실질적인 소통의 장이 될 것으로 기대합니다. 더불어 해를 거듭하면서 축적되는 Know-How와 함께 더욱 실속 있고 알차게 발전해 갈 것으로 기대합니다.

끝으로, 행사 프로그램뿐만 아니라 이 자리에서 처음 뵙게 되는 보직자님 상호 간 인간적인 교류도 함께 가져 주시길 당부드립니다.

다시 한번, 행사를 준비해 주신 총장님을 비롯한 대학 관계자 분들과 참여해 주신 각 병원장님을 비롯한 보직자님께 감사드립니다.

감사합니다.

2010. 1. 30.

2009학년도 전기 학위 수여식 이사장님 치사(2010. 2. 18.)

바쁘신 와중에도 학위 수여식에 참석하여 주신 박현서 총동창회장님을 비롯한 내·외 귀빈 여러분 고맙습니다. 그리고 오늘의 주인공인 졸업생 여러분! 진심으로 축하드립니다.

무엇보다도 자녀를 낳아 초·중·고등학교에 이어 대학에 이르기까지 최선을 다해 뒷바라지 해 오신 학부모님께 이 자리를 빌려 깊은 존경과 정중한 감사의 인사를 드립니다. 정말로 고생이 많으셨습니다.

그리고 4년 동안 열과 성을 다하여, 우리의 젊은이들을 당당한 지성인으로 키워 주신 손풍삼 총장님을 비롯한 모든 교수님들께도 감사의 인사를 드립니다.

졸업생 여러분!

그동안 여러분들은 전공 공부와 더불어 교양도 쌓고 인격적으로도 한층 원숙한 모습으로 한 시대를 이끌어 나갈 지도자가 되기 위한 준비 과정을 마치고 오늘 이 자리에 섰습니다. 이제 여러분은 오늘의 졸업식과 함께 교정과 스승의 품을 떠나게 되는 것입니다.

여러분들은 그동안 캠퍼스 안에서 사제 간의 정과 친구와의 우정을 나누어 왔을 것입니다. 경우에 따라서는 한 치 양보도 없는 치열한 학문적 격론으로 젊은 열정을 불사르기도 하고, 경우에 따라서는 협조와 화합을 통해 더 큰 목표를 함께 달성하는 방법에 대해서도 익혔을 것입니다. 이제 냉엄한 사회 현실로 진입하는 과정에서 그동안의 경험들은 여러분의 미래에 커다란 자산이 될 것으로 기대합니다.

그럼에도 불구하고 주위의 환경은 늘 젊은이들에게 우호적인 것만은 아닙니다. 더욱이 급락하고 있는 나라 안팎의 경제 사정과 함께 국내의 취업난은 우리들에게 가혹하리만큼 치열한 경쟁력을 요구하고 있습니다.

그러나 인류의 역사는 항상 어려운 현실에 과감히 도전하여 승리하는 자의 몫이었습니다. 그리고 승리란 결코 결과만을 평가하는 말이 아닙니다. 시련의 크기가 클수록 여러분은, 더욱 정직하고 성실한 태도와 객관적이면서도 긍정적인 사고를 잃지 않는 지성인이자 동시에 도전자가 되어야 할 것입니다.

어떤 위치에서 무슨 일을 하던지 그동안 이곳 순천향에서 배우고 익혀온 마음과 자세를 끝까지 유지한다면 여러분은 틀림없이 글로벌 시대의 영원한 주인공으로 남게 될 것임을 확신합니다.

졸업생 여러분! 언제, 어디서든지 항상 깨어 있는 지식인, 정직한 지도자가 되어 뜨거운 애국심과 애교심을 가슴에 품고 살아가시기 바랍니다.

여러분의 모교로 남게 될 우리 순천향대학교는 금년으로 건학 32주년을 맞게 됩니다. 개교 이후 오늘까지 꾸준한 발전을 거듭해 온 결과 이제 중부권의 명문종합대학으로서 확고한 위치를 다지게 되었습니다.

익히 알려져 있는 것처럼 국내 언론기관을 포함한 각종 평가에서 전국 30위권 이내로 평가되고 있습니다. 지난해부터 5년 동안 정부가 국고에서 250억 원을 지원하는 'SCH의약바이오인재양성센터'가 설립되었고, 교육과학기술부의 엄정한 평가를 통해 배정되는 '교육역량강화사업'을 통해 40억 원 이상을 유치하기도 하였습니다. 이 규모는 전국 4년제 대학 중에서 18위에 해당하는 규모입니다. 이렇게 확보된 예산의 대부분은 이 사업에 참여하고 있는 학과 학생들을 위해 사용하게 됨으로써 더욱 경쟁력 있는 인재가 배출될 수 있을 것으로 기대합니다.

그 밖에도 여러분의 모교 순천향대학교는 정부부처나 지자체로부터 각종 사업 추진 파트너로 참여하는 공익기관으로 그 역할을 다해 가고 있습니다.

외적인 성장뿐만 아니라 우리 내부적으로도 더 나은 교육환경을 만들기 위한 투자를 함께 병행하고 있습니다. 내년 2월 완공 예정인 '유니토피아관'의 건립과 이번 신학기부터 1천 명 이상의 학생들이 사용할 수 있는 기숙사 시설인 '해맞이관'도 재학생들의 교육환경 개선을 위한 투자입니다.

이와 같은 결과는 한두 해만의 노력으로 나타나는 결과일 수는 없습니다. 이는 우리 대학을 설립하신 향설 박사님의 숭고한 설립 정신을 올곧게 실현하고자 하는, 모든 구성원의 일치된 마음과 진정성이 있기 때문에 비로소 가능한 일이었습니다. 이와 같이 우리 모두가 공감하는 올바른 가치는 일관성 있게 후세에게 전달되어야 할 것입니다. 이를 통해 '순천향의 전통'은 매년 해를 거듭해 가면서 더욱 성숙하고 확고한 모습으로 자리하게 될 것입니다.

공식적으로 여러분은 오늘 교정을 떠납니다만, 순천향대학교는 늘 여러분의 마음의 고향으로 남아 있을 것입니다. 일생을 살아가는 동안 언제든지 모교에 찾아와 평안과 위로를 찾아가시길 바랍니다.

다시 한번 영광된 학위 취득을 축하드리며, 졸업생 여러분들의 앞날에 무궁한 발전과 행운이 함께하기를 기원합니다. 감사합니다.

2010. 2. 18.

평통 국민통합합동 연찬회 환영사(2010. 3. 4.)

안녕하십니까? '충남지역회의' 서교일 충남부의장입니다.

먼저 바쁘신 중에도 특강을 해 주시기 위해 오신 이기택 수석부의장님과 가천의과대학교 송석구 총장님께 협의회를 대신하여 감사의 말씀을 올립니다.

지난 한 해 충남지역회의는 지역에서 정부의 대북정책에 대한 보다 적극적이고 효율적인 홍보와 통일 정책에 대한 국민적 합의기반 확충을 위한 다각적인 노력을 해 왔습니다.

4차례에 걸친 '평화통일포럼'을 개최하여 남북한 공동 협력이 가능한 실질적인 방안 모색과 지역의 통일문화확산 노력에 앞장서 왔습니다.

이제, 충남은 '충남평화통일포럼'과 시·군협의회통일무지개회원 그리고 청년위원회 중심으로 상생과 공영의 대북정책의 안정적 추진여건 조성과 진정한 통일 논의의 확산, 통일비전의 구체화, G20정상회의 성공적 개최지원, 사회적 소외계층에 대한 노블레스 오블리주를 실천하는 나눔과 봉사를 통한 국민적 의무를 다하는 데도 더 큰 힘을 보태도록 하겠습니다.

특히 2010년은 지역협의회 활성화를 위한 실용적인 지역회의 개최와 평화통일포럼의 확대, 통일시대 시민교실과 통일무지개운동의 적극적인 추진, 대학생 통일 문제 토론회를 위한 TF팀을 구성, 운영하여 다양한 지역 통일 의견 수렴과 통일에 관한 국민적 역량 결집과 합의 도출을 최우선 과제로 추진할 생각입니다.

그래서 지역 통합을 이루고, 소통을 통한 바른 통일 시대를 열어 가는 국민운동의 중심이 되도록 노력할 것입니다.

여기에 지역사회 다양한 통일논의의 공론과 국민적 공감대 형성, 자문위원의 역량 강화, 구체적인 통일정책 건의 등 '충남지역회의'가 앞장서 갈 것입니다. 여러분들과 함께 지역에서 새로운 발전 모델을 제시코자 합니다.

감사합니다.

2010. 3. 4.

평통 한국철도공사 대전충남 본부 협약체결 인사말(2010. 7. 13.)

우선 이처럼 의미 있는 협약을 체결할 수 있도록 흔쾌히 동의해 주시고, 오늘 크게 환대까지 해 주신 강해신 대전충남지역 본부장님을 비롯한 코레일 관계자 분들께 깊은 존경과 감사의 인사를 드립니다.

아울러, 바쁘신 와중에도 시간을 할애해 오늘 조인식에 참석해 주신 민주평통 각 지역별 회장님과 중앙사무처의 백찬종 과장님을 비롯한 관계자 여러분께도 깊은 감사의 말씀을 드립니다.

평소 저는, 우리 법인 산하 기관인 순천향대학교와 부속 천안병원이 천안·아산역 부근에 위치해 있고, 경북 구미에도 부속병원이 있어서 업무상 KTX를 자주 이용하는 편입니다.

오늘도 이 행사를 위해 서울에서 이곳까지 KTX편을 이용해 왔습니다. 서울에서 대전까지 KTX를 이용하면, 소나무 4그루 심는 효과가 있는 것으로 코레일 홈페이지에 안내되어 있더군요.

그렇다면 그동안 천안·아산역과 구미역을 오가며 제가 가꾼 나무도 숲으로 환산하면 제법 큰 규모가 되어 있지 않을까 하는 생각이 들었습니다.

늘 정해진 일정에 따라 활동하고 있는 저 같은 사람들에게는 무엇보다 시간 예측이 가능한 장점 때문에 KTX를 편리하게 이용하고 있습니다. 그래서 오늘 강해신 본부장님을 뵙게 되면 코레일 회원의 한 사람으로서 감사의 인사를 드려야겠다 싶었는데, 환경에도 그렇게 공헌하는 효과가 있다니 더더욱 고맙다는 말씀을 드립니다.

많은 사람들이 공감하고 있듯이, 철도는 110년 이상을 우리나라에서 가장 영향력 있는 교통수단으로 국민들과 함께해 왔고, 우리나라의 근대화와 산업화의 대동맥 역할을 수행해 왔습니다.

특히, 우리나라의 선진국 진입 과정에서 코레일은 KTX 개통을 통해 또 한 번의 도약이 있었고, 오늘날 대한민국의 '저탄소 녹색성장'의 대표 기관임을 자타로부터 인정받고 있습니다.

그중에서도 '한국철도공사 대전충남본부'는 지리적으로 우리 국토의 중앙에 위치하고 있어 코레일의 핵심 본부라고 알고 있습니다.

이와 같은 기관이 저희 민주평화통일 충남지역회의와 '업무 교류 협정'을 통해 새로운 파트너 관계를 맺게 된 점에 대해 충남 지역의 모든 평통자문위원을 대표하여 크게 환영하고, 적극 동의해 주신 본부장님을 비롯한 관계자 여러분께 다시 한번 감사의 인사를 드립니다.

잘 아시는 것처럼 민주평통은 국내외 여러 계층의 목소리를 현장에서 확인하고, 이를 민주평통 의장이신 대통령에게 직접 건의 또는 자문하는 헌법기관입니다.

여기에는 통일 문제뿐만 아니라, 긍정적인 사회 분위기와 환경 조성을 통해, 우리사회가 올바른 방향으로 변화할 수 있도록 계층 간, 국민 상호 간의 소통을 유도하는 역할도 포함되어 있습니다.

따라서 우리 민족 전체의 이익을 도모하고 더 큰 경지의 국익을 추구하는 일은 공(公)과 사(私)의 영역을 넘어 코레일이나 민주평통뿐만 아니라, 우리 사회 안의 책임감 있는 기업이나 기관들이 함께 공유하고, 필요하다면 공동으로 노력해야 할 부분이라고 생각합니다.

그런 면에서 오늘 조인식은 대전, 충남 지역을 중심으로 '국민통일역량의 결집'과 'Glory 녹색생활운동'이 조화롭게 재탄생하는 계기가 될 수 있을 것으로 기대합니다.

오늘 조인식이 더욱 의미 있는 만남으로 발전하기 위해서는 국민 대다수가 동의할 수 있는 긍정적인 사업들을 실무선에서 구체적으로 개발하고 실천해 나가야 할 것으로 생각합니다.

앞으로 우리 사회로부터 호응받고, 양 기관에서도 만족스러운 윈윈 효과를 함께 만들어 가게 될 것으로 기대합니다. 감사합니다.

2010. 7. 13.

농촌진흥청 협약식 인사말(2010. 8. 6.)

오늘 우리 학교와 농촌진흥청이 협약을 맺게 된 것을 뜻깊고 의미 있게 생각합니다. 무더운 날씨에도 불구하고 우리 대학을 방문해 주신 김재수 청장님을 비롯한 농촌진흥청 임원님 여러분 감사합니다. 그리고 이 행사를 준비해 주신 손풍삼 총장님과 정희연 중앙의료원장님을 비롯한 관계자 분들의 노고에 감사드립니다.

순천향대학교는 앞서 소개영상을 통해서 보신 것처럼 의과대학으로 출발하여 지금은 충남을 대표하는 종합대학으로 성장한 의생명 분야 특성화 대학입니다. 32년 전 소박한 농촌 마을에 불과한 이곳 충남 아산시 신창면에 대학의 터전을 잡은 데는 설립자 향설 박사님의 깊은 의지가 담겨 있다고 생각됩니다.

개교 당시 설립자의 의지를 확인할 수 있는 기록을 한 번 읽어 드리겠습니다. (1978. 9. 30, 향록학보 창간호 창간사)

> "나는 많은 사람들로부터 어째서 의과대학을 도심으로부터 멀리 떨어진 충남 아산군 신창면 읍내리에 세웠느냐는 질문을 받고 있습니다. 이 질문에 대한 답이 바로 본인의 순천향의대 설립 취지가 되겠기에 이에 대해 간단히 언급하고자 합니다.
> 우리나라의 의료 혜택은 서구 선진국에 비해 매우 부족한 형편에 있습니다. 더욱이 의사의 도시 집중 현상으로 인해서 농촌의 의료혜택은 아주 보잘것없는 형편이어서 아직도 무의촌 현상이 해소되지 않은 실정에 있습니다. 본 순천향의과대학의 설립은 본인이 평소에 품고 있던 우수한 의학도의 배출 및 농촌 의료 문제 해소를 통해 국가와 민족을 위해 미력한 힘이나마 보태고자 하는 뜻의 구현이라 하겠습니다. (이하 생략)"

이렇듯 설립자께서는 대다수 의사들의 도시 집중 현상으로 농촌 의료혜택은 아주 보잘것없는 점에 대해 특히 가슴 아파하셨고 따라서 순천향의과대학의 설립은 당신께서 평소 가지고 계셨던 '우수한 의학도의 배출'뿐 아니라 '농촌 의료 문제 해소'를 통해 국가와 민족을 위해 힘을 보태고자 함을 분명히 밝히신 것 입니다.

이런 점에서 오늘 농촌진흥청과의 학술, 연구, 의료봉사에 관한 협약체결은 우리 대학을 설립하신 향설 박사님의 설립정신에 한 걸음 더 가까이 다가선다는 차원에서 매우 의미 있고 바람직한 일이라고 생각합니다.

오늘 협약 내용 중에서 '의료봉사' 분야는 제가 대표로 있는 '순천향 인간사랑 봉사회'가 중심이 되어 좀 더 조직적이고 효율적으로 추진하게 될 것으로 기대합니다. 이 봉사회는 그동안 대학과 4개 병원이 각자의 방식대로 추진해 온 기존의 봉사활동을 통합하여 더 크고 효율적으로 운영하기 위해서 작년에 처음 만들어졌습니다.

또한, 우리 대학에는 이제까지 이 자리에 함께해 주신 홍세용 교수님을 중심으로 국내 유일의 농약중독연구소를 운영하면서 이에 관해 세계적인 치료 실적과 관련 연구가 이루어지고 있었는데 앞으로 농진청과 협조가 가능해지면서 농약 중독의 예방, 치료 연구 등에 있어서 더 큰 진전을 이룰 수 있을 것으로 기대합니다.

농촌진흥청은 1962년도 발족되어 당시의 가장 큰 국가적 대사라고 할 수 있는 '국민 식량 문제' 해결의 위업을 매우 성공적으로 달성한 기관입니다. 이를 통해서 국가 경제 발전의 터전이 마련된 것도 빼놓을 수 없는 업적이라고 생각합니다.

근래에 들어서는 김재수 청장님을 중심으로 식량은 물론 기능성 소재, 식품, 바이오 에너지, 환경, 최첨단 녹색기술 등 다양한 분야로 연구 영역을 넓혀 가고 있습니다.

'농촌 기반의 유지'와 더불어 '농업과학기술을 연구 개발'하고 있는 농촌진흥청이야말로 '인간사랑'의 설립 정신을 실현하기 위한 우리 법인의 파트너로서 매우 궁합이 잘 맞는 기관이라고 생각합니다.

아무쪼록 오늘 협약식이 의미 있는 만남으로 더욱 크게 발전하게 되기를 진심으로 기대하며, 무더운 날씨에도 우리 대학을 방문해 주신 김재수 청장님을 비롯한 농촌진흥청 간부님들께 다시 한 번 감사의 인사를 드립니다. 감사합니다.

2010. 8. 6.

평통 제14기 지역회의 개회사(2010. 10. 19.)

충남 지역 전체 민주평통 자문위원님 이렇게 한자리에서 뵙게 되어 반갑습니다.

바쁘신 와중에도 참석하셔서 이 자리를 더욱 크게 빛내 주신 안희정 충남도지사님, 김종성 충남도교육감님, 김기용 충남도경찰청장님, 김병일 평통사무처장님 그리고 이기원 계룡시장님을 비롯한 각 기관과 단체장님 감사합니다.

특히, 오늘 이렇게 훌륭한 장소도 제공해 주신 박종선 육군 인사사령관님께 제14기 평통자문위원 모두의 이름으로 감사 인사드립니다.

오늘의 이 지역회의 행사는 우리 14기 자문위원 입장에서 보면 가장 크고 의미 있는 행사입니다. 달리 표현한다면 이 자리에 함께해 주신 민주평통 제14기 자문위원 여러분이 바로 오늘 행사의 주인공이십니다.

우리 14기는 그동안 '통일선진 일류국가 건설을 위한 국민적 합의기반 강화'라는 제14기 민주평통 활동목표에 따라 각자 본인이 속해 있는 지역 혹은 직능 분야에서 자문위원으로서의 임무를 충실히 수행해 왔습니다.

14기 출범 이후 지난달까지 우리 충남지역회의와 각 시·군 협의회 차원에서 추진된 사업 내역을 보면 '다문화가정 가족대상 종합건강검진 지원사업'을 비롯하여 총 400여 건의 사업들을 추진함으로써 사업 건수로만 보면 월 평균 약 28건의 사업을 추진해 왔습니다. 이 중에는 각 협의회별 특성에 맞는 매우 기발한 사업들도 많이 있었던 것으로 알고 있습니다.

협의회장님을 비롯한 모든 자문위원님들은 모두 각자의 생업으로 바쁘신 와중에도 봉사와 헌신의 마음으로 솔선해 주신 점 이 자리를 들어 다시 한번 깊은 감사의 인사를 드립니다.

이와 같은 사업들을 결국 '실용적인 정책건의 추진으로 남북 상생·공영에 기여'하는 내용과 '통일무지개운동 전개로 국민통합 선도 및 통일시대 준비', '한민족 글로벌네트워크 구축으로 세계 속의 통일한국 실현 기반 구축', '노블레스 오블리주 실천을 통한 국민속의 민주평통 구현'이라는 우리 14기 민주평통 활동 방향 안에서 성실하게 추진되어 온 것을 알 수 있습니다.

그동안 나름대로 열심히 사업을 추진해 오는 과정에서 우리 사회와 국가의 발전과 평화 통일 정책 마련을 위해 이것만은 꼭 필요하다고 판단된 내용들도 여러 건이 있었습니다.

오늘 전체 지역회의에서는 이 중에서 핵심사항을 정리하여, 이 자리에 계신 모든 자문위원님의 중지를 모아, 우리 평통자문위원회 의장이신 대통령님께 건의드릴 최종 '건의문'과 '결의문'을 완성하고자 합니다.

그동안 이 행사의 원만한 진행을 위해 준비 과정에서 열과 성을 다해 주신 협의회장님, 운영위원님 그리고 특별히 도와주신 전문가 교수님의 노고에 다시 한번 감사의 말씀을 드립니다.

우리 14기 자문위원의 임기가 결코 길지는 않았습니다만, 그동안 많은 것을 피부로 느끼고 경험할 수 있었습니다.

우리 사회 안에서 견해를 달리하는 계층이나 세력 간 대북 인식에 대한 온도 차가 예상보다 컸던 부분도 있었고, 특정 사안에 있어서는 극명한 의견 차와 이로 인한 이분법적인 사고가 우리 민족의 통일 과업에 제약요인으로 작용하는 것이 아닌가 하는 부분도 있었습니다.

또 빠르게 진행된 민주화와 경제 발전은 우리 대한민국의 국가 경쟁력을 높은 수준으로 이끌어 올렸음에도 불구하고 그 과정을 함께 경험한 세대와 그렇지 않은 세대 간 가치관의 차이가 만들어 졌고, 이는 다시 이념의 차이로까지 확대되는 경향도 있었던 것 같습니다.

이와 같은 일련의 사례들을 보면서 국민 통합을 위한 국민적 참여와 공감대 형성의 중요성을 더욱 실감할 수 있었습니다.

어쩌면 이러한 국민적 합의가 가장 어려운 일일수도 있습니다. 그러나 민주주의란 다양한 생각을 가진 사람들이 모여서 오랫동안의 토론을 통하여 각자의 의견들을 융해시키고 공통분모를 도출하는 작업을 통해서 이루어지는 것입니다.

어려울수록 통일문제에 관한한 국민들의 의견을 폭넓게 수렴하고 국민들에게도 우리 정부의 대북, 통일 정책을 진정성을 담아 반복적으로 알릴 필요성 있다고 생각됩니다.

지금은 비록 지구촌 내의 유일한 분단국가이지만 머지않은 미래에 대한민국은 세계사적으로 가장 성공적인 평화 통일의 과업을 달성한 나라가 될 수 있을 것으로 기대합니다.

그런 면에서 오늘 이 전체회의도 우리 사회의 대통합(大統合)과 대한민국이 세계와 미래를 향해 더 크게 도약하기 위해 뜻을 같이하는 사람들의 의미 있는 만남의 장이 되어야 한다는 생각입니다. 그리고 이는 저를 포함하여 이 자리에 함께해 주신 제14기 자문위원 모두에게 주어진 임무이기도 합니다.

아무쪼록 제14기 자문위원으로 봉사해 주신 모든 위원님께서는 2년간의 자문위원 활동 경험을 토대로 임기와 관계없이 바람직한 통일여론 형성을 통해 우리 사회가 통합하고, 우리나라가 더욱 발전할 수 있도록 한 톨의 밀알이 되어 주실 것으로 믿어 의심치 않습니다.

다시 한번 참석해 주신 모든 분께 감사의 인사를 드립니다. 감사합니다.

2010. 10. 19.

평통 탈북청소년멘토 협약식 격려사(2010. 10. 22.)

이처럼 의미 있는 협약을 체결할 수 있도록 흔쾌히 동의해 주시고, 적극 협조해 주신 김종성 충남 도교육감님과 관계자 여러분께 깊은 감사의 인사를 드립니다. 특히, 바쁘신 와중에도 일부러 시간을 할애하여 참석해 주신 이완구 前충남지사님 감사합니다.

아울러, 그동안 행사를 준비하고 주관해 주신 이석용 청년위원장님을 비롯한 각 지역별 청년분과위원장님의 노고에도 깊이 감사드립니다.

저는 개인적으로 의학을 전공한 학자이자 교육자로 교육 현장에서, 교육과 매우 밀접한 관계 속에서 생활해 왔습니다. 순천향대학교 총장 임기 이후 지금도 대학을 운영하고 있는 입장에서 교육제도를 비롯한 교육 관련 국가 정책 등 교육과 관련된 사안에 대해서는 남다른 관심을 가지고 있는 것도 사실입니다.

통상 '교육'하면, 제도권 내에서 이루어지는 학교생활을 우선 떠올리게 됩니다. 그러나 교육의 보편적인 목표를, '교양을 갖추고 인격적으로 완성된 건전한 사회 구성원의 양성'이라고 할 때, 이는 학교 교육도 매우 중요하겠습니다만 사회 전반에 걸친 교육 환경의 조성이 더욱 중요하지 않을까 싶습니다.

최근 '탈북주민과 다문화가정'에 대한 각별한 사회적 배려와 관심 그리고 이를 위한 교육의 필요성이 우리나라 교육계에 새로운 화두로 등장한 것은 지극히 당연하고 자연스러운 결과입니다.

그런 면에서 오늘 민주평통충남지역회의와 충남도교육청이 우리 도내 탈북청소년과 청년위원들을 파트너로 연결해 주는 멘토 협약식을 체결하는 일이야말로 매우 뜻깊은 일이라고 생각합니다. 특히 충청남도 교육 분야의 최고 수장이신 김종성 교육감님께서 솔선해 주시는 점에 대해 다시 한번 깊은 감사와 존경의 인사를 드립니다.

오늘 체결되는 멘토링제를 통해서 우리 주위의 탈북청소년 학생들에게는 학교생활 외에도, 지역별 청년계층의 리더그룹에 속해 있는 민주평통 청년위원님들의 각별한 보살핌을 추가로 받을 수 있게 되었습니다.

바라건대, 오늘 협약식은 날로 증가하고 있는 탈북청소년과 더 나아가 다문화 가정 청소년들을 대상으로 하는 학교 밖 교육에 대한 우리 사회 전반의 관심과 동참을 이끌어 내는 계기이자 첫걸음이 되길 기대합니다.

다행히 제가 이사장으로 있는 순천향대학교에서도 금년 9월부터 대학 인근에 있는 탈북 주민 자녀를 대상으로 1:1 멘토를 통해 방과후 학습지도에서부터 사회에 적응을 위한 생활 전반에 대해 도우미 역할을 하는 멘토 장학생을 선발하여 지원하고 있습니다.

엊그제 화요일에는 계룡시에서 평통과 관련한 큰 행사가 있었습니다. 이 행사 안에는 유치원, 초·중·고 대학생 대표 1명씩 통일과 관련한 의견을 발표하는 순서가 있었습니다.

이 자리에서 저는 우리나라 청소년들이 어른들이 생각하는 것보다 훨씬 대견하고 믿음직스럽다는 것을 확인할 수 있었습니다.

통일의 필요성뿐만 아니라 이로 인한 경제적인 파급효과, 통일 이후 대한민국의 국제적인 위상, 우리나라 분단의 역사적 배경과 우리를 둘러싸고 있는 주변 정세에 대한 인식 등 매우 객관적이면서도 균형 잡힌 시각을 가지고 있는 청소년들의 모습에서 더욱 희망찬 우리 대한민국의 미래를 예감할 수 있었습니다.

이 나라에서 자라고 있는 모든 청소년은 누구를 막론하고 우리나라의 미래이자 동량입니다. 그렇기 때문에 학교 교육뿐만 아니라 오늘 같은 멘토링제 도입을 비롯한 사회 전반의 배려와 관심은 우리나라의 미래에 대한 준비인 것입니다.

아무쪼록 오늘 조인식을 계기로 북한 이탈 주민 자녀 모두가 우리 사회에서 아무런 불편함 없이 대한민국의 건전한 일원으로 올곧게 성장하게 되기를 기대합니다. 저를 비롯하여 이 자리에 함께 하신 평통자문위원님과 교육기관 관계자 모두는 한결같은 모습으로 이들의 힘찬 후원자가 되어야 하겠습니다. 감사합니다.

2010. 10. 22.

2010 건강과학CEO과정 총동창회 송년회 축사(2010. 12. 20.)

2010년 한 해를 마무리하는 시점에서 이렇게 건강과학CEO과정 동문들과 함께하는 송년회를 갖게 되어 진심으로 기쁜 마음입니다. 기업을 책임지시고 있는 CEO 여러분이 연말에 바쁘실 텐데 이렇게 귀중한 시간을 내어주셔서 감사합니다.

3월에 천안함 폭침, 11월의 연평도 도발 등 많은 일들이 일어난 올해는 참으로 다사다난했습니다. 우리 CEO 동문들은 이처럼 어려운 환경 속에서도 기업을 운영하시느라 노고가 많으셨습니다.

올해도 훌륭한 CEO 동문들을 모시고 송년회를 갖게 된 점을 매우 기쁘게 생각합니다. 올해 우리 건강과학CEO과정은 창립 8년을 맞아 한층 더 안정된 최고위과정으로써 우리나라 최고의 명품 과정이라는 평판을 받고 있습니다. 우리 순천향병원은 CEO 과정 동문들에게 항상 최고의 의료서비스를 제공하기 위해 최선을 다하고 있습니다.

올해는 우리 순천향대학교가 중앙일보, 조선일보 등의 각종 일간지의 대학평가에서 좋은 평가와 함께 대학의 명성을 드높였습니다. 이처럼 좋은 결과가 있기까지는 사회 각계에 활발히 활동하고 계신 우리 건강과학CEO과정 동문들의 지속적인 지원과 관심이 큰 힘이 되었다고 생각합니다. 이는 또한 유윤철 회장님을 중심으로 총동문회가 항상 든든히 기둥 역할을 해 주고 있어 가능한 일이었습니다.

오늘은 그간 자주 못 보시던 동문들을 만나 즐거운 시간을 갖는 자리입니다. 오늘 하루 복잡한 사업 생각 다 접어 두시고, 기쁘고 즐거운 시간을 보내시길 바랍니다. 끝으로 여러분과 댁내 모두의 안녕과 사업의 번창을 기원하며, 이 자리에 참석해 주신 모든 동문들에게 다시 한번 감사의 마음을 전합니다.

감사합니다.

2010. 12. 20.

2011 신묘(辛卯)년 신년사(2011. 1. 3.)

사랑하는 순천향 가족 여러분! 신묘년 새해가 밝았습니다. 새해에도 여러분 모두 건강하시고 각 가정마다 행복과 웃음이 가득하시길 진심으로 기원합니다.

매번 맞는 새해이지만 유달리 다사다난했던 지난해를 뒤로하고 새로운 새해를 맞는 우리 순천향 가족들의 감회는 실로 남다른 것 같습니다.

지난해에는 모든 병원들이 각종 인증이나 평가 준비 때문에 평소보다 더 바쁘고 힘들었습니다. 맹자 말씀에 "하늘이 장차 그 사람에게 큰 사명을 주려 할 때는 반드시 먼저 그의 마음과 몸을 흔들어 고통스럽게 하고 그가 하고자 하는 일을 힘들고 어지럽게 하는데 이는 장차 하늘의 사명을 능히 감당할 수 있도록 그 기국과 역량을 키워 주기 위함이다."라고 하였습니다. 아마 지난해의 어려움들 역시 올해 더 나은 순천향을 만들어 주시기 위한 하늘의 뜻이었다고 생각합니다.

우리 순천향의 가장 큰 경쟁력은 설립자께서 배움의 이유라 생각하셨던 '인간사랑'이라고 생각합니다. 어느 병원도 우리 병원 가족들처럼 환자에 대한 참다운 배려를 우선시 하는 인간적인 의료진을 가지지 못했다고 생각합니다. 얼마 전 천안병원에서 일어났던 작은 화재 사건의 수습 과정에서 밤을 새워 가며 새벽까지 벽과 바닥에 묻은 그을음을 닦아냈던 우리 순천향 가족들의 모습은 이렇게 가슴이 따뜻한 순천향 사람들의 모습입니다.

빛내려 하지 않기 때문에 더욱 빛나고 자신을 돌보지 않기 때문에 더욱 존경받는 사람, 자신을 위해 아무것도 원치 않기 때문에 성공할 수밖에 없는 사람들이 우리 순천향 사람들인 것입니다. 지금도 우리의 경쟁력은 이런 교직원 한 분 한 분으로부터 생겨나고 있습니다.

이제 새로운 한 해를 시작하면서, 금년에 우리가 함께해야 할 일들을 생각해 봅니다.

지난해 우리는 우리가 존재하는 이유와 목적 그리고 이를 위한 행동규범을 깊이 생각해 보는 시간을 가졌고 그 결과 구성원의 중지를 모아 미션과 비전, 그리고 핵심 가치를 만들었습니다. 올해는 이를 바탕으로 순천향의 가치를 극대화시켜 주실 것을 부탁드립니다. 순천향의 인간사랑 정신이 그 안에 모두 녹아들어 있습니다. 우리는 다른 어떤 병원보다 더 환자를 배려하고 사랑하는 최고의 '인간사랑' 병원이라는 자부심을 가집시다. 이것이 순천향 경쟁력의 원천이 될 것이며 미래를 향해 도약하기 위한 발판이 될 것입니다.

두 번째로, 순천향의 미덕이자 태동 당시부터 이어져 온 구성원 간 '화합'의 전통을 계속 이어가 주시기 바랍니다. 동료 간, 계층 간, 상하 간의 경계를 넘어 서로 존중하고 신뢰하는 전통을 가진 우리 순천향 가족들은 과거에도 그리고 앞으로도 진정한 한 가족입니다. 잠시나마 있었던 소원함을 떨쳐 버리고 안정되고 발전적인 노사문화도 반드시 정착되도록 노력합시다.

　마지막으로, 외부의 변화에 적극적으로 대비합시다. 올해는 의료계 전반의 어려움에 더해서 외래 환자 본인 부담률 상향 조정, 특진의사 축소 등 우리와 같은 대학 병원에 불리한 각종 시책들이 예고되어 있습니다. 발전을 위한 변화의 과정에서 발생하는 어려움에 대해서는 서로 격려하고 용기를 북돋아 주면서 지금과는 다른 새로운 각도에서 우리 스스로를 관찰해 보고, 창의력을 발휘하여 끊임없이 새로운 시도를 해 보려 하는 마음가짐을 가져 주시길 바랍니다.

　좋은 생각이 좋은 일을 만들어 내고, 좋은 일이 더 큰 행복을 가져다주는 긍정의 힘을 우리는 믿습니다.

　이제까지 슬기롭게 위기를 극복해 온 우리 병원의 역사와, 대다수 구성원들의 순천향을 향한 무한한 애정과 헌신을 보면서 우리의 밝은 미래에 대한 확신을 가집니다. 당장 우리 앞에 몇 가지 어려움이 있더라도 우리는 한마음으로 슬기롭게 극복해 나갈 것입니다.

　이미 알고 계신 것처럼 금년은 신묘년 토끼의 해입니다. 토끼는 예로부터 지혜로운 동물로 사람들의 사랑을 받아 온 동물입니다. 우리 순천향 가족 모두가 금년에는 토끼처럼 한 단계 더 껑충 도약하는 한 해가 되길 소망합니다.

　다시 한번 금년 한 해 모든 순천향 가족들의 분발과 큰 성취를 기원합니다. 새해 복 많이 받으세요. 감사합니다.

2011. 1. 3.

법인 산하기관 보직자 대회 격려사(2011. 1. 22.)

2011 신묘년 새해 출발과 함께 우리 법인 산하기관 주요 보직자 여러분을 한자리에서 만날 수 있는 것을 매우 뜻깊게 생각합니다.

특히, 금년에 새로 보직을 받으시고 이 자리에 참석하신 대학의 두 분 부총장님을 비롯한 신임 처장급 보직자님들이 함께 자리할 수 있어서 각 기관별 보직자님들과 상호 교류를 위한 유용한 자리가 된 것 같습니다.

이 행사는 지난해부터 시작되어 대학에서 제1회 행사가 있었고, 벌써 1년이 지나 두 번째 행사를 갖게 되었습니다. 부천병원은 금년으로 개원 10주년을 맞이하여 다양한 행사가 계획되어 있고, 최근까지 인증평가 준비와 현지 실사도 있었습니다만, 바쁘신 와중에도 큰 행사 행사를 준비해 주신 홍대식 원장님을 비롯한 관계자 여러분의 노고에 감사드립니다.

이 행사는 매년 연초, 우리 법인산하 각 기관에서 조직을 이끌어 가고 계신 기관장님과 주요 보직자님들이 한 자리에서 우리 법인의 공동 목표를 공유하는 자리인 동시에, 각 기관이 서로 긴밀히 교류하고 긍정적인 독려를 통해 더 큰 경쟁력을 만들어가기 위한의 자리입니다.

이 자리를 통해, 우리 법인의 기본 정신을 다시 확인하고, 혹시 우리들이 아직까지 설립 당시의 그 깊은 의미를 옳게 이해하지 못한 부분이 있거나 재해석이 필요한 부분이 있다면, 이를 발견하고 더욱 발전시켜 나가기 위한 다짐의 기회로 활용하여야 하겠습니다.

금년 한 해 우리가 역점을 두고 추진해야 할 사안들을 대략적으로 정리해 보았습니다.

대학에서는, 우리 사회의 학령인구 감소에 대비한 준비에 적극적으로 임해야 할 것으로 판단됩니다. 앞으로 3년 내지 5년 정도 우리가 어떻게 준비하느냐에 따라 순천향대학교의 향후 30년 역사가 달라질 것은 자명한 현실이 되었습니다. 이는 어느 특정 부서만의 사안이 아니라 진 부시에 걸쳐 각종 사업의 기획 단계에서부터 이를 충분히 염두에 두고 준비해야 할 것입니다.

다행히 총장님을 비롯한 신임 보직교수님들께서 이점을 이미 충분히 인식하고 계신 것으로 알고 있습니다만, 다시 한번 당부드리고자 합니다.

중앙의료원에서는 지난해까지 각 병원별로 구성원들의 중지를 모아 완성한 '미션과 비전' 그리고 '핵심가치'를 바탕으로 우리 순천향의 가치를 더욱 극대화시키는 데 최선을 다해 주실 것을 당부드립니다. 구성원 모두가 '인간사랑'을 실천하는 우리 병원에 대한 자부심을 가지고 각자가 솔선수범하는 문화를 만들어 가야 하겠습니다. 이는 우리 순천향의 경쟁력의 원천이자 미래를 향한 튼튼한 도약의 발판이 될 것으로 확신합니다.

다음은, 제가 기회 있을 때마다 늘 당부드리는 내용으로, 우리 순천향의 미덕이자 태동 당시부터 이어져 온 구성원 간 '화합'의 전통이 아름답게 이어 갈 수 있도록 적극적으로 배려해 달라는 말씀입니다. 이를 위해서는 우리 법인 안에서 리더그룹에 계신 보직자 상호간 협조와 인화가 무엇보다 중요합니다.

조직 전체를 위한 의사결정 과정에서, 관련 부서별 의견 제시와 논의는 치열하게 벌이더라도, 최종 합의된 결과는 철저하게 존중하고 한 방향으로 협력하는 기본적인 리더십이 발휘되어야 할 것입니다.

그리고 나서 동료 간, 계층 간, 상하 간의 경계를 넘어 서로 존중하고 신뢰할 수 있어야 합니다. 당연한 말씀이겠습니다만, 안정적이고 발전적인 노사 문화도 반드시 정착시켜야 하겠습니다.

그 밖에 금년부터 달라지는 노동관계법령을 비롯한 각종 제도나 법규에 대해서도 사전에 미리 파악하여 발 빠르게 대비해야 할 것으로 생각됩니다.

제가 이사장으로 취임한 이후 2년 동안, 기쁘고 보람스러운 일도 있었고 경우에 따라서는 안타까운 일도 없지 않았습니다. 때로는 '새로운 시련이구나.' 싶은 일도 더러 있었습니다.

그때마다 대다수 구성원들의 순천향을 향한 무한한 애정과 헌신을 보면서 이사장으로서 우리의 밝은 미래에 대한 확신을 갖곤 합니다. 지금 당장 우리 앞에 몇 가지 어려움이 있더라도 우리는 이를 보란 듯이 극복해 나갈 뿐만 아니라 이 과정을 통해 우리는 더욱 강한 순천향 조직으로 성장해 갈 것입니다.

다시 한번, 행사를 준비해 주신 부천병원장님과 관계자 분들의 노고에 감사드리고 휴일이지만 원근 각지에서 이 행사에 참석해 주신 보직자 여러분께 감사드립니다.

2011. 1. 22.

2010학년도 전기 학위 수여식 이사장님 치사(2011. 2. 17.)

바쁘신 와중에도 학위 수여식에 참석하여 주신 '외부인사 ○○○', 박현서 총동창회장님을 비롯한 내외 귀빈 여러분 고맙습니다. 그리고 오늘의 주인공인 졸업생 여러분! 진심으로 축하드립니다.

무엇보다도 자녀를 낳아 초·중·고등학교에 이어 대학에 이르기까지 최선을 다해 뒷바라지 해오신 학부모님의 헌신적인 노고에 정중한 경의의 인사를 드립니다. 정말로 고생이 많으셨습니다.

그리고 4년 동안 열과 성을 다하여, 우리의 젊은이들을 당당한 지성인으로 키워 주신 손풍삼 총장님을 비롯한 모든 교수님들께도 감사의 인사를 드립니다.

졸업생 여러분!

여러분은 오늘의 졸업식과 함께 교정을 나서게 됩니다. 내일부터 순천향대학교는 여러분에게 모교라는 이름으로만 남아 있게 될 것입니다. 그리고 이 이름은 여러분과 평생을 함께하게 될 것입니다.

이는 '대학생'이라는 이름으로 알게 모르게 여러분을 보호해 주던 보이지 않는 울타리도 오늘 교정을 나서면서 봄날 아지랑이처럼 사라지게 된다는 뜻이기도 합니다. 이제 냉엄한 사회 현실로 진입하는 것입니다.

캠퍼스 안에서 여러분들은 때때로 치열한 학문적 격론으로 젊은 열정을 불사르기도 하고, 경우에 따라서는 협조와 화합을 통해 더 큰 목표를 함께 달성하는 방법도 익혔을 것입니다. 그리고 사제 간의 정과 친구와의 우정도 나누어 왔을 것입니다.

무엇보다도 교정 곳곳에서, 교수님 혹은 선배들과의 대화 속에서, 강의 중에도 틈틈이 '다른 사람에 대한 인간적인 배려심을 갖춘 지식인 양성'이라는 우리 대학의 기본적인 교육 목표와 설립 정신을 부지불식간에 무수히 접해 왔을 것입니다.

이 같은 경험들은 냉엄한 사회 현실로 진입한 이후 여러분에게 매우 유용하고 값진 자산 되어 있다는 사실도 동시에 깨닫게 될 것입니다.

그러나 냉엄한 현실이라고 해서 치열한 경쟁과 고난만 있는 것은 결코 아닙니다. 이곳에는 개인적인 도전과 성취감 그리고 무한한 가능성도 함께 공존하고 있는 곳입니다. 개인의 가치관에 따라 이상을 실현할 수 있는 기회의 장이기도 합니다. 그리고 그 길을 선택할 수 있는 이는 바로 자기 자신입니다.

앞으로 여러분은 수많은 선택을 하게 될 것입니다. 젊음이 있기 때문에 실패도 크게 두렵지 않을 수도 있습니다. 이제 수많은 선택과 도전을 앞두고 있는 여러분에게 우리 대학을 설립하신 향설 서석조 박사님의 말씀을 회고해 드리는 것으로 치사에 갈음하겠습니다.

향설 박사님께서는, "젊음의 특권이랄 수 있는 패기나 용기는 겸손한 가운데 오히려 그 빛을 더하기 마련입니다. 무분별한 패기는 자칫 만용으로 전락하기 쉽습니다. 기성가치나 질서의 무비판적인 부정보다는 사회의 기성 질서를 존중하면서 진지하게 현실을 직시하는 태도가 필요한 것입니다(1984년 제1회 졸업식 치사)."라고 강조하셨습니다.

여러분들은 자랑스러운 순천향인입니다. 강하면서도 겸손함을 잃지 않는 인격자로 '인간사랑'을 바탕으로 한 모교의 설립 정신을 생활 속에서 실천해 갈 때 여러분은 어느 위치에서 무슨 일을 하더라도 존경받는 순천향인의 모습으로 성장하게 될 것입니다.

공식적으로 여러분은 오늘 교정을 떠납니다만, 순천향대학교는 늘 여러분의 마음의 고향으로 남아 있을 것입니다. 일생을 살아가는 동안 언제든지 모교에 찾아와 평안과 위로를 찾아가시길 바랍니다.

다시 한번 영광된 학위 취득을 축하드리며, 졸업생 여러분들의 앞날에 무궁한 발전과 행운이 함께하기를 기원합니다. 감사합니다.

2011. 2. 17.

2011학년도 신입생 입학식 인사말(2011. 2. 24.)

사랑스러운 순천향대학교 신입생 여러분!

인간과 인간을 이어 주는 지식을 전하는 대학, 인간사랑을 실천하는 대학 순천향대학에 입학하신 것을 축하드립니다.

더불어 오늘의 입학식을 빛내 주시기 위해 자리를 함께하신 학부모님과 변재일 교육과학기술위원회 위원장님을 비롯한 내외귀빈 여러분! 감사합니다.

또한 행사를 준비해 주신 손풍삼 총장님과 재학생을 대표하는 총학생회장단 여러분의 노고에도 감사드립니다.

순천향대학교는 지금부터 33년 전인 1978년도에 향설 서석조 박사님에 의해 설립된 고등교육기관입니다. 오늘 입학하는 신입생 부모님 중에 순천향대학교의 동문들도 많으시다고 들었습니다.

향설 박사님은 대한민국 제1호 의료법인을 만드셔서, 한국전쟁 이후 여전히 개발도상국 수준에서 머물러 있던, 우리나라의 의료 수준을 크게 향상시키신 주인공인 동시에, 의사로서 대한민국에서 대학을 최초로 설립하신 분이기도 합니다.

당대를 대표하는 명의로 알려진 분이셨지만 자기 과시나 자랑을 싫어하시고, 겸손한 마음으로 질병으로 고통받는 환자와 그 가족들을 돌보는 것이야 말로 의사의 본분이라고 생각하셨던 참의사이셨습니다.

그래서 우리 대학교의 설립 정신도 향설 박사님이 배움의 이유라고 생각하셨던 '인간사랑'입니다. 많은 의미로 해석이 가능하겠습니다만, 그중에는 '남을 배려할 줄 아는 인재'의 의미가 매우 크게 담겨져 있다고 생각합니다.

그렇다고 우리 학교가 늘 온순하고 나약한 인간상을 추구하는 것은 분명히 아닙니다. 다른 사람을 진정으로 배려하기 위해서는 우선 본인이 실력과 지식을 갖추고 강한 지도자로 성장해야 하기 때문입니다.

설립자께서도 우리 대학 신문을 통해 "현대 사회는 실천력이 없는 나약한 지성인을 원하지 않습니다. 자신이 가지고 있는 능력을 힘차게 추진할 수 있는 실천력이 있는 지성인을 바라고 있는 것입니다. 지성과 야성을 함께 겸비한 실천인, 그것이 바로 우리 사회가 요구하는 지도자인 것입니다(순천향대학보/1986. 5. 27)."라고 하셨습니다.

한국전쟁 이후, 4·19 혁명, 5·16 군사정변 등 일련의 사회 변화와 함께 개발도상국 수준에서 제자리걸음 중에 있던 한국사회에서, 개인적인 어려움을 무릅쓴 채, 우리 순천향대학교와 당시의 최첨단 병원인 순천향 병원을 세우고 인재를 키우셨던 개척자 정신을 엿볼 수 있는 말씀이 아닌가 싶습니다.

지금부터 시작되는 대학생활을 통해 여러분들이 가지고 있는 숨은 능력을 맘껏 발굴하고, 개발하게 되길 진심으로 기대합니다.

순천향대학교는 여러분 스스로 자신의 가치를 창조하고, 미래 사회가 필요로 하는 바른 인성과 능력을 갖춘 인재가 될 수 있도록 모든 역량을 동원해 도우겠습니다.

모든 가능성은 활짝 열려 있고, 선택은 여러분의 몫입니다. 그 출발선에 여러분이 서있는 것입니다.
『아프니까 청춘이다』의 저자 김난도 교수님의 말에 의하면, 인생 80을 하루 24시간으로 환산하면, 대학에 입학하는 20세는 새벽 6시에 해당한다고 합니다. 대학에 입학하는 지금이 바로 여러분 인생의 첫 새벽인 것입니다.

신입생 여러분! 도전하십시오. 그리하여 아름다운 성취를 이루시기 바랍니다. 그리고 이 성취는 나 자신만을 위한 성공이 아니라 내 이웃과 우리 사회, 더 크게는 인류의 발전을 위해 활용하시기 바랍니다.

다시 한번 신입생 여러분들의 입학을 진심으로 축하드리며 앞으로 펼쳐질 대학생활이 축복과 성공으로 가득하길 기원합니다. 감사합니다.

2011. 2. 24.

건강과학CEO 제16기 수료식 격려사(2011. 2. 24.)

오늘 바쁘신 가운데도 6개월 동안의 어려운 학사일정을 무사히 마치시고 본 과정을 수료하시는 57분의 원우님들께 진심 어린 축하의 인사를 드립니다. 또한, 이 자리를 축하해 주시기 위해 참석해 주신 총동문회 임원진을 비롯한 내빈 여러분들께도 감사의 말씀을 드리는 바입니다.

대내외 경제 상황의 악화로 말미암아 최고경영자의 역할이 어느 때보다 중요한 이때, 소중한 시간을 할애하시어 본 과정의 강좌에 참석하시느라 어려움이 무척 많으셨으리라 생각됩니다. 그럼에도 불구하고 매 시간마다 진지하게 강의에 집중하신다는 여러분들의 수업 분위기를 전해들을 때, 일의 경중에 관계없이 매사에 최선을 다하시는 여러분들의 성실함이 곧 성공한 CEO들의 남다른 비결이 아닐까 하는 생각도 해 봤습니다.

저희 입장에서는 이미 사회적으로 성공하시고 상당한 지위를 가지신 원우님들을 모시고 과정을 운영한다는 것이 다소 부담스럽기도 했습니다만, CEO의 건강이야말로 국가 경쟁력의 원천이라는 생각으로 자긍심을 가지고 이 과정을 운영했습니다.

원우님들께서 잘 아시다시피 이 과정은 CEO의 건강관리를 통한 국가, 사회에의 기여를 목표로 우리나라에서는 처음으로 개설된 건강관리전용 CEO프로그램으로 이제 다른 대학에서도 우리 과정을 벤치마킹한 과정이 생길 정도로 안정기에 들어섰습니다. 그러나 저희 과정이 앞으로도 경쟁력을 유지하기 위해서는 끊임없는 개선과 변화가 필수적입니다. 오늘 수료를 하시는 원우님들께서는 과정을 수강하시면서 느끼셨던 개선점이나 더 필요한 서비스 등 아이디어를 주시면 본 과정 발전에 큰 도움이 되리라 생각합니다.

이제, 오늘 이 자리를 빌려서 여러분들은 명실공이 우리 순천향의 동문이 되시었습니다. 사회 각계각층에서 훌륭한 지도자로서 활동하고 계신 여러분들을 저희 동문으로 모실 수 있게 되어 대단히 기쁘게 생각하는 바입니다. 수료 후에도 자랑스러운 우리 순천향의 동문으로서 우리 대학 및 병원과 긴밀한 유대관계를 맺어 가기를 기대하고 희망합니다.

다시 한번 건강과학CEO과정 제16기 원우님들의 수료를 축하드리며, 여러분들의 앞날에 무궁한 발전과 영광이 함께하시길 기원합니다. 감사합니다.

6. 시민기자

가. 디트뉴스 시민기자 지원서

디트뉴스 지원용 자기소개서

성명 : 문용원(文鏞元)

성별 : 남

주소 : 충남 아산시 방축동

나이 : 65년생

근무처 및 직책 : 순천향대학교 대외협력팀장

안녕하십니까?

시민기자가 되고 싶어서 용기를 냈습니다.

글을 잘 쓰지는 못하지만, 제 생각을 글로 적고 제 느낌을 글을 통해 다른 사람에게 전하는 일이 즐겁습니다.

고등학교 시절에 시작된 일기 쓰는 습관이 대학 시절과 군복무 기간을 거쳐 결혼 할 때까지 10여 년 이상 지속되었습니다.

결혼 이후 12년을 살아오는 동안 예전처럼 매일매일 기록하던 열정은 무디어졌지만 살아가면서 특별한 일이 있거나 무언가를 새롭게 느꼈다면 그날 저녁에는 일기장을 열고 생각을 정리해 보곤 합니다.

현재는 순천향대학교에서 대외협력팀장으로 일하고 있습니다만, 1997년도에 우리 대학교에서 맨 처음 대외협력홍보부서가 만들어질 때 선발되어 참여하면서 보도자료를 쓰게 되었습니다.

직장생활하면서 각종 공문서를 작성하거나 보고서를 쓰는 것이 일상생활이 되었습니다만, 뭔가를 글로 만들고 외부로 전하는 일이 주 업무가 된 것입니다.

그 일이 업이 되고 보니 어느 때는 뭔가를 쓴다는 것이 참으로 어렵고 힘들어 다른 부서로 도망가고 싶다는 생각을 가져 본 적도 있었습니다.

우리 대학교에서 대외협력팀의 주요기능은, 외국을 포함한 외부기관의 협력에 관한 일과 더불어 총장 비서 역할입니다. 따라서 지금도 총장님의 각종 스피치를 작성하는 업무를 같이하고 있습니다.

보도자료나 스피치를 만들면서 글을 쓰기 위한 전문적인 교육을 받고 싶다는 생각을 강하게 갖게 되었습니다.

그리고 자료차원에서 준비하는 글보다는 '기사'나 '논평' 같은 생명력이 있는 글이나 혹은 보잘것 없더라도 수필 같은 문학 작품을 써 보고 싶다는 욕구를 갖게 되었습니다.

그러나, 너무 늦은 것은 아닌지 아니면 그런 재능을 타고나지도 못한 것을 잘 알기 때문인지 선뜻 용기를 내지 못하고 있었습니다.

마침 시민기자를 선발한다는 내용과 선발된 사람에 대해서는 일정 교육을 시켜 준다는 디트뉴스의 공고에 용기를 내게 되었습니다.

제 고향은 충남 태안입니다. 아버지는 지난해 작고하셨습니다만 초등학교 교직에 평생을 종사하신 분입니다.

3남 1녀 중 장남으로 태어나 중학교까지 고향에서 졸업했고 그때까지 성적은 비교적 우수한 편이었습니다.

당시에 제가 살던 시골에서 공부 좀 하는 친구들이 대부분 그랬듯이 저도 어린 나이에 공주로 유학을 떠나 83년도에 공주고등학교를 졸업했습니다.

그러나 고교 시절 3년간의 객지 생활은 기대했던 만큼 성과를 올리지 못했습니다.

고등학교를 졸업하면서 그해에 순천향대학교 독어독문학과에 입학하였습니다.

재학 중에 군 복무를 마치고 90년도에 대학을 졸업하였습니다.

졸업하면서 독어독문학과 조교로 근무하던 중에 마침 직원 선발시험이 있어 응시하여 합격함으로써 이제는 모교가 제 삶의 터전이 되었습니다.

그리고 저 개인적으로는 모교에서 근무하는 일에 강한 자부심을 가지고 있고 또 만족하고 있습니다.

대학 졸업 후 1년 후에 직장생활을 하면서 인근에 있는 호서대학교 대학원에 진학하여 법학을 전공하고 93년도 8월에 석사 학위를 취득하였습니다.

현재 아내와 초등학교 5학년 사내아이와 3학년 여자아이를 두고 있는 가장이기도 합니다.

만일 저에게 디트뉴스의 시민기자로 참여할 수 있는 기회를 주신다면, 순수한 열정을 가지고 최선을 다해서 열심히 배우고 임하겠습니다.

감사합니다.

Moon, Yong Won

Coordinator, Office of External Affairs

SOONCHUNHYANG UNIVERSITY

mywon@sch.ac.kr

나. 아빠와 함께 흙 만지고 씨 뿌려요(디트뉴스 기사/2003. 4. 18.)

아산 '신정동 주말농장' 91세대 참여
〈현장〉 도심 속 주말 체험농장 인기
방축동 유휴지 1,500평 활용 채소밭 가꿔

"방과후에 엄마 아빠랑 함께 와서 흙을 만지고, 씨앗을 심는 일이 너무 즐거워요."

아산 중앙초등학교 4학년 강태하군(10)은 학교가 끝나면 친구들이 가는 피아노학원이나 속셈학원 대신에 엄마, 여동생과 함께 주말체험농장으로 호미를 들고나선다. 엄마와 오늘은 강낭콩을 심기로 했다. 그동안 강 군은 가족들과 함께 새로 생긴 20평 밭에 참외, 오이, 상추, 쑥갓 씨를 직접 심었다.

3개월 전, 창원에서 아산 동아아파트로 이사 온 주부 신숙남 씨(45세, 동아아파트 202동 거주)는 요즘 따사로워진 봄볕 덕분에 한창 바쁘다. 바로 아파트 옆에 있는 주말농장 텃밭을 가꾸기 때문이다. 그녀는 "창원에 살 때 이미 10여 평 남짓한 텃밭에서 한 가족이 겨울을 나기 위해 충분한 분량의 김장채소를 손수 가꾸어 본 경험이 있다."면서 "직접 가꾸어서 수확해먹는 재미는 경험해 보지 않은 사람은 잘 모를 것."이라고 말했다.

신 씨는 지금 가꾸고 있는 20평의 텃밭이면 금년 겨울의 김장용 야채뿐만 아니라 여름 내내 각종 푸성귀를 무공해로 재배하여 가까운 이웃과 나누어 먹기에 충분할 것으로 기대하고 있다. 그러나 무엇보다도 신 씨는 직접 씨를 뿌리고 가꾸는 즐거움에 대해서 가장 큰 기대를 갖고 있다.

이들은 모두 신정동 주말체험농장에 참여하고 있는 아마추어 농부들이다.

충남 아산시 신정동(동장 이규영)은 도시민들에게 작물재배의 기회를 제공하고 농장 체험을 통해 농촌에 대한 이해를 높이기 위한 일환으로 금년 3월 '신정동주말체험농장'을 개장했다.

아산시 방축동의 유휴지 1,500여 평을 활용, 토지주와 사전 협의하여 정지작업 후 10평 또는 20평 단위로 구역을 표시하여 주민들에게 임대분양을 마쳤다. 임대료는 평당 500원으로 10평과 20평형 두 종류가 있다. 분양 결과 일반인은 20평형 54세대, 10평형 37세대로 총 91세대가 분양을 받았고, 단체로는 새마을지도자 협의회가 참여하고 있다.

임대 기간은 2003년 3월부터 12월까지 10개월이며, 개장 시 신정동에서 일괄적으로 밭고르기 작업을 마친 후 세대별로 제공하기 때문에 참가 세대에서는 씨앗과 호미, 모종삽 등 소농기구만 준비하면 된다.

신정동사무소 관계자의 말에 의하면 이와 같은 체험농장이 아산시에 현재 신정동과 송악면 2개 동, 면에서 운영되고 있다고 한다.

〈문용원 시민기자/mywon@sch.ac.kr〉

* 문용원 기자(40세)는 순천향대학교 대외협력팀장으로서 《디트뉴스24》의 뉴스파이오니아로 활약하고 있습니다.

다. 제42회 온양문화제(디트뉴스 기사/2003. 4. 28.)

제42회 온양문화제 열려

"임진왜란 당시 이순신 장군은 거북선을 타지 않았습니다."

온양문화제위원회 유근봉(남, 47세) 씨의 설명이다.

이순신 장군은 실전에서 거북선이 아닌 '판옥선'이라고 하는 지휘선을 타고 왜군을 맞아 싸운 것이다.

이러한 사실은 제458주년 이충무공 탄신기념으로 아산시와 온양문화제위원회가 주최하는 제42회 온양문화제 행사를 통해 자세히 알 수 있다.

이 행사는 4월 26일(토)부터 4월 28일(월)까지 매일 10시 30분부터 오후 8시 30분까지 아산시 신정호 관광단지에서 열린다.

행사장은 이순신 장군의 일대기를 4개의 주제로 구분하여 구역별 스토리 전개형으로 진행함으로써 참가자에게 현장감 있는 축제 분위기를 제공해 줄 것으로 기대된다.

4개 주제는 충무공 이순신 장군의 일대기를 '소년이순신', '청년이순신', '명장이순신', '성웅이순신'으로 나누어 각각 450㎡ 규모의 공간을 이용하여 독립적으로 표현하고 있다.

소년이순신 구역에서는 기와집을 포함한 조선 시대의 거리가 재현되어 있고, 참가시민들은 이곳에서 장승 깎기나 옹기 제작 등을 체험할 수 있으며 전쟁놀이를 하고 있는 소년 시절의 이순신을 하루에 한 번씩 만날 수 있다.

청년이순신 구역에서는 이순신 장군이 무과시험을 치른 버드나무 아래에서 참가 시민이 직접 말타기, 활쏘기, 격구 등을 비롯한 무과시험을 체험할 수 있고, 명장 이순신 구역에서는 실제 크기로 제작된 거북선의 노와 닻, 돛, 키 등을 조작해 볼 수 있다.

성웅이순신 구역에서는 간신배의 모함으로 압송되는 이순신의 모습을 퍼레이드 형태로 재연하여 들떠 있는 축제 분위기가 일순 숙연해지기도 한다.

행사 기간 동안 본 행사장에서는 하루에 1차례씩 임금님을 모신 가운데 22명의 장수가 무과시험을 치르고 있는 모습이 별도로 재현된다.

한편 온양문화제 행사는 지난해에 이어 2년 연속 문화관광예비축제로 지정되어 문화관광부로부터 일부 지원을 받았으며 "내년에는 대한민국 문화관광 본축제로 지정 받기 위하여 금년에 이 행사를 더욱 알차게 준비했다."고 한다.

또한, 이충무공 탄신기념일인 4월 28일에는 11시부터 현충사 본전에서 이창동 문화관광부장관을 비롯한 각급 기관장 등이 참석한 가운데 충무공 이순신장군 탄신기념 다례행제가 진행된다.

학술행사로는 순천향대학교(총장 서교일) 향설기념중앙도서관에서 4월 28일 오후 1시부터 이 대학교 이순신연구소(소장 권순용교수)가 주관하는 제5회 학술대회가 '21세기 한국의 비전과 이순신리더십'이라는 주제로 개최된다.

온양문화제 자료사진 1

온양문화제 자료사진 2

참고자료-이충무공 해전도

아산 신정호 관광단지 내 이순신장군 동상

"이순신,거북선타고 싸우지 않았다."

人 문용원 시민 | ⊙ 승인 2003.04.28 18:05

▌제42회 온양문화제 성황리에 열려

"It's very different experience for me"
(이 축제는 제게 아주 색다른 경험입니다.)
4월 26일부터 시작된 제42회 온양문화제를 둘러 본 스코틀랜드 국적의 로버트슨(Robertson·여)씨는 상기된 표정이다. 로버트슨씨는 딸 나타샤(여·14세)와 함께 조선시대 거리에서 직접 도자기를 빚어보기도 했다.

◆제42회 온양문화제 행사장 입구.

며칠 간 계속된 호우주의보까지 동반한 빗줄기가 거짓말처럼 맑게 갠 4월 마지막 주말, 제 458주년 이충무공 탄신기념 제42회 온양문화제가 열리고 있는 신정호 유원지로 향한 왕복 4차선 도로변에는 영산홍이 붉게 타고 있었다. 행사 이틀째인 27일 일요일 오후, 행사장 전방 약 1Km지점부터 이미 도로를 점거하고 있는 주차차량과 노점행렬은 행사가 한창 무르익었음을 짐작케 한다.

행사장에 도착하면 우선 거북선의 머리를 상징하는 거대한 용의 입을 통해 주제관으로 들어가게 된다. 주제관에서는 거북선의 비밀과 무과시험, 임진왜란당시 사용한 무기를 비롯하여 이순신의 일생에 대해서 안내원의 자세한 설명을 들을 수 있다. 임진왜란 당시 이순신 장군은 거북선이 아닌 '판옥선'이라고 하는 지휘선을 타고 왜군을 맞아 싸웠다는 설명에서 많은 사람들이 의외라는 듯이 고개를 갸웃거린다. 행사장은 이순신 장군의 일대기를 '소년 이순신', '청년 이순신', '명장 이순신', '성웅 이순신'으로 구분하여 구역별 스토리전개형으로 진행된다.

7. 다른 형식의 글들

가. 포클랜드 대학 재직 한국인 교수님 감사편지

전성식 교수님 그리고 전희연 교수님께 올립니다.

안녕하십니까? 순천향대학교 문용원입니다.

미국에 있으면서 교수님의 따뜻한 배려와 호의를 받는 동안 귀국하면 즉시 그 고마운 마음을 메일로라도 전해야겠다 마음먹고 돌아왔습니다.

그러나 결국 이렇게 늦게서야 인사 여쭙게 되었습니다.

처음 샌프란시스코를 거쳐 어렵게 포틀랜드에 도착했을 때 전희연 교수님을 뵈면서 얼마나 마음이 놓이고 의지가 되었는지 모릅니다.

늦은 시간임에도 불구하고 손수 저희들을 데리고 멀리 외곽 지역의 한국인 식당에서 한국 음식을 접할 수 있게 해 주신 전성식 교수님의 넓으신 배려와 호의는 아마 오랫동안 못 잊을 것으로 생각됩니다.

이후 포틀랜드에 머무르는 동안 내내 두 분 교수님은 인솔 임무를 맡고 지내는 3주간 저희들에게 커다란 울타리이자 의지처였던 것으로 기억됩니다.

치열한 경쟁의 논리가 절대적인 드넓은 미국 사회에서 당당하게 성공하신 교수님을 뵈면서 한국인으로서 자부심 같은 것을 느낄 수 있었습니다.

더욱이 교수님께서는 오늘의 순천향대학교가 만들어지기까지 초창기에 우리 대학교를 위해 헌신해 주신 분이라는 점에서 저는 개인적으로 감회가 남달랐습니다.

또한, 교수님의 저택을 방문할 수 있었던 것이 제겐 큰 영광이었습니다.

그리고 그런 기회를 만들어 주신 두 분 교수님께 감사드립니다.

비록 밤 시간이었습니다만 상상을 초월한 저택의 규모와 시설에 아직도 어안이 벙벙해집니다.
그때도 말씀드렸던 것으로 기억합니다만 마치 상상이나 동화 속에서나 그려 볼 수 있는 저택이었던 것 같습니다.
언젠가 기회가 있다면 여름철에 맞추어 다시 한번 가 보고 싶다는 생각이 듭니다.

아무쪼록 두 분 교수님의 배려와 친절, 그리고 따뜻한 호의에 다시 한번 머리 숙여 깊이 감사드립니다.
교수님과 가족 분 모두 내내 건강하시길 기원하며, 하시고자 하는 모든 일을 이루시기를 기원합니다.
안녕히 계십시오.

순천향대학교 문용원 올림

나. 이완일 교수님 회갑연을 마치고

순천향대학교 독어독문학과 동문님 귀하

한가위를 넘기 들녘에서 성큼 다가선 가을을 느끼게 됩니다.

우리 모교에도 가을을 맞은 젊은이들의 밝은 표정과 환한 웃음으로 생동감이 교정에 가득합니다.

지난 8월 27일 교정에서 마련된 '이완일 교수님 회갑연 겸 독어독문학과 Home-comming대회'는 독어독문학과에 대한 짙은 향수와 애정을 갖고 계시는 동문 선후배님들의 적극적인 참여와 배려에 힘입어 원만히 마무리되었습니다.

뜻깊었던 행사인 반면, 준비의 미숙으로 부족한 점도 많았고, 그만큼 여러 동문 선후배님들의 기대에 미치지 못한 점도 많았던 것 같습니다.

그러나 이 자리에 참석해 주신 모든 은사님을 비롯한 동문 선후배님들께서는 우리 순천향대학교 독어독문학인(獨語獨文學人)의 끈끈한 우정과 서로 간의 사랑을 다시 한번 확인할 수 있는 계기의 장으로 이끌어 주셨습니다.

겉으로 드러난 형식과 절차보다 마음으로 통하는 진실과 인간적인 따사로움을 높이 평가해 온 우리 독어독문학인만의 독특한 판단 기준의 발로라 여겨집니다.

이는 우리 순천향대 독어독문학과를 거쳐 가는 모든 이들의 가슴과 가슴으로 면면히 이어져 오고 있는 우리만의 자랑스러운 전통이자 가치 기준이라 생각됩니다.

이번 행사가 앞으로 우리 독어독문학과 동문 선후배 간에 더욱 화목하고 결속되는 계기로 발전될 수 있기를 기대하며, 모든 동문 선후배님의 가정에 항상 건강한 웃음과 행운이 함께하길 기원합니다.

아울러 이 자리에 참석해 주신 순천향대학교 강경산 총동창회장님을 비롯한 김명철, 남정열, 류

창식 선생님, 장삼조 교관님 등 모든 외빈께 감사의 말씀을 드립니다.

감사합니다.

2000. 9.
독어독문학과 행사 준비팀 일동 올림

다. 시집(詩集)을 받고 감사의 글

퇴색되지 않은 맑은 영혼을
간직하고 계신 시인
송용배 프란치스코님!
감사합니다.

첫눈과 마주한 날
복수초를 닮은 시집 하나를 손에 넣었습니다.

개인적으로는
보름 이상의 시간이 흘렀건만
어머님의 장례식 경험이
어떤 다른 이를 위한 행사였던 것처럼
여전히 비현실과 교차되는 세상의 중간 지점에 서 있다는 생각입니다.

이별의 슬픔보다는
문득문득 접하게 되는
어머님의 빈자리를
생활 속에서 실감할 때
그 큰 상실감이 뜨겁게 솟구칩니다.

시를 읽으면서
제 짧은 눈이 다 이해할 수는 없지만
위로를 느낍니다.

고맙습니다.

문용원 자마 올림

고마움을 반추하다

ⓒ 문용원, 2024

초판 1쇄 발행 2024년 10월 28일

지은이   문용원
펴낸이   이기봉
편집   좋은땅 편집팀
펴낸곳   도서출판 좋은땅
주소   서울특별시 마포구 양화로12길 26 지월드빌딩 (서교동 395-7)
전화   02)374-8616~7
팩스   02)374-8614
이메일   gworldbook@naver.com
홈페이지   www.g-world.co.kr

ISBN   979-11-388-3615-9 (03810)